Pierre Rey

Der Russe

Roman

Deutsch von Claudia Denzler

ECON Verlag
Düsseldorf · Wien · New York · Moskau

Stirb heute,
ich sterbe morgen ...

Devise der
Gulags in Sibirien

Inhalt

Prolog

Sie waren in einem Eisenkäfig eingeschlossen. Der Käfig erlaubte ihnen weder aufrecht zu stehen noch sich auszustrekken, nicht einmal, sich zu setzen. Sie konnten nur kauernd verharren, während der Zug durch das unwirkliche Licht eines verhangenen Himmels ohne Horizont rollte. Sie wußten nicht, wie viele Tage die Reise dauern würde, ob sie je ein Ende hätte. Kein Hilfsmittel, um Zeit, Temperatur, Ort, Richtung zu bestimmen. Kein Anhaltspunkt. Sie wußten nur, daß sie sich inmitten des Nirgendwo befanden, daß es kalt war und sie die Kälte nicht mehr spürten. In den Tagen vor der Abreise waren viele von ihnen schon gestorben, als sie die Baracke verließen. Sie sanken langsam in den Schnee. Niemand vermochte zu sagen, ob sie gelitten hatten – um zu leiden, muß man noch Leben in sich haben. Fast alle im Lager jedoch waren, weit über jedes Leiden hinaus, wie tot, in Stumpfsinn versunken, in dem Nerven und Gehirn keine äußeren Reize mehr wahrnahmen. Wenn sie ihr Wasser abschlugen, erstarrte der Urin zu einem Eiszapfen, bevor er den Boden berührte.

Dann wußte man, es war minus 40 Grad.

Oleg in seinem Käfig spürte dies an den Händen. Er hielt sie an der Haut seines Bauches versteckt, unter den vor Schmutz starrenden Wollsachen, die ihm seit Wochen Tag und Nacht am Körper klebten. In der Welt des Gulag existiert kein Wasser.

Das Wasser wird zu Eis. Die Luft zu Frost. Jedes Licht zu geschmolzenem Blei. In den ersten Tagen seiner Gefangenschaft war es ihm entsetzlich vorgekommen, sich nicht waschen zu können. Nachts waren sie, fünfzehn oder sechzehn Männer, auf einem Holzgestell ohne Decken aufgestapelt. Anfänglich, bevor er den eigenen Geruch spürte, erregte der Gestank der anderen bei ihm Übelkeit. Später preßte er sich wie jeder in der Baracke an seinen Nachbarn, um nicht zu erfrieren.

Einen Monat später war sein Schmutz wie seine Haare oder Zähne zu einem Bestandteil seines Körpers geworden.

Man hatte sie am 22. Februar 1977 deportiert.

Heute war der 8. Januar 1983.

Sechs Jahre schon. Eine andere Welt, eine andere Zeit.

Es war so fern.

Er preßte sein Auge an den Spalt zwischen zwei schlecht angepaßten Metallplatten, kaum zwei Millimeter breit, von Rostbeulen fast verschlossen. Er sah die versteinerte Landschaft aus gefrorenem Nebel und totem Schnee vorbeiziehen. Es wurde Abend. Er holte seine Hände hervor und bemühte sich, jeden Finger einzeln zu bewegen.

Als er sicher war, daß seine Gelenke vom Ellenbogen abwärts funktionierten, klopfte er leicht gegen die Eisenwand, die ihn vom Nachbarkäfig trennte. Zwei Schläge antworteten ihm: Andrej hatte seinerseits Viktor benachrichtigt. Sie waren bereit.

Von diesem Augenblick an würden alle zur selben Zeit die gleichen Bewegungen ausführen müssen. Das Überleben jedes einzelnen hing davon ab.

Das Rätsel war Vitali. Als man sie in den Waggon gestopft hatte, war Vitali mit Stockschlägen in einen Käfig gezwungen worden, der nicht neben ihren Zellen lag. Hatte Vitali den Deportierten, den der Zufall zwischen sie geschoben hatte, überzeugen können, die Signale zu übermitteln?

Mit der Handfläche begann Oleg, die Eisenplatte unter seinen Füßen von der Schicht aus Dreck, fettigem Staub und Rostspuren zu befreien. Zentimeter für Zentimeter untersuchte er die Metalloberfläche, bis er unter den Fingerspitzen den Abdruck der Nietbolzen spürte, die die Platte am Chassis befestigten. Er zählte neun. Aus dem Futter seiner Mütze zog er ein winziges Winkeleisen aus Stahl und begann mit der Arbeit.

Schweißgebadet kämpfte Andrej seit einiger Zeit mit einem widerspenstigen Bolzen. Er hatte ihn schon ein Stück aus seiner Verankerung gezogen. Plötzlich ließ er sich nicht mehr bewegen. Andrej hatte Angst: Sein Leben würde doch nicht wegen eines idiotischen Stück Metalls enden. Mit blutenden Fingerspitzen zog er mit aller Kraft: nichts. Er verlegte das Gleichgewicht auf einen Unterarm und hämmerte wutentbrannt mit dem Schuhabsatz auf den Bolzenkopf. Rote Sterne tanzten vor seinen Augen. Er kannte sie gut: Er hatte Hunger. Und Hunger macht wahnsinnig. Im Lager 129 – die Gulags in Sibirien hatten keine Namen, sondern nur Nummern – hatte er Häftlinge gesehen, die sich für eine Schüssel Suppe verstümmelten. Sie banden ihre Hoden an die Türklinke, brüllten, um einen Wächter herbeizurufen, der die Tür aufstieß, und ließen sich so ihre Geschlechtsorgane abreißen. Manche verschlangen, was ihnen in die Hände fiel, Gabeln, Rasierklingen, Scheren. Andere verletzten sich selbst mit Messerstichen und infizierten die Wunde mit Schlamm, Exkrementen, Urin. Wenn sie Glück hatten, brachte man sie ins Hospital, wo sie endlich zu essen bekamen. Die größte Hoffnung für alle war jedoch, von einem Lager in ein anderes gebracht zu werden. Der Transport erfolgte in speziellen Gefängniszügen. Jeder Waggon bestand aus winzigen Zellen, gesäumt von einem langen Gang, in dem bewaffnete Aufseher mit Hunden wachten. Von Lager zu Lager wanderten Gerüchte. Es hieß, daß man sich zwischen den Schienen in den Schnee gleiten lassen konnte, indem man die Bodenplatten der Käfige abschraubte. Nie war jemand in das Lager zurückgekehrt, um dies zu bestätigen, aber die ältesten Insassen versicherten, daß es Deportierten gelungen war, während der Fahrt zu verschwinden, ohne Spuren zu hinterlassen. Wohin? Niemand sprach darüber. Man verließ ein kleines Gefängnis, um sich in einem großen zu verlieren.

Jedes Lager lag in einer Eiswüste. Wie sollte man Wölfe, Bären, Menschen überleben? Ein entkommener Deportierter löste den Start von Hubschraubern aus, die den Boden bis an die Grenzen der Steppe absuchten. Aber das kümmerte Andrej nicht.

Zuerst einmal den Käfig verlassen. Dann vermeiden, von den Rädern des Zuges zerquetscht zu werden.

Beim letzten Fußtritt gab der Bolzen nach.

Andrej steckte die Finger in die Öffnungen der Platte, drehte sie um und lehnte sie gegen die Seitenwand. Eisige Luft drang in den Käfig. Fast erstickt von ihrer Gewalt, genoß er das Brennen der Kälte.

Russen, Franzosen, Engländer, Deutsche, Italiener, Spanier – Vitali hatte alle Dichter gelesen. Dafür hatten ihn die Dichter beschützt. Im Morgengrauen, wenn er sich übergeben wollte bei dem Gedanken an den Tag, der sich über einem neuen Alptraum erhob, oder später, wenn seine Hände am Griff der Hacke vor Kälte erstarrten, gaben ihm drei Verse von Apollinaire, Dante oder Lorca den Mut, sich nicht aufzugeben.

Welle, wohin gehst du?
Ich ergieße mich lachend
bis zum Ufer des Meeres . . .

Worte. Nichts als Worte. Aber Worte erzeugten eine furchtbare Energie. Für Worte hatte Vitali fünfzehn Jahre Gulag bekommen. Er hatte noch Glück im Unglück.

Andere waren dafür gestorben, sie ausgesprochen zu haben. Worte lenkten die Welt. Sie erstickten Rußland seit fünfzig Jahren. Sie zermalmten Millionen von Menschen.

Aber an diesem Morgen lagen andere Worte auf seinen Lippen: »Dieser 8. Januar 1983 wird mein letzter Tag im Gefängnis sein: Was auch geschieht, ich kehre nicht mehr dorthin zurück.« In der Zelle zusammengekauert, versuchte er sich vor den Windstößen zu schützen, die ihn an die Wand preßten. Vor fünf Minuten war es ihm gelungen, die Platte zu entfernen. Hatten die anderen es auch geschafft?

Als sie vom Bahnsteig in den Wagen stiegen, hatte ein Milizionär ihn aus einer Laune heraus mit Stockschlägen von Oleg und Andrej getrennt. Selbst Viktor, den Oleg und Andrej, Gott weiß warum, unbedingt auf die Flucht mitnehmen wollten, war zwei Käfige weiter eingesperrt. Zwischen Vitali und ihm ein zufällig dorthin gelangter Gefangener. Der würde ihm das Signal gewiß nicht übermitteln. Schade, denn er hatte beschlossen, trotzdem zu springen. Allein. Er bekreuzigte sich und spannte seine Muskeln für den großen einsamen Sprung.

Plötzlich zuckte er zusammen: Deutlich vom Heulen des Windes, vom Quietschen und Rumpeln des Zuges zu unterscheiden, erreichte ihn der Klang von zwei Schlägen gegen die Wand.

Vitalis Gesicht leuchtete auf: Sie hatten es geschafft!

Sein Leben war nichts als Eintönigkeit gewesen. Er war irgendwo geboren, Vater unbekannt. Eines Abends war seine Mutter nicht zurückgekehrt. Er mochte sieben Jahre alt gewesen sein. Ohne Essen hatte er mehrere Tage auf sie gewartet. Dann kamen fremde Menschen. Man brachte ihn in ein Heim für elternlose Kinder. Als er acht Jahre alt war, übergab man ihn Bauern, die eine Farm in Usbekistan bewirtschafteten. Dort lernte er, mit Schaufel und Heugabel umzugehen. Mit siebzehn Jahren konnte er noch nicht lesen. Man zog ihn zur Armee ein. Er fand sich im Militärgefängnis wieder, dann im Gulag. Warum? Er wußte es nicht.

Vielleicht wegen diesem Kerl in Zivil vom Politbüro, der sich persönlich aus Moskau herbemüht hatte, um ihnen von Lenin zu erzählen.

Viktor stand mit seinen Kameraden vor der Bühne und hörte zu. Der neben ihm Stehende ergriff seine Hand und legte sie auf sein aus der Hose heraushängendes Glied. Fassungslos hatte Viktor geschrien: »Schwein!« In ebendiesem Augenblick sprach der Redner den Namen Lenin aus.

Viktor wurde aus der Reihe gezogen, in den Postenstand gebracht und zusammengeschlagen. Aufgefordert, sein Verhalten zu erklären, wagte er nicht, den Grund seines Aufschreis anzugeben. Der Politoffizier, der ihn verhörte, verbuchte sein Schweigen als Schmähung der sozialistischen Ideologie.

Auch heute verstand Viktor noch nicht, warum man ihn zu

zehn Jahren Haft in einem Arbeitslager unter verschärften Bedingungen verurteilt hatte. Ebensowenig wie die Gründe für die plötzliche Freundschaft, die ihm Andrej Talasski und Oleg Wlassow entgegenbrachten. Andrej und Oleg trugen die gestreifte Uniform der besonders gefährlichen Wiederholungstäter. Im Lager 129 wußten alle, daß sie einen Menschen mit der Schaufel erschlagen hatten. Aber niemand sprach darüber. Selbst die Kapos wagten nicht, darauf anzuspielen. Andrej und Oleg verbreiteten Angst. Viktor, der ihre Gewalt und ihren Spott fürchtete – man erzählte, Andrej und Oleg seien Studierte –, hatte es kaum fassen können, daß sie sich herabließen, das Wort an ihn zu richten, als würde er wahrhaftig existieren. Sie schenkten ihm sogar ein Paket Zigaretten! Woher kamen diese Zigaretten? Geheimnis.

Vitali dagegen, ihr anderer Gefährte, obwohl etwas zurückhaltender, ließ ihm vom Anbeginn ihrer Gefangenschaft kleine freundschaftliche Zeichen zukommen. Besser noch: Wenn Viktor sprach, hörte jener ihm zu! Er stellte ihm sogar Fragen über seine Kindheit, seine Eltern, die Gründe für seine Anwesenheit im Gulag.

Vitali schlief nicht in derselben Baracke wie er. Eines Tages, als sich die Häftlinge über Viktor lustig machten, weil er nicht lesen konnte, kam ihm Vitali zu Hilfe. »Er ist weniger bescheuert, als ihr alle zusammen!« schleuderte er ihnen entgegen. Viktor hatte immer schon Schwierigkeiten mit Wörtern. Er hörte sie genau, aber ihr Sinn erreichte ihn erst nach einer gewissen Zeit. Aber da, plötzlich, verstand er fast sofort, daß ihm Vitali soeben eine öffentliche Anerkennung ausgesprochen hatte.

So gab es also welche, die noch dümmer waren als er!

Wenn er es nicht aus Vitalis Mund gehört hätte, woher sollte er es wissen? Eine andere begeisternde Entdeckung: Seitdem sich das Trio für ihn interessierte, wagte niemand mehr im Lager, ihn zu belästigen. Dann das herrliche Wunder: Andrej und Oleg hatten ihm anvertraut, daß sie mit Vitali die Flucht versuchen würden und daß er dabeisein könnte! Wenn er daran dachte, ließ ihn dieses Übermaß an Ehre vor Scham und Stolz erröten.

Er streckte das Bein in die Öffnung, die er durch das Entfernen der Platte freigelegt hatte. Schneeschauer flogen in den Käfig.

Zwei Schläge waren an der Wand zu hören: das Signal. Viktor ließ das andere Bein ins Leere hängen. Unter sich, im Dunkeln, erahnte er den Boden, der in rasender Geschwindigkeit vorbeiglitt. Keine Sekunde lang kam ihm der Gedanke, er könnte unter die Räder des Zuges geraten. Andrej und Oleg hatten ihm versichert, er würde nichts riskieren. Warum sollte er ihnen nicht glauben? Aus ihrem Munde hätte er sogar an die Existenz Gottes geglaubt. Sie hatten auch zu ihm gesagt: »Viktor, damit unsere Flucht gelingt, brauchen wir dich.« Dieser Satz reichte aus, daß Viktor bereit war, ihnen sein Leben zu opfern. Als sie losfuhren, war es ihm sogar gelungen, den Kerl, den die Wächter in den Käfig zwischen sie sperrten, in den eigentlich Vitali gehört hätte, unauffällig an der Gurgel zu packen. »Wenn ich an deine Wand klopfe, klopfst du an die andere Seite. Wenn nicht, stirbst du, sobald wir angekommen sind.« – »Ja, ja«, hatte der Bursche gemurmelt und sich den Hals gerieben.

Mit angespannten Muskeln wartete Viktor nun auf die zwei weiteren Schläge, die das Zeichen zum Sprung sein würden.

Da waren sie. Viktor übermittelte die Botschaft in den Nachbarkäfig, und ohne ein Zögern ließ er sich herabgleiten, um von der Leere verschluckt zu werden.

Der Wind hatte sich erhoben. Das war ihr Glück.

Unmöglich, fünf Meter weit vor sich zu sehen. Die Flocken tanzten in der eisigen Luft, flogen in wirbelnden Spiralen zurück in den Himmel. Der Wind schien von allen Seiten gleichzeitig zu toben. Andrej, Oleg und Vitali liefen voran. Viktor folgte ihnen voller Freude. Erst beim nächsten Halt, wenn die Aufseher die Deportierten zählten, konnte der Alarm ausgelöst werden.

Man würde Soldaten und Hunde auf ihre Spur hetzen. Aber

Spuren gab es nicht. Wie der Sand in der Wüste löschte der Schnee alles aus. Kein Hubschrauber konnte starten.

Im Augenblick war das Unwetter auf ihrer Seite.

Ihnen drohte keine Gefahr von den Menschen. Je mehr Tage vergingen, desto schwerer würde die Suche werden.

»Andrej«, wagte Viktor zu rufen.

»Ja«, sagte Andrej, ohne sich umzuwenden.

»Weißt du, wohin wir gehen?«

»Natürlich«, sagte Andrej freundlich. »Wir gehen die Huren besuchen.«

Viktor kicherte höflich, ließ jedoch nicht locker.

»Man sieht nichts. Wie kannst du dich zurechtfinden?«

»Mach dir keine Sorgen«, sagte Oleg lachend. »Er hat einen Kompaß in den Eiern.«

Diesmal brach Viktor in lautes Lachen aus. Er war stolz darauf, bei ihnen zu sein. Er brannte darauf, sich zu opfern. Um ihnen eine Freude zu machen, hätte er sie gern über Tausende Kilometer auf dem Rücken getragen. Er wollte sie nicht belästigen, aber einige Fragen quälten ihn. Vor allem eine: »Oleg«, sagte er, »warum habt ihr mich ausgewählt?«

»Hör auf«, sagte Oleg trocken.

Er hatte für Dummheit nichts übrig, aber dieser Kerl floß über von einer solch ergebenen Zärtlichkeit, daß er fast Sympathie für ihn empfand. Im Universum der Lager auch nur irgend etwas Menschliches zu empfinden, verurteilt dich zum Tode. Um so mehr bei einer Flucht, deren Chance auf Erfolg bei einem Prozent liegt.

»Weil wir dich gern haben«, korrigierte Andrej.

»Ich habe euch auch gern«, sagte Viktor.

Plötzlich blieb Oleg stehen und packte Viktor am Kragen seiner schmutzigen Jacke.

»Du hörst jetzt damit auf, oder ich schlage dir den Schädel ein.«

Er setzte seinen Marsch durch den Schnee fort. Andrej folgte ihm. Vitali schlug Viktor leicht auf die Schulter.

»Komm schon.«

Oleg und Andrej hatten beschlossen, sich in nord-nord-östlicher Richtung so weit und so schnell wie möglich von der Eisenbahnstrecke zu entfernen. Deshalb mußte man in der ersten Woche Gewaltmärsche zurücklegen. Sie würden am Tage zwei Stunden schlafen, im winzigsten Unterschlupf, den ihnen die Steppe bot.

Bei Tagesanbruch waren sie noch immer unterwegs.

Das Schneegestöber hörte nicht auf.

»Wir machen Pause«, sage Andrej.

Erschöpft ließen sie sich zwischen zwei Schneewehen am Füße einiger kümmerlicher Birken fallen. Minutenlang sprach niemand. Sie holten tief Luft. Dann verschlangen sie den Schnee, der in ihren Mündern schmolz.

Andrej zog ein Stück Brot aus seinen Lumpen. Er teilte es in vier Teile. Jeder nahm seine Portion.

Viktor stellte seine zweite Frage.

»Was werden wir in den nächsten Tagen essen?«

Blickwechsel zwischen Oleg und Andrej: Das war die einzige Frage, die beide eigentlich nicht beantworten durften.

Im Schnee ausgestreckt, die Augen geschlossen, schien Vitali nichts zu hören.

»Dich«, sagte Oleg.

Viktor starrte sie abwechselnd an. Er brach in Lachen aus und biß in sein Stück Brot. Mit vollem Mund zwinkerte er ihnen zu und begann gutgelaunt, den hoffnungslosen Schlager der Knastbrüder zu trällern.

Mama, ich tadle dich nicht,
Drei zum Tode Verurteilte sind entkommen,
Am achten Tag haben die Hunde sie erwischt,
Und die Soldaten haben sie abgeknallt.

Mit offenem Mund hörten Oleg und Andrej zu. Sie würden Tausende Kilometer unter schrecklichen Bedingungen zurücklegen müssen. Und dieser Schwachkopf sang. Es war ihnen fast peinlich. Denn Viktor war ihre »Kuh«.

In der Sprache des Gulag ist »Kuh« derjenige, den man opfert, um selbst eine Überlebenschance zu haben. Man muß also jedes Gefühl des Mitleids unterdrücken. Aber selbst wenn man noch soviel Hunger hat, ist es hart, die zu essen, die man liebt.

Die Nacht war hereingebrochen. Vitali träumte, ein eingestürztes Haus würde seinen Brustkorb zermalmen. Er öffnete ein Auge und bemerkte, daß er von einer dicken Schneedecke bedeckt war.

Er schüttelte sich. Das erste, was er sah, war das Gesicht von Andrej, der ihm zulächelte.

»Was würdest du von einem heißen Kaffee und ein paar Blinis mit Kaviar halten?« sagte Andrej.

Vitali stand auf und streckte sich. Seine Muskeln waren so steif, als hätte man ihn windelweich geschlagen. Oleg und Viktor schliefen noch.

Vitali nahm eine Handvoll Schnee und rieb sich kräftig das Gesicht ab.

»Sag mal, Andrej, ist das ernst, was Oleg heute morgen gesagt hat?«

»Was hat er gesagt?«

»Über Viktor?«

»Natürlich. Was meinst du, was wir außer Viktor fressen sollen?«

Vitali wies auf die ausgestreckten Gestalten.

»Ich muß mit dir reden«, sagte er.

Sie gingen ein paar Meter bis zum Rand der Birkengruppe. Vitali blieb stehen, Andrej ebenfalls. Sie standen einander gegenüber.

»Ich mache nicht mit«, sagte Vitali.

Andrej sah ihn erstaunt an.

»Was soll das heißen?«

»Ihr habt es mir nicht gesagt.«

»Warum hätten wir uns sonst mit ihm belastet?«

»Ist Oleg einverstanden?«

»Wir hatten die Idee gemeinsam.«

»Rechnet nicht damit, daß ich mitmache, diesen armen Kerl umzubringen.«

»Was glaubst du, wo du bist? In einem Teesalon oder bei der Philosophievorlesung? Ob dieser Idiot krepiert oder nicht, was hat das für eine Bedeutung? Bist du sein Freund, sein Bruder, seine Mutter? Glaubst du, daß du ohne ihn hier rauskommst?«

»Ich habe zu viel in diesem Lager erlebt. Ich werde meine Freiheit nicht mit einem Mord bezahlen.«

»Deine Freiheit? Wer sagt dir, daß du überleben wirst?«

Vitali holte tief Luft.

»Ich will nicht, daß man ihn anrührt.«

»Hast du etwas Besseres vorzuschlagen?« spottete Andrej.

»Du gehst mit Oleg deinen Weg. Ich nehme meinen mit Viktor.«

»Kommt nicht in Frage«, explodierte Andrej. »Was glaubst du, was wir fressen werden? Niemand wird uns dazu verurteilen, vor Hunger zu verrecken. Nicht einmal du!«

Vitali wandte ihm den Rücken zu und ging zurück.

»Ich werde ihn warnen.«

Er hatte kaum Zeit, zwei Schritte zu machen. Wie in seinem Traum spürte er das Gewicht Andrejs auf sich fallen. Aus dem Gleichgewicht gebracht, stürzte er in den Schnee. Er öffnete den Mund, um Viktor zu warnen. Ihm blieb keine Zeit. Wild rollte sich Andrej mit seinem ganzen Gewicht auf ihn und drückte beide Daumen in seine Halsschlagader. Die Wut machte Vitali blind. Zehnmal hatte er sich im Lager geprügelt, mit Häftlingen, mit Wärtern. Schmutzige Kämpfe. Es ging darum, die eigene Haut zu retten. Alle Schläge waren erlaubt. Zeigefinger und Mittelfinger gespreizt, fuhr seine Hand in Andrejs Augen. Andrej heulte auf, ohne seine Beute loszulassen. Halb erstickt versuchte Vitali, den Unterleib des Gegners mit dem Knie zu treffen.

Plötzlich lag Andrej nicht mehr auf seiner Brust.

»Hört auf, alle beide! Seid ihr verrückt?«

Mit einem Stoß hatte Oleg Andrej umgeworfen.

Vitali schnellte wie eine Feder zurück. Im Bruchteil einer Sekunde erfaßte er alle Einzelheiten der Szene, deren Mittelpunkt er war. Weit von ihm entfernt, aufrecht im Schnee, die Silhouette Viktors, wie vor den Kopf geschlagen. Ganz nah, ihn am Arm haltend, Oleg. Und über ihm schon wieder Andrej, das Gesicht von Schmerz verzerrt, den Arm erhoben, einen schweren, schneebedeckten Ast schwingend.

»Bring ihn um, er will das andere Schwein warnen!« schrie Andrej.

Der Ast fiel herab. Vitali drehte den Kopf zur Seite, hatte aber das Gefühl, der Schlag hätte seine Schulter zertrümmert. Oleg schüttelte ihn wild, ohne den Versuch, Andrej zurückzuhalten.

»Ist das wahr, Vitali? Ist das wahr?«

»Schweinehunde«, brachte Vitali noch heraus, »solange ich lebe, rührt ihr ihn nicht an!«

Das waren seine letzten Worte. Im selben Moment fiel der Ast auf seinen Nacken nieder. Er brach zusammen. Als er am Boden lag, stürzte sich Andrej auf ihn.

»Hör auf!« rief Oleg. »Siehst du nicht, daß er tot ist?«

Aber Andrej fuhr fort, auf den leblosen Körper einzuschlagen. Ein Blutstrom drang Vitali aus Nase und Ohren. Oleg beugte sich über ihn, schob seine Kleidung zur Seite und preßte das Ohr gegen sein Herz. Sekunden vergingen. Oleg richtete sich auf.

»Verschwinden wir«, sagte er.

»Was hat er gemacht?« fragte Viktor ängstlich.

Er war herangekommen, ohne daß Andrej und Oleg ihn gesehen hatten.

»Halt dein Maul«, sagte Oleg.

Ohne einen Blick auf Vitali, den der Schnee schon mit einer dünnen Schicht bedeckte, machte er sich auf den Weg.

Nach einigen Metern verschwanden die drei Gestalten in der Nacht.

Buch 1 Ljuba

1

Die kleinen Mädchen waren sechs bis zwölf Jahre alt. Sie beugten sich anmutig herab, an die Stange geklammert, die vor einem riesigen Spiegel angebracht war. Eine alte Pianistin spielte unablässig Tonleitern.

Auf ihrem Stuhl, den legendären Silberstock in der Hand, sah Irina Schostakowa ihnen zu. Sie trug Hosen, der Oberkörper war von Wollstoffen in lebhaften Farben umhüllt. Aus ihrem durch die Jahre und übermäßiges Schminken aufgeschwemmtem Gesicht leuchteten erstaunlich grüne Augen, umgeben mit Ringen von Wimperntusche. Einstmals war sie der Stern des Kirow-Balletts in Leningrad. In ihrer fast ein halbes Jahrhundert langen Karriere hatte sie Tausende Paar Schuhe abgenutzt, Generationen von Partnern aufgezehrt. Prinzen liebten sie, Herzöge nahmen sich wegen ihr das Leben, ihre Liebhaber ließen sich kaum zählen, und bei ihren Reisen durch die ganze Welt hatten die reichsten Männer sie mit Gold, Juwelen oder Rosen überschüttet.

Aber die Schostakowa kannte nur eine Leidenschaft: den Tanz.

Und wenn sie ihre Schüler tanzen sah, so war es deren junges und frisches Blut, das durch ihren nunmehr ausgedienten Körper floß.

Sie hatte die Schule vor fünf Jahren eröffnet. Ihr berühmter Name hatte das übrige getan. Man schlug sich darum, an ihren Kursen teilzunehmen. Wie viele ihrer Schüler würden zu Stars werden?

»Natascha, runde deine Bewegungen ab! Du bewegst dich wie ein Stück Holz.«

»Ja, Frau Schostakowa.«

Diese da würde es weit bringen. Sie war voller Grazie.

»Beginn von vorn, Natascha.«

Die Pianistin nahm ihre Tonleiter an der Stelle wieder auf, an der sie sie unterbrochen hatte. Natascha stellte sich auf die Zehenspitzen und hob den Arm.

»Nein, nein«, stöhnte die Schostakowa.

Mühsam erhob sie sich von ihrem Stuhl. Auf ihren Stock gestützt, lief sie durch den Saal, wobei sie mit einer spöttischen Grimasse ihr eigenes Bild im Spiegel auf sich zukommen sah.

Sie umschlang Nataschas Taille.

Die kleinen Ballettratten erstarrten, um der Meisterin zuzusehen.

»Noch mal von vorn!«

Sie ergriff Nataschas Arm und ließ ihn, ohne den festen Griff zu lockern, einen geschmeidigen Kreis ausführen.

»Nicht so, Natascha. Die Bewegung eines Muskels beginnt zuerst im Kopf. Stell dir vor, du bist ein Reifen. Schau her.«

Sie lehnte ihren Stock an die Stange. Sie litt an Arthritis. Die Pianistin glaubte, sie würde stürzen, und schob ihren Stuhl zurück, um ihr zu Hilfe zu kommen. Die Schostakowa warf ihr einen vernichtenden Blick zu.

»Worauf wartest du? Spiel!«

Erneut flogen die Noten von »Schwanensee«, mechanisch verschandelt, bis zu den Bögen empor. Die Schostakowa beugte sich so weit herab, wie sie konnte, hob den Arm in einem perfekten Kreisbogen, und jeder ihrer Schüler verstand in diesem Augenblick körperlich, was die Worte nicht zu sagen vermochten. Als sie die Bewegung vollendet hatte, ergriff die Schostakowa wieder ihren Stock, ließ die Stange los und ging unter den bewundernden Blicken der kleinen Mäuse so aufrecht wie möglich zu ihrem Stuhl zurück. Durch die Scheiben der verglasten Tür sah sie einen Mann die Halle durchqueren und zur Treppe gehen. Das kam oft vor. Sie blieben niemals stehen, noch weniger warfen sie einen Blick in den Unterrichtsraum.

Sie war nicht neugieriger als jene. Als sie von den Räumen Besitz ergriff, hatte man ihr erklärt, daß die oberen Etagen Büros und Konferenzräume beherbergen. Sie war niemals weiter als bis zum Erdgeschoß gegangen. Sie bewegte sich nur zwischen dem Gebäude, in wunderbarer Lage in der Sobinowski-Straße, flankiert vom Majakowski-Theater und dem Haus der Freundschaft, wenige Schritte vom Kalinin-Boulevard und der Agentur TASS entfernt, und ihrer Zweizimmerwohnung in der Stankewitscha-Straße, die mit nutzlosen Symbolen der Vergangenheit gefüllt war, Fotos mit Widmungen, alten Ballettschuhen, Plakaten, Nippes. Frühere Verehrer kamen mit Naschereien, Tulpen und Erinnerungen, um ihr mit ihrem Geschwätz den Hof zu machen. Sie waren so alt wie sie. Zu unterrichten dagegen, die Vibrationen eines Tanzsaales zu spüren, zu sprechen, zu zeigen, noch immer jemand zu sein, der von Jugend umgeben war – was für eine Lust!

»Frau Schostakowa, wir stellen Ihnen das Gebäude zur Verfügung. Würden Sie gern eine Tanzschule eröffnen?«

Vor Freude hatte sie beinahe einen Luftsprung gemacht. Jeden Morgen holte ein Wagen sie von ihrer Wohnung ab. Wenn sie zum Unterricht kam, wurde sie es nie müde, ihren Namen zu lesen, der in die Kupferplatte graviert war, welche die Eingangstür schmückte:

TANZSCHULE IRINA SCHOSTAKOWA

Jeden Monat gab man ihr dreitausend Rubel für »Unkosten«. Die Einnahmen durch die Tanzkurse verdreifachten die Summe.

Nach fünf Jahren Arbeit wußte sie noch immer nicht, ob sie diese Großzügigkeit einem Staatsorgan in Anerkennung ihrer Verdienste oder ballettbegeisterten Philantrophen verdankte. Im Grunde interessierte es sie nicht. In der Sobinowski-Straße war sie zu Hause. Eines Abends war sie nach dem Theater zufällig an dem Gebäude vorbeigegangen. Seltsamerweise waren fast alle Fenster der oberen Etagen erleuchtet. Was konnte man um diese Zeit in den Büros zu tun haben?

Die plötzliche Stille alarmierte sie. Die Schülerinnen sahen sie an. Sie klatschte in die Hände. Der Unterricht war zu Ende. Erwachsene warteten hinter den Türen, dann strömten sie in den Saal. Irina Schostakowa mochte diese Zeit, dieses respektvolle Lächeln und einschmeichelnde Murmeln, das zu ihr emporstieg. Aus den Augenwinkeln heraus beobachtete sie die junge, elegante Frau, die Natascha abholte.

Sie war ihr seit langem aufgefallen. Groß, apart, mit wohlgeformten Backenknochen, erhabener Halslinie, blauen Augen, die noch durch den aschblonden Pony betont wurden, strahlte die Frau, ohne es anscheinend selbst zu wissen, eine geheimnisvolle Aura aus, die den Blick auf sich zog. Die Schostakowa machte ihr ein kleines Zeichen.

Die junge Frau kam zu ihr.

»Sind Sie Nataschas Mutter?« fragte die Schostakowa.

»Ihre Tante.«

»Sie macht Fortschritte. Darf ich Sie etwas fragen?«

»Aber natürlich, ich bitte Sie.«

»Haben Sie einmal getanzt?«

»Früher, ein wenig. Ich war sehr mittelmäßig.«

»Sie bewegen sich wie eine Tänzerin. Ich gebe samstagabends einen Auffrischungskurs für Erwachsene. Wollen Sie nicht kommen?«

»Ich möchte gern«, murmelte die junge Frau, »vielleicht . . .«

Die Schostakowa wußte, daß man sie wie ein nationales Denkmal betrachtete. Sie schüchterte alle ein, die sich ihr näherten. Ihr zerfurchtes Gesicht erstrahlte in einem wohlwollenden Lächeln.

»Wie heißen Sie?«

»Ljuba«, sagte die junge Frau, »Ljuba Karpowa.«

Hans Kreiper drehte den Scheck zwischen den Fingern hin und her: hunderttausend Dollar, ausgestellt auf seinen Namen, adressiert an eine englische Bank, die Westminsterbank. Ein Anruf nach London hatte genügt, um sich zu vergewissern, daß der Scheck gedeckt war. Gewiß, er war der Empfänger.

Ein Detail jedoch störte ihn: Er hatte nicht die geringste Vorstellung vom Absender. Selbst in Zürich war es nicht üblich, daß ein Anwalt im voraus bezahlt wurde von einem Klienten, über den er nichts wußte und, seltsamer noch, für einen nicht vereinbarten Dienst. Es gab diesen merkwürdigen Boten, einen Kerl im braunen Parka, der im Vorzimmer auf eine Antwort wartete. Hans Kreiper mußte sich sofort entscheiden, und er war völlig durcheinander. Dabei konnte er mit solchen Verrückten umgehen. Er hatte genug Erfahrung, um zu wissen, daß sich bei einem Vermögen über fünfzig Millionen Dollar – und er gab sich selten mit Kunden unter dieser Summe ab – jeder so verhielt, als wäre er der König der Welt. Zu Recht: Nur wenige widerstanden ihnen. Ihre Launen, ihre Triebe, ihre Grillen mußten augenblicklich befriedigt werden. Dafür gab es fürstliche Gegenleistungen.

Voller Verwirrung verließ er seinen Sessel und ging zum Fenster. Er war groß, massiv, ein opulenter Vierziger, die hohe Stirn von einer Krone schwarzer Haare geschmückt, die in Locken auf den Nacken herabfielen, kleidete sich immer in blaue Serge, hatte einen gebeugten Gang und galt als schöner Mann. Verträumt schwenkte er den Scheck, drehte ihn in alle Richtungen und hielt ihn gegen das Licht. In seinen Augen war jeder Scheck, der auf seinen Namen ausgestellt war, so schön wie ein van Gogh: schwer, ihn abzulehnen.

Drei Etagen weiter unten ließ die Limmat den Spiegel ihres klaren grünen Wassers vorbeifließen, auf dem weiche Algen sichtbar wurden. Erneut las er die englisch geschriebenen Worte: »Für Ihre ersten Ausgaben.« Und weiter unten: »Wir erwarten Sie heute abend, Donnerstag, 10. Oktober, in Moskau zu einer dringenden Konsultation. Sie werden im ›Kosmos‹ wohnen, und wir essen im ›Aragwi‹ nach alter georgischer Tradition zu Abend. Sie werden morgen abend zurück in Zürich sein.« Es folgten zwei unleserliche Unterschriften. Offensichtlich handelte es sich nicht um ein traditionelles Herangehen, aber hunderttausend Dollar für die »ersten Ausgaben«. Er drückte auf die Sprechanlage.

»Ute, lassen Sie den Mann, der auf mich wartet, hereinkommen.«

Augenblicklich öffnete sich die Tür, und der Mann mit dem braunen Parka stand im Zimmer.

»Setzen Sie sich«, sagte Hans Kreiper. »Ich glaube, ich habe Ihren Namen nicht genau verstanden.«

»Golotin. Michail Golotin.«

Hans fiel auf, daß Golotin trotz seines russischen Namens ohne den geringsten Akzent deutsch sprach.

»Angenehm, Herr Golotin. Ich nehme an, Sie stehen in Verbindung mit den Personen, die Sie geschickt haben?«

»Gewiß.«

»Können Sie mir sagen, wer diese Personen sind?«

»Ich weiß es nicht, Herr Kreiper. Ich werde einfach nur dafür bezahlt, Ihnen die Nachricht zu überbringen, mich zu Ihrer Verfügung zu halten und Sie zum Flugplatz zu fahren, wo eine Maschine auf Sie wartet.«

»Perfekt«, sagte Hans Kreiper mit einer Spur von Gereiztheit. »Dann lassen Sie sie bitte wissen, daß ich ihnen für ihr Vertrauen danke, aber daß ich die Einladung ablehne.«

»Sie lehnen ab?« fragte Golotin.

»Unbedingt. Ich bin sehr beschäftigt, und Ihre Informationen sind unbefriedigend.«

Golotin zog einen Umschlag aus der Tasche, der ebenso aussah wie der, den er ihm schon übergeben hatte.

»Möchten Sie ihn bitte öffnen, Herr Anwalt?«

Hans Kreiper riß den Umschlag auf. Sein Gast entfernte sich diskret bis zum Fenster, drückte die Nase gegen die Scheibe und betrachtete die Häuser, die das gegenüberliegende Ufer des Flusses an der Stampfenbachstraße säumten.

Der Umschlag enthielt zwei Blätter Papier.

Auf dem einen stand, mit der Hand geschrieben: »In der Hoffnung, daß Sie Ihre Meinung ändern.«

Das andere war ein Scheck über fünfhunderttausend Dollar, ausgestellt auf Hans Kreiper, bei derselben Bank!

Der Anwalt starrte fassungslos auf Golotins Rücken. Er

drückte auf einen Knopf. Ute steckte den Kopf herein. Mit einer Bewegung winkte er sie heran, gab ihr den Scheck und flüsterte ihr leise zu:

»Überprüfen Sie ihn.«

Eine Minute verging. Im Büro bewegte sich niemand. Der Mann im Parka sah Hans Kreiper nicht an, und Hans Kreiper dachte noch weniger daran, das Wort an ihn zu richten.

Die Tür öffnete sich wieder. Ute blinzelte ihm zu: Der zweite Scheck war gedeckt.

Hans Kreiper hüstelte.

Natalja ergriff das Messer und begann das Fleisch zu zerschneiden.

»Könnten wir ein Stück davon Mama geben?« schlug Ljuba vor.

»Stell dir vor, ich habe schon daran gedacht. Ich bringe es ihr morgen. Wo ist Wassili?«

»Wer soll das wissen, bei seinem Job ... Vor zwei Tagen ist er um fünf Uhr morgens nach Hause gekommen.«

»Wenn mein Mann so etwas täte, würde ich vor Unruhe sterben. Warst du beunruhigt?«

»Ich habe geschlafen.«

Sah man sie nebeneinander, gab es keinen Zweifel, daß Ljuba und Natalja Schwestern waren: Ljuba etwas größer, Natalja, fast ebenso hübsch, aber mit einem etwas breiteren Gesicht und fünf Jahre älter. Von weitem wurden sie trotz des Größenunterschieds häufig verwechselt.

»Wenn du geschlafen hast«, bohrte Natalja mit scheinbar unbeteiligter Stimme weiter, »woher weißt du dann, daß es fünf Uhr war?«

Ljuba warf ihr einen erbitterten Blick zu.

»Ich habe im Moment einen sehr leichten Schlaf.«

Natalja wickelte den Rest der Hammelkeule in ein Tuch.

»Warum fragst du?« wunderte sich Ljuba.

»Nur so«, sagte Natalja. »Hast du eine Zigarette?«

Ljuba holte die Schachtel aus der Tasche ihres Morgenmantels. Da sich Natalja gerade die Hände abtrocknete, schob sie ihr eine Zigarette zwischen die Lippen und hielt ihr das Feuerzeug hin.

»Weißt du«, sagte Natalja, während sie den ersten Zug nahm, »ich habe mit Anna, Jelena und Ariana gesprochen ...«

Sie waren fünf Töchter, fünf Schwestern: die Karpowa-Schwestern.

»Worüber?« fragte Ljuba mißtrauisch.

»Über dich.«

»Und weiter?«

»Über dich ... über Wassili ...«

»Sag mal, Natalja«, empörte sich Ljuba, »kümmere ich mich um dein Leben mit Juri?«

»Wir machen uns Sorgen.«

»Aber warum mischt ihr euch ein?«

»Du bist nicht die erste Frau, die Eheprobleme hat.«

»Ich und Probleme? Aber ihr seid ja verrückt! Wie kommst du darauf?«

»Na hör mal! Ich will dir helfen, und du greifst mich an.«

Ljuba drückte ihre Zigarette im Aschenbecher aus.

»Natascha macht große Fortschritte. Die Schostakowa hat mir noch einmal gesagt, sie wäre sehr begabt.«

»Ich weiß Bescheid«, unterbrach Natalja sie ungeduldig. »Ich rede nicht von meiner Tochter, ich rede von Wassili, deinem Mann!«

Ljuba vergrub die Hände in den Taschen ihres Morgenmantels und begann mit großen Schritten durch die Küche zu laufen.

Dann blieb sie plötzlich vor ihrer Schwester stehen.

»Ich werde ihn verlassen, Natalja!«

Als Kind war Anatoli Peminjakow schon einmal in der Kirche. Er mochte sechs oder sieben Jahre alt gewesen sein. Er erinnerte sich nicht mehr genau, ob es eine Totenfeier, eine Hochzeit oder eine Taufe gewesen war. Furchtsam hielt er die Hand seiner Mutter, erdrückt von den Riten der Zeremonie, dem Licht

Tausender Kerzen, die das Kirchenschiff erhellten, dem Geruch des Weihrauchs, den goldenen Verzierungen, den Bewegungen des Priesters. Die liturgischen Gesänge hatten ihn verwirrt. Dann schritt die Partei gegen die Religionsfreiheit ein. Zahlreiche Kirchen, sofort gesprengt, hatten leeren Parks in verlassenen Vorstädten Platz gemacht, die Lenins Namen trugen. Andere wurden geschlossen, zu Staatseigentum erklärt, zu Schneiderwerkstätten, die letzten zu Aufnahmelagern für Gefangene. Es ging darum, alles verschwinden zu lassen, was die Erinnerung an den Glauben hätte bewahren können. Lenin wachte persönlich darüber: »Es darf kein einziger Ort des Gebetes auf der Erde bleiben, und der Gedanke an Gott muß verjagt werden wie ein Relikt des Mittelalters.« Anfang der dreißiger Jahre hatte ein gewisser Jaroslawski, Präsident der Liga der Gottlosen, sogar einen Fünfjahresplan des Atheismus von den Behörden bestätigen lassen: Sollten die Gottlosen Angst vor Gott haben?

Als guter Kommunist dachte Anatoli niemals an Gott.

Nur in ebendiesem Augenblick, vielleicht weil diejenigen, die ihm den Lauf ihrer Pistole in die Nieren preßten, seltsamerweise beschlossen hatten, ihn zu diesem verlassenen Ort zu führen, der einstmals, wenn seine Erinnerung ihn nicht täuschte, »Kirche aller Verzweiflung« hieß. Dort, wo einst der Altar stand, waren verschiedene Bottiche aufgereiht, hinter denen er die Kupferrohre eines Destillationsapparates zu erkennen glaubte. Im Hintergrund des Kirchenschiffes verlor sich der Chor in der Dunkelheit. Die Wände waren mit obszönen Graffities besprüht.

Wie Tausende anderer Passanten war Anatoli hundertmal durch die Teterinski-Straße gelaufen, ohne sich zu fragen, was sich hinter diesen Mauern verbarg, die man schließlich gar nicht mehr wahrnahm, weil man sie so dicht vor der Nase hatte. Er war überzeugt, daß er bei der Untersuchung aller früheren Kultplätze Moskaus auf neue Spuren des Schmuggels von Alkohol und Drogen stoßen würde. Die Stadt wurde damit überschwemmt.

Wenn die Nacht hereingebrochen war, glichen manche Straßen Säuferasylen. Auf dem nackten Boden ausgestreckt, schliefen die Betrunkenen den Rausch ihres widerlichen selbstgebrannten Wodkas aus. Sie schnarchten. Die Drogensüchtigen schnarchten nicht mehr: Bei Tagesanbruch waren viele von ihnen tot. Anatoli hatte die drei Kerle, die ihn auf der Straße angefallen hatten, sofort in die Kategorie der kleinen Gauner eingeordnet. Er empfand maßlose Verachtung für diese Art von Kläffern mit arrogantem Gehabe. In seinem Büro in der Nesdanowoj-Straße hatte er Dutzende von ihnen zum Sprechen gebracht. Sobald sie nicht mehr im Schutz der Gruppe waren, schienen sie plötzlich völlig kopflos. In wenigen Stunden wurden auch die Härtesten zu Denunzianten, die für ein paar unbestimmte Versprechen ihre besten Freunde verkauften. Andere versuchten, ihre Mutter, ihre Frau, ihre Tochter gegen ihre Freiheit einzutauschen. In den zwanzig Jahren, seit er Generalstaatsanwalt war, hatte er Hunderte von ihnen ins Gefängnis gesteckt. Für ihn war das Leben eines Verbrechers nicht mehr wert als die Kugel, die man ihm in den Kopf schoß.

Aber die gute alte Zeit unter Breshnew war fern. Die Perestrojka hatte großen Schaden angerichtet. Heute mußte man über Menschen zu Gericht sitzen, bevor man sie verurteilte. Der Liberalismus nagte an der Stadt wie eine Pest und ermöglichte, daß man sich im Jahre 1991, an einem 9. Oktober, im Herzen Moskaus, um sieben Uhr abends, erlaubte, einen Generalstaatsanwalt der Sowjetunion zu entführen, während kaum zehn Meter weiter die Passanten durch die Straße strömten!

Die Wut ließ ihn erröten.

»Hört mal, ihr erbärmlichen Kerle, ihr werdet mir jetzt sofort sagen, was ihr vorhabt.«

»Du wirst ein Glas trinken«, sagte einer von ihnen, ohne zu lächeln.

Sie stießen ihn gegen einen Bottich, drückten ihn dann gewaltsam auf einen Hocker und fesselten ihn. Anatoli hatte noch keine Angst.

»Schrei!« sagte der Kleinste von den dreien.

Er trug eine Mütze, eine Kunstlederjacke und Leggins der amerikanischen Armee.

Anatoli warf ihm einen verächtlichen Blick zu.

»Schrei!« wiederholte der Mann.

Er begleitete seinen Befehl mit einer harten Ohrfeige.

Anatoli stieß einen wilden Schrei aus, dessen Klang die Luft bis zu den Deckenwölbungen hinauf erzittern ließ.

»Du kannst schreien, soviel du willst«, sagte der Kleine, »niemand kann dich hören.«

Mit beiden Händen öffnete er ihm den Mund. Anatoli spürte einen metallischen Gegenstand, der sich in seinen Hals schob. Das Ende eines Trichters. Er hielt die Luft an, um die kalte Flüssigkeit nicht zu schlucken, die seinen Gaumen überschwemmte. Die drei Männer begannen zu lachen. Als Anatoli dem Ersticken nahe war, machte er einen verzweifelten Atemzug, um Luft in seine Lungen zu lassen: Er trank den ersten Schluck Wodka.

»Trink«, sagte einer der Männer, »das ist eine gute Sorte!«

Anatoli versuchte sich zu wehren, aber die Fesseln hinderten ihn daran. Der Kleine, auf seinen Knien sitzend, streichelte mütterlich seinen Kopf, wie bei einem Säugling, während die anderen fortfuhren, den Inhalt einer Flasche in den Trichter zu gießen. Peminjakow begriff, daß sie ihn mit Alkohol töten wollten. Er würde seine Frau nicht wiedersehen. Ebensowenig sein Büro in der Nesdanowoj-Straße, seinen Hund, nichts mehr, niemanden: Er würde sterben.

Später, mitten in der Nacht, würden sie seinen Körper auf den Bürgersteig werfen. Die Ergebnisse der Untersuchung wären klar: Generalstaatsanwalt Anatoli Peminjakow starb auf der Straße an übermäßigem Alkoholkonsum.

Jetzt lief ihm die Flüssigkeit aus dem Mund und überschwemmte sein Hemd. Er hustete, erbrach sich, erstickte fast. Aber der Wodka floß unerbittlich in seine Kehle. Der Kleine mit der Mütze streichelte weiter seinen Nacken. Er näherte seine Lippen dem Ohr Anatolis.

»Jetzt will ich, daß du erfährst, warum du stirbst.«

Schon vom Alkohol getrübt, nahm das Gehirn Anatoli Peminjakows nicht mehr viel auf. Dennoch hörte er die Worte, die sein Henker murmelte. Es waren die letzten, die ihn erreichten.

Dann geriet in seinem Kopf alles durcheinander, während sich vor seinen heraustretenden Augen Millionen Gewölbe der »Kirche aller Verzweiflung« wie wahnsinnig drehten.

Schließlich wurde alles schwarz.

2

Über die großen Reden von Gleichheit und Gerechtigkeit konnte Ljuba nur lachen. Sie hatte schon lange verstanden, daß es sich um Phrasen handelte, mit denen man sich eincremte wie mit einem Balsam.

Worte . . . Dennoch vermochte kein Wort die oberste Ungerechtigkeit auszugleichen: Es gibt keine Gerechtigkeit in der Liebe. Ljuba hatte Wassili nie begehrt. Vor der Hochzeit war ihr das gar nicht bewußt. Millionen von Ehen funktionierten so. Man richtet sich ein, man macht einander etwas vor, die Jahre vergehen – das heißt dann Ehe. Aber Ljuba war zu aufrichtig, um unentwegt täuschen zu können. Ein Detail schließlich änderte alles: Sie ertrug Wassilis Berührung nicht mehr.

Eines Abends, vor sechs Jahren, war er in ihr Zimmer gekommen. Sie hatte das Licht wieder eingeschaltet und sich auf einen Stuhl gesetzt, weit entfernt vom Bett. Alles war besser als diese unsichtbare Schuld, die sie zerfraß, sie mußte sprechen. An diesem Tag erfuhr sie, daß es leichter war, als sie gedacht hatte, die Wahrheit zu sagen. Die Worte waren von selbst gekommen. Und je mehr sie sagte, desto freier fühlte sie sich.

»Was nützt es, wenn wir uns weiter belügen, Wassili? Ich kann nicht mehr.«

»Bist du in einen anderen Mann verliebt?«

»Nein, Wassili, in niemanden.«

In der Öffentlichkeit hatte er den Ruf eines unerbittlichen Polizisten.

Aber dort, in diesem gedämpften Licht, in diesem stillen Zimmer, schien er hilflos, ohne Verteidigung. Sie sah ihn von der Seite an: blond, das glatte, feine Haar kurzgeschnitten.

Er hielt seine kräftigen Hände über den Knien verschränkt.

»Bist du dir sicher?«

»Ich habe dir mein Wort gegeben. Seitdem wir verheiratet sind, gab es niemanden außer dir.«

Trotz allem wirkte er erleichtert.

Dennoch, selbst auf indirekte Weise war es das Schlimmste, was eine Frau einem Mann sagen kann: »Ich liebe dich nicht.«

»Während all der Jahre hast du also so getan, als würdest du mich lieben.«

»Aber ich liebe dich!«

Das Wort »lieben« hatte so viele Bedeutungen.

Wie sollte sie ihm erklären, daß sie ihn auf ihre Weise liebte, wie einen Bruder, wie einen Freund? Daß sie ihn achtete, respektierte, seine Anwesenheit schätzte, Vertrauen zu ihm hatte? War das nichts wert?

»Du liebst mich«, sagte er mit Bitterkeit, »aber du willst nicht, daß ich mich dir nähere.«

»Das ist etwas anderes.«

»Willst du, daß wir uns trennen?«

»Das mußt du mir sagen, Wassili.«

»Nein. Du bist meine Frau.«

Er saß noch immer auf dem Bett. Sie wollte ihn nicht verletzen. Von unbestimmten Gewissensbissen ergriffen, stand sie auf, setzte sich neben ihn und fuhr mit der Hand durch seine Haare.

»Ich wollte dir auch sagen . . .«, stammelte sie.

»Was willst du mir sagen? Daß ich dich anwidere?«

Sie zuckte mit den Schultern.

»Du bist ein Mann, Wassili. Ich würde sehr gut verstehen, wenn du dir anderswo suchen würdest, was du bei mir nicht haben kannst.«

Er schob sie sanft zurück und verließ das Zimmer.

Ljuba dachte oft daran zurück. Manchmal hoffte sie, er hätte ihren Rat befolgt. Auf jeden Fall war seit jenem Tag keiner von beiden mehr auf dieses Gespräch zurückgekommen.

Nun hatte Natalja vor zwei Stunden die Wunde aufgerissen, die sie verheilt glaubte: Sie war noch immer offen. Ljuba stellte es fest, als sie ihre eigenen Worte hörte: »Ich werde ihn verlassen.«

Warum hatte sie das nicht schon früher ausgesprochen? Wie lange kann man Dinge ertragen, ohne sich einzugestehen, daß sie einen ersticken?

Hans Kreiper trat in den Salon seiner Suite. Überall standen Blumen, eine Überfülle roter Rosen. Auf einer Kommode kühlte Champagner in einem Eiskübel neben einer riesigen geöffneten Kaviarbüchse. Kein russischer Kaviar – iranischer: aus dem Feuer des Schahs, von Kennern »dicke, goldene Körner aus dem Vorrat des Herrschers« getauft, nicht zu finden seit der Revolution. Toasts und Butter auf kleinen Tellern aus ziseliertem Silber. Mit offenem Mund wandte sich Hans den beiden Frauen in roter Uniform zu, die ihn begleitet hatten.

»Man könnte glauben, man wäre im ›Ritz‹«, sagte er.

Er hatte deutsch gesprochen. An ihrem Lächeln sah er, daß sie kein Wort verstanden. Er war zum erstenmal in Moskau, den Kopf voll von Klischees: Elend, Mangel, Armut... Anstelle dieses Horrors war er am Flugplatz von einem Chauffeur empfangen worden, steif wie ein englischer Majordomus. Die schwarze Limousine glich den Wagen, die in Hollywood für die Paraden der Stars eingesetzt wurden. In einer Minibar aus Ebenholz, die neben einem kleinen Kühlschrank stand, fand er Flaschen mit den besten Whiskymarken. Sie waren über eine von majestätischen Bäumen gesäumte Straße gerollt, und als der Chauffeur ihn vor dem »Kosmos« absetzte, teilte er ihm mit, daß ihn seine Gastgeber in einer Stunde zum Abendessen abholen würden. Und nun diese Blumen, dieser Kaviar, dieser Champagner. Ganz zu schweigen von der Schönheit der beiden jungen Frauen, die ihn an Bord des Privatjets verwöhnt hatten.

Bei der Ankunft in Moskau schienen ihn die Zöllner zu erwarten: keinerlei Formalitäten, nicht die geringste Frage. Ein Polizist geleitete ihn liebenswürdig zum Ausgang des Flugplatzes.

Während des Fluges stellte er Hunderte Vermutungen über die Identität dieser glänzenden Klienten an, die ihn als Ratgeber gewählt hatten. Es konnte sich nur um höchste Staatsfunktionäre handeln.

Jelzin? Gorbatschow? Schließlich war Hans einer der gefragtesten internationalen Juristen Europas. Er hatte bereits schwierige Verhandlungen zwischen Staaten zum Erfolg geführt, große Verträge für die bedeutendsten Erdölgesellschaften ausgehandelt, schwindelerregende Abkommen zwischen Nationalbanken und verschuldeten Regierungen abgeschlossen.

Es war acht Uhr abends. Er ging ins Badezimmer, zog sich aus und nahm eine Dusche. Als er fertig war, zog er eine Grimasse beim Anblick seines zerknitterten Hemdes, das er auf dem Boden liegengelassen hatte. Er war mit leeren Händen losgefahren, hatte nicht einmal eine Zahnbürste mitgenommen. Er öffnete den kleinen Spiegelschrank über dem Waschbecken. Er schien alles zu enthalten, was sich ein anspruchsvoller Mann an Toilettenartikeln vorstellen konnte. Von einer Eingebung getrieben, warf er einen Morgenmantel über, ging ins Schlafzimmer und öffnete den Schrank: Die Schubfächer quollen über von Unterwäsche, Strümpfen, Hemden. Auf dem Schild im Halsausschnitt sah er nach der Größe: Es war die richtige!

Er öffnete den Kleiderschrank. Dort hingen zwei elegante blaue Anzüge auf den Kleiderbügeln. Es gab auch einen Mantel, verschiedenste Krawatten.

Er weigerte sich zu begreifen, nahm ein Hemd und ging ins Bad zurück. Seine Gastgeber würden jeden Augenblick eintreffen. Nach ihren Willkommensgrüßen konnte er sie schlecht nackt empfangen!

»Bist du allein?«

»Ja.«

»Und Wassili?«

»Ich warte auf ihn.«

»Ist das wahr, was Natalja mir erzählt hat?«

Ljuba stieß einen langen Seufzer aus.

»Komm rein ...«

»Es heißt, du willst ihn verlassen«, meinte Jelena.

Alles lief verquer in Moskau. Ausgenommen die Verbreitung von Neuigkeiten.

»Bleib nicht an der Tür stehen«, sagte Ljuba resigniert. »Komm, setz dich. Hast du schon gegessen?«

»Natürlich. Es ist schon nach zehn.«

»Ich nicht.«

Sie setzte sich an den Tisch. Zwei Teller standen auf der roten Tischdecke. Jelena setzte sich auf Wassilis Platz. Wie zwischen Ljuba und Natalja war auch die Ähnlichkeit zwischen Jelena und ihrer Schwester erstaunlich. Wenn man sie einander gegenübersitzen sah, konnte man fast glauben, eine von ihnen säße vor einem Spiegel. Jelena hatte etwas dunkleres Haar, aber ihr Teint, ihre blauen Augen und die hohen Backenknochen verrieten eindeutig die Abstammung der Karpowa-Schwestern.

»Bist du extra deswegen gekommen?« fragte Ljuba, während sie an einem Salatblatt knabberte.

»Was hast du Wassili vorzuwerfen?«

»Nichts.«

»Das ist allerdings sehr schlimm«, meinte Jelena. »Trinkt er?«

»Weniger als andere.«

»Schlägt er dich?«

Ljuba zuckte die Schultern.

»Vergißt er deine Geburtstage?«

»Ich habe nur einen im Jahr.«

»Schlaft ihr miteinander?«

Ljuba schob heftig ihren Teller zurück.

»Ich habe keine Lust, darüber zu sprechen, Jelena.«

»Ljuba, wenn ich eine Dummheit machen würde, wärest du die erste, die zu mir käme, um es mir zu sagen. Alle wissen Bescheid. Anna, Ariana, Natalja, ich!«

»Ich sage dir, daß ich nicht darüber reden möchte!«

Sie stand auf und preßte die Nase gegen das Fenster. Jelena ging zu ihr. Ljuba wandte ihr den Rücken zu. Jelena umfaßte ihre Schultern.

»Ist es ernst?«

Ljuba schwieg weiter.

»Du weißt, daß ich dich gern habe, Ljuba. Wir haben dich alle gern. Aber ich habe Angst um dich. Ich mache mir Sorgen.«

»Nicht so sehr wie ich«, sagte Ljuba.

»Siehst du, hier ist es warm ...«

Das Mädchen brach in Lachen aus. Sie waren in dem riesigen kalten Raum eines Kühllagers, und der Dummkopf erzählte ihr, es wäre warm! Es stimmte, draußen war es noch schlimmer, minus 30 bis 40 Grad. Sie standen umschlungen an einem Rinderkörper, der wie eine Wiege schaukelte. Neben tausend anderen hing die Karkasse an einem Stahlhaken aufgehängt, der über einen dreißig Meter langen Eisenträger geschoben werden konnte.

»Wie heißt du?« fragte der Mann.

»Dunjaschka.«

In Wirklichkeit hieß sie Anna, aber das verriet sie nie. Sie änderte den Namen je nach Geschmack des jeweiligen Kunden.

Sie hatte »Dunjaschka« gesagt, weil das der Vorname ihrer Großmutter war. Manchmal hieß sie Alexandra, Sophie, Katherina, Irina, Jelena. Bei anderer Gelegenheit, wenn sie einen Diplomaten oder einen untergeordneten Angestellten einer ausländischen Botschaft aufgabelte, staffierte sie sich auch mit einem europäischen Vornamen aus: Margarete, Daisy, Carmen, Marion.

Sie traf nie zweimal denselben Kunden.

»Und du, wie heißt du?«

»Wladimir.«

Sie mochte die Russen nicht. Sie waren arm. Und wenn sie

ein paar Groschen hatten, so waren es Rubel. Mit Rubel hatte man nichts. Die Ausländer dagegen bezahlten in Dollar.

Den ganzen Abend hatte sie vergeblich in der Bar des Hotels »Metropol« herumgesessen und gewartet. Sie sah viele Männer vorbeikommen, aber die waren entweder in Begleitung oder sprachen sie nicht an. So blieb sie in ihrem Sessel im hinteren Teil des Raumes sitzen, die Beine übergeschlagen, mit immer verdrossenerem Ausdruck, je weiter die Stunden verstrichen. Der Pförtner des »Metropol« kam mehrmals unauffällig vorbei, um zu sehen, was sie anstellte. Er mochte sie gern. Er nahm von ihr nur zehn Prozent ihres Gewinns. Besser noch, er trieb ihr Kunden zu. Als Gegenleistung überschüttete ihn Anna mit Herrlichkeiten, die ihn an die leuchtenden Jahre seiner ehelichen Umarmungen erinnerten. Aber Anna war etwas Besonderes. Eine Ausnahmeerscheinung. Sie arbeitete solo und unterwarf sich keinem Gesetz. Die anderen Mädchen hatten weniger Glück. Um in die Bar hereinzukommen und auf Kundenfang zu gehen, mußten sie ihm dreißig Prozent ihrer Einnahmen zahlen. Dann mußten sie dem Zuhälter sechzig Prozent geben. Sie beklagten sich nicht darüber. Der Rest war für sie. An manchen Abenden voller Melancholie und Wodka kam es selbst bei den Empfindsamsten vor, daß sie es unanständig fanden, in einer Stunde mehr zu verdienen als ihr Vater in drei Monaten. Eine von ihnen hatte Anna anvertraut, daß ihre Großmutter sie mit aller Macht in ihrem Beruf unterstützte: »Ich bin stolz, daß du eine Prostituierte bist, meine Enkelin. Sich seines Körpers zu bedienen, hat nichts Schändliches. Schändlich ist das Elend. Ohne dich könnten deine Geschwister nicht einmal zur Schule gehen. Dein Vater hat sich sein ganzes Leben für die Arbeit umgebracht, sieh dir an, wohin das geführt hat!«

Dunjaschka, Annas Großmutter, die von der ganzen Familie zärtlich »Babussja« genannt wurde, wäre tot umgefallen, wenn sie erfahren hätte, auf welche Weise sich ihre Enkelin das Taschengeld verdiente. Eine Frage der Kultur, der Bildung, der Generation. Aber Anna fühlte keinerlei Komplexe.

Heute abend hatte sie viel getrunken. Sie wollte unverrichteterdinge gehen, als dieser Kerl sie ansprach und zu einem Drink einlud. Noch bevor er den Mund aufmachte, sah sie, daß er Russe war. Er trug einen prunkvollen Pelzmantel, eine malvenfarbene Krawatte, und seine Schuhe, die wie Spiegel glänzten, waren offensichtlich nicht in einer Staatsfabrik hergestellt: wahre Kleinodien.

Er roch nach Apparatschik und Geschäftsmann.

Als er ein zusammengerolltes Bündel Dollarscheine vor ihrer Nase schwenkte, war sie ihm gefolgt.

Anstatt, wie erwartet, in einem Zimmer zu landen, hatten sie sich in der Mjuskaja-Straße wiedergefunden, in einem Kühllager. »Ich muß etwas überprüfen«, sagte er lachend zu ihr. Ohne überflüssige Erklärungen. Was soll's, wenn er Wert darauf legte, sie in einem kalten Raum zu lieben – seine Sache.

Jetzt preßte er sie mit leichten Hüftstößen gegen die Karkasse. Er hatte beim Hereinkommen seine Handschuhe ausgezogen. Anna spürte seine brennend heißen Hände auf ihrem Körper. Sie sollte sich also hier und auf der Stelle das Dollarbündel verdienen, das er ihr mit einer galanten Bewegung in den Ausschnitt gesteckt hatte, bevor sie das »Metropol« verließen. Nun wurde auch sie munter.

»Glaubst du, du wirst können, im Stehen, in der Kälte, gegen eine Rinderkarkasse gelehnt?« spottete sie.

Er grunzte fröhlich.

»Ich könnte auch in der Hölle, auf dem Rücken des Teufels!«

Mit der rechten Hand untersuchte sie ein bestimmtes Körperteil.

»Mein Gott, das stimmt.«

In diesem Moment explodierten die Türen der Lagerhalle.

Mit offenem Mund sah Anna zwei Tanklaster in den Raum rasen. Mehrere Männer standen auf den Seitenflächen und fegten die Tierkarkassen mit dem Strahl einer Flüssigkeit aus der Spritzdüse beiseite. Das war so ungewöhnlich, so plötzlich, daß beide mehrere Sekunden wie gebannt verharrten. Wladimir reagierte als erster. Ohne daran zu denken, seine Hose zu schließen, zog er Anna blitzschnell mit der Kraft eines Raubtieres fort.

Keiner von beiden sorgte sich darum, gesehen zu werden.

Zuerst die eigene Haut retten. Sie rannten zum hinteren Ende der Halle. Mit aufgeblendeten Scheinwerfern donnerten die Lastwagen durch die Reihen, wendeten auf der Stelle mit einer rasanten Kurve, bohrten sich in die Rinderkarkassen, die sich von den Haken lösten, durch die Luft flogen und mit einer Fontäne von Knochen, Eis und Fleischfetzen unter die Räder der schweren Fahrzeuge kamen.

»Ich weiß, für wen diese Dreckskerle arbeiten! Die Schweinehunde!«

»Was?« fragte sie.

»Halt's Maul!«

Sie kauerten an einer Wand, hinter einem Motorkarren, nun voller Entsetzen bei der Vorstellung, man könnte sie entdekken.

Plötzlich, ebenso unverhofft wie sie gekommen waren, fuhren die Lastwagen dem Ausgang zu. Als sie vor dem Tor waren, das sie eingedrückt hatten, blieben sie stehen. Ohne zu atmen, sahen Anna und Wladimir einen einzelnen Mann zurückkommen und etwas auf den Betonfußboden werfen. Die Gestalt des Mannes erleuchtend, der entfloh, sprangen überall Flammen von unvorstellbarer Helligkeit empor. Dann ertönte der Lärm der Lastwagen, die in der Mjuskaja-Straße mit schrillem Heulen anfuhren.

»Und jetzt könntest du immer noch?« murmelte Anna mechanisch.

Sie befanden sich wahrhaftig in der Hölle. Die Flammen schlugen bis zur Decke. Zu spät, um den Ausgang zu erreichen. Sie wußte, daß sie sterben würden. Da war es gleich, was man sagte.

Ein entsetzlicher Geruch von Benzin und verbranntem Fleisch erfüllte die Halle. Gegen jede Vernunft angelte Wladimir nach ihrer Hand und stürzte im Zickzack auf die Tür zu. Sie waren noch weit entfernt, als beide erstickt inmitten der Rinderkarkassen zusammenbrachen, die wie Fackeln brannten.

Unmöglich einzuschlafen. Ljuba mochte sich noch so sehr vor Wassilis Rückkehr fürchten, sie durfte das, was sie ihm zu sagen hatte, nicht mehr hinauszögern. Sobald sie versuchte, nicht mehr daran zu denken, bestürmten sie andere Erinnerungen, die ihr das Herz schwer werden ließen. Nicht, weil sie unangenehm waren, sondern weil sie zum Leben einer anderen Frau zu gehören schienen und die Sache noch schwerer zu machen drohten. Dantes Verse kamen auf ihre Lippen:

Es gibt keinen schlimmeren Schmerz,
als die Erinnerung an glückliche Tage im Elend.

Sie stand auf und holte aus einem Wandschrank unter einem Berg alter Pullover eine blaue, verzierte Pappschachtel hervor, die früher eine Matrjoschka enthalten hatte. Darin lagen all jene kleinen Dinge ohne Wert, die das Leben kostbar machen, Briefe, Fotos, kleine Gegenstände, von denen jeder mit einem Ereignis aus ihrer Kindheit verbunden war: ein Haifischzahn, den ihr ein Großonkel – er war Seemann – als Talisman geschenkt hatte, die Bänder ihrer ersten Ballettschuhe, eine Haarlocke aus der Zeit, da sie sechs Jahre alt gewesen war, zwei oder drei Liebesbriefe aus ihrer Jugend.

Sie wollte eben mit ihren Schätzen zum Bett zurückgehen, als es an der Tür kratzte. Überstürzt schob sie die blaue Schachtel unter die Wäsche.

»Komm rein«, sagte sie.

Wassili steckte den Kopf herein.

»Schläfst du nicht?«

»Nein. Ich habe alte Sachen aufgeräumt.«

Sie schlüpfte unter die Decke. Er setzte sich auf das Bett, in einer Haltung, die ihr vertraut war, und nahm ihre Hand.

Sie überließ sie ihm ohne Regung, biß sich auf die Lippen und senkte die Augen. Sie konnte nicht mehr warten: Jetzt war es soweit!

»Wassili –«

Aber er war in Gedanken verloren, beladen mit seinen Problemen: Er unterbrach sie.

»Das wird was geben. Ich werde vielleicht rausfliegen.«

»Aber du bist doch gerade zum großen Chef ernannt worden!«

Sein Gesicht drückte das Gegenteil aus.

»Ich wurde vielleicht zu früh befördert. Das Ende des Regimes steht bevor. Die Neuen werden mich für einen echten Kommunisten halten, gläubig und unnachgiebig.«

Er drückte ihre Hände.

»Wenn das passiert«, scherzte er, »werden wir nach Florida gehen. Dort soll es Palmen geben. Ich konnte schon immer einen Vergaser von einer Ölpumpe unterscheiden. Ich mache eine Werkstatt auf. Mechanik, Reparaturen aller Art. Du übernimmst die Kasse. Hast du schon mal Palmen gesehen?«

Ljuba spürte, wie sich ihr Herz zusammenzog. Wenn er in diesem sarkastischen und bitteren Ton fortfuhr, würde sie nicht den Mut haben, ihn noch mehr zu zerstören.

»Wassili, ich muß mit dir reden.«

Das Telefon klingelte. Wassilis Gesichtsausdruck veränderte sich, aber er rührte sich nicht.

»Ich höre dir zu«, sagte er.

Das Klingeln gellte ihnen weiter in den Ohren.

»Geh ran«, sagte Ljuba mit angespannter Stimme.

Er stand auf. Mit zugeschnürter Kehle sah sie ihn ins Nachbarzimmer verschwinden. Das Klingeln brach ab. Sie hörte Wassili etwas sagen. Mit besorgtem Gesicht kam er ins Zimmer zurück.

»Ein Notfall«, sagte er. »Die Lagerhallen in der Mjuskaja-Straße stehen in Flammen. Das ganze Viertel brennt. Es gibt Tote.«

Er küßte ihr flüchtig die Stirn.

»Träum von Florida«, sagte er lächelnd.

Er wandte sich um. Ljuba hörte die Tür zuschlagen.

Einige Sekunden verharrte sie unbeweglich.

Dann stand sie auf, zog ihren Morgenmantel an, ging ins Wohnzimmer, lief bis zum Fenster und blickte auf die Straße.

Neun Etagen tiefer sah sie Wassili aus dem Haus rennen und in ein Polizeiauto stürzen, das ihn bereits erwartete.

In derselben Nacht des 9. Oktober wurden etwa fünfzig Taxifahrer im Zentrum Moskaus von Kunden herangerufen, die ihnen eine Adresse im Süden der Stadt, bei Kolomenskoje, angaben. In der Nähe des vermeintlichen Zielpunktes angekommen, richtete der Kunde eine Waffe auf ihren Nacken und erteilte den Befehl, rechts abzubiegen, in Richtung Bitschewski-Park. Zwei mit Planen abgedeckte Lastwagen erwarteten sie dort, in einer kleinen Straße geparkt, die sich zwischen die verfallenen Schuppen quetschte. Man ließ sie aussteigen. Trotz ihrer Proteste pferchten die Männer sie in die Lastwagen, indem sie sie mit Waffen bedrohten. Dann verband man ihnen die Augen, und die Lastwagen fuhren los. Sie rollten lange dahin. Die Stöße und die engen Kurven deuteten auf häufige Richtungsänderungen hin.

Einige öffneten den Mund, um Fragen zu stellen. Man schlug brutal auf sie ein. Die anderen ließen sich das gesagt sein, und der Rest der Fahrt ging ohne ein Murmeln vor sich. Nach einer Stunde hielten die Lastwagen. Die Taxifahrer hörten Türen quietschen. Dann, noch immer mit verbundenen Augen, stieß man sie aus den Lastwagen. Sie warteten schweigend, im Stehen.

»Nehmt eure Binden ab«, sagte eine Stimme.

Sie waren in einem gepflasterten Hof, der von hohen Mauern geschützt wurde. Man trieb sie zu einem Haus mit rußzerfressener Fassade, das sie durch zwei Reihen von Maschinenpistolen betraten. Das Innere war ebenso dunkel wie die Fassade. Es handelte sich wohl um die Montagehalle eines stillgelegten

Werkes. Die Schienen, die durch die Halle liefen, waren von Rost zerstört. Im Hintergrund die dunkle Masse eines Sarges, um den mehrere Kerzen brannten. Man zwang sie, sich im Halbkreis um diesen Sarg aufzustellen. Zwei Männer erschienen in dem harten Licht, das nackte Glühlampen auf die makabre Szene warfen.

Einer von ihnen hielt sich diskret im Hintergrund. Der andere ergriff das Wort.

»Ihr seid unsere Gäste. Wir haben euch zu einem Schauspiel eingeladen.«

Er warf einen langen Blick auf die Zuschauer.

Dann fügte er hinzu:

»Schaut hin, hört zu, und vergeßt es nie wieder.«

Er wandte sich zu dem Sarg.

»Wie heißt du?«

Eine dumpfe Stimme erhob sich aus dem Kasten.

»Fedor Malidanow.«

»Dein Beruf?«

»Taxifahrer.«

»Deine Haltestelle?«

»Vor dem ›Ukraina‹.«

»Du fährst also viele Touristen?«

»Ja.«

»Du treibst sie den Nutten zu?«

»Ja.«

»Was gibt dir die Nutte dafür?«

»Zwanzig Prozent ihrer Einnahmen.«

»Wieviel mußt du uns davon geben?«

»Die Hälfte.«

»Tust du das?«

»Nicht immer.«

»Es ist teuer, uns zu betrügen.«

»Ich bitte um Verzeihung. Laßt mich raus!«

Auf ein kleines Zeichen des Mannes, der die Fragen stellte, drückte der andere auf einen Knopf. Man hörte ein Fauchen und den Lärm eines herabfallenden Sägeblattes. Stumm vor

Entsetzen und Fassungslosigkeit hörten die Taxifahrer das verzweifelte Heulen des Verurteilten, der begriffen hatte, daß etwas Schreckliches geschehen würde. Bevor irgend jemand reagieren konnte, drang die Klinge in die vibrierenden Holzwände ein.

In wenigen Sekunden waren der Sarg und sein Inhalt in zwei Teile geschnitten. Blut floß über die Werkbank.

Das Heulen der Säge verklang.

In die zurückgekehrte Stille drang die Stimme des Anführers mit einer Grabrede in Form einer letzten Warnung.

»So enden alle, die betrügen.«

3

Alla Karpowa stand schon fünf Stunden in der Schlange vor dem Lebensmittelgeschäft 18 in der Platowskaja-Straße. Seit drei Tagen mischte sie sich, mehr aus Müßiggang und Gewohnheit als aus echtem Mangel, in die Menge, die auf alle Geschäfte Moskaus einstürmte, in der Hoffnung, etwas kaufen zu können. Was? Irgend etwas. Die Regale waren leer. Keiner wußte, was man auftreiben würde, aber da es an allem fehlte... Man erzählte sich, daß die Mafia die Lebensmittel aufkaufte, um sie zum zehn- bis hundertfachen Preis auf dem schwarzen Markt weiterzuverkaufen. Aber Alla wußte nicht, an welchen geheimnisvollen Orten der schwarze Markt abgehalten wurde. Sie brauchte Eier, Milch und Mehl. Am zweiten Montag eines jeden Monats lud sie ihre fünf Töchter zum Tee ein. Was auch in ihrem Privatleben geschehen mochte, keine von ihnen war jemals von dieser Familientradition abgewichen, die sie wieder in die süße Vertrautheit der Kindheit eintauchen ließ. Weder Männer noch Kinder waren zugelassen. Zwei Stunden lang reichten die Karpowa-Schwestern einander die Teekanne, knabberten die von der Mutter gebackenen Kekse, vergaßen, daß sie erwachsen waren.

Dann erblühten wieder die zärtlichen Vertrautheiten der Jugend, die Witze, das alberne Lachen oder die Gemeinheiten, die sie gegen die Umwelt losließen. Alla tat so, als würde sie sich ärgern. Aber insgeheim war sie entzückt von dem freien Ton, den ihre Kinder untereinander bewahrt hatten.

Sie nahm ihre Tasche in die andere Hand, um die trotz der schwarzen Wollhandschuhe in der Kälte erstarrten Finger zu entspannen.

Die Teezeremonie würde in fünf Tagen stattfinden: Würde sie genug Zeit haben, die notwendigen Zutaten zu beschaffen?

Wären nicht diese kleinen Alltagssorgen, hätte sie keinen Grund, sich zu beklagen. Seit dem Tod von Karel, ihrem

Mann, umgaben sie ihre fünf Töchter aufmerksam und mit Höflichkeit. Alle waren schön, was ihnen ebenso viele Bewunderer wie heimliche Neider eintrug. Außer Anna, die ihr Verlöbnis vor langer Zeit gelöst hatte und lieber allein leben wollte, hatte jede von ihnen eine anständige Ehe geschlossen.

Jelena hatte einen Ingenieur geheiratet, Natalja einen Verantwortlichen für die Telefonvergabe, Ariana einen Sportlehrer. Der Mann von Ljuba war soeben zum Polizeichef ernannt worden!

»Glauben Sie, daß noch etwas übrigbleibt?« fragte sie der Mann, der neben ihr von einem Bein aufs andere tanzte.

»Ich weiß nicht«, sagte Alla.

Sie näherten sich dem Eingang des Geschäfts. Gerade vor ihr gab es ein Gedränge. Sie sah zwei Frauen, die sich umklammert hielten. Dann gab es einen lauten Schrei, ein Gesicht voller Blut, die eine der beiden Frauen entfloh.

Allas Nachbar erstarrte vor Entsetzen.

»Sie hat ihr die Nase abgebissen!« sagte er mit fassungsloser Stimme.

Von Ekel überwältigt, erblickte Alla ein Stück blutiges Fleisch, das auf dem Boden lag. Die verstümmelte Frau hatte ihren Beutel fallenlassen und hielt sich jammernd das Gesicht mit beiden Händen. Es war schrecklich. Moskau war ein prähistorischer Dschungel. Für eine Handvoll Essen benahmen sich die Menschen wie wilde Tiere. Von einem Mann gestützt, verließ die Frau taumelnd die Schlange.

Im gleichen Moment sah Alla im Hintergrund das Innere des Geschäftes, wo ein junges, weißgekleidetes Mädchen auf dem Ladentisch stand und ein riesiges Schild über den leeren Regalen befestigte: »Alles ausverkauft!«

Iwan Koranow erhob sich schwer vom Diwan, auf dem er sich ausgestreckt hatte, öffnete das Schubfach der Kommode und zog eine Flasche Wodka hervor. Er hatte sie dort seit dreißig Jahren aufgehoben, ohne zu wissen, warum. Er trank niemals Alkohol.

Der Augenblick war gekommen. Er durchquerte die drei Meter, die ihn von der Küche trennten, öffnete den Kühlschrank – Stolz eines jeden Apparatschiks –, tat ein paar Eisstücke in ein Glas, entkorkte die Flasche, roch mißtrauisch daran. Dann ging er ins Wohnzimmer zurück und betrachtete das Lenin-Porträt, das in einem Mahagonirahmen über der Kommode hing. Im Januar 1918 hatte Lenin gesagt: »Einen von zehn, die sich des Parasitismus schuldig machen, wird man auf der Stelle erschießen.« Seitdem er im Amt war, bemühte sich Iwan Koranow, diese Empfehlung in die Praxis umzusetzen. Als außerordentlicher Ratgeber des Chefs des Komitees für Staatssicherheit unter Breshnew, Andropow, Tschernjenko und Gorbatschow hatte er Generationen von Oppositionellen, Abweichlern, Intellektuellen, Dieben und Individualisten festnehmen lassen.

Natürlich war es in diesen Zeiten nicht verboten gewesen zu denken. Aber Iwan Koranow ließ nicht zu, daß man gegen das Regime dachte. Er liebte sein Land. Ein einziger Gedanke hatte ihn bei der Ausübung seiner Pflicht geleitet: die inneren Feinde der Sowjetunion zu vernichten.

Er erhob sein Glas:

»Auf dich, Genosse!«

Sein ganzes Leben lang war Lenin sein Meister, sein Vorbild, sein Gott gewesen. Wie würde er heute reagieren, könnte er sehen, was man aus seinem Werk machte? In wenigen Jahren war die Stadt zu einer Kloake der Korruption geworden. Milizionäre, Polizisten, Politkommissare, Parteifunktionäre von der Spitze bis zur Basis, jeder wollte an der Jagd auf das Reich teilhaben, das einst die Welt erzittern ließ.

Er setzte das Glas an die Lippen. Der Wodka bereitete ihm Ekel. Er ging in die Küche zurück, spuckte in den Ausguß, goß den Inhalt der Flasche hinterher und spülte sich den Mund mit Leitungswasser. Dann trat er in sein Schlafzimmer. Neben dem Doppelbett – in dem er immer allein schlief – ein Foto seiner verstorbenen Mutter, der Tradition entsprechend mit einem Weidenzweig geschmückt. Kaum von einem Wandbehang verborgen ein riesiger Stahltresor. Es war nicht nötig, ihn zu verstecken. Iwan Koranow verkörperte das Gesetz. Er machte angst. Niemand hätte die selbstmörderische Idee gehabt, sich an seiner Habe oder an ihm selbst zu vergehen. Seit Jahrzehnten verschloß er in diesem Tresor Kopien der Dossiers aus seinem Büro auf Tausenden Mikrofilmen. Ganz zu schweigen von anderen kompromittierenden Dokumenten über die hohen Tiere des KGB, der Armee und der Nomenklatura.

Wozu war das jetzt noch gut?

Nichts respektierte man mehr. Raissa selbst, die Frau Gorbatschows, war ein Opfer der von ihrem Mann gepredigten Glasnost. In Woronej, Zentralrußland, drangen Paparazzi in die psychiatrische Klinik ein, in der ihr Bruder, Eugen Titarenko, eingesperrt war, ihr alkoholkranker jüngerer Bruder, dessen Existenz sie bis dahin zu verheimlichen vermochte. Am nächsten Tag konnte man im »Moskowski Komsomolez« das große Bild des Schwagers des Präsidenten sehen: ein willenloses Wrack, aufgeschwemmt, kahlköpfig, fahl, eine Kippe in der Hand. Wäre eine solche Erniedrigung einige Jahre früher möglich gewesen? Man hätte diese Feinde des Volkes ohne Umstände erschossen.

An diesem Morgen hatte man – in der großen Tradition der sechziger Jahre, als die Bande des »Mongolen« alle umbrachten, die sich der Erpressung widersetzten – vor dem »Ukraina«, mitten im Stadtzentrum, einen Taxifahrer gefunden, der mit einer Säge in zwei Teile zerschnitten worden war. Er lag in seinem Wagen, von Blut überschwemmt: der Oberkörper hinter dem Lenkrad, der untere Teil auf der Hinterbank.

In der Mjuskaja-Straße hatte sich ein riesiges Fleischlager in Rauch aufgelöst. Kriminelle Brandstiftung. Zwischen den Rinderkarkassen die Reste zweier verkohlter menschlicher Körper, deren Identifizierung unmöglich war.

Aber all das war noch nichts.

Im ersten Morgengrauen hatten Polizisten in einer verlassenen Straße die Leiche von Anatoli Peminjakow aufgelesen.

Staatsanwalt Peminjakow. Sein Waffenbruder, sein Freund. Der glühende Kämpfer hatte jahrelang in der Zeitschrift der Staatsanwaltschaft den Sittenverfall angeprangert. Iwan Koranow seinerseits schickte ihm die Übeltäter, von denen er meinte, daß sich die Staatssicherheit mit ihnen befassen müßte. Gemeinsam bildeten sie ein unbezwingbares Team der Unterdrückung.

Dem Inspektor zufolge, der ihn informiert hatte, war Anatoli einer Embolie infolge massiven Alkoholkonsums erlegen. Wie banal.

Auf den Bürgersteigen Moskaus sammelte man jeden Morgen Betrunkene ein, die der Wodka oder selbstgebrannter Schnaps getötet hatten.

»Natürlicher Tod«, fügte der Inspektor unnötigerweise hinzu.

Dieser Idiot vom Dienst wußte nichts von einem einfachen Detail: Staatsanwalt Peminjakow hatte nie etwas anderes als Wasser getrunken.

Die Lösung ergab sich von selbst. Es handelte sich um einen Mord, der durch das Alkoholkoma verfälscht wurde, um Anatoli Peminjakow zu entehren. Dieser Vorsatz ließ nichts Gutes ahnen. Zunächst waren die Mörder sicher, der Polizei zu entkommen – auch heute noch würde es niemand wagen, einen Generalstaatsanwalt der Sowjetunion zu beseitigen, wenn er nicht die Gewißheit absoluter Straffreiheit hätte.

Dann konnte es sich um nichts anderes als um eine Rache handeln.

Schließlich, wenn sie sich unangreifbar fühlten, würden die Kriminellen nicht zögern, nach ihrem nächsten Opfer zu greifen.

Man mußte kein Wahrsager sein, um zu erraten, nach wem: nach ihm selbst, Iwan Koranow.

Die meisten Männer, die er mit der Hilfe des Staatsanwaltes in den Gulag geschickt hatte, waren niemals wiedergekehrt.

Andere, durch ihre Haft zeitlebens gebrochen, waren unfähig, den geringsten Plan einer Vergeltung auch nur zu erdenken, noch weniger auszuführen.

Wer dann? Man erzählte sich, einigen Entflohenen wäre es gelungen, in die Vereinigten Staaten oder nach Südamerika zu entkommen. Sie hätten dort eine neue Identität angenommen, Chirurgen hätten ihnen ein neues Gesicht gegeben. Wahrscheinlich existierten diese Überlebenden nur als kollektive Phantasievorstellung. Niemand war ihnen jemals begegnet.

Einige Jahre zuvor ging ein anderes unkontrollierbares Gerücht um: aus dem Lager Entkommene würden sich in der Stadt verstecken.

Damals hatte Iwan Koranow die Untersuchung selbst geführt: kein Ergebnis. Gerüchte . . .

Es gab nicht das geringste konkrete Beispiel, daß ein Ausbruch jemals gelungen wäre. Die Entfernungen, die Steppe und die Kälte waren unendlich gefährlicher als die grausamsten Milizionäre. Die meisten Deportierten wurden gefaßt und erschossen. Andere waren verhungert, ihre Reste von Wölfen verschlungen. Eine winzige Schar war einfach in der Natur verschwunden. Keine Spur. Sollte man daraus schließen, daß sie entkommen waren?

Einen Augenblick erwog Koranow die unwahrscheinliche Möglichkeit der durch ein Wunder Erretteten, die von dem Durcheinander der Perestrojka profitierten, um die Rechnungen der Vergangenheit zu begleichen. Lächerlich. Aber dennoch zu überprüfen. Er hatte in seinem Koffer die komplette Liste aller Fluchtversuche aus den sibirischen Gulags seit dem Beginn ihrer Einrichtung. Er mußte nur die Namen von denen heraussuchen, die verschwunden waren, und die Spur wiederaufnehmen. Das war die Lösung.

Einfach eine Frage der Zeit. Heute abend würde er damit beginnen.

Er zog seinen schweren Otternmantel an, setzte den Hut auf und teilte seinem Chauffeur mit, daß er jetzt herunterkommen würde. Er warf einen bedauernden Blick auf den Tresor, verriegelte die Tür hinter sich und lief die drei Etagen hinunter. Auf der Straße war die Luft kalt und trocken. Es war schön. Er stieg in den SIL, dessen Tür vom Chauffeur aufgehalten wurde. Eine Stunde zuvor hatte er unter dem Schock der Empörung und des Zorns einen sofortigen Termin bei Wassili Montaschew, dem neuen Chef der Abteilung zur Bekämpfung des organisierten Verbrechens verlangt und erhalten. Montaschew, erst seit zehn Tagen im Amt, war Nachfolger von Alexander Gurow, den man zwei Wochen zuvor kaltgestellt hatte.

Koranow war Montaschew noch nie begegnet.

Vielleicht gehörte er zu dieser neuen Generation von Funktionären, denen die eigene Person, die Familie und ihr Wohlergehen vor den Dienst für den Staat, das sozialistische Ideal, gingen?

Um das zu erfahren, würde er ihm nur ins Gesicht sehen müssen, wenn er ihm vom Mord an Staatsanwalt Peminjakow erzählte.

Allein an seinen Augen würde er sofort erkennen, ob er integer war. Oder aber, wie so viele seiner Kollegen, schon von der Mafia verseucht.

Der Mann blieb vierzig Jahre auf einer Säule in zwanzig Metern Höhe stehen, ohne das Gleichgewicht zu verlieren, ohne sich zu bewegen. Ein System von Schnüren erlaubte es den Vorbeikommenden, ihm in einem Korb ein paar Lebensmittel und Wasser zukommen zu lassen. Auf demselben Weg schickte Simeon die Würmer lebendig herunter, die seine Beine bedeckten. Wegen des Wundbrands. Zwar entzog er ihnen die Nahrung seines Fleisches, jedoch lehnte er ab, daß man ihnen Böses tat. In seinen Augen hatte jedes lebendige Wesen, ob Elefant oder Schmetterling, Mensch oder Mücke, das Recht auf Ehrfurcht vor dem Leben.

Um diesen Preis war er ein Heiliger geworden . . .

Das war teuer bezahlt. Ljuba dachte jeden Tag daran, wenn sie an der Kirche des Säulenheiligen Simeon vorbeiging. Rührend durch ihre Winzigkeit, verschwand sie zwischen den beiden riesigen Gebäuden an der Ecke der Worowski-Straße. Das Viertel war nicht mehr das von einst. Der Arbat-Platz hatte das

Aussehen eines sowjetischen Lunaparks für Billigtouristen angenommen. Falsche Maler entwarfen dort Porträts der Passanten, Stadtstreicher standen vor der Metrostation Schlange, alle Arten kleiner Geschäfte blühten auf, und überall im Park griffen vierzehnjährige Jungen mit den Gesichtern von Greisen nach den Handtaschen allein laufender Frauen. Ljubas Wohnung befand sich in einem der fünf Wohnhäuser aus Beton, die mit ihrer Masse die zarte Eleganz der Kirche erdrückten. Dort, wo sich einst Holzhäuser und die kleinen Läden der Handwerker erhoben, erstreckten sich nun die kalten Schaufenster des Supermarktes »Gastronom«, der Textilgeschäfte »Moskowitschka« und »Sintetika«, des Fotoladens »Jupiter«, des Restaurants »Arbat«, in dem gleichzeitig zweitausend Menschen auf dem Weg zu den beiden gigantischen Sälen des Kinos »Oktober« ihr Essen verzehrten. Aber alle Freunde Ljubas sagten immer wieder, daß sie »unheimliches Glück« habe, dort zu leben.

Wenn sie wüßten ... Sie hatte Wassili seit dem Vortag nicht mehr gesehen. Am Morgen hatte er sie von einem Untergebenen anrufen lassen. Er war überlastet. Er würde später kommen.

In der Eingangshalle fragte sie sich, ob sie den Fahrstuhl nehmen – er hielt in allen Etagen – oder zu Fuß die neun Etagen hinaufsteigen sollte. Sie dachte an die Worte der Schostakowa und begann, langsam die Treppe hinaufzugehen: War es möglich, daß sie noch einmal tanzen würde? Sie stellte fest, daß sie nicht einmal außer Atem war, als sie die Tür des Wohnzimmers öffnete.

Wassili war da, stand dem Fenster zugewandt. Er drehte sich um.

Sie war erstaunt über sein verschlossenes Gesicht, seine von Schlaflosigkeit geröteten Augen.

»Ich habe eine schlimme Neuigkeit«, sagte er.

Blitzartig dachte Ljuba an ihre Mutter.

»Ein schreckliches Drama, Ljuba. Sei tapfer.«

Sie starrte ihn an. Er kam auf sie zu.

»Anna«, fügte er hinzu und wandte die Augen ab.

Plötzlich erlosch alles. Alles, was ihr eigenes Leben betraf, wurde unwichtig. Wassili zog aus der Tasche eine Kugel aus Zeitungspapier. Er wickelte sie auf. Ljuba hielt den Atem an.

Ein Ring!

Ljuba erkannte den Goldring, auf dem sich ein Opal erhob, den sie so sehr begehrt hatte, bis ihn ihre Großmutter Dunjaschka Anna schenkte, der jüngsten Schwester.

»Sie war heute nacht in dem Feuer in der Mjuskaja-Straße eingeschlossen. Das ist alles, was von ihr geblieben ist.«

»Sie hat ihn vielleicht jemandem gegeben!« wehrte sich Ljuba.

Sanft nahm er sie in die Arme. Sie weinte.

»Wie ist das geschehen, Wassili? Wie?«

»Das weiß ich noch nicht«, murmelte er.

Seltsamerweise fühlte er sich von diesem bizarren Gefühl erfüllt, von dem er schon gehört hatte, ohne es jemals empfinden zu können: dem Mitgefühl.

Ljuba riß sich plötzlich los und sah ihn mit zornblitzenden Augen an.

»Was hat Anna mitten in der Nacht in diesem Lager gemacht?«

Wassili wandte den Kopf ab.

»Du bist Polizist!« brauste Ljuba auf und schlug ihm gegen die Brust. »Und was hilft dir das? Ich will wissen, was mit meiner Schwester passiert ist, hörst du? Sag mir, was mit ihr passiert ist!«

Wassili ergriff sanft ihre Fäuste.

»Ljuba, im Moment weiß ich es noch nicht, aber ich werde es erfahren. Ich schwöre dir, daß ich es erfahren werde!«

Ljuba warf sich in den Sessel und vergrub ihr Gesicht.

»Meine Schwester . . ., meine kleine Schwester«, stammelte sie unter krampfhaftem Schluchzen. »Anna . . .«

In ihrem Kummer machte sie ihn fast für ihr Unglück verantwortlich. Er wagte nicht, einzugreifen, und ließ sie weinen.

»Gib mir den Ring.«

Er reichte ihn ihr. Sie schob ihn auf den Finger.

»Ich werde ihn niemals mehr abnehmen«, sagte sie.

Ein Glas Champagner in der Hand, warf Hans Kreiper, einziger Passagier des Privatjets, der ihn zurück nach Zürich brachte, einen letzten Blick auf die Startbahn des Flugplatzes Domodetewo.

Die Nacht eingerechnet, war er nicht einmal vierundzwanzig Stunden in Moskau geblieben. Es schien ihm jedoch so, als hätte er sich seit Wochen dort aufgehalten. Fremdheit, fast unwirkliche Personen, Brutalität der Ereignisse – er hätte nicht sagen können, warum. Aber was auch die Folgen sein mochten, die der Zufall für ihn bereithielt, er wußte, daß er diese Reise niemals vergessen würde.

In Moskau fühlte er sich stärker als in seinem ganzen bisherigen Leben. Was man von ihm verlangt hatte, war enorm, an der Grenze des Möglichen, gefährlich, verrückt. Und er, Hans Kreiper, Schweizer Staatsbürger, Protestant aus alter Familie und einer der Notabeln Zürichs, war geradewegs in diesen Irrsinn hineingesprungen, glücklich über die Herausforderung, bei der sein ganzes professionelles Wissen, in einem Vierteljahrhundert angesammelt, plötzlich auf die Probe gestellt wurde, von zwei Verrückten, die mit einer ungewöhnlichen Intuition begabt waren.

Der Abend begann in der Gorkistraße, im »Aragwi«, vor einem königlichen Tisch, der unter Lachs und Kaviar fast zusammenbrach. Der Direktor selbst hatte darauf Wert gelegt, daß er von allen Spezialitäten des Hauses kostete, Schaschlik, Suluguni, Satsiwi, Kascha, unter dem Wirbel eines georgischen Orchesters und bei Strömen von Wodka. Hans rührte sehr wenig davon an. Er wollte einen klaren Kopf behalten.

Keine übertriebene Höflichkeit. Von Anfang an waren sie direkt beim Thema.

»Es ist kein Zufall, daß wir uns an Sie gewandt haben. Worum wir Sie bitten werden, ist schwierig.«

»Worum handelt es sich?«

»Um einen Vertrag. Wir wollen einen Vertrag unterzeichnen, einen Vertrag . . ., der nicht wie die anderen ist.«

»Einen außergewöhnlichen Vertrag . . .«

Er war erstaunt über ihre Jugend. In ihnen brannte ein nur mühsam unterdrücktes Feuer, sie redeten abwechselnd, einer den Satz des anderen vollendend, als wären ihre beiden Körper von einem gemeinsamen Denken erfüllt.

»Wir wollen Ihnen unbeschränkte Vollmachten geben, uns gesetzlich zu vertreten. Geld spielt keine Rolle. Wenn Sie ablehnen, müssen Sie dieses Gespräch vergessen.«

»Ich höre.«

In groben Zügen entwickelten sie ihm ihr Projekt. Anfangs wäre Hans am liebsten gegangen: zu gefährlich! Sie bemerkten sein Zögern. Hans könnte sogar schwören, daß sie es vorausgesehen hatten. Denn anscheinend sahen sie alles voraus. Später, im Salon seines Appartements, wo sich die Diskussion bis drei Uhr morgens hinzog, spielte er den Anwalt des Teufels, indem er sich bemühte, alles, was sie vorgaben, zu entkräften. Bis zu dem Augenblick, da er, aus Mangel an Argumenten, feststellte, daß dieses ganze Chaos, so verrückt es auch war, theoretisch funktionieren konnte.

Von da an, aufs äußerste gereizt, überraschte er sich dabei, mit ebensoviel Leidenschaft zu argumentieren wie seine Gesprächspartner.

»Warum sind Sie nicht direkt zu mir nach Zürich gekommen?« fragte er, als er sie zur Tür begleitete. »Nichts hindert Sie doch daran, aus der Sowjetunion herauszukommen.«

Sie brachen in Lachen aus.

»Herauszukommen vielleicht. Aber zurückkehren zu können, das ist eine andere Sache!«

Hans hatte vierzehn Tage Zeit, um die Verträge vorzubereiten.

Normalerweise, selbst wenn er rund um die Uhr mit all seinen Mitarbeitern daran arbeitete, würde er dreißig Tage brauchen. Aber nichts war ja normal an dieser Geschichte, weder ihr Vorhaben noch der neue Scheck über vierhunderttausend. Mechanisch tastete er durch den Stoff seiner Weste nach der Brieftasche. Mit den sechshunderttausend, die er bereits erhalten hatte, war das schon eine Million, bevor die Arbeit überhaupt losging!

Trotz des Brummens der Triebwerke glaubte er sein Herz schlagen zu hören.

»Wir landen«, sagte die Stewardeß. »Würden Sie bitte Ihren Sicherheitsgurt anlegen?«

Sie reichte ihm ein Glas Champagner.

Den Sicherheitsgurt anlegen! In Anbetracht dessen, was er erlebt hatte und was in Gang gesetzt werden sollte, konnte man es nicht besser sagen.

Als sie die Lagerhalle betraten, warf Ljuba Wassili einen langen Blick zu und griff nach seiner Hand. Schweigend führte er sie zu der Stelle, an der man Annas verkohlten Körper gefunden hatte.

Obwohl die Polizisten und vor ihnen die Feuerwehrmänner alle Türen offengelassen hatten, war die Luft von einem unbeschreiblichen, schweren, entsetzlichen Geruch verpestet. Gestank von gebratenem Fett, von erkalteter Asche ... Er drang aus dem Boden, den geschwärzten Eisenträgern, den verbrannten Wänden.

Untersuchungsbeamte gingen ihnen respektvoll aus dem Weg. Das Geräusch ihrer Schritte auf den Betonplatten hallte seltsamerweise in dem Gerippe der von den Flammen verschlungenen Gewölbebögen wider. Am Morgen hatte die Stadtreinigung den größten Teil der schwarzen Fleischstücke entfernt, die den Boden bedeckten.

»Da«, sagte Wassili, »da ist es.«

Ljuba verharrte. Aus dem Augenwinkel sah er, daß sie mit den Tränen kämpfte. Sie hockte sich hin. Mit der Spitze des Zeigefingers streichelte sie sanft den Beton, in langsamem Hin und Her.

Unbehaglich legte ihr Wassili die Hand auf die Schulter.

»Um wieviel Uhr war der Brand?« fragte Ljuba.

»Gegen ein Uhr früh.«

»War Anna allein?«

»Mit einem Mann.«

»Wer?« fragte Ljuba und richtete sich auf.

Er schüttelte den Kopf zum Zeichen, daß er es nicht wußte.

Sie knetete krampfhaft den Opalring, den sie auf den linken Ringfinger gesteckt hatte.

»Wassili . . ., wer hat das getan?«

Er wandte sich verlegen ab.

»Ich weiß, daß du es weißt, Wassili. Sag mir die Wahrheit. Wer?«

»Die Mafia«, ließ er widerwillig fallen.

Sie sah ihn fassungslos an.

»Die Mafia?«

»Ich habe es gerade erfahren«, sagte er.

»Und Anna? Was hat Anna in dem Lager gemacht?«

»Ich weiß es nicht, Ljuba.«

Sie starrte ihn an, ohne zu verstehen. Das war wirklich nicht der richtige Augenblick. Aber fast gegen seinen Willen stellte er die Frage, die ihm seit dem Vortage auf den Lippen brannte.

»Ljuba, du wolltest mit mir sprechen, gestern abend. Was wolltest du mir sagen?«

»Ich habe es vergessen«, murmelte sie.

Sie öffnete ihre Tasche, zog eine rote Rose heraus, legte sie auf den Beton, richtete sich auf und wandte sich wortlos zum Ausgang.

4

Wassili Montaschew hatte ihn nicht warten lassen, aber als Koranow sein Büro betrat, zeigte er ihm mit einer kleinen verletzenden Geste, daß er sehr beschäftigt war, indem er demonstrativ einen Aktenstapel auf seinem Schreibtisch zur Seite räumte.

»Was kann ich für Sie tun, Genosse?«

Schlechter Anfang. Koranow zeigte ein winziges Lächeln. Er war es, Iwan Koranow, der, im guten oder im bösen, das Schicksal Montaschews wenden konnte. Ihn hinauswerfen lassen zum Beispiel. In der Hierarchie der Macht hatte der KGB alles in der Hand. Selbst die obersten Chefs der Polizei.

»Ich bin es, der etwas für Sie tun kann, Genosse.«

Als hätte er nichts gehört, wies Montaschew auf den Haufen von Blättern auf seinem Tisch.

»Dieses Massengrab, was für eine Geschichte!«

»Welches Massengrab, Genosse?« fragte Koranow mit verkniffenem Gesicht.

»Ein Massengrab von Buddhisten in der Mongolei. Die Leichen von Tausenden von Buddhisten in Moron. Vielleicht Zehntausende. Man hat sie eben zutage befördert.«

Iwan Koranow freute sich, daß man so viele von ihnen getötet hatte. Im Jahre 1924 hatten seine kommunistischen Vorgänger in der Mongolischen Republik die Zerstörung von Hunderten von Klöstern veranlaßt und die Jagd auf die Mönche eröffnet. Noch heute fuhr man damit fort. Lumpenpack. Man konnte noch so viele umbringen, es blieben immer genau so viele übrig. In den Augen Koranows hatte Marschall Choibalsan, der den Massenmord organisiert hatte, nicht genug von ihnen beseitigt.

»Und?« sagte Koranow kalt.

»Man hat viele Grausamkeiten begangen unter Stalin.«

»Sie klagen Stalin an?«

»Nicht ich, Genosse, sondern einer der Henker. Ish Teren, dreiundachtzig Jahre alt. Er war der Chef der Exekutionskommandos. Er hat ausgepackt.«

Koranow kannte Ish Teren gut. Vor Jahren hatte er ihn beeindruckt, indem er sich vor ihm rühmte, die Exekution von mehr als sechzehntausend Abweichlern veranlaßt zu haben.

»Wie alt ist dieses Massengrab?«

»Fünfzig Jahre.«

Koranow sah Montaschew streng an. Er bemerkte seine geröteten Augen, sein angegriffenes Aussehen, den harten Bart, der seine Wangen überwucherte.

»Haben Sie nichts Dringenderes zu tun?«

»Ich habe Befehle erhalten, Genosse.«

Das Gesicht Koranows wurde eisig.

»Einer meiner Freunde wurde heute nacht ermordet. Anatoli Peminjakow. Aber schließlich handelt es sich nur um einen Staatsanwalt der Sowjetunion. Sie sind vielleicht nicht auf dem laufenden?«

»Ganz Moskau ist auf dem laufenden.«

»Wie weit sind Sie mit Ihren Untersuchungen?«

»Sie sind abgeschlossen, Genosse. Natürlicher Tod.«

»Machen Sie sich über mich lustig?« stieß Koranow mit erstickter Stimme hervor.

Montaschew blickte um sich, als fürchtete er die Anwesenheit indiskreter Ohren.

»Sie sagen, Sie waren einer seiner Freunde? Wollen Sie, daß ich Ihnen enthülle, woran Staatsanwalt Peminjakow wirklich gestorben ist?«

»Dafür wäre ich Ihnen außerordentlich dankbar«, sagte Koranow im Ton eisiger Drohung.

»Wodka. Der Wodka hat ihn getötet«, gestand Montaschew, die Stimme senkend. »Nichts und niemand anderes. Den Jungs aus dem Labor zufolge, die die Autopsie durchgeführt haben, hat er mehr als zwei Liter davon geschluckt!«

Iwan Koranow stand plötzlich auf. Er ging bis zum Fenster und blickte auf die Autos, die drei Etagen tiefer in der Petrowka-Straße vorbeifuhren. Niemals hatte irgend jemand gewagt, ihn so herauszufordern. Er holte tief Luft, glättete seine Gesichtszüge und trat erneut vor den Provokateur, der soeben sein Todesurteil unterzeichnet hatte.

»Ich habe dreißig Jahre lang mit Anatoli zusammengearbeitet. In dreißig Jahren habe ich ihn niemals einen Schluck Alkohol trinken sehen.«

»Vielleicht hatte er Probleme, Genosse.«

Koranow unternahm eine verzweifelte Anstrengung, ihm nicht an die Gurgel zu springen. Seine Stimme zu beherrschen. Er hatte Angst, sie würde sich überschlagen, sobald er den Mund öffnete.

»Montaschew, ich möchte nicht einmal mit Ihnen diskutieren! Sie sind zu dämlich! Peminjakow wurde ermordet! Ich möchte wissen von wem, wie und warum! Habe ich mich deutlich genug ausgedrückt?«

Montaschew seufzte resigniert.

»Absolut, Genosse. Ich werde Befehle erteilen.«

»Ich bin es, der Ihnen einen Befehl erteilt! Sie werden sich persönlich darum kümmern, und zwar auf der Stelle! Ich möchte heute abend Ihre ersten Ergebnisse haben!«

Montaschew räusperte sich verlegen.

»Schwierig, Genosse. Das Massengrab ...«

»Ihr Massengrab können Sie sich in den Hintern stecken! Und Sie sollen noch etwas wissen, Montaschew. Ich mag Ihr Benehmen nicht. Ich werde unverzüglich darüber beim Chef des Komitees für Staatssicherheit berichten!«

Erneutes Seufzen von Montaschew, Hochziehen der Augenbrauen und gespielte Bekümmerung.

»Es gibt keinen Chef des Komitees für Staatssicherheit mehr, Genosse.«

Trotz der Wut, die ihn überwältigte, konnte Koranow nicht verhindern, daß er zusammenfuhr.

»Was meinen Sie damit?« fragte er trocken.

»Der KGB ist seit zwei Stunden aufgelöst«, antwortete Montaschew mit sanfter Stimme.

Koranow spürte den Geschmack von Rost seinen Mund erfüllen.

Montaschew versetzte ihm den letzten Hieb.

»Der KGB existiert nicht mehr.«

Als sie die Wohnung betrat, stand Ljuba noch immer unter Schock. Das Ganze war so schnell gegangen, daß außer ihr und Wassili noch niemand von Annas Verschwinden wußte. Wie es ihrer Mutter beibringen?

Sie ging ins Bad, ließ lange kaltes Wasser über ihr Gesicht laufen, begegnete zufällig ihrem Bild in einem Spiegel und war entsetzt: Sie war totenbleich. Trotzdem mußte sie eine Entscheidung treffen, ihre Familie benachrichtigen.

Ihre Schwestern ... Zuerst ihre Schwestern! Jelena, Ariana, Natalja.

Sie rief sie nacheinander an. Für jede nur ein einziges Wort: »Komm.« Zwanzig Minuten später waren sie bei ihr.

»Anna ...«, stammelte Ljuba.

Das war alles, was sie sagen konnte: Das Schluchzen erstickte sie.

Als er am Dzerżyúskiplatz 2 ankam, standen Milizionäre vor der ockergelben Masse des KGB-Gebäudes. Iwan Koranow warf mechanisch einen betroffenen Blick auf den Sockel der Statue von Feliks Dzerżyúski, dem historischen Gründer des Komitees Gosudarstwennoi Besopastnosti, die einen Monat zuvor am Tag nach dem Scheitern des Putsches gestürzt worden war. Er schickte sich an, das Portal des Gebäudes zu durchqueren, wie er es seit mehr als dreißig Jahren jeden Tag tat, als sich ihm zwei Milizionäre in den Weg stellten.

»Haben Sie einen Passierschein, Genosse?«

Fassungslos musterte Koranow sie. Er war dort zu Hause. Man hatte niemals so etwas von ihm verlangt. Zu verblüfft, um sich aufzuregen, zog er einen Ausweis aus seiner Tasche. Einer der Milizionäre notierte sorgfältig seinen Namen auf einer Liste und gab ihm den Weg frei. In der vierten Etage begegnete Koranow im Flur mehreren Personen, die er nicht kannte. Klopfenden Herzens stieß er die Tür zu seinem Arbeitszimmer auf: Zwei Männer waren schon dort. Einer von beiden, in Lederjacke und Rollkragen, hatte es sich in seinem Sessel bequem gemacht; der andere, in rotem Hemd ohne Krawatte, saß locker auf einer Ecke seines Schreibtischs.

»Guten Tag, Genosse«, sagte die Lederjacke.

»Hallo«, versetzte der andere wie ein Echo.

Koranow sah sie kalt an.

»Was macht ihr hier?«

»Genosse Iwan Koranow?«

»Persönlich.«

»Können Sie uns einen Ausweis zeigen?«

Koranow zog den Ausweis aus der Tasche, den er bereits den Milizionären vorgewiesen hatte. Aber er behielt ihn in der Hand.

»Wer seid ihr?«

Mit derselben Geste hielten ihm die beiden Männer ihre Ausweise unter die Nase. Sie trugen die eigenhändige Unterschrift Wadim Bakatins, des liberalen Verräters, der vor kurzem zum Chef des KGB berufen worden war, von Gorbatschow selbst.

»Wir sind vom Präsidenten beauftragt, die laufenden Angelegenheiten abzuschließen.«

»Das heißt?«

»Sie davon in Kenntnis zu setzen, daß der KGB aufgelöst ist, Genosse Koranow. Für den Augenblick sind Sie beurlaubt. Ihr Gehalt wird Ihnen bis auf weiteres ausgezahlt. Inzwischen ist es nicht nötig, daß Sie wieder in Ihr Büro kommen. Es ist verboten, irgend etwas in diesem Zimmer zu berühren.«

»Wißt ihr, wer ich bin?« fragte Koranow.

Ohne ihn loszulassen, schwenkte er seinen Ausweis. Der Mann in Lederjacke warf einen kurzen Blick darauf.

»Selbstverständlich, Genosse.«

»Ich habe noch Akten aus meinem Tresor zu holen«, sagte Koranow trocken.

»Unmöglich, Genosse. Wir sind hier, um das Inventar aufzunehmen.«

Kochend vor zurückgehaltener Wut ergriff Koranow das Haustelefon.

»Hier Iwan Koranow. Geben Sie mir den Genossen Bakatin. Es ist dringend.«

Die beiden anderen sahen ihn ruhig an, ohne den geringsten Ausdruck im Gesicht. Koranow wartete.

Bis dahin mußte er niemals warten, um sich direkt an den Chef des KGB zu wenden, wer es auch war.

Der Mann, mit dem er gesprochen hatte, kam zurück ans Telefon.

»Könnten Sie bitte Ihren Namen wiederholen, Genosse?«

»Iwan Koranow«, stieß Koranow verächtlich aus. »Wie heißen Sie?«

»Genosse Bakatin ist nach langer Krankheit im Urlaub«, sagte der Unbekannte, ohne sich herabzulassen, seinen Namen anzugeben. »Halten Sie sich im Moment an die Anweisungen der Offiziere, die in Ihrem Büro sind.«

Koranow lief rot an. Er wollte antworten, aber der andere hatte den Hörer aufgelegt. Er spürte, wie die Erde unter seinen Füßen nachgab, als er vor die »Offiziere« im Aufzug von Halbstarken trat, die ihn schweigend beobachteten, völlig selbstverständlich zu seinem Tresor ging und die Geheimkombination einstellte.

Die beiden zuckten nicht mit der Wimper. Die Tür öffnete sich.

Sofort plazierte sich der Mann im roten Hemd so, daß er sie nicht mehr schließen konnte. Der andere zog ein Heft aus der Tasche.

»Welche Zahl haben Sie eingestellt, Genosse?«

Koranow sagte es ihm.

Was half es, sich aufzulehnen? Sie hatten die Mittel, den Tresor jederzeit mit Gewalt zu öffnen. In seiner Schwäche beglückwünschte er sich dazu, seit langer Zeit die vertraulichsten Dokumente nach Hause mitgenommen zu haben. Aber er brauchte eine letzte Gewißheit. Er streckte die Hand nach einer Akte aus. Ein Befehl knallte.

»Sie dürfen nichts anfassen, Genosse! Ich dachte, ich hätte es Ihnen bereits gesagt.«

Koranow unterbrach seine Bewegung, schüttelte den Kopf und verließ wortlos das Zimmer. Er fand sich auf der Straße wieder: Sein Auto war nicht mehr da. Ein Milizionär informierte ihn, daß es den neuen Mitarbeitern zur Verfügung gestellt worden sei.

»Und mein Fahrer?« stammelte Koranow.

»Der Genosse Fahrer hat den Befehl erhalten, zu seiner Einheit zurückzukehren.«

Iwan Koranow wandte sich langsam auf der Stelle um und entfernte sich mit schwerem Schritt, den Blick starr vor sich gerichtet: Aus der Traum.

Ljuba hob die Augen zu der fleckigen Fassade des Hauses.

Dort war es, in der dritten Etage. Im gleichen Moment erkannte sie die Gestalten von Natalja und Jelena, die sie im Schatten der Eingangshalle erwarteten. Sie ging zu ihnen. Gleich darauf erschien Ariana. Ohne ein Wort stiegen die vier Schwestern die graue Treppe mit vom Alter zerfressenen Wänden hinauf, durch die unbestimmbare Küchengerüche und Feuchtigkeit zogen. Auf dem Absatz der dritten Etage angekommen, gingen sie durch einen langen, engen und dunklen Flur, an dessen Ende man durch einen Spalt eine Küche erkennen konnte, in der Wäsche trocknete. Zwei oder drei sehr alte Frauen schwatzten vor dem uralten Gasherd, der noch immer von einigen Bewohnern der Etage benutzt wurde. Vier Töpfe köchelten auf dem Herd – vier verschiedene Mahlzeiten für vier Familien.

Nun kamen sie am Ende des Korridors an.

Ljuba, die voranging, blieb vor der letzten Tür stehen. Sie sah ihre Schwestern an. Alle waren sehr blaß.

Mit trockener Kehle klopfte sie an.

Sie überraschten sie bei einer alltäglichen Arbeit. Sie hatte ihr Nähzeug auf der Wachstuchdecke des Tisches ausgebreitet und, um ihnen zu öffnen, das alte schwarze Kleid, das sie ausbesserte, hingelegt. Als sie Ljuba sah, leuchtete ein Lächeln auf ihrem Gesicht. Dann erblickte sie ihre anderen drei Töchter, die einen Schritt zurück stehengeblieben waren: Instinktiv wußte sie, daß etwas geschehen war.

»Wo ist Anna?« fragte sie abwehrend.

Ist es, um weniger zu leiden? In den Stunden des Schmerzes denkt man an seltsame Dinge. Man denkt vielleicht eine Sekunde daran, wie in einem in höchstem Maße beschleunigten Film, aber dennoch kann sie Jahre des Lebens enthalten. Da sie weder sprechen noch den Blick der Mutter ertragen konnte, starrte Ljuba über deren Schulter auf einen Druck, den sie eines Tages zum Scherz über dem Büfett im Eßzimmer angebracht hatte. Der Druck stellte eine reife Tomate dar, herrlich rot, über der ein Slogan verkündete: Die Tomate, das ist die Gesundheit! Hinter dem Eßzimmer lagen das Schlafzimmer und eine winzige Küche, in der ein riesiger Ofen thronte, an den der Großvater Rohre montiert hatte, die durch die ganze Wohnung führten und ihre Wärme verbreiteten.

Natürlich gab es kein Bad. Um sich zu waschen, benutzte ihre Mutter eine große Schüssel mit warmem Wasser, das sie mit aromatischen Kräutern versetzte. Wie in allen Häusern von gewissem Alter befand sich die Toilette außerhalb, im Flur. Am frühen Morgen kam es vor, daß die Benutzer auf dem Treppenabsatz Schlange standen, um an die Reihe zu kommen.

»Gehen wir rein, Mama«, murmelte Ljuba. »Bleiben wir nicht hier stehen ...«

»Wo ist Anna?« wiederholte Alla Karpowa.

Aber sie hatte bereits verstanden.

Natalja, Ariana und Jelena, bis dahin wie versteinert, fanden plötzlich ihre Bewegungskraft wieder.

»Komm, Mama, komm ...«, sagten Natalja und Ariana.

Sie nahmen ihre Mutter bei den Schultern und schoben sie sanft ins Zimmer, während Jelena die Tür schloß und sich anlehnte, stumm vor Kummer.

»Ein großes Unglück, Mama«, sagte Ljuba, die Tränen unterdrückend, »ein schreckliches Unglück . . .«

Allas Gesicht verschloß sich.

»Sag es mir sofort. Geradeheraus!«

»Anna, Mama.«

»Anna ist tot?«

Ljuba verbarg das Gesicht in den Händen.

»Ich hätte an ihrer Stelle sterben mögen, Mama, um es dir nicht sagen zu müssen!«

»Wann?«

»Gestern, in der Nacht.«

»Wie?«

»Ein Brand.«

Plötzlich warf sich Ljuba in ihre Arme. Auch die Schwestern umringten die Mutter, umklammerten ihre Hände.

Alla Karpowa stieß sie schroff zurück.

»Wo ist sie?« fragte sie mit harter Stimme. »Ich will sie sehen!«

»Das ist unmöglich, Mama . . . Unmöglich!« sagte Natalja.

»Ich sage euch, daß ich sie sehen will! Ich möchte meine Tochter sehen! Bringt mich zu ihr!«

Schluchzend zog Ljuba den Ring vom Finger und ließ ihn in ihre Hand gleiten.

»Oh, Mama, es ist entsetzlich! Es ist nichts von ihr geblieben!«

Alla sah sie an, ohne zu verstehen.

»Es ist nichts von ihr geblieben?« stammelte sie.

Ihre Augen gingen von einer zur anderen, so schnell, daß alle vier einen Augenblick glaubten, ihre Mutter wäre wahnsinnig geworden. Es war ein unerträgliches Schauspiel. Um nicht zu schreien, wandte Ljuba den Kopf ab. Dann versteifte sich plötzlich der Körper von Alla Karpowa. Sie stieß einen unmenschlichen Schrei aus und warf sich in die Arme ihrer Töchter.

Vor der Stanislawski-Straße 9 angekommen, betrat Iwan Koranow die Eingangshalle, stieg in den Fahrstuhl und drückte auf den Knopf der dritten Etage. Er zog seinen Schlüssel aus der Tasche, trat auf den Treppenabsatz. Was er sah, als er die Tür seiner Wohnung öffnete, ließ ihn erstarren: Katarina, die alte Putzfrau, die sich seit fünfundzwanzig Jahren um seinen Haushalt kümmerte, saß auf dem Fußboden. Tränenüberströmt. Auch als sie ihn erblickte, dachte sie nicht daran, aufzustehen. Koranow hatte seit dem Morgen so viele Schläge kassiert, daß er die Vorahnung, die ihm in den Sinn kam, von sich schob: Wenn er unglücklicherweise recht hätte, blieb ihm nichts, als zu sterben. Er betrat sein Arbeitszimmer. Nichts schien sich dort verändert zu haben. Bis auf eine Kleinigkeit: Sein Tresor, in dem die Geheimnisse des Staates ruhten, welche seine Macht darstellten, war weit geöffnet. Gegen die Übelkeit ankämpfend, betrachtete er mit fassungslosem Blick die unverletzliche Masse aus Stahl. Man hatte ihn wie eine einfache Weißblechbüchse aufgebrochen. Er weigerte sich zu glauben, was er sah, und näherte sich taumelnd: Der Tresor war völlig leer.

Wie ein Automat holte er sich aus der Küche ein Glas. Kam ins Wohnzimmer zurück. Goß sich einen kräftigen Schluck ein und trank ihn in einem Zug aus.

Manche trinken, andere schreien. Aber wenn es Ljuba schlechtging, versuchte sie sich, wie zum Selbstschutz, auf glückliche Erinnerungen zu konzentrieren. Es war zwei Uhr morgens.

Von Müdigkeit überwältigt, schlief Wassili in seinem Zimmer.

Plötzlich hatte es Ljuba nicht mehr ertragen, mit offenen Augen ins Schwarze zu starren. Sie hatte das Licht wieder angeschaltet, die blaue Schachtel aus ihrem Wandschrank geholt und den Inhalt auf dem Bett ausgebreitet. Ein Foto erschütterte sie. Sie stand an einen kahlen, schneebedeckten Baum gelehnt. Sie lachte, den Kopf an die Schulter eines jungen blonden Mannes gelegt, der ihre Taille umschlang und sie zärtlich ansah: Vitali. Sie war siebzehn Jahre alt. Er zwanzig.

Auch die beiden anderen waren zwanzig. Sie erinnerte sich gut an den Tag und die Umstände, unter denen man das Foto gemacht hatte. Andrej hielt den Apparat. Oleg neben ihm spielte den Hanswurst. Die Vorlesungen waren vorbei. Sie hatten eben im Foyer der Lomonossow-Universität ein Glas getrunken. Die vier waren so unzertrennlich, daß die anderen Studenten sie »die drei Musketiere« getauft hatten.

Oleg wollte Ökonom werden. Andrej war das Mathe-As der Bande. Und Vitali, der sie in den Armen hielt, hatte sich geschworen, die erste große freie Tageszeitung der Sowjetunion zu gründen.

Kinderträume . . .

Alle drei waren in sie verliebt. Einzeln hatte jeder von ihnen es ihr gesagt, wie man es in diesem Alter sagt, im Scherz, aus Angst, zurückgewiesen zu werden. In Ermangelung einer engeren Beziehung, der sie sich widersetzte, behandelten sie sie wie ihre kleine Schwester.

Stundenlang veränderten sie die Weit, träumten vom Westen, planten ihre Zukunft. Und dann gab es die Bälle. Nacheinander streifte jeder unter dem Vorwand des Tanzes ihr Gesicht mit seinem Haar. Nicht verwunderlich, daß die anderen Mädchen eifersüchtig auf Ljuba waren.

Oleg, Andrej und Vitali gehörten zu den verführerischsten Burschen an der Universität. Man hätte nicht sagen können, wer von ihnen den größten Charme besaß. Sie waren einfach unterschiedlich. Oleg, untersetzt, blond, mit viereckigen Schultern, sprühte vor Energie und Intelligenz. Andrej, braunhaarig mit blauen Augen, erstaunte die fassungslose Zuhörerschaft, indem er ihnen erklärte, die Relativitätstheorie wäre falsch und Einstein ein Esel.

Natürlich glaubte er selbst kein Wort davon, aber er hatte eine solche Überzeugungskraft, einen so natürlich ernsthaften Ausdruck und eine so durchschlagende rhetorische Lebhaftigkeit, daß er in der Lage war, zu widerrufen, was er eben behauptet hatte, und das Gegenteil zu beweisen.

Dem Aussehen nach war Vitali der Träumer der Gruppe. Er

war größer, zarter, hatte grüne Augen, die den Blick verschleierten. Ljuba hätte es niemandem gesagt, aber ihn mochte sie am meisten. Insgeheim entwarf sie Zukunftspläne an seiner Seite. Sie würden in New York leben. Er wäre Chef eines Fernsehsenders. Man bewunderte ihn. Sie hätten drei Kinder mit amerikanischem Paß, der es ihnen erlaubte, überallhin zu reisen ...

Er dagegen tat zu jener Zeit so, als hätte er nur einen sehr alltäglichen Traum. Während der Schnee Moskau unter einem eisigen Nebel begrub, erzählte er ihr, was er seine »kapitalistische Phantasie« nannte:

»Das ist ganz einfach, Ljuba. Stell dir vor: Der Himmel ist blau. Ich habe die Taschen voller Geld. Ich sitze mit einer wunderschönen Blonden in einem riesigen Auto ...«

»Welche Blonde?«

Er warf ihr einen schelmischen Blick zu.

»Welche Bedeutung hat die Blonde? Die Blonden, die findet man haufenweise! Aber das Auto! Ein einzigartiges Auto, Ljuba. Ein bordeauxfarbener Rolls Corniche Cabriolet!«

»Bordeaux? Warum bordeaux?«

»Eben, das ist mein Traum! In diesem bordeauxfarbenen Rolls Cabriolet zu fahren!«

»Und wohin fährst du in deinem bordeauxfarbenen Rolls?«

Er zwinkerte.

»Das wirst du schon sehen ...«

Sie brachen in Lachen aus.

Sie las die Schrift auf der Rückseite des Fotos: »20. Januar 1977«. Jetzt schrieb man das Jahr 1991, zweieinhalb Monate vor Weihnachten: fünfzehn Jahre, zehn Jahrhunderte, Milliarden von Lichtjahren ...

Am 22. Februar 1977, fast auf den Tag genau einen Monat, nachdem das Foto entstand, wurden Andrej, Oleg und Vitali wegen »subversiver Machenschaften« deportiert. Ihr Verbrechen: unter Vitalis Führung an einem Flugblatt mitgearbeitet zu haben, das die Verdienste der freien Welt rühmte. Kein

Grund zur Aufregung. Studentenstreich ... Sie reichten es von Hand zu Hand, unter dem Mantel verborgen. Fast ein Witz: fünfzehn Jahre Gulag.

Keiner der drei war zurückgekehrt. Ljuba hatte ihr Heil nur einem Verwandten der Familie zu verdanken, Wassili Montaschew, Rechtsspezialist, der soeben eine brillante Karriere bei der Kriminalpolizei begonnen hatte. Er war bis über beide Ohren in sie verliebt. Dank seines Eingreifens und der Manipulation der Akte war sie dem Gefängnis entgangen und konnte ihr Psychologiestudium fortsetzen, bis sie es zwei Jahre später wegen der Heirat abbrach.

Sie hatte Wassili bedrängt, Nachforschungen anzustellen. Aber die Strafvollzugsbehörde der unheimlichen GUITU, der Generaldirektion der Umerziehungslager durch Arbeit, war so stumm wie ein Stein. Sobald sie verhaftet waren, begrub ein Mantel endgültigen Schweigens diejenigen, die man die »Zeks« nannte, die Verurteilten des Gulag. Niemand sah sie jemals wieder.

Lange Zeit hatte Ljuba den Gedanken von sich gewiesen, sie könnten gestorben sein, wie die anderen. Dann waren die Jahre vergangen: Sie hatte sich den Tatsachen gebeugt.

Sie war jetzt dreiunddreißig Jahre alt.

Das Schicksal hatte entschieden, daß sie ihre Ketten nicht mehr zerreißen würde.

Von nun an würde ihr Leben weitergehen wie zuvor, armselig, vorhersehbar. Jeder Tag, der folgte, würde dem gleichen, der eben zu Ende gegangen war.

Die Tränen stiegen ihr in die Augen. Sie verbarg ihr Gesicht im Kopfkissen und begann zu weinen.

Buch 2 Der Archipel des Nebels

5

Für einen Moment gab es eine breite Schneise in den Schichten von Nebel und niedrigen Wolken, die beinahe die Küste berührten. Nun erblickten Oleg und Andrej einen bis zum Horizont reichenden schwarzen Uferstreifen, von wilden Wellen gepeitscht, deren Kämme von Windstößen zerfetzt wurden. Seine Biegung verlief in einem vollendeten Halbkreis.

»Die Bucht des Blauen Wals«, sagte der Oberst.

Von einem Wirbel ergriffen, führte der Hubschrauber eine lange Rutschpartie über dieser Landschaft am Ende der Welt aus, unmenschlich in ihrer grandiosen Wildheit.

»Hundertzwanzig Kilometer lang«, fuhr der Oberst fort. »Eine der schönsten der Welt.«

»Regnet es immer?« fragte Oleg.

»Im Sommer Regen und Nebel. Im Winter Frost und Nebel. Das heute können Sie als schönes Wetter ansehen. Der Beweis: wir fliegen. Manchmal kann man unter dem Nieselregen nicht weiter als zehn Meter sehen. Die Unwetter können einen Monat dauern.«

Die Maschine gewann die Senkrechte über der Küste zurück. Nun flogen sie direkt über Militärbaracken hinweg. Dann, über schwarzen Felsen gleitend, entdeckten sie rostige Metallkörper, Müllhalden, aufgerissene Schiffe, Berge von geschwärzten Balken, die die Brandung gegen die Felsen warf.

Der Oberst fing die Blicke von Andrej und Oleg auf.

»Die üblichen Kämpfe zwischen Fischern«, sagte er lächelnd.

»Unsere Boote, die japanische oder taiwanesische Schiffe überprüfen. Schließlich befinden wir uns in sowjetischen Hoheitsgewässern.«

»Wie lang ist der Archipel?« fragte Oleg.

»Zwischen Kamtschatka und Hokkaido tausendvierhundert

Kilometer. Die Einheimischen nennen ihn den ›Archipel des Nebels‹.«

»Wie viele Inseln?«

»Ganz genau sechsundfünfzig. Manche sind nur winzig klein. Die größten sind Etorufu, die wir im Moment überfliegen, mehr als dreitausend Quadratkilometer. Dann Kunashiri, etwas kleiner, ungefähr die Hälfte. Shikotan, zweihundertfünfzig Quadratkilometer. Und die Habomai, eine Gruppe von etwa einhundert. Dann...« Der Oberst machte eine unbestimmte Geste. Oleg und Andrej wußten, was er damit meinte: Strategisch hatte der Rest keine große Bedeutung mehr.

»Ist es nicht deprimierend, das ganze Jahr lang in diesem Klima zu leben?« fragte Andrej.

»Man gewöhnt sich daran. Nach einigen Tagen merkt man es nicht mal mehr. Die Inselbewohner kümmern sich nicht darum. Ebensowenig wie die Fischer. Die größte Plage ist der Schlamm. Auf Kunashiri ist die Straße, die Iujno-Kurilsk, die Hauptstadt, mit Golowino, einem Weiler an der Südspitze, verbindet, auf eine Entfernung von sechzig Kilometern unbenutzbar: der Schlamm. Ein Schlammfluß. Selbst im Jeep beißt man sich die Zähne daran aus. Auf dem Flugplatz sind die Landebahnen aus perforierten Stahlblechen. Der Boden besteht aus vulkanischem Staub. Wenn der Regen dazukommt...«

Mit dem Finger wies er auf Kaimauern und Anlegeplätze.

»Von hier sind 1941 Admiral Yamamoto und sein Geschwader gestartet. Richtung Pearl Harbor...«

Durch einen neuen Riß erkannten Oleg und Andrej das Halbrund der Berge, die von der beeindruckenden Masse eines schneebedeckten Gipfels dominiert wurden.

»Tebenkora«, sagte der Oberst. »Der Vulkan ist noch immer aktiv. Wollen Sie, daß wir rüberfliegen?«

»Nein«, sagte Andrej, »folgen wir dem Meer.«

»Ah, das habe ich vergessen«, lachte der Oberst auf. »Es gibt auch Erdbeben. Fast ständig. Man hat das Gefühl, ein Zwerg zu sein, der auf dem Fettgewebe eines Dickwanstes sitzt. Ein richtiges Gelee. Das zittert unaufhörlich.«

Andrej und Oleg lachten höflich.

»Auf dem Gebiet der Flutwellen halten wir sogar einen Weltrekord«, fügte der Oberst hinzu. »Die berühmteste Welle der Geschichte. Dreißig Meter hoch. Das war im Jahre 1737.«

»Sind Sie viele?« fragte Oleg.

»Auf der Basis? Etwa zehntausend Menschen, die Tag und Nacht einsatzbereit sind. Etwa zwanzig Hubschrauber, dreißig MIGs.«

Er wollte fortfahren, unterbrach jedoch seinen Satz. Schließlich stand auf dem Dienstauftrag, den die beiden Männer ihm übergeben hatten, nichts davon, daß er ihnen Details über das ballistische Material geben sollte, das die Rote Armee auf dem Boden der Insel Etorufu stationiert hatte. Er sollte sich nur mit einem Hubschrauber zu ihrer Verfügung halten und sie führen, wohin sie wollten.

Sie mußten wichtige Leute sein: Es war absolut ungewöhnlich, daß die Militärhierarchie Zivilisten die Erlaubnis erteilte, die Kurileninseln zu überfliegen. Der Archipel, mit geheimen Militärbasen gespickt, war nicht nur eine strategische Zone, drei Schritte von der japanischen Küste entfernt, sondern auch, seit fast einem halben Jahrhundert, Streitobjekt zwischen der Sowjetunion und Japan, das entschieden die Rückgabe der Inseln forderte. Einige Wochen zuvor, am 11. September, war Ruslan Kasbulatow, Interimspräsident des Obersten Sowjets, nach Japan geflogen, um dem stellvertretenden Premierminister dort zu verkünden, daß Boris Jelzin »bereit sei, alle Hindernisse zu beseitigen, die dem Abschluß eines sowjetisch-japanischen Friedensvertrages im Wege stünden, eingeschlossen den Streit um die Kurilen«. Im Austausch selbstverständlich für »massive« ökonomische Unterstützung. Was für ein Witz! Der Oberst wußte ganz genau, daß man den Archipel niemals zurückgeben würde.

Stalin hatte ihn unmittelbar nach dem Krieg von den Japanern »konfisziert«. Seitdem vergifteten die Kurilen, die die Japaner »Nordgebiete« und die Russen »Kurilen des Südens« nennen, die Beziehungen zwischen den beiden Ländern. Im

Grunde dauerte der Streit bereits seit dem 18. Jahrhundert. Die Japaner setzten als erste den Fuß auf die Inseln. 1738 landete eine russische Expedition, der viele andere folgten. 1855 bekamen die Japaner im Ergebnis irgendeines Gekungels die Inseln zum Ausgleich für die Rechte über die Inseln von Sachalin zurück.

»Was genau werden Sie bauen?« erkundigte sich der Oberst.

»Fischverarbeitungszentren«, sagte Oleg. »Man fischt, man verarbeitet, man verschickt. Ein sehr großes Werk. Arbeit für tausend Menschen.«

»Wann werden Sie beginnen?«

»So schnell wie möglich. Sobald wir die Gegend erkundet haben.«

»An Fisch fehlt es bestimmt nicht«, bemerkte der Oberst. »Das kommt von den hier zusammenfließenden Strömungen. Kaltes Wasser, warmes Wasser. Anscheinend zieht sie das an.«

Er warf ihnen einen versteckten Blick zu: Wer mochten sie sein?

Sie ähnelten Industriellen ebensosehr wie die Stripteasetänzerin aus einer Nachtbar Mutter Teresa ähnelte. Am Vortag, gleich nach ihrer Ankunft in einer Militärmaschine – eine andere unglaubliche Bevorzugung für Zivilisten –, hatte er unauffällig in Moskau nachgefragt, ob der Dienstauftrag dieser beiden seltsamen Besucher auch echt war. Man hatte ihm trocken geantwortet, er solle sich an das halten, was darin stand. Sie ähnelten sich überhaupt nicht, aber seltsamerweise schienen sie aus demselben Ei geschlüpft zu sein, als hätten ihnen gemeinsam durchlebte Erfahrungen etwas Identisches verliehen. Vielleicht der Blick? Nicht aggressiv, aber selbstsicher, eine innere Kraft ausstrahlend, die sich durch sich selbst bestätigte. Augen von Menschen, die keiner großen Anstrengung bedürfen, damit man ihnen gehorcht. Blau. Der größere der beiden Männer hatte braunes Haar. Der untersetztere war blond. Sie sprachen nicht viel, aber nichts schien ihnen zu entgehen. Vielleicht waren sie einzig deshalb gekommen, um die Basis auszuspionieren. Man erzählte sich, die Regierung hätte die Absicht, ein Drittel der auf den drei Hauptinseln stationierten Bestände nach Hause zurückzuschicken. Wer weiß . . . Wer konnte sich heute noch rühmen, irgend etwas zu kontrollieren? Was die Kurilen anging . . . Auf beiden Seiten ging es um eine Angelegenheit, bei der nationale Würde, Prestige und jahrhundertealte Rivalitäten weitaus bedeutender waren als ökonomische oder strategische Interessen.

»Machen Sie sich keine Sorgen, wir wollen wirklich eine Fabrik aufbauen«, sagte der Blonde.

Der Oberst errötete bis zu den Ohren. Er drehte sich mit einem Ruck um und begegnete dem freundlich spöttischen Blick dessen, der seine Gedanken gelesen hatte. Im gleichen Moment fiel ihm ein, daß er zuletzt mit sieben Jahren errötet war – sein Lehrer hatte ihn dabei ertappt, wie er im Unterricht abschrieb –, woraufhin sein Gesicht noch dunkler anlief. Voller Scham wandte er den Blick ab, um sich in die Betrachtung des Nackens ihres Piloten zu vertiefen.

Man erreichte die Südspitze der Bucht.

»Oberst . . . Wenn Sie einverstanden sind, können wir ins Lager zurückkehren«, sagte Andrej.

»Wir fliegen zurück«, schrie der Oberst dem Piloten zu.

Sofort schien die Landschaft umzukippen. Die Maschine legte sich mit lautem Rauschen der Propeller senkrecht und wendete direkt nach Norden.

Andrej zeigte ein leichtes Lächeln. Oleg zwinkerte ihm zu. Sie hatten hier nichts mehr verloren. Sie hatten gesehen, was sie wollten: Sie wußten nun, was sie zu tun hatten, um die ersten Russen zu werden, die die Reichsten der Welt waren.

6

Es war der 11. November, ein Montag. Trotz Annas Tod, der sich fast auf den Tag genau einen Monat zuvor ereignet hatte, wollte Alla Karpowa, mehr denn je, die Tradition des gemeinsamen Tees am zweiten Montag des Monats aufrechterhalten. Wie gewöhnlich waren die vier Karpowa-Schwestern zu ihrer Mutter gekommen. Jede hatte ein kleines Geschenk mitgebracht. Ljuba einen Strauß roter Tulpen, Jelena ein Dutzend Eier, Natalja Schokoladenbonbons, Ariana ein weißes Deckchen. Alla stellte die Teekanne auf den Tisch.

Mit Verlegenheit, die sofort von ihren Töchtern bemerkt wurde, stellte sie fest, daß sie sechs Tassen auf das mit pausbäkkigen Engeln auf grünem Untergrund verzierte Wachstuch gestellt hatte: sechs statt fünf.

Eine zuviel.

Sie fühlte den Blick ihrer Töchter auf sich lasten.

»Laß sie stehen«, griff Ljuba ein.

Sie wußte genau, was diese unbewußte Geste bedeutete: Ihre Mutter lehnte Annas Tod ab. Sie leugnete ihn.

»Ich habe es nicht mit Absicht getan«, entschuldigte sich Alla.

Ljuba ergriff ihre Hand und streifte sie mit den Lippen.

»Du hast es sehr gut gemacht, Mama. Das ist deine Art zu sagen, daß du sie geliebt hast. Auch für uns ist Anna immer noch da.«

Ihre Schwestern stimmten zu. Alla servierte den Tee. Der Teller mit den Keksen ging von Hand zu Hand.

»Woher hast du dieses Kleid?« fragte Jelena Natalja, um abzulenken.

»Juri hat es mir geschenkt.«

»Es muß teuer gewesen sein.«

»Es ist ein Geschenk von der Leiterin eines Kleidergeschäftes.«

»Aus welchem Anlaß?«

»Juri hat ihrem Mann ein Telefon besorgt. Ohne ihn hätten sie zehn Jahre warten müssen.«

»Das ist Juris Version«, spottete Ariana.

»Was willst du damit sagen?«

»Rate mal . . .«

»Er ist ein schöner Mann, dein Juri«, ließ Jelena mit einem Hauch von Ironie fallen. »Vielleicht kannte er diese Leiterin zu gut?«

»Wenn du sie sehen würdest«, sagte Natalja. »Sie hat einen Schnurrbart und wiegt hundert Kilo. Apropos Ehemann, du tätest besser daran, deinen zu überwachen . . .«

»Wladimir?«

»Wladimir! Ich habe da meine Quellen.«

»Jetzt hast du entweder zuviel gesagt, Natalja, oder nicht genug. Sag schon, was du meinst!«

Zum erstenmal seit der Tragödie trat ein leichtes Lächeln auf Alla Karpowas Lippen.

»Wer will noch Tee?« fragte sie.

Nun ja. Das waren die Spiele ihrer Töchter . . .

Gewollte Streitereien, vorgetäuschte Angriffe, leichte Meinungsumschwünge, Finten und Paraden, die kein anderes Ziel hatten, als die allzu schweren Dinge des Lebens abzuschwächen. Und auch eine andere Art, sich zu sagen: Ich habe dich gern, es ist warm, wir fühlen uns wohl zusammen, wir gehören zusammen, ich will dich nicht verlassen.

Die einen wie die anderen hatten genug erlebt, um zu wissen, daß die Welt da draußen hart, feindlich, ungewiß, ohne Liebe war.

Das war die Familie von Alla: der Karpowa-Clan.

»Ist das Ihr letztes Wort, Herr Minister?«

»Glauben Sie mir, es tut mir sehr leid. Aber im Augenblick kann ich trotz des Wunsches, zu einem Abschluß zu kommen, die Vorschläge Ihrer Regierung nur ablehnen. Sie sind völlig unrealistisch.«

Boris Pankin erhob sich, bemerkte im Vorbeigehen das aschblonde Haar der jungen Dolmetscherin und wandte sich zur Fensterfront. Taro Nakayama blieb völlig unbeweglich.

Die Hände hinter dem Rücken verschränkt, ließ Pankin seinen Blick über die Hügel gleiten, die bis zum Meer hinabführten, wo sich der Hafen von Nachodka befand. Beide waren ohne Begleitung unter falschem Namen ins Hotel gekommen. Jeder ein absoluter Meister der Diplomatie seines Landes, hatten sie sich bereit erklärt, die Hälfte des Weges zwischen Moskau und Tokio zurückzulegen, um das Geheimtreffen zu ermöglichen: Ein weiteres Mal war es gescheitert. Seit sechsundvierzig Jahren war es keinem ihrer Vorgänger gelungen, den Streit beizulegen.

Es ging immer um die Kurilen.

Wegen der Kurilen hatten die Sowjetunion und Japan seit Ende des Krieges nicht einmal normale Beziehungen herstellen können! Die Japaner machten die Anerkennung ihrer Souveränität über den Archipel zur Vorbedingung für die Unterzeichnung eines Friedensvertrages. Danach, aber erst danach, würden sie zu Finanzhilfen für Moskau bereit sein.

Obwohl ihr das Wasser bis zum Hals stand, lehnte es die Sowjetunion ab, ihr einziges Druckmittel auf Japan in aller Eile zu verschleudern. Aber die Zeit arbeitete gegen sie. Der Winter war da. Keine Waren, kein Geld. Und auf dem Land oder in den Straßen der großen Städte die Volksmassen: hungrig, drohend, grollend, zu allem bereit. Ganz zu schweigen von der Armee, da man nicht wußte, wie man den Sold bezahlen sollte.

Boris Pankin kam zum Tisch zurück und sah Nakayama voller Bitterkeit an.

»Ich werde Bericht erstatten, Herr Minister.«

»Ich auch, Herr Minister«, antwortete Nakayama.

Die Sitzung war beendet. Sie standen gleichzeitig auf.

Die Dolmetscherin tat es ihnen nach. Nakayama verbeugte sich. Pankin drückte ihm die Hand.

Für dieses Mal war es vorbei: Einmal mehr verschwand das japanische Manna im Nebel der Kurilen.

»Amüsierst du dich immer noch mit diesem Quatsch?« spottete Oleg, als er die Tür öffnete.

Andrej saß in seinem Arbeitszimmer vor einer merkwürdigen sich bewegenden Maschine, die auf einem riesigen Tisch thronte. Keilriemen trieben winzige Rollen an, über die feine Bänder liefen, gleich Miniaturförderbändern. Seidenschnüre vibrierten, mit Flüssigkeit gefüllte Näpfe ergossen sich über Liliputanerplattformen, die ihre Bewegung an Zahnräder weitergaben, deren Drehung wiederum anderen Transmissionsrelais Leben verliehen, die bis zum höchsten Punkt der Maschine hinaufsprangen, bevor sie, diesmal in anderer Richtung, herunterkamen, in demselben geschlossenen Kreislauf. Sogar im Gulag hatte Andrej nicht auf seine Untersuchungen über das Perpetuum mobile verzichtet. Er dachte zwischen zwei Knüppelschlägen daran oder bei einem Aufenthalt in der Arrestzelle. Noch heute fand er trotz der Vielfalt seiner Geschäfte die Zeit, sich damit zu befassen. Nur um das Gehirn zu entspannen vor einer großen Aktion. Theoretisch hatte er die absolute Gleichung gefunden, bei der ein geschlossenes System, das die eigene Dynamik aus sich selbst gewann, unendlich lange ohne die Zufuhr äußerer Energie funktionieren konnte.

Die Praxis war etwas ganz anderes.

»Hat es schon mal jemand geschafft?«

»Nein, nie.«

»Fragst du dich nicht, warum?«

»Ich werde es schaffen«, beharrte Andrej. »Bei jeder Energieübertragung gibt es einen Verlust. Das Problem kann also nicht gelöst werden. Die Wahrheit ist, daß du nicht erträgst, wenn dir irgend etwas widersteht.«

»Du nervst mich!« sagte Andrej und brach in Lachen aus. »Gehen wir?«

Sie sahen sich in die Augen, schlugen zweimal mit den Handflächen gegeneinander und richteten gleichzeitig den Daumen nach oben: alter Gruß der Knastbrüder, um das Glück anzuziehen.

Derselbe Gedanke kam ihnen: Sie würden es nötig haben!

»Wollen Sie sagen, daß ich lüge?« fragte Grigori Jawlinski mit erstickter Stimme.

»Ich habe nichts dergleichen gesagt«, entgegnete Alexander Orlow, der sich bemühte, ruhig zu bleiben. »Sie irren sich einfach. Im Gegensatz zu dem, was Sie sagen, ist nicht ein einziges Gramm Gold mehr in den gesamten Reserven der Sowjetunion.«

»Zweihundertvierzig Tonnen!« beharrte Jawlinski.

»Dreihundertfünfundsiebzig«, korrigierte Viktor Gerachtschenko.

»Zeigt es mir!« rief Orlow.

Georgi Matjukin versuchte abzulenken.

»Ist es wahr, daß fünf Tonnen auf Ihre Anweisung ins Ausland verkauft wurden?«

»Woher haben Sie das?« wunderte sich Iwan Silajew.

»Die Information wurde in der ›Iswestija‹ veröffentlicht.«

»Idiotisch!« regte sich Silajew auf. »Fünf Tonnen Gold ... Wozu? In Dollar kaum fünfzig Millionen. Im Vergleich zu unseren Schulden ein Tropfen auf den heißen Stein!«

Das Brainstorming dauerte schon zwei Stunden. Es vereinte die sechs führenden Köpfe, die das ökonomische Desaster zu leiten hatten, das das Land heimsuchte. Neben Jawlinski, dem verantwortlichen Ökonomen für die Strategie der Reformen des Marktes, Alexander Orlow, Präsident der Kontrollkommission des sowjetischen Parlaments. Gegenüber von Viktor Gerachtschenko, Vorsitzender der Gosbank, Georgi Matjukin, sein verabscheuter Amtskollege der Zentralbank Rußlands, von Jelzin eingesetzt, um ihn auszustechen. An den beiden Stirnseiten des Tisches Stanislas Kuljakow, Vizepräsident der Vnechekonombank, der VEB, deren Aufgabe es war, den Umlauf ausländischer Devisen in der Sowjetunion zu kontrollieren, und Iwan Silajew, gleichzeitig Finanzminister, Ministerpräsident und Präsident des interrepublikanischen ökonomischen Komitees. Sie waren sich nur in einem Punkt einig: Die Kassen sind leer. Nacheinander spalteten sich die Ukraine, Rußland, Bjelorußland ab, erklärten ihre Unabhängigkeit, erhoben Anspruch darauf, die auf ihrem Territorium verteilten Atomwaffen zu kontrollieren, und gaben keinen Pfennig mehr für die Zentralmacht, von der man nicht wußte, wer sie innehatte. Gorbatschow, der schwankte, Jelzin, der ihn ausstach, die Armee, die grollte, oder das Volk, bereit, zu den Waffen zu greifen? Da man ihnen nicht einmal mehr die Zinsen für schon gewährte Darlehen zahlte, drehten die westlichen Gläubiger den Hahn ab. Im Verlauf des Jahres 1991 hatte die Inflation die astronomische Zahl von 400 Prozent erreicht. Die Auslandsschulden beliefen sich auf 100 Milliarden Dollar. Die Notenpressen liefen rund um die Uhr.

Anstatt der von den Ökonomen vorgesehenen 7 Milliarden Rubel hatte man im Laufe des Jahres schon 83 gedruckt, und 30 weitere würden allein in den Monaten November und Dezember folgen. Der Wechselkurs für den Dollar stieg von 1 auf 100. Und Alexander Orlow zufolge waren die Goldreserven aus den Tresoren verschwunden!

»Meine Herren«, sagte Silajew, »wenn ich nicht sechzig Milliarden Rubel habe, um innerhalb von achtundvierzig Stunden die Beamten zu bezahlen, garantiere ich für nichts mehr. Weder für die Polizei noch für die Straße, noch für die Armee!«

Die Versammlung fand im Kreml statt, im Saal des Großen Rates, wo einst die Bonzen des Kommunismus den verdienten Helden der Arbeit die Orden anhefteten . . .

Süße Zeit der Gewißheiten!

Die Tür knarrte. Alle Köpfe wandten sich mit einem Mal um. Ein Amtsdiener schlängelte sich zu Stanislas Kuljakow, schob ihm einen Brief in die Hand, murmelte ihm etwas ins Ohr und verschwand. Kuljakow riß den Umschlag auf, überflog mit den Augen das Papier. Was er las, war so absurd, daß er beinahe in nervöses Lachen ausbrach. Er hatte plötzlich das Verlangen, sich zu entspannen, und sei es auch nur für eine Minute, dieser Atmosphäre ohnmächtiger Leidenschaft zu entkommen.

»Entschuldigen Sie mich«, sagte er. »Ich komme gleich wieder.«

Aus Angst, man könnte ihn zurückhalten, stand er auf, ohne irgend jemanden anzusehen, und ging zu der gepolsterten Tür des Vorzimmers.

Nun erhob sich auch Iwan Silajew. »Ich schlage eine Unterbrechung der Sitzung von fünfzehn Minuten vor«, sagte er.

Alle lockerten sich erleichtert: Fünfzehn Minuten Aufschub, das war besser als gar nichts.

»Wenn es wegen Ihrer Demission ist, Marschall, ich nehme sie nicht an. Die Regierung auch nicht. Man verläßt nicht das Schiff mitten im Unwetter. Zu einfach!«

Iwan Silajew war mit den Nerven am Ende. Er hatte vielleicht mit zuviel Herablassung zu dem Mann gesprochen, von dem möglicherweise das Schicksal des Landes abhing, Marschall Jewgeni Schaposchnikow, vor kurzem zum Provisorischen Oberkommandierenden der Armee ernannt. Er präsentierte sich ihm in voller Uniform, als könnten seine Sterne den Argumenten mehr Gewicht verleihen: »Die Armee fühlt sich verwaist, vom Lande abgeschnitten, im Stich gelassen, ungeliebt ...«

Zweimal hatte er bereits seine Demission angeboten. Man hatte ihn zum Teufel gejagt. Heute kam er noch ungelegener: Silajew hatte weder Zeit noch Geld, noch Nerven.

»Diese Auflösung steht in keinem Verhältnis zu meiner Demission, Genosse Ministerpräsident ...«

Silajew unterdrückte ein Lächeln. Schaposchnikow gebrauchte immer noch das »Genosse«, als wäre das Zentralkomitee nicht sechs Wochen zuvor aufgelöst worden. Natürlich ließen sich auf der Ebene der Sprache siebzig Jahre kommunistischer Praktiken nicht urplötzlich auslöschen.

»Ich dachte«, fuhr Schaposchnikow fort, »es wäre meine Pflicht, Sie zu warnen, Genosse Ministerpräsident. Die Armee ist seit zwei Monaten nicht mehr bezahlt worden. Hunderttausende Männer sind in ihren Kasernen untergebracht. Ihre Frauen erhalten kein Geld mehr. Ihren Kindern fehlt es an allem. Ich habe da einen Geheimbericht ...«

Er zog ihn aus seiner Jacke. Silajew ergriff ihn und hielt ihn in der Hand, ohne ihn aufzuschlagen.

»Was sagt dieser Bericht, Marschall?«

»Was ich bereits wußte. Es ist nicht einmal mehr eine Frage von Tagen, sondern von Stunden: Wenn der Sold nicht kommt, wird nichts auf der Welt es verhindern können, daß die Armee die Macht übernimmt.«

An seiner Miene erkannte Silajew, daß er nicht scherzte.

»Ist es so schlimm?«

»Schlimmer, Genosse Ministerpräsident. Ich informiere Sie, daß ich denselben Bericht den Präsidenten Gorbatschow und Jelzin übermittelt habe. Was mich betrifft, so übernehme ich für nichts mehr die Verantwortung. Alles wird in die Luft gehen!«

»Über welche Frist verfügen wir?«

»Praktisch über keine.«

»Acht Tage, zwei Monate?«

»Wenn ich die Neuigkeit nicht heute noch meinem Generalstab mitteile ...«

»Woher soll ich das Geld nehmen?« lehnte sich Silajew auf. »Es ist kein einziger Rubel mehr in den Kassen!«

»Dann sind wir verloren, Genosse Ministerpräsident. Das ist das Chaos!«

7

Alle Banker ähneln sich. Stanislas Kuljakow bildete keine Ausnahme: Er konnte nichts anderes sein als Bankdirektor. Oleg und Andrej hatten gleichzeitig diesen Gedanken, sobald er das Vorzimmer betrat. Irgend etwas im Blick, eine eigene Art, den Gesprächspartner zu beurteilen, abzuschätzen, zu bewerten. Er musterte sie mit unbeteiligtem Blick.

»Wer sind Sie?« fragte er.

»Oleg Wlassow«, sagte Oleg, sich erhebend.

Andrej tat das gleiche.

»Andrej Talasski.«

»Wer hat Sie hereingelassen?« fragte Kuljakow.

»Freunde«, sagte Andrej, ohne zu blinzeln.

Kuljakow wußte nicht, mit wem er es zu tun hatte, aber er besaß genügend Instinkt, um zu wissen, daß diese beiden Männer gefährlich waren.

Sie hatten den Tod von nahem gesehen. Sie fürchteten ihn nicht.

Er hielt ihnen den Zettel unter die Nase, den sie ihm hatten zukommen lassen. Nicht nötig, ihn noch einmal zu lesen. Die Worte, die er enthielt, waren in sein Gehirn eingraviert: »Wir besitzen die Lösung für all Ihre Probleme.«

»Ich hätte gern Erklärungen.«

»Wir werden sie Ihnen geben«, sagte Oleg. »Wenn überhaupt das, was wir Ihnen geschrieben haben, Ihrer Erwartung entspricht.«

»Welcher Erwartung?«

Oleg und Andrej schwiegen, aber ihre Blicke wandten sich zu dem Raum, den Kuljakow soeben verlassen hatte.

»Was wollen Sie sagen?« beharrte er.

Oleg deutete ein Lächeln an, das sofort wieder verschwand.

»Hören Sie«, Kuljakow wurde ungeduldig, »ich kenne Sie

nicht, ich bin mitten in der Sitzung, und man wartet auf mich. Reden Sie kurz und klar. Was wollen Sie?«

»Wieviel Geld brauchen Sie?« fragte Andrej, ohne ihn aus den Augen zu lassen.

»Wie bitte?«

»Sie haben mich sehr gut verstanden. Wieviel brauchen Sie, um zu verhindern, daß das System explodiert?«

Kuljakows Gesicht verschloß sich.

»Ich werde Sie hinausbegleiten lassen.«

»Ich glaube, es wäre Ihnen dienlicher, uns anzuhören«, sagte Oleg ruhig.

»Gehen Sie«, grollte Kuljakow mit drohender Stimme.

»Schade«, warf Oleg hin. »Entschuldigen Sie, daß wir Sie umsonst gestört haben.«

Kuljakow wandte sich um. Als er an dem Amtsdiener vorbeikam, flüsterte er ihm etwas ins Ohr. Der Amtsdiener sah zu Oleg und Andrej und kam auf sie zu. Kuljakow, schon am Ende des Vorzimmers, war im Begriff, die Tür des Ratszimmers zu öffnen.

»Kuljakow!« rief Andrej.

Kuljakow erstarrte. Andrej schob den Amtsdiener beiseite, der einen schwachen Versuch unternahm, sich ihm in den Weg zu stellen, und erreichte den Bankdirektor.

»Ich möchte, daß Sie einen Blick auf diese Dokumente werfen«, sagte er und reichte ihm einen Umschlag.

Kuljakow griff zögernd danach.

Er war unverschlossen. Er holte die Fotoserie heraus, die er enthielt, warf einen zerstreuten Blick darauf und erbleichte.

»Behalten Sie sie«, sagte Andrej freundlich. »Ich schenke sie Ihnen. Eines Tages werden sich Ihre Kinder darüber freuen, Sie im Familienalbum zu bewundern.«

Kuljakow schob die Fotos mechanisch in seine Tasche und blieb unbeweglich stehen. Er erinnerte Andrej an die Bäume, die man in den Wäldern fällt, an jenen letzten Augenblick, da sie noch aufrecht stehen, bevor sie mit ihrer ganzen Masse herunterbrechen.

»Auf Wiedersehen, Genosse«, sagte er und wandte ihm den Rücken zu.

Er ging zu Oleg zurück. Stanislas Kuljakow machte kehrt und holte ihn ein.

»Ich fürchte, ich habe nicht genau verstanden, was Sie wünschen«, sagte der Bankdirektor.

Oleg und Andrej wechselten einen kurzen Blick.

»Gibt es einen Ort, wo man sich setzen kann?« fragte Oleg.

Ohne ein Wort wandte sich Kuljakow zu einer Gruppe von Stühlen, die vor einer Wand am Ende des Saales aufgereiht waren.

Oleg und Andrej setzten sich. Kuljakow ließ sich fallen.

»Wieviel?« sagte er mit abwesender Stimme.

»Er hat nichts verstanden«, bedauerte Andrej mit einem Seufzer.

»Wir wollen nichts«, fuhr Oleg fort. »Im Gegenteil, wir wollen Ihnen einfach einen Dienst erweisen. Mein Freund und ich lieben unser Land. Wir wollen Ihnen Geld geben.«

»Wieviel brauchen Sie, um Rußland aus dem Dreck zu ziehen?« wiederholte Andrej geduldig.

Kuljakow fragte sich, ob sie verrückt wären. Es ging um einige zehn Milliarden Rubel. Und die Zeit war noch nicht so fern, da ein Rubel im kommerziellen Wechselkurs einen Dollar wert gewesen war. Bei so riesigen Geldmengen war keinerlei Improvisation möglich. Keine Finanzmacht der Welt konnte sie aus ihrem Zauberhut ziehen. Was konnten diese beiden Verrückten unter diesen Bedingungen tun? Wer waren sie? Woher kamen sie?

Wie waren sie in den Besitz dieser Fotos gelangt, die ihn vernichteten?

Plötzlich fühlte er sich unendlich müde. Alles war ihm egal.

»Für die nächsten zwei, drei Wochen brauchte man eine Summe von hundert Milliarden Rubel«, sagte er stockend.

»Na also. Das hätten Sie sagen müssen«, warf ihm Oleg vor.

»Wir haben sie«, sagte Andrej ruhig.

Kuljakow verschlug es die Sprache.

»Sie haben hundert Milliarden Rubel?« stammelte er.

»Genau«, sagte Oleg.

»Woher nehmen Sie sie?«

»Das geht Sie nichts an.«

Für einen Augenblick wurde der Bankier wieder zum Bankier: Er vergaß beinahe seine Schwäche, diese beiden Kerle mit den harten Gesichtern und die Größen Rußlands, die ihn vereint im Saal des großen Rates erwarteten.

»Wann verfügbar?«

»Binnen achtundvierzig Stunden«, sagte Andrej.

Kuljakow zog ein Taschentuch aus der Hose und wischte sich die Stirn ab. Einmal an diesem Punkt angelangt, konnte er auch so tun, als wäre das alles normal.

»Was wollen Sie dafür?«

»Etorufu. Die größte der Kurileninseln.«

Er starrte sie entsetzt an: Die Kurilen gehörten zum Nationalterritorium!

»Aber das ist Staatseigentum«, sagte er mit versagender Stimme.

»Und? Das Geld, das wir Ihnen anbieten, wer bekommt es?«

»Meine Kollegen werden niemals akzeptieren! Wir haben es immer abgelehnt, sie den Japanern zurückzugeben!«

»Sie haben uns nicht verstanden«, erklärte Oleg ruhig. »Es geht nicht darum, sie zurückzugeben, sondern sie zu verkaufen.«

»Nicht einmal das«, übertraf ihn Andrej. »Einfach nur, eine von ihnen, eine einzige, Etorufu, zu verpachten. Was wir Ihnen vorschlagen, ist sehr einfach: Für hundert Milliarden Rubel wollen wir, daß die Regierung uns einen Pachtvertrag über die exklusive Nutzung von Etorufu unterschreibt.«

»Einen Pachtvertrag?« stammelte Kuljakow.

»Einen Pachtvertrag. So ähnlich wie bei Hongkong und China.«

»Einen Pachtvertrag von welcher Dauer?«

»Neunundneunzig Jahre.«

Jedes Wort hallte in Kuljakows Schädel wie eine Alarmglokke wider.

»Wer beweist mir, daß Sie sie haben?« stotterte er.

»Niemand«, sagte Oleg.

»Hundert Milliarden Rubel, das ist schon eine Summe«, fügte Andrej hinzu. »Sie werden einsehen müssen, daß es sich um ein großzügiges Angebot handelt und daß Sie einfach nicht in der Lage sind, es abzulehnen.«

»Meine Kollegen werden mich auslachen! Die Insel ist voll von unseren Militärbasen!«

»Machen Sie sich keine Sorgen. Alles ist im Vertrag vorgesehen.«

»Welcher Vertrag?« regte sich Kuljakow auf.

»Der, den wir unterschreiben werden, wenn Sie Ihre Kollegen überzeugt haben.«

»Ich kenne Sie nicht. Ich kann mich nicht einsetzen, wenn ich so wenig in der Hand habe.«

»Aber wenn ...«, ließ Oleg mit einem grausamen Lächeln fallen.

»Alles, was Sie zu tun haben«, ergänzte Andrej, »ist, ihnen unseren Vorschlag zu unterbreiten.«

»Und wenn sie ablehnen?« stammelte Kuljakow.

»Darüber denken wir nicht einmal nach«, schloß Oleg.

»Informieren Sie uns, wenn sie zugestimmt haben«, fügte Andrej hinzu. »Wir werden ihnen alle rechtlichen Details mitteilen sowie die Garantien, die von der einen und der anderen Seite zu liefern sind. Wo kann man Sie Tag und Nacht erreichen?«

Kuljakow kritzelte eine Nummer auf ein Blatt Papier.

»Und ich, wo kann ich Sie erreichen?«

Andrej gab ihm eine Karte. Kuljakow nahm sie, senkte den Kopf und schluckte.

»Und die Fotos?« stammelte er mit ersterbender Stimme.

Oleg maß ihn mit einem harten Blick.

»Wir scheren uns nicht um Ihre Fotos! Glauben Sie vielleicht, Sie sind der erste hohe Funktionär, der sich von einem Panzerfahrer in den Arsch ficken läßt?«

Was kann man tun, wenn ein Jugendlicher von siebzehn Jahren Drogen nimmt? Antonina fragte es sich mit angstverzerrtem Gesicht. Sie hatte Nikita durch den Salon stürzen sehen. Er hatte sie nicht einmal angeschaut, sie, seine Mutter. Er hielt eine Hand vor den Mund. Er war bleich. Er hatte sich in das Badezimmer zurückgezogen, die Tür abgeschlossen. Und jetzt wartete sie und wußte nicht, wie sie reagieren sollte. Sollte sie ihren Mann informieren? Er hatte sie ausdrücklich gebeten, ihn nicht anzurufen. Er würde in einer Sitzung sein, unmöglich zu erreichen. Wie würde er reagieren, wenn er es erfuhr? Nikita war ihr einziger Sohn. Er hatte die beste Erziehung erhalten, nie fehlte es ihm an etwas, er war umhegt, geliebt, beschützt worden. Wären sie arm gewesen, hätte Antonina es notfalls verstehen können. Müßiggang, schlechter Umgang . . . aber hier?

Anfangs hatte sie nur bemerkt, daß Nikita manchmal aggressive Anwandlungen hatte. Er verließ das Zimmer sehr ruhig, mit schmollender Miene. Er kam zehn Minuten später zurück, mit bösem Blick, den Mund voller Sarkasmus. Dann hatte sie ein Tick alarmiert: Nikita rieb sich sehr oft die Nase. Nun wußte Antonina genau, daß diese Bewegung die Kokainkonsumenten verriet. Sie hatte zehn Fernsehsendungen darüber gesehen. Stanislas, ihr Mann, hatte nichts bemerkt. Man muß sagen, daß er überhaupt nicht mehr viel merkte. Er verbrachte den größten Teil seiner Zeit im Büro – wo er manchmal bis tief in die Nacht hinein blieb –, und wenn er zu Hause war, schloß er sich mit Aktenstapeln ein und bat darum, nicht gestört zu werden. So war es seit Nikitas Geburt: ein Zimmer für sich, Träume für sich, Leben für sich. Ein Geräusch aus dem Badezimmer ließ sie auffahren: wie ein Erbrechen. Sie rannte mit großen Sätzen durch den Flur und drückte das Ohr an die Tür. Das Geräusch hatte aufgehört.

»Nikita . . . Nikita . . . Kann ich dir helfen?«

»Hau ab!«

Antonina erstarrte unter seiner Beschimpfung. Niemals zuvor hatte ihr Sohn so mit ihr geredet. Sie wollte sich zurückziehen. Da hörte sie, daß er sich übergab. Schreckliche Würgegeräusche, als würde er jedesmal seine Seele ausspucken. Ihre Skrupel verflogen. Sie stürzte ins Wohnzimmer, griff nach dem Telefon, wählte eine Nummer und rief mit angsterfüllter Stimme:

»Geben Sie mir sofort Stanislas Kuljakow!«

»Wer spricht dort?« antwortete man ihr.

»Seine Frau, Antonina Kuljakowa.«

»Bleiben Sie dran . . . ich werde nachsehen.«

Stanislas war ein guter Vater, aber ziemlich kühl, sehr streng in seinen Prinzipien, etwas distanziert. Vielleicht würde er wütend werden, wenn er die Katastrophe erfuhr? Der Gedanke entsetzte sie, er könnte ihn hinauswerfen. Die Angst schnürte ihr die Kehle zu: Was würde aus Nikita werden?

»Frau Kuljakowa . . . Sind Sie noch da?«

»Ja?«

»Es tut mir außerordentlich leid. Es ist im Augenblick unmöglich, den Vizepräsidenten zu stören. Er nimmt an einer Sitzung beim Ministerpräsidenten teil. Kann ich ihm eine Botschaft übermitteln?«

»Nein, danke. Sie brauchen ihm nicht zu sagen, daß ich angerufen habe. Es ist unwichtig . . .«

»Meine Herren«, verkündete Iwan Silajew mit düsterer Miene, »ich habe schlechte Neuigkeiten.«

Alle hatten ihre Plätze am Tisch wieder eingenommen. An ihren angespannten Gesichtern war deutlich zu erkennen, daß während der Pause kein Wunder geschehen war.

»Ich hatte soeben eine Unterredung mit Marschall Schaposchnikow. Er hat mir einen erschreckenden Bericht geliefert. In manchen Einheiten haben die Männer ihren Sold seit drei Monaten nicht mehr bekommen. Seiner Meinung nach steht ein erneuter Staatsstreich unmittelbar bevor. Eine Gruppe hoher Offiziere hat sich verschworen.«

»Der Putsch vom 19. August sollte sie geheilt haben!« unterbrach ihn Viktor Gerachtschenko.

»Im August verteidigten sie eine Idee. Heute wollen sie ihre Haut retten. Das ist etwas ganz anderes!«

»Was soll man tun?« fragte Jawlinski.

»Sie bezahlen!«

»Womit?«

»Bestimmt nicht mit Versprechungen«, sagte Silajew. »Schaposchnikow war eindeutig. Wenn der Sold nicht ausgezahlt wird, übernimmt die Armee die Macht. Es ist eine Frage von Stunden.«

Langes Schweigen folgte.

»Über welchen Handlungsspielraum verfügen wir?« fragte Georgi Matjukin.

»Keinen, verstehen Sie das nicht? Keinen!«

Matjukin biß sich auf die Lippen und sah weg.

»Wieviel braucht man, um sie zu beruhigen?« fragte Jawlinski.

»Mindestens zehn Milliarden Rubel. Mit zehn Milliarden bezahlen wir die Rückstände und gewinnen einen Monat.«

»Ein Monat«, stöhnte Orlow. »Ein Monat würde uns retten. Das ist die Zeit, die wir brauchen, um das Kapital aus Westeuropa und den Vereinigten Staaten freizubekommen und zur Marktwirtschaft überzugehen.«

»Und inzwischen?« beharrte Gerachtschenko.

Erneutes Schweigen.

»Japan?« sagte Matjukin plötzlich.

Silajew zuckte mutlos mit den Schultern.

»Boris Pankin ist aus Nachodka zurück. Er hat Taro Nakayama getroffen. Es ist gescheitert. Japan ist zu keinem Gespräch bereit, wenn wir ihnen nicht die Kurilen zurückgeben.«

»Worauf warten wir, ihnen diese drei kahlen im Nebel versunkenen Felsspitzen zurückzugeben!« erregte sich Gerachtschenko.

Matjukins Miene erstarrte zu Eis.

»Die Kurilen sind fester Bestandteil unseres Territoriums. Drei Generationen von Sowjetbürgern sind dort geboren. Auch für Yen verschleudert man nicht die Ehre eines Reiches!«

»Heben Sie sich Ihre Tiraden für Ihre Kunden auf, Matjukin! Sie irren sich im Ort und in der Zeit. Morgen, wenn das ganze Durcheinander dahin ist, werden Sie sich als Kassierer wiederfinden!«

Alexander Orlow drehte sich zu Silajew um.

»Wirklich keine Hoffnung?«

»Keine, Orlow«, sagte Silajew finster. »Sie können mir glauben, daß ich, wenn es möglich gewesen wäre, die Gelegenheit schon beim Schopfe gepackt hätte.«

Jeder versank in seinen verdrießlichen Gedanken.

Plötzlich erhob sich die neutrale Stimme Kuljakows.

»Ich kann sie Ihnen vielleicht bieten.«

Jetzt fiel auf, daß er seit Wiederaufnahme der Sitzung noch kein einziges Wort gesagt hatte.

»Ich habe einen Käufer«, fügte er hinzu.

Was er da sagte, war ungeheuerlich!

»Erklären Sie«, befahl Silajew.

»Meiner Meinung nach handelt es sich um eine sehr zufriedenstellende Lösung, Herr Ministerpräsident. Ich will sagen ... im Interesse unseres Landes. Eine Lösung, die uns einen dreifachen Vorteil bietet: unverzüglich die Armee zu bezahlen, Zeit zu haben, die Dinge auf uns zukommen zu lassen und die Japaner anzuschmieren.«

Mit offenem Mund starrte Silajew ihn an.

»Sie haben einen Käufer für die Kurilen?«

»Besser als einen Käufer, Herr Ministerpräsident. Es geht überhaupt nicht darum, zu verkaufen. Sondern nur darum, eine Pacht über neunundneunzig Jahre für eine von ihnen, eine einzige, die Insel Etorufu, zuzustimmen.«

Matjukin machte den Fehler, eine Ehrenrettung zu versuchen.

»Etorufu? Meinen Sie das ernst, Kuljakow? Und unsere Basen? All unsere Militärbasen?«

»Da Sie nicht in der Lage sind, sie zu bezahlen, sollten Sie den Anstand haben, sie nicht vorzuschieben!« sagte Silajew trocken zu ihm.

Angespannt vor kaum beherrschter Erregung fragte er Kuljakow: »Wieviel bietet man Ihnen für diese Pacht?«

»Hundert Milliarden Rubel, Herr Ministerpräsident.«

Um acht Uhr abends erhielten Andrej und Oleg den Anruf. Zum hundertsten Mal lasen sie fieberhaft die von Hans Kreiper vorbereiteten Verträge: solide.

»Glaubst du, sie können uns noch reinlegen?«

»Uns reinlegen – nein. Uns umlegen – das ja.«

Die Verträge waren auf den Namen einer Schweizer Gesellschaft ausgestellt, der Development Trade Company, die eine Holding in Liechtenstein besaß, selbst eine Holding einer panamaischen Gesellschaft, Filiale eines Trusts, der in den Niederländischen Antillen zu Hause war. Bei diesem Geschäft lag das geringste Paradoxon einfach darin, daß Privatpersonen da Erfolg haben konnten, wo Staaten notwendigerweise scheitern mußten. Alte Methode von Waffenhändlern, wenn eine Blokkade ihnen verbot, Kanonen und Munition an ein Land zu liefern, das einem Embargo unterlag: Durch ein einfaches Spiel von Dokumenten wurde eine Nation durch ein Individuum ersetzt, um privat die verbotenen Waren kaufen zu können. Danach brauchte es nur über eine ehrbare Kommission die Waren an die ursprünglichen Käufer »weiterzuverkaufen«, die ihm das Geld gegeben hatten, um sie zu kaufen. So wurden zur allgemeinen Befriedigung die Gesetze respektiert, die Waffen geliefert, die Prozente verteilt, die Moral gerettet.

Nur Einfaltspinsel konnten annehmen, daß eine politische Entscheidung über die einfachen Gebote des Handels, des Bakschisch und des Profits siegen konnte. Aus diesen Gründen hatten Oleg und Andrej diesen Coup begonnen: zu erreichen, was Japan und die Sowjetunion in einem halben Jahrhundert von

Palaver, Verhandlungen und Demütigungen nicht fertiggebracht hatten. Dann die unglaubliche Nachricht Kuljakows: Die Sowjets waren bereit zu verpachten.

Als sie seine Stimme hörten, drehten Oleg und Andrej den Verstärker auf.

»Ich habe eine Antwort ...«

Oleg, der den Apparat hielt, hätte ihn umbringen können, damit er schneller sprach.

»Sie heißt: Ja«, sagte Kuljakow schließlich.

»Gut. Die Regierung hat ihre Bürgschaft gegeben?«

»Ja.«

»Glückwunsch. Ich werde es mir gut merken. Wir werden uns morgen mittag bei Ihnen melden, um die Sache konkreter zu machen. Unterzeichnung, Termine, Geldübergabe und so weiter. Einverstanden?«

»Einverstanden.«

»Sie bleiben unser Gesprächspartner?«

»Ja.«

»Perfekt. Bis morgen.«

Andrej legte auf. Er sah Oleg eine Sekunde an, dann gaben sich beide ihrer gewohnten Beschwörung hin: zwei Schläge in die Hand, Daumen ausgestreckt und Freudenschreie.

»Ruf Tokio an«, jubelte Oleg.

Andrej wählte eine Nummer. Jemand meldete sich.

»Hanssaku?« fragte er.

»Ja.«

»Es ist erledigt.«

Es gab ein zustimmendes Knurren. Man legte auf.

Hanssaku war der große Boß der Yazuka, der japanischen Mafia. Wenn es möglich gewesen wäre, hätten Andrej und Oleg es nach allen Kräften vermieden, seine Wege zu kreuzen. Aber er war eine bedeutende Figur in ihrem Spiel.

»Was hat er gesagt?« fragte Oleg.

Andrej ahmte das Grunzen eines Schweines nach. Oleg lächelte verzerrt. Die nächste Phase beunruhigte sie. Sie würde in zwei Stunden auf ihrem Terrain ablaufen, eben hier, in ihrem

Generalquartier in der Sobinowski-Straße. Sie war mit weitem Abstand die gefährlichste. Aus einem sehr einfachen Grund: Am Ende dieses Jahrhunderts konnte man den Wind beherrschen, Flüsse umlenken, Sterbende dem Tod entreißen, Retortenbabys produzieren, Unwetter beruhigen, zum Mond fliegen, Blei in Gold verwandeln. Aber niemand war bisher in der Lage, den Wahnsinn zu kontrollieren. Den echten Wahnsinn der Wahnsinnigen.

8

Es war eine herrliche Ansammlung von Gaunern.

Keiner von denen, die um den Tisch herum saßen, wäre im Finale einer Weltmeisterschaft der Ganoven zugelassen worden, denn jeder würde von Anfang an als außer Konkurrenz laufend eingestuft: Lügner, Diebe, Betrüger, gewalttätig, gierig, erbarmungslos, Spitzbuben und Mörder. Addiert man ihre Verbrechen, so hätten sie Tausende Jahre Gefängnis verdient. Nur hatte das Eisenkorsett der kommunistischen Diktatur ihren Qualitäten nicht erlaubt, sich voll zu entfalten. Die Justiz und ihre unabwendbare Dreieinigkeit – Gulag, psychiatrische Klinik oder einfach die Exekution – erstickten verheißungsvolle Ganovenbegabungen im Keim. Einzelne Verbrechen verloren sich in der Spirale von kollektiven Völkermorden, seit mehr als einem halben Jahrhundert von dem herrschenden System organisiert.

Die fünfzig oder sechzig Millionen Toten, mit denen der Sozialismus die Massengräber Sibiriens gefüllt hatten, ließen keinen Platz für das Handwerk des Verbrechens. Dann kam die Perestroika. Die Unterwelt war ausgewuchert. Das Wort »Freiheit« brach sich Bahn, die Gesetze des Systems brachen zusammen, und der einfache Bürger, der zu ahnen begann, daß er nur ein einziges Leben hatte, suchte eher nach den dekadenten Freuden des Kapitalismus – Essen, Klamotten, Autos und Wohlergehen – als nach Arbeitsmedaillen.

So entstand das, was die Ökonomen in der Sprache des Marktes eine »Nachfrage« nannten. Man brauchte Alkohol, Drogen und Nutten. Man wollte nicht mehr umsonst arbeiten, sondern sowenig wie möglich machen für ein Maximum an Profit. Man mußte genießen, bevor man starb. Die Jüngeren scherten sich nicht mehr um die alten Arbeiter mit den versteinerten Gesichtern, die Frauen wollten wie die Mannequins in den Magazinen aussehen, die zu kursieren begannen, Pornographie tauchte in den Auslagen der Kioske auf, und mit ein bißchen Geld fand man leicht all die rationierten Waren: Fleisch, Wodka, Zigaretten, Zucker, Kokain, Waffen, Autos. Die ersten Pioniere des Schwarzhandels konnten die Nachfrage nicht mehr befriedigen. Allmählich waren die Gauner vom Kunsthandwerk zur Schwerindustrie übergewechselt und versuchten sich recht und schlecht, mit Morden, Einschüchterung und Massakern für die Aufteilung der Territorien und der Gewinne zu organisieren.

Seit 1982 hatten die Banden Moskau überschwemmt. Etwa zehn Gangsterbosse, denen mehr als fünftausend »Soldaten« aufs Wort gehorchten, teilten sich die Stadt.

Am Anfang hatte ihnen die Regierung den Staatsapparat entgegengestellt, Polizei, KGB, Armee und Miliz. Die Banden hatten sofort mit Bestechung geantwortet. Sie herrschte schon vorher unter den Apparatschiks, aber diesmal spielte die Angst vor der Partei nicht mehr die Rolle einer Bremse, die aufgebotenen Mittel vergifteten die soziale Hierarchie von oben bis unten. Ein jeder handelte, verkaufte, kaufte, denunzierte. Die Stärksten und Habgierigsten töteten. In diesem Augenblick der Geschichte, in diesem Monat November des Jahres 1991, war das Moskau des letzten Jahrzehnts des Jahrhunderts ein solcher Kessel von Gewalt geworden, daß das Chicago der zwanziger Jahre, Prohibition, Al Capone und Dillinger eingeschlossen, im Vergleich dazu wie ein Kindergarten erschien.

Von zwei Details abgesehen. Die Gerüchte darüber gelangten kaum an das Ohr der westlichen Welt. Und die Russen hatten Hunger.

»Eßt«, sagte Oleg Wlassow mit breitem Grinsen. »Trinkt, nur zu!«

In der Annahme, diese delikate Aufmerksamkeit würde die Atmosphäre entspannen, hatte er auf dem Tisch Wodkaflaschen in Eisbehältern, Berge von Piroschki, Lachs, Kaviar, Blinis und ganzen Stören bereitstellen lassen. Aber niemand rührte etwas an. Schon gar nicht den Wodka. Vielleicht hatten sie Angst, vergiftet zu werden? Jeder belauerte die anderen, die Hände flach auf dem Tisch. Bevor sie den Konferenzraum betraten, waren sie von den Leibgarden der verschiedenen Banden sorgfältig abgetastet worden, um zu sichern, daß keiner von ihnen eine Waffe trug. Einige schienen zu impulsiv, um – sollte sich die Diskussion erhitzen – nicht der einzigartigen Gelegenheit nachzugeben, mit Messerstichen zu sagen, was sie mit Worten nicht ausdrücken konnten. Ein großer Teil der Eingeladenen waren Analphabeten. Deshalb wurden die Führer jedes Clans von einem Ratgeber begleitet, der die Aufgabe hatte, Meinungen, Wünsche und eventuelle Vorbehalte in klare und höfliche Worte zu übersetzen. Nur Oleg Wlassow und Andrej Talasski kamen aus der berühmten Lomonossow-Universität. Oleg als Ökonom, der sich mit internationalen Finanzangelegenheiten befaßte. Andrej als Mathematiker.

Unglücklicherweise hatte der Gulag ihre brillante Universitätslaufbahn unterbrochen. Aber außer den beiden Betroffenen wußte das keiner der Anwesenden. Würden sie es wissen, ließe es sie völlig kalt. Dialektik war nicht ihre Stärke. Die Probleme ließen sich bestens mit Maschinenpistolen regeln, die den dreifachen Vorteil besaßen, das Gerede zu verkürzen, Zeitverluste zu vermeiden und gewiß recht zu behalten.

Unter den Blicken, die sich auf ihn richteten, spürte Oleg einen, der schwerer wog als die anderen. Er warf einen flüchtigen Blick in die Richtung, aus der diese Schwingungen kamen, und stieß auf das kalte Lächeln von Pawel Lyssenko.

Er hob sein Glas.

»Auf dein Wohl!«

Von den Raubtieren, die um den Tisch versammelt waren, war Pawel vielleicht eins der gefährlichsten. Zwei Meter groß, ließ seine unwahrscheinliche Korpulenz, wenn er sich in einem Zimmer bewegte, alles erzittern. Er war ebenso dumm wie gewalttätig, ebenso gerissen wie riesenhaft. Er hatte noch eine andere Besonderheit: Man konnte ihm nicht in die Augen sehen. Nicht, weil sie etwas Besonderes gehabt hätten, sondern wegen der Augenbrauen. Anstatt sich über der Nase zu trennen, bildeten sie einen einzigen borstigen Bogen.

Gleichzeitig peinlich berührt und fasziniert, konnten seine Gesprächspartner ihren Blick nicht von jenem Punkt lösen, wo ihre Bahn sich hätte trennen müssen.

»Danke!«

Auch er griff zum Glas, das in seiner riesigen Hand klein und besonders zerbrechlich erschien. Zwischen Oleg Wlassow und ihm ging es um wahre Leidenschaft, das heißt reinen Haß.

Sobald einer von ihnen einen Schritt machte, trat er dem anderen in die Hacken. Die Stadt mochte noch so groß sein, sie war zu klein für sie. Alle wußten, daß einer von beiden verschwinden mußte. Oleg trank sein Glas in einem Zug leer. Pawel tat nur so, als würde er es ihm gleichtun. Oleg stand auf.

»Willkommen euch allen!«

Mit den Augen wanderte er über die Anwesenden und gönnte sich das Vergnügen eines Schweigens, das er bis ins Unerträgliche verlängerte. Einige bewegten sich. Stühle knarrten.

»Ihr wißt alle, warum wir zusammengekommen sind«, sagte er schließlich. »Es geht um Moskau. Es geht um unsere Geschäfte, um unsere Interessen und um unsere Ruhe.«

»Raus mit der Sprache!« unterbrach ihn Aljoscha Kaligin mit eisiger Stimme. »Ich werde woanders erwartet.«

Sein Ratgeber zog den Mann, der von seinesgleichen »der Verrückte« getauft worden war, diskret am Ärmel. Denn Kaligin war wirklich verrückt. Vielleicht war er es nicht immer gewesen. Aber er mußte Jahre psychiatrischer Internierung über sich ergehen lassen, wo man ihn mit Amenasin und Haloperidol behandelte. Davon hatte er nicht wiedergutzumachende Spuren zurückbehalten. Man sagte ihm auch einen großen Kokainkonsum nach, der die Unfähigkeit, sich länger als ein paar Sekunden zu konzentrieren, und plötzliche Wutanfälle zur Folge hatte, in denen er jeden tötete, der sich ihm in den Weg stellte.

Er war klein, wirkte schwächlich, mit kränklichem Teint, pockennarbigem Gesicht, über dem eine braune Locke hing, die er in einem beunruhigenden nervösen Tick ständig zurückwarf. Erstaunlicherweise waren seine fast gelblichen Augen noch blasser als seine Haut.

»Niemand zwingt dich zu bleiben«, antwortete Oleg mit gefährlicher Sanftheit.

Jeder hatte das Gefühl, die Versammlung würde scheitern, bevor sie überhaupt begonnen hatte. Verrückt vor Angst, setzte der Ratgeber Kaligins, den man unter dem Namen Matychow kannte, ein verkrampftes Lächeln auf, beugte sich zu seinem Chef und murmelte ihm etwas ins Ohr. Aljoscha schob ihn ungeduldig zurück.

»Aljoscha Kaligin wollte sagen«, vermittelte Matychow, »daß es wünschenswert wäre, zum Thema zu kommen.«

»Halt's Maul!« sagte Aljoscha. »Ich bezahle dich nicht dafür, daß du wiederholst, was ich gesagt habe!«

Dennoch sah Oleg, daß er sich nicht von seinem Platz rührte.

»Andrej und ich, wir wollen Frieden«, fuhr er rasch fort. »Gibt es jemanden unter euch, der keinen Frieden will?«

Niemand sagte ein Wort.

»Lebensmittel, Drogen, Transporte, Bars, Nachtclubs, Immobilien, Brauereien, Restaurants, Kleidung, Alkohol und Prostitution, Moskau ist wie eine Kuh, die nur darauf wartet, gemolken zu werden. Deshalb dürfen sich die Hirten nicht gegenseitig die Kehle durchschneiden. In den letzten Wochen gab es unter uns Dutzende von Toten. Viel zu viele Tote. Alte, idiotische Methoden. Andrej und ich haben euch etwas viel Besseres vorzuschlagen ...«

»Sozusagen einen Pakt«, ergänzte Andrej. »Den Frieden unter uns. Und das Geschäft eures Lebens.«

Eine Welle von Argwohn ging durch den Raum. Er befand sich in der obersten Etage der Sobinowski-Straße 9. Andrej und Oleg hatten das Haus fünf Jahre zuvor gekauft. Natürlich nicht unter ihren eigenen Namen. Ein Kulturattaché der italienischen Botschaft, mit Bergen von Dollar, Frauen und Heroin gedungen, diente in Den Haag als Vermittler für die offiziellen Genehmigungen, die der holländischen »philanthropischen« Gesellschaft – extra für diese Operation erfunden – erteilt wurden. Damals hatten Oleg und Andrej, ohne es zu wissen, als Wegbereiter gehandelt.

»Miloserdije«, die Barmherzigkeit, trat wieder in Erscheinung. Das Wohl der Bürger war bis zu diesem Zeitpunkt vom Staat garantiert, deshalb wäre das Eingeständnis der geringsten Schwäche einer Beleidigung des Systems gleichgekommen. Also waren alle glücklich. Zum Sterben glücklich.

In den letzten drei Jahren hatte man aber verschiedene Formen der Hilfe geschaffen. In Leningrad die Gesellschaft der Barmherzigkeit und Gesundheit. In Moskau den Sowjetischen Fonds der Barmherzigkeit und der Gesundheit und die Stiftung für soziale Erneuerung. In der Sobinowski-Straße hatten es zwei Werke von hohem moralischem Anspruch erlaubt, die Formalitäten zu beschleunigen und als Paravent für die schwindelerregenden Geschäfte von Oleg und Andrej zu dienen. Das Erdgeschoß war in zwei Abteilungen geteilt. Rechts ein kostenloses Konsultationszentrum für behinderte Kinder, links die Tanzschule der überaus berühmten Irina Schostakowa, hochtrabend als Ausbildung, moralische und materielle Hilfe für die jungen Talente der sowjetischen Choreographie bezeichnet.

Die erste Etage war der Nothilfe für Jugendliche in Schwierigkeiten zugefallen. In der zweiten wurden Büros eingerichtet, die ganz offiziell der Leitung und Führung des Unternehmens dienten. In der dritten hatten sich Oleg und Andrej die Hälfte der Fläche vorbehalten, um ihren Schlupfwinkel und ihre privaten Arbeitszimmer einzurichten, der Rest war in Konferenzräume umgewandelt worden. Diskretion gesichert: Ein ständiges Kommen und Gehen täuschte alle. Ganz selbstverständlich betrat oder verließ man das Gebäude, das neben dem Haupteingang einen Ausgang besaß, der nur Eingeweihten bekannt war, ganz zu schweigen von zwei anderen, völlig geheimen, einzig für Oleg und Andrej vorbehalten, einer über die Dächer, der andere im Keller – er führte zwei Straßen weiter in die Hinterräume eines Schuhgeschäftes, in dem auch Gemüse und Konserven verkauft wurden. Die Bauarbeiten hatten zwei Jahre gedauert.

»Frieden zwischen wem?« fragte Pawel Lyssenko mit gespielter Unschuld, die durch das seitliche Rollen seiner einzigen Braue verraten wurde. »Niemand liegt im Krieg.«

Oleg sah ihn an, stieß einen tiefen Seufzer aus und fuhr fort.

»Wißt ihr, wer die Kriege immer gewinnt? Die Polizei.«

»Die Polizei, auf die scheiß ich!« wetterte Kaligin und warf seine Locke zurück. »Die Armee, die Bullen, die Politiker, ich stecke sie alle in die Tasche!«

Oleg und Andrej wechselten einen kurzen Blick. Oleg setzte sich.

Andrej stand auf.

»Du bist nicht allein, Aljoscha«, sagte Andrej. »Was jedem einzelnen von uns widerfährt, betrifft auch alle anderen.«

»Ach ja? Und was beispielsweise?«

»Ich werde es dir erklären. Heute morgen wurde auf Anweisung von Boris Jelzin eine neue Bank gegründet. Die Bank Rußlands.«

»Und weiter?« sagte der Verrückte frech.

»Man hat sie gegründet«, fuhr Andrej ruhig fort, »anstelle des Innenministeriums.«

Pawel Lyssenko brach in Lachen aus.

»Da seht ihr, Freunde, das beweist, daß unsere neuen Führer sind wie wir! Zwischen den Bullen und dem Zaster wählen sie den Zaster!«

Alle lachten los, und für eine Sekunde konnte man glauben, man wäre in einer Runde alter Schulfreunde. Andrej lachte mit und sah sie dabei nacheinander an.

Fedor Grischin, »der Stier«, massive Unterarme, kräftiger Hals, niedrige Stirn. Hauptquartier Dolgoprudni, im Nordwesten der Stadt. Graue, eintönige, gerade Straßen, Beton und

Bierbars, in denen seine Erpresserbande arbeitete, unzählige Gaunergruppen, die alle Geschäfte des Viertels »beschützten«.

Jeder Händler, der sich weigerte, seine Gebühr zu bezahlen, sah sein Geschäft innerhalb von vierundzwanzig Stunden in Schutt und Asche gelegt. Oder, wie auch schon vorgekommen, man fand ihn an einem Fleischerhaken aufgehängt in seinem Stand, mit aufgeschnittener Gurgel.

Zu seiner Rechten, durch seinen »Berater« getrennt, Pjotr Gratschew, Besitzer einer Herde von Prostituierten. Erfinder der Methode, die seinen Namen trug, der Gratschew-Methode...

Mädchen, junge Hirtenmädchen, die nicht einmal schreiben konnten, mit einem Paar Unterwäsche verführt, von geckenhaften »Soldaten« im Schnee der weiten Felder rekrutiert, wurden auf die Schnelle von »Prüfern« ausgebildet, die sie mit Ohrfeigen innerhalb von zwei Tagen auf den Strich trieben. Gratschew kontrollierte Hunderte von ihnen. Das seltsamste war, daß man bei ihm von keinem einzigen Verhältnis wußte. Man verdächtigte ihn sogar, homosexuell zu sein, aber vor seinen harten schwarzen Augen hätte es niemand gewagt, ihn danach zu fragen.

Weiter hinten Dimitri Lukjanow, von unbedeutendem Äußeren, aber schwer auf den Notierungen am Riskimarkt für Lebensmittel lastend. Technik: die Händler, die vor ihren weißgekachelten Ladentischen standen, zu zwingen, die Preise der angebotenen Lebensmittel zu vervielfachen, um sie dann mit einer Steuer zu belegen. In der ersten Zeit wurde jeder, der dem Lukjanowgesetz zuwiderhandelte, nicht mehr beliefert. Die zweite Warnung lautete: Tod.

Konstantin Kania, sein Gegenüber, war eher undurchschaubar. Leicht gebeugt, schütteres Haar, ständig ein nachsichtiges Lächeln auf den Lippen. Er hatte allen Grund. In ein paar Jahren hatte er sich ein Imperium zurechtgeschneidert, das ihm im Universum der Droge die respektvolle Bewunderung von seinesgleichen eintrug. Seine Männer waren darauf dressiert, diejenigen, die auf der Straße zu Hause sind, Passanten, Hotelportiers, Barkeeper, Restaurantkellner, Angestellte der Nachtclubs, Soldaten, Oberschüler, Sportler zu Dealern zu machen. Die Herkunft seiner Lieferungen blieb ein Geheimnis. Aber alle Welt wußte, daß die geheimen Mohnplantagen im Lande selbst mehr als zweihunderttausend Hektar bedeckten, Mittelasien eingeschlossen. Und daß sich in Moskau die Zahl der süchtigen Jugendlichen in fünf Jahren verzehnfacht hatte.

Es blieben drei Männer, die die Hände in allem hatten. Grigori Lermontow, genannt »Krestjanin«, »der Bauer«, wegen des Kontrastes zwischen seinen schwarzen Fingernägeln und der besessenen Sorgfalt, die er auf seine Kleidung verwendete: Seidenkrawatte, englische Schuhe, weiter Nerzmantel und Goldringe an vier Fingern. Stanislas Klimowitsch, Drogen, Erpressungen jeder Art, Prostituierte. Und Leonid Schatalin, der die Bars mit Spielautomaten überschwemmte und auch den kleinsten Badeort mit Casinos spickte. Das war nicht mal illegal: Es gab keinerlei Gesetze mehr. Keine Vorschriften. Keine Direktiven. Und hätten sie existiert, würde es niemanden geben, der für ihre Durchsetzung sorgte. Nach der Auflösung der Strukturen, die das System zusammenhielten, hatte die sowjetische Mafia leichtes Spiel, die ungeheure Weite der administrativen Leere zu besetzen. Jeder tat, was er wollte. Niemand fragte nach der Erlaubnis. Die Profite entsprachen der Kühnheit jener, die etwas zu unternehmen wagten. In jener Zeit konnte sich der einfache Bürger für seine 200 Rubel Monatseinkommen gerade noch vier Schachteln Winston kaufen.

»Die Bank Rußlands?« wunderte sich Konstantin Kania. »Was geht uns das an?«

»Das ist unser Todesurteil«, antwortete Andrej. »Für alle.«

»Sprich deutlicher«, sagte Grigori Lermontow.

Andrej warf einen langen Blick in die Runde.

»Wie hoch ist das persönliche Vermögen jedes einzelnen von euch?«

Alle Gesichter verschlossen sich: Ein gut erzogener Geschäftsmann stellte seinesgleichen keine derartigen Fragen.

»Was schert es dich?« bellte der Verrückte.

»Das wirst du gleich verstehen, Aljoscha. Heute hältst du dich für reich. Morgen wirst du keine einzige Kopeke mehr haben. All das Geld, das du in deinen Kassen hast, wird dir nichts mehr nutzen. Papier.«

Aljoscha Kaligin brach in nervöses Lachen aus.

»Meine Rubel, Papier?«

»Papier. Du kannst dir damit immer noch den Arsch abwischen. Hast du mal was vom konvertiblen Rubel gehört?«

»Der letzte Kuhbauer weiß darüber Bescheid«, sagte Fedor Grischin gereizt. »Und weiter? Wer soll uns daran hindern, Dollar zu kaufen?«

»Zu welchem Preis? Unser Geld ist keinen Pfifferling mehr wert. Heute, am 12. November 1991, liegt der offizielle Handelskurs des Rubel bei 1,7 Rubel für einen Dollar. Der Touristikkurs bei 47 Rubel. Auf dem Schwarzmarkt 100 Rubel für einen Dollar. Und für die Gosbank, auf dem Devisenmarkt, bei 110 Rubel für einen Dollar.«

»Und was heißt das?« erkundigte sich Pawel Lyssenko.

»Wir sind angeschmiert, Pawel. Sie werden massiv abwerten. Dann werden sie das gleiche Ding mit uns drehen wie vor drei Monaten. Sie werden erklären, daß sie alle 50- und 100-Rubel-Scheine aus dem Verkehr ziehen. Wirst du mit deinen Lastwagen voller Zaster zu einem Schalter der Gosbank gehen, um es dir in Kleingeld umtauschen zu lassen? Und was antwortest du ihnen, wenn sie dich fragen, wie du es verdient hast? Jetzt wende ich mich an euch alle: Was wird uns nach all diesen Maßnahmen von dem bleiben, was wir angesammelt haben?«

Es gab ein langes Schweigen, das durch den schweren Atem von Fedor Grischin noch verstärkt wurde. Andrej nutzte es, um den Trumpf auszuspielen.

»Ich werde es euch sagen: nichts!«

»Woher hast du deine Tips?« fragte Schatalin.

Andrej machte sich nicht die Mühe, zu antworten.

Konstantin Kania wollte den Mund öffnen. Mit einer Handbewegung hinderte Dimitri Lukjanow ihn daran.

»Bevor du uns eine Vorlesung in politischer Ökonomie hältst, die ich persönlich nicht nötig habe«, sagte er, ohne die Stimme zu erheben, »und da es hier um Frieden geht, habe ich eine Frage zu stellen. Wer von euch hat mein Fleischlager in der Mjuskaja-Straße in Brand stecken lassen?«

Totenstille. Die Augen aller flogen von Gesicht zu Gesicht. Lukjanow sah niemanden direkt an, aber Aljoscha Kaligin explodierte als erster.

»Warum siehst du mich an?« heulte er. »Vielleicht glaubst du, ich war es? Du beschuldigst mich?«

»Ich beschuldige niemanden«, sagte Lukjanow mit derselben gleichmütigen Stimme. »Ich stelle einfach nur eine Frage.«

Wie als Ausgleich für seine schmächtige Gestalt war er in Begleitung seines Lieblingsleibwächters gekommen, Igor, der gut hundertdreißig Kilo wiegen mochte. Im Moment starrte er auf seine Hände, die auf dem Tisch lagen.

»Was du da sagst, wiegt schwer, Dimitri. Warum glaubst du, daß es einer von uns war?« bemerkte Oleg.

»Ich habe auch eine Frage«, unterbrach ihn Pawel Lyssenko. »Jeder weiß, daß ich die Taxis der Stadt kontrolliere. Vor zwei Tagen wurde Fedor Malidanow, einer meiner Fahrer, vor hundert Zeugen in zwei Teile zersägt. Wer hat sich dieses Ding erlaubt?«

»Dieselbe Anmerkung«, sagte Andrej. »Warum sollen dir die Anwesenden darauf antworten können? Wir sind keine Untersuchungskommission. Oleg und ich haben euch nicht hierher eingeladen, um unsere Rechnungen zu begleichen, noch um uns zu bekämpfen oder uns zu verdächtigen. Sondern weil wir alle in demselben Boot sitzen. Die Tagesordung ist, daß das Boot sinkt. Und daß wir alle ertrinken werden.«

»Hast du etwas vorzuschlagen«, maulte Grischin.

»Nichts.«

Der Verrückte sprang von seinem Stuhl auf.

»Hast du uns gestört, um uns diesen Quatsch anhören zu lassen?«

»Wir haben es dir schon erklärt«, vermittelte Andrej geduldig, »wir wollen euch einen Pakt vorschlagen.«

»Was für einen Pakt?« explodierte Grigori Lermontow, der noch nichts gesagt hatte.

»Keinen«, versetzte Oleg und zuckte mit den Schultern. »Es gibt zuviel Mißtrauen und Feindschaft an diesem Tisch. Jeder von euch sieht nur seine unmittelbaren Interessen. Macht nichts. Seht zu, wie ihr klarkommt! Jeder für sich, und viel Glück für alle. Die Sitzung ist beendet.«

Pawel schlug mit seiner riesigen Faust auf den Tisch.

»Rück raus mit deiner verdammten Idee. Sprich! Was sollen wir machen?«

Andrej stand auf, stützte sich mit beiden Fäusten auf den Tisch und maß ihn mit kaltem Blick.

»Eure Tresore bis zur letzten Kopeke leeren und mir euren ganzen Zaster innerhalb von vierundzwanzig Stunden hierherbringen.«

9

In einem Geschäft für Fotoapparate, »Jupiter«, traf Nikita seinen Dealer. Das »Jupiter« war ein sehr diskreter Ort, immer voller Menschen. Dort verlor man sich in der Masse. Die Russen, die schon nichts hatten, um es sich zwischen die Zähne zu schieben, hatten nie jene elektronischen Geräte kaufen können, die man im Westen an jeder Straßenecke fand.

Natürlich sah man sie nicht in den Regalen. Wenn man aber gut bei Kasse war, bekam man sie. System D. Die Verkäuferinnen sagten: »Es ist nicht mehr da« und wiesen dabei mit einem Augenzwinkern auf einen Typ in der Menge, von dem zu vermuten war, daß er es hatte.

Aus gutem Grund... Sobald eine Lieferung eintraf, informierte ihn der Leiter, und er kaufte den gesamten Bestand auf, der niemals über die Schwelle des Geschäftes kam. Alle kamen dabei auf ihre Rechnung. Die Direktion und die Angestellten erhielten einen Anteil. Die Mafia nahm sich den ihren. Den Verkäuferinnen wurde ein kleines Geschenk zugestanden. Der Großhändler machte einen schönen Gewinn, und der anonyme Einzelverkäufer zog seine Provision ab. Nur der Kunde war nicht an diesem Deal beteiligt. Deshalb hatte er nach dem Gesetz von Angebot und Nachfrage für den gewünschten Gegenstand das Zehn- bis Hundertfache des Preises zu zahlen, der an den Regalen stand, in denen er nie erschien.

Alle zwielichtigen Gestalten der Stadt besuchten diesen Ort. Dort traf man sich unter Freunden, dort gab man sich Tips zu den tausend kleinen Gaunereien, die ohne große Mühe viel einbringen konnten.

Kaum eingetreten, entdeckte Nikita seinen Dealer. Er war mit einer Kunstlederjacke mit breiter Inschrift auf dem Rücken bekleidet, trug Leggins, hatte einen Diamanten im Ohr, rauchte eine amerikanische Zigarette und blätterte demonstrativ in einer Pornozeitschrift.

»Alex . . .«

Nicht nötig, lange Umschweife zu machen. Jeder von beiden wußte sehr gut, was er vom anderen erwartete.

»Wir treffen uns an der Ecke des Häuserblocks«, zischte ihm der Dealer durch die Zähne zu. »Die Bullen tauchen gleich hier auf.«

Er verschwand in der Menge. Nikita tat so, als würde er sich eine leere Vitrine ansehen, zählte in Gedanken bis fünfundzwanzig und folgte ihm. Als er ihn eingeholt hatte, schob ihm Alex ein kleines Tütchen in die Tasche.

»Was ist es?« fragte Nikita.

»Das interessiert dich einen Dreck. Ein Stärkungsmittel.«

»Ich habe die ganze Nacht gekotzt.«

»Komm, was nervst du mich? Du brauchst nur Wasser zu trinken. Hast du die Kohle?«

Nikita schob ihm eine Rolle Rubelscheine zu. Sein Vater war sehr streng mit dem Taschengeld. Er war zwar Bankdirektor, gehörte tatsächlich zur Nomenklatura, aber er lehnte es ab, seinen Sohn wie das Kind eines Reichen heranwachsen zu lassen. Nicht, weil es ihm an Geld fehlte, sondern aus moralischen Prinzipien. Nikita mußte aber den Schund bezahlen, den er einnahm. Er fand ein radikales Mittel, sich das Geld zu beschaffen: Er stahl es seiner Mutter. Nicht direkt bares Geld, sondern Gold, Schmuck, den sie von ihrer Mutter bekommen hatte und den Nikita trotz ihrer Überwachung im Schlafzimmer seiner Eltern entdeckte, eingeschlossen in eine kleine Metallschatulle, versteckt in einer Schublade. Glücklicherweise war seine Mutter nicht eitel, so daß der Diebstahl noch nicht bemerkt wurde. Nikita verkaufte die Schmucksachen zu Spottpreisen an Typen, die auf der Straße herumlungerten und den Passanten nachgemachte Ikonen anboten. Um zu beweisen, daß sie echt seien, schworen sie, sie in Kirchen gestohlen zu haben, von denen sie Adressen und Namen angaben.

Plötzlich heulten Polizeisirenen auf. Mit einer Bewegung verlor sich Alex in der Menge, die durch die Straße strömte. Seine Pornozeitschrift ließ er auf den Bürgersteig fallen.

Nikita knisterte mit dem Papier des kleinen Tütchens Crack in seiner Tasche, wie um sich seiner Gegenwart zu vergewissern, und entfernte sich in entgegengesetzte Richtung.

Es war ein seltsames, neues Gefühl. Nicht ganz neu allerdings. Schon einmal erlebt, vor langer Zeit. Aber vergessen. Eine Hitzewelle, die den ganzen Körper hinaufstieg, die Muskeln so begrenzte, punktuell bestrahlte, daß Ljuba die Spur hätte nachzeichnen können, auf der sie durch ihr Blut lief. Es hatte in den Zehen begonnen, die Waden erreicht, die Schenkel überflutet, und jetzt breitete sich die warme und süße Woge in ihren Hüften aus, verbrannte ihren Bauch wie eine kleine Feuerkugel. Ljuba errötete fast, als sie begriff, was geschah. Sie hatte einen Körper. Sie hatte seit langer Zeit nicht mehr an ihn gedacht. Jäh brachte er sich ihr in Erinnerung. Man hätte sogar sagen können, daß er sich an ihr rächte. Sie spürte ihn vibrieren, sich beleben, ein eigenes Leben führen. Sie genoß es, und zur selben Zeit schämte sie sich, etwas zu erleben, was sich ihrer Kontrolle entzog, in dieser rätselhaften Zone, wo der Willen keinen Zutritt hatte.

Im gleichen Moment wurde ihr bewußt, daß der von der Pianistin verstümmelte Ballettauszug ein Stück von »Die Schöne im schlafenden Wald« war.

Verwirrendes Zusammentreffen: Nachdem er so lange geschlafen hatte, erwachte plötzlich der Körper der Schönen. Dennoch hatte ihr kein Prinz einen Kuß gegeben: Es war die Schuld des Tanzes. Und was sich in ihrem Körper ausbreitete, in weiten Wellen, in süßen Schwaden, eroberte ihr Gehirn im Sturm, erfüllte es, überschwemmte es . . .

»Das ist gut, Ljuba«, sagte die Schostakowa und wies mit dem Stock in ihre Richtung.

Sie hatte die Übung aufrecht stehend begonnen, sich an der Stange haltend, vor dem Spiegel, und erhob sich immer wieder auf die Zehenspitzen. Dann hatte sie sich über die Stange gebeugt, ein Bein angehoben, das andere in dem Rhythmus gebeugt, den die Finger der Alten auf der Tastatur ihres Pianos vorgaben. Nach einer Viertelstunde hatte das »Erwachen« begonnen. Seitdem weitete es sich aus . . .

»Aber, ja, Ljuba, weiter so. Werden Sie nicht langsamer im Rhythmus!«

Sie hätte gern gehorcht, aber sie fühlte sich plötzlich in Gefahr, als ihr bewußt wurde, daß sich die Hitze jetzt an einem so intimen Punkt ihres Leibes konzentrierte, daß, wenn sie fortfahren würde, sie bald . . . sie bald . . .

Das war unerträglich. Die Tränen stiegen ihr in die Augen.

Sie mußte sich dieses plötzlichen Vergnügens berauben, das von ihrem Körper Besitz ergriff. Sofort!

»Phantastisch, Ljuba, phantastisch!« ermutigte sie die Schostakowa.

Plötzlich riß sich Ljuba von der Stange los, wandte dem Spiegel den Rücken zu und ging, sich auf die Lippen beißend, davon.

»Ljuba!«

Mit dem Handrücken trocknete Ljuba ihre Tränen und blieb stehen. Sie war schweißgebadet. Alle blickten sie an, die kleinen Tanzschülerinnen, die Ballerinas, die Pianistin und dieser Journalist mit rundem Kopf, der sich Notizen machte, zu Füßen der Schostakowa hockend, wie ein Hofnarr vor einer Königin auf ihrem Thron.

»Kommen Sie her.«

Mit gesenktem Kopf machte Ljuba einige schüchterne Schritte in ihre Richtung. Die Schostakowa hob freundlich ihren Kopf mit dem Ende ihres Stockes hoch.

»Was stimmte denn nicht?«

Ljuba bemerkte mit Entsetzen, daß sie im Begriff war, ihr dort, in aller Öffentlichkeit, zu enthüllen, was sie sich niemals selbst eingestanden hatte und was sie in dem Augenblick entdeckte, da die Sätze, die ihr den Atem raubten, fix und fertig zu ihren Lippen emporstiegen und auf ihren Lippen erstarben: »Ich bin ohne Liebe . . . mein Leben hat keinen Sinn, meine Schwester ist tot . . . ich bin dreiunddreißig Jahre . . . ich fühle mich jung . . . ich liebe meinen Mann nicht . . . meine Mutter ist alt ... ich habe seit Jahren nicht mit einem Mann geschlafen, mit keinem ..., was soll ich mit meinem Leben machen?«

»Nun?« beharrte die Schostakowa.

Ljuba nahm allen Willen zusammen, der ihr blieb, um den Schrei zurückzuhalten, den sie ausstoßen wollte.

»Entschuldigen Sie«, sagte sie mit neutraler Stimme, »ich glaube, ich habe einen Krampf.«

Hans Kreiper mochte noch so genau wissen, daß sich die Zeiten geändert hatten, er hatte Angst. Alter Reflex eines Europäers, der in den Erinnerungen an den Eisernen Vorhang und die Unterdrückung der Freiheit in den kommunistischen Ländern verwurzelt ist.

Wenn er am Flugplatz ankam, hatte er Angst, eine Hand würde sich auf seine Schultern legen und man würde ihn ins Gefängnis werfen. Ohne Grund. Aus Spaß. Wenn er ihn verließ und dem Polizisten seinen Paß reichte, fürchtete er, man würde diesen einbehalten und ihn deponieren. Noch heute, nach viermaliger Ankunft und Abreise in einem Monat, hatte er Angst, seine Hotelsuite wäre mit Mikrofonen gespickt, der Etagenboy ein Mann des KGB. Dabei wußte er genau, daß es keinen KGB mehr gab. Er machte sich bewußt, daß alle sich einen Dreck darum scherten, daß das Geld, wie überall – und in Moskau noch mehr als anderswo –, ein absolutes Viatikum geworden war. Man mußte sehen, mit welchem Eifer sie sich auf das geringste Trinkgeld von ihm stürzten! Aber die wahrlich panische Besessenheit war stärker als er. Er nahm sich vor, gleich nach seiner Rückkehr in Zürich mit einem Psychiater darüber zu reden.

Sein Blick kehrte zu seinem Gegenüber zurück. Unter Vernachlässigung der Regierungspaläste hatte ihm der allmächtige Stanislas Kuljakow, Vizepräsident der Vnechekonombank, diskret als Treffpunkt den etwas abgenutzten Salon in dieser Suite des Hotels »Metropol« angegeben. Nun war er vertieft in die Lektüre der Verträge, die Hans so viele schlaflose Nächte gekostet hatten. Hin und wieder fiel ein Sonnenstrahl auf das linke

Glas seiner Brille, die das Licht auf die Tapete mit dem scheußlichen bräunlichen Blumenmuster zurückwarf.

Hans versuchte, das Braun näher zu bestimmen.

Er fand nur ein Wort dafür, kackbraun.

Er war zwei Stunden zuvor in Moskau angekommen, dieses Mal mit einer Linienmaschine der Aeroflot, Paris–Moskau. Die Verträge waren in englischer Sprache abgefaßt, in dieser Sprache hatten sie auch das gewohnte Höflichkeitspalaver ausgetauscht.

»Freizone mit interner rechtlicher Autonomie«, wunderte sich der Russe. »Was verstehen Sie unter ›rechtlicher Autonomie‹?«

»Das erscheint mir ganz klar«, sagte Hans. »Das Fehlen politischer Aufsicht.«

»Wer wird dann Etorufu politisch verwalten?«

»Keinerlei Politik, ganz genau.«

»Wie wollen Sie rechtlich begründen, daß ein so winziger Ort an keine staatliche Autorität gebunden ist?«

»Hundert Milliarden Rubel«, wieherte Kreiper.

»Sie werden doch aber keine Stimme bei den Vereinten Nationen verlangen? Eigene Pässe herausgeben? Und, warum nicht, eigenes Geld drucken?«

»Seite 123, achter Abschnitt, Artikel 19, Absatz B2. Es geht lediglich um den Status einer Freizone.«

»Ja ... ja ...«, sagte Kuljakow und blätterte zu der angegebenen Seite.

»›Experimentelle Freizone‹, ich betone dieses Wort.«

»›Experimentelle...‹«, wiederholte Kuljakow mechanisch.

»›Experimentelle‹. Totale Freiheit der Kapitalzirkulation.«

»Und unsere Fischer, was werden Sie aus denen machen?«

»Banker«, lächelte Kreiper.

Kuljakow warf ihm einen strengen Blick zu.

»Ich habe gescherzt«, Kreiper wurde wieder ernst. »Wir werden für sie neue Fabriken errichten. Aber vor allem werden wir eine Reihe von Banken aufbauen. Ein großes internationales Finanzzentrum. Alle internationalen Banken werden sich dort niederlassen. Kein Zoll, keine Steuern.«

»Ja ... ja ...«, murmelte Stanislas Kuljakow, ohne die Augen zu heben. »Ein bißchen wie die Schweiz.«

Hans Kreipers Gesicht verfinsterte sich unmerklich.

»Bitte, verzeihen Sie, aber die Bürger der Schweizer Konföderation bezahlen Steuern ...«

Er unterbrach seinen Satz, überlegte eine Sekunde.

»Ja«, fügte er hinzu, »leider! Sogar wir. Wir bezahlen Steuern.«

»Und unsere Basen? Unsere Raketen, unsere Soldaten, das militärische Material?«

»Seite 79, fünfter Abschnitt, Artikel 13, Absatz F3.«

Kuljakow war nicht auf den Kopf gefallen. Es gab noch viele Unbekannte, aber er witterte jetzt die großen Züge des Geschäftes. Anfänglich hatten ihn die Persönlichkeit der Männer, die ihn nötigten, die angewandte Methode, die Erpressung, annehmen lassen, die sowjetische Mafia habe ihre Hand im Spiel.

Wie die amerikanische war auch sie auf der Jagd nach radikalen Mitteln, um die Einkünfte aus den Verbrechen zu waschen, sie in Devisen, Gebäuden, Hafenanlagen, Banken, Casinos, Landwirtschaftsbetrieben, Fabriken umzuwandeln, in saubere Geschäfte zu investieren und reich zu werden. Aber die außerordentliche Größe der Summen, die auf dem Spiel standen, hatte ihn von dieser Idee abgebracht: Nur ein Staat konnte über eine so schwindelerregende Geldmenge verfügen.

Man mußte nicht lange nachdenken, um zu erraten, welcher Staat: Japan. Die Japaner, maskierte Kommanditisten, hatten also die Macht an private Auftragnehmer delegiert, einen Vertrag auszuhandeln, der aus politischen Gründen von Staat zu Staat unmöglich war.

Warum aber, wenn seine Intuition richtig war, dehnten sie die Transaktion nicht auf den ganzen Archipel aus, sondern begnügten sich mit der einzelnen Insel Etorufu?

»Wie beabsichtigen Sie, die Rechnung zu begleichen?« fragte Kuljakow.

Hans Kreiper errötete leicht.

»In bar.«

Kuljakow fuhr auf.

»Sie wollen hundert Milliarden Rubel in bar bezahlen?«

»Genau.«

Benommen tat Kuljakow so, als sei er mit dem Dossier befaßt.

Nach einer Weile hob er den Kopf.

»Welche Garantien schlagen Sie uns vor?«

»Wir zahlen sofort. «

Nichts zu machen. Kuljakow fragte sich voller Scham, ob der Advokat über die Fotos Bescheid wußte.

»Wie soll die Transaktion vonstatten gehen?«

Hans Kreiper räusperte sich.

»Insgesamt? Zug um Zug. Wir haben gewisse Vorstellungen davon. Aber es erscheint mir verfrüht, darüber zu diskutieren. Wenn Sie einverstanden sind, besprechen wir die Modalitäten der Übergabe nach unserer endgültigen Einigung. Vorher müssen wir einige winzige Details regeln. Apropos . . . da Sie gerade sehr zu recht den Begriff Garantien erwähnt haben, meine Auftraggeber wünschen ihrerseits, einige von Ihrer Seite zu erhalten.«

»Sie verhandeln mit einer Regierung«, sagte Kuljakow im Ton eines leichten Vorwurfes.

»Gewiß. Dessen sind wir uns völlig bewußt. Dennoch . . .«

»Welche Garantien wollen Sie?« unterbrach ihn Kuljakow trocken.

»Seite 37«, sagte Hans Kreiper und starrte auf die kackbraune Tapete, »Abschnitt 9, Artikel 8, Absatz 7B.«

Andrej behandelte die Huren mit vollendeter Freundlichkeit. Außer Oleg liebte er niemanden. Oder besser gesagt, er hatte niemanden mehr zum Lieben. Er dachte manchmal daran. Das brachte ihn zum Lachen. Denn es war absurd: Konnte man sich ein Wesen auf der Erde vorstellen, das ohne Liebe überleben konnte? Ja, ihn. Sich das mit lauter Stimme einzugestehen, ließ ihn noch mehr lachen. Zurück aus dem Gulag, war er gezwungen gewesen, sich zu verstecken. Unauffällig hatte er einige Nachforschungen anstellen lassen. Seine Freunde waren verschwunden, seine Mutter war tot. Er hatte begriffen, daß er allein war. Ja einstmals, an der Universität, ein junges Mädchen von achtzehn Jahren. Ljuba . . .

Wenn sie sich bewegte, ähnelte sie einem Engel da Vincis, der davonfliegt. Er hätte sie gern zu seiner Frau gemacht. Seine Freunde bewunderten sie nicht weniger. Vitali vergötterte Ljuba. Oleg war verrückt nach ihr. Eines Tages gestanden sie einander sogar diese gemeinsame Leidenschaft: Die Eifersucht hätte ihrer Freundschaft beinahe ein Ende gesetzt. Ein anderes Mal hatten sie sich wegen ihr fast geprügelt.

All das war sehr fern. Auch Ljuba war verschwunden. Keine Mutter mehr, keine Idealfrau. Andrej griff auf die Huren zurück.

Sie vereinfachten das Leben eines Mannes, Bedürfnis, Traum und Verlangen zugleich. Man rief, sie kamen. Man sprach mit ihnen, sie unterwarfen sich. Man bezahlte, sie gingen. Keine Erklärungen, Moralpredigten, Rechtfertigungen, Schuld, Entschuldigungen. Das Wort war im Körper. Der Kopf blieb frei.

»Was sind das für Furchen auf deinem Rücken?«

»Peitschenhiebe«, sagte Andrej lächelnd.

»Im Ernst?« fragte das Mädchen.

Immer dasselbe. Nicht erst seit gestern. Ein griechischer Autor, Herodot vielleicht – aber Andrej war sich nicht ganz sicher –, hatte es fünfundzwanzig Jahrhunderte zuvor so formuliert: »Wenn du willst, daß man dir nicht glaubt, sage die Wahrheit.« Dennoch stimmte es. Diese Narben stammten von Peitschenhieben. Er hatte sie im Gefängnis bekommen, von einem verrückten Wärter, dem er das Bein gebrochen hatte. Aber wer hätte das geglaubt? Niemand. Als er einmal zu einem Mann sagte: »Ich werde dich töten«, lachte der ihm ins Gesicht.

Er hatte unrecht. Er starb.

»Wie heißt du?« fragte er.

»Francine.«

»Aber nein, du Dummchen«, murmelte er freundlich. »Nicht deinen Kriegsnamen. Dein richtiger Name?«

»Raissa.«

»Siehst du . . . Das ist hübsch, Raissa. Und was würdest du sagen, Raissa, wenn ich dir ein Goldarmband schenken würde, bevor du gehst?«

»Willst du mich nicht bezahlen«, fragte sie beunruhigt.

Heimlich wünschte sie, er würde nein sagen.

Das war ihr Beruf: Seit sie dreizehn war, hatte sie mit einem unzählbaren Heer von Kerlen geschlafen. Aber dieser hier war etwas Besonderes. Etwas ging von ihm aus, dem man nur schwer widerstehen konnte. So sehr, daß sie mit ihm zusammen zu ihrer Überraschung Lust empfand!

»Aber ja, Raissa, ich werde dich bezahlen. Was ist dein Preis?«

»Hundert Rubel.«

Sie wandte die Augen ab und fügte überstürzt hinzu: »Wenn du keine Lust hast, sie mir zu geben, macht es nichts, es ist unwichtig.«

Er lächelte ihr zu.

»Du bist mehr wert als das«, sagte er. »Ich werde dir tausend geben. Und das Armband.«

Na gut. Sie sagte sich noch einmal: Er interessiert sich kein bißchen für dich.

Aber er war schön. Gut gebaut, braunhaarig, blaue Augen.

Er rollte auf die andere Seite, öffnete die Schublade einer Kommode und kam mit einem Armband und einer Rolle Geldscheine zu ihr zurück.

Sie ergriff den Schmuck und schob ihn sich über das Handgelenk.

»Ist das wirklich Gold?« sagte sie.

»Es ist Gold.«

Mechanisch, um in der Situation, die ihr über den Kopf wuchs, Haltung zu bewahren, zählte sie das Geld.

»Aber es sind zweitausend Rubel!« rief sie in vorwurfsvollem Ton.

»Ach ja? Na gut, behalte sie. Das ist dein Tag.«

Erstickt vor Dankbarkeit, warf sie sich an seinen Hals. Er machte sich ohne Gewalt los.

»Sei jetzt brav, Raissa. Zieh dich an und verschwinde. Ich habe zu tun.«

Sie gestand ihm eine weitere Qualität zu: An seinem Ton hörte man sehr gut, daß er es nicht nötig hatte, etwas zweimal zu sagen, damit man ihm gehorchte.

10

Ljuba schloß die Tür, lehnte sich dagegen und ließ ihre Tasche fallen. Ein Instinkt sagte ihr, daß Wassili in der Wohnung war. Dabei war es erst sechs Uhr abends. Er kam nie vor acht, wenn er überhaupt kam. Oft ging sie ins Bett und schlief ein, bevor er zurückkehrte. Es gab die Bürostunden, und es gab die Arbeit vor Ort, die Razzien, die er gern persönlich leitete, die Ganoven, die Überfälle, die Schlägereien . . .

Auf welcher Stufe der Hierarchie sie auch stehen mochten, alle Polizisten der Welt hatten denselben Chef: die Dringlichkeit.

»Ljuba . . .«

»Ja, Wassili.«

Er erschien, eine Zigarette zwischen den Lippen, erstaunt, sie im Vorraum unbeweglich an der Tür stehen zu sehen.

»Stimmt was nicht?« fragte er.

Ljuba hob ihre Tasche auf, betrat das Wohnzimmer und setzte sich in die am spärlichsten beleuchtete Ecke. Nach dem, was bei der Tanzstunde in der Sobinowski-Straße geschehen war, fühlte sie sich bitter, gekränkt, wütend auf sich selbst.

»Mir geht es sehr gut«, sagte sie und vermied es, ihn anzusehen. »Ich komme von der Schostakowa. Ich bin erledigt. Ich hab wohl etwas zuviel gemacht.«

Mechanisch zog sie ihre Sportsachen aus der Tasche. Sie waren durchnäßt.

»Du kommst sehr früh!«

Wassili setzte sich auf die Lehne eines Sessels, Hochzeitsgeschenk von einem seiner Brüder.

»Ich habe Schwierigkeiten. Es gibt da Gerüchte. Ich weiß nicht, ob ich bleiben kann.«

»Werden sie dich rauswerfen?«

»Ich befürchte es. Es ist möglich. Ich ersetze Gurow, verstehst du. Ich bin neu. Du verhaftest einen Kerl, es kommt der

Befehl, ihn laufenzulassen. Die Richter haben Schiß, die Minister klammern sich fest, man weiß nicht mehr, wer ist wer, wer kommt woher, wer macht was. Chaos!«

Ein Monat schon ... Es war ein 11. November. Ljuba würde es bestimmt nicht vergessen. An diesem Tag hatte Wassili ihr die Nachricht vom Tod der Schwester gebracht, in dem Augenblick, da sie ihm sagen wollte, daß sie ihn verlassen würde. Seitdem hatte es Wassili nicht gewagt, sie noch einmal zu fragen, was sie ihm sagen wollte. Sie erriet den Grund: Er wußte es. Also taten beide so, als wäre nichts geschehen. Das Leben ging weiter. Grau.

»Wäre es schlimm, wenn du nicht mehr bei der Polizei wärest?« fragte sie.

»Ja.«

»Hängst du denn so sehr an der Polizei?«

»Nicht an der Polizei, Ljuba. An dir.«

»Das ist wirklich widerlich«, sagte Oleg.

Er betrachtete einige Dossiers, die ein Kommando ihrer besten Männer aus dem Tresor Koranows gestohlen hatte. Ein Geniestreich! Sein Inhalt war so explosiv, daß er ihnen von nun an Druckmittel auf die höchsten Autoritäten des Staates gab.

Fotos, geheime Buchführungen, Briefe, Rechnungen, Staatsgeheimnisse, Enthüllung von Finanztricks der Partei, Einzelheiten über Verbrechen des KGB, vertrauliche Karteikarten über das Privatleben und den Machtmißbrauch der Fürsten der Nomenklatura, Schaufenster der Sünden, Verrätereien, Lügen, Denunziationen und zahllose Beweise für die Korruption der Männer, die noch immer an den Schlüsselpositionen saßen: Dynamit! Er war in guten Händen.

»Du siehst schockiert aus«, spottete Andrej. »Du bist auch nicht mehr wert. Dieb, Mörder, Deserteur, Gangster, Knastbruder, Rebell, Flüchtling, Schwarzmarkthändler, Kuppler, politischer Agitator, Boß einer Verbrecherorganisation, Spezialist für Schutzgeldkassierung, Betrüger, Erpresser, Fälscher ... Das ist fürwahr ein Stammbaum!«

»Ja, aber ich spiele nicht die Moral in Person! Hättest du geahnt, daß so viele Menschen verdorben sind?«

Andrej wies mit einem kleinen, stillen Lächeln auf die Akten.

»Die heben wir für unsere alten Tage auf.«

Oleg stopfte sie in ihren Tresor und verstellte die Kombination.

Beide kannten die Nummer auswendig.

Nach dem Einbruch trugen sie Sorge, alle Dokumente in die Schweiz zu bringen, deren Kopien sie in der Sobinowski-Straße aufbewahrten. Der Chauffeur des Lastwagens für Hilfslieferungen, der leer von Moskau zurückfuhr, hatte sich um den Transport gekümmert. In Zürich mietete ihnen Hans Kreiper einen Tresor in einer Bank. Die Zukunft sah rosig aus. Am Vortag, bei der Versammlung der Gangster, war ein Wunder geschehen.

»Unsere Rubel sind nicht einmal mehr das Gewicht des Papieres wert«, hatte Andrej sie angetrieben. »Ihr leiht sie uns, wir geben euch euren Einsatz in vierzehn Tagen in Dollar zurück, ihr bekommt einen Bonus von fünfundzwanzig Prozent, und dann können die, die wollen, unsere Partner bleiben.«

Dieses Wort zeigte große Wirkung.

Im allgemeinen töteten sie sich gegenseitig, wenn es um Geld, um Vorherrschaft, um Eitelkeit ging. Manchmal ohne Grund. Ein Blick ...

Sie bildeten die erste Generation der russischen Mafia. Sie hatten keine Zeit gehabt, sich zu entwickeln. Sie verstanden zu nehmen. Zu lenken noch nicht. Und nun schlug man ihnen vor, ihre Taschen freiwillig zu leeren, um die Qualität von »Partnern« zu erlangen. Das war eine neue, beunruhigende Redeweise.

»Überlegt nicht zu lange. Bei der Geschwindigkeit, mit der sich die Dinge im Land entwickeln, wird euer Geld in einem Monat nicht mal mehr gut genug sein, um Feuer zu machen.«

Abwechselnd erklärten ihnen Oleg und Andrej dann die Bestimmung des Geldes, den Nutzungsvertrag für Etorufu.

»Wir werden aus der Insel das machen, was die amerikanische Mafia aus den Bahamas gemacht hat: Vergnügungszentren, Bordelle, Spielclubs, Tourismus, Casinos . . .«

»Und hinter diesem Vorhang«, setzte Oleg, vor Überzeugungskraft zitternd, fort, »werden wir eine Drehscheibe für Drogen und Geld aufbauen. Wir werden unsere Einkünfte in unseren eigenen Banken waschen können.«

»Unser Kapital wird von einem Konsortium internationaler Anwälte kontrolliert. Wir werden wie zu Hause sein, sicher vor allen Gesetzen!«

»Der Verrückte« hatte sich voller Argwohn auf seinem Stuhl bewegt.

»Wenn er so toll ist, euer Trick, warum macht ihr es dann nicht allein?«

»Zu groß, Aljoscha. Selbst wenn wir unser Geld zusammentun, schaffen wir es gerade so.«

»Angenommen, wir würden euch unsere Rubel borgen«, erklärte Dimitri Lukjanow mit bedächtiger Stimme, »ihr habt doch gesagt, ihr gebt sie in Dollar zurück. Zu welchem Wechselkurs?«

»Hundert Rubel ein Dollar.«

Alles war gesagt. Jetzt würden sie entweder aufstehen und den Saal verlassen oder so tun, als würden sie dem Wort von Andrej und Oleg glauben.

Niemand hatte sich gerührt . . .

»Wem mißtraust du am meisten?« fragte Oleg.

»Pawel Lyssenko. Und dem Verrückten.«

»Ich auch. Man muß sie im Auge behalten.«

»So weit sind wir noch nicht. Warten wir erst mal ab, ob sie Wort halten . . .«

Die Lieferung sollte getrennt durch die Männer der zehn »Familien« im Verlauf der nächsten Stunden erfolgen, an einem geheimen Ort, den Oleg und Andrej ausgewählt hatten. Dann würde man das Geld woandershin bringen müssen, zu dem Ort, an dem es die sowjetische Regierung, unter Umständen, in Besitz nehmen könnte. Am Vorabend ahnten Oleg und Andrej noch nicht, wie verzwickt die Vollendung der Operation werden würde.

Das war verzeihlich: Vor ihnen hatte noch niemand versucht, hundert Milliarden Rubel in bar an einen Ort zu schaffen. Sie hatten daher ein Detail übersehen: das Gewicht des Papiergeldes. Ihre hundert Milliarden Rubel wogen tausend Tonnen!

Antonina betete. Und es war fast ein Wunder zu sehen, wie ihr die Worte kamen, obwohl sie sich seit ihrer Kindheit nicht mehr an Gott gewandt hatte. Letzten Endes war Gott vielleicht doch nicht nur eine einfache kapitalistische Erfindung... Wenn alles den Bach herunterging, wenn man litt, wenn man starb, wenn es keine Hoffnung mehr gab, öffnete man den Horizont mit der Kraft eines einzigen Wortes: Gott! Welch ein Wunder! Wie hatte sie so lange auf Gott verzichten können? Je mehr ihr die richtigen Sätze des Gebetes in Erinnerung kamen, desto mehr wuchs ihre Glut. Vor dreißig Jahren – sie hatte Stanislas noch nicht getroffen und war ein junges Mädchen – war sie zufällig zur Zeit des russischen Osterfestes in Leningrad.

Eine Freundin sagte zu ihr: »Komm, wir gehen uns die Leute ansehen, die die Messe hören wollen.« Wie sie auch gesagt hätte: »Ich habe zwei Freikarten, ich nehme dich mit ins Kirowballett.« Es gab nicht so viele Zerstreuungen, die offiziellen Reden waren trostlos, man sprach von nichts als von Arbeit, Pflicht, triumphierendem Sozialismus. Der kalte Krieg... Der Eiserne Vorhang.

Dort oder woanders. Sie ging also mit.

Zu ihrem Erstaunen sah sie Tausende Menschen sich um die Kirche drängen sehen, in der eisigen Luft. Alle wollten hinein. Aber die Kirche war voll, krachend voll. Vor der Eingangstür entbrannten unter den Ausgeschlossenen, die einander wegstießen, um selbst hineinzugelangen, Schlägereien. Daraufhin schritt die berittene Polizei ein. Sich auf ihren Pferden umherwendend, hatten sich die mit langen Knüppeln bewaffneten Polizisten mit der ganzen Masse ihrer Reittiere in die Menge gestürzt und schlugen mit aller Kraft auf Frauen, Kinder, Alte ein, die nach dem mehrstündigen Warten bis auf die Knochen erstarrt waren. Am Ende der schrecklichen Auflösung blieben viele am Boden liegen, verletzt, mit geschwollenen Gesichtern.

Antonina und ihre Freundin waren geflohen. In dem Gedränge hatte sich ihr Armband gelöst, ein Goldarmband, Geschenk ihrer Mutter.

Von einer Intuition geführt, ging sie in ihr Zimmer, wühlte in dem Schubfach der Kommode und zog die kleine Schachtel hervor: Mindestens die Hälfte ihres Schmucks war verschwunden! Auf leisen Sohlen ging sie zum Badezimmer und preßte ihr Ohr an die verschlossene Tür. Nikita hatte sich dort eine halbe Stunde zuvor eingeschlossen. Er war morgens ausgegangen, gegen Mittag zurückgekehrt und zog sich in sein Zimmer zurück. Zwei- oder dreimal begegnete sie ihm in der Wohnung. Er sprach nicht mit ihr. Sie glaubte in seinem Gesicht die verräterischen Zeichen einer Krise zu erkennen, Blässe, Schweiß, und sein Blick wich ihr aus oder, schlimmer noch, blieb starr an einem imaginären Punkt hängen, den er allein wahrnehmen konnte.

Ihr wurde übel: Er übergab sich noch immer. Er war in Gefahr, vielleicht würde er sterben. Das war zuviel: Was es auch kosten mochte, sie mußte Stanislas informieren!

Hans Kreiper verging vor Lust, eine Dusche zu nehmen. Aber jeden Augenblick konnten ihn Oleg Wlassow und Andrej Talasski anrufen. »Wir melden uns bei Ihnen im Hotel, sobald Sie zurück sind«, hatten sie gesagt. Er hatte ihnen die phantastische Neuigkeit mitzuteilen: Stanislas Kuljakow hatte alle Bedingungen des Vertrages akzeptiert! Das war etwas Unglaubliches, ein historisches Ereignis, und er, Hans Kreiper, war der Schlüssel! Moskau war auf jeden Fall eine wunderbare Stadt! Er nahm sich einen Whisky, löste seine Krawatte, öffnete den Hemdkragen und schleuderte seine Schuhe in den Salon.

Das Telefon klingelte.

»Kreiper?«

Die Stimme von Talasski.

»Es ist erledigt«, warf der Anwalt in einem Röcheln der Freude hin. »Sie unterschreiben!«

»Wann?«

»Die Dokumente werden morgen mittag fertig sein. Ist von Ihrer Seite . . .«

Es gelang ihm nicht, sich vorzustellen, wie sich hundert Milliarden Rubel materialisieren sollten. Wenn er daran dachte, versuchte er ruhig zu bleiben, aber es war ihm unmöglich, diese Menge zu erfassen. Wie mochten hundert Milliarden in Papiergeld irgendeiner Währung, Mark, Rubel, Dollar, auf einem Haufen aussehen? Wie konnte man sie zusammentragen, ohne die Hilfe einer Zentralbank oder eines Zerstörers unter dem Schutz der gesamten Kriegsmarine? War es überhaupt denkbar, daß man sie zählen konnte?

Er erinnerte sich an das Deutschland der dreißiger Jahre, als die Inflation solche Ausmaße erreicht hatte, daß man eine volle Schubkarre mit Geldscheinen brauchte, um einen Laib Brot zu kaufen.

»Hat Kuljakow Vorbehalte gemacht?«

»Keine. Alles ist geregelt.«

Hans trank gierig einen Schluck Whisky.

»Er hat mich beauftragt, Sie zu fragen, wann die Übergabe erfolgen könnte.«

»Sie sagen, die Verträge sind mittags fertig?«

»Mittags. Das hat er versichert.«

»Sie können also an Ort und Stelle überprüfen, daß alles in Ordnung ist?«

»Überprüfen ja. Aber er gibt sie erst her, wenn er selbst festgestellt hat . . .«

»Machen Sie sich deshalb keine Sorgen. Das geht Zug um Zug.«

»Ich glaube Ihnen aufs Wort. Was soll ich ihm sagen?«

»Alles wird morgen am späten Nachmittag geregelt. Sagen wir sieben Uhr.«

»Können Sie mir nicht mehr sagen?« nuschelte Kreiper.

»Morgen.«

»Wann? Um welche Zeit?«

»Bleiben Sie nach dem Mittagessen in Ihrem Hotel. Sie werden alles erfahren.«

»Zu spät! Ich muß es mittags wissen.«

Einige Sekunden Stille. Kreiper erriet, daß sie sich besprachen. Dann die Stimme von Wlassow.

»Einverstanden. Sie erhalten unsere Instruktionen um elf Uhr.«

Es klickte: Sie hatten unterbrochen.

Hans Kreiper legte nachdenklich auf. Er hatte feuchte Hände. Diese Arbeitsmethoden stürzten ihn in Beklemmungen.

Aber wenn es gelang, würde er 0,01 Prozent der gesamten Transaktion erhalten: eine gewaltige Summe!

Er stürzte seinen Whisky in einem Zug herunter und befand, daß er ein Recht auf eine Belohnung hatte.

In vierzehn Jahren Ehe hatte er Olivia, seine zweite Frau, niemals betrogen – die erste, Audrey, hatte ihn bei einer Scheidung zu seinen Ungunsten wegen »Untreue« mit Suzy, einer seiner Sekretärinnen, völlig ausgenommen. Heute war ein zu ausgefüllter Tag. Zu große Anspannung. Er brauchte ein Ventil, am besten blond . . . Er nahm sich vor, nach dem Duschen in die Hotelhalle hinunterzugehen: Die Bar dort bot reiche Auswahl.

Stanislas Kuljakow liebte dunkle Kneipen, anrüchige Gegenden, die Umgebung von Kasernen, Bahnhofstoiletten, die von flüchtigen Schatten erfüllten Straßen, die Nacht. Er nahm diesen Trieb auf sich wie ein Kreuz. Wäre er gläubig gewesen, hätte er sein Leben mit beichten verbracht. Nicht daß er direkt ein ausschweifendes Leben führte, aber diese Macht, die ihn beherrschte, war einfach stärker als er. Obwohl er viel mehr in

Gedanken als tatsächlich sündigte, raubte ihm diese ständige Anfechtung die Kraft. Er kämpfte. Sein Kopf sagte nein. Sein Körper schrie ja. Von Zeit zu Zeit beugte er sich seinem Körper, sterbend vor Scham, wahnsinnig vor Angst bei der Vorstellung, entdeckt zu werden, die Seinen mit einem Skandal zu beflecken. Die Gefahren waren riesig. Es war vorgekommen, daß er in einer schmutzigen Gasse von Unbekannten verprügelt wurde, mit denen er zusammengestoßen war und die ihn blutend, ohne Bewußtsein auf dem Bürgersteig liegenließen, nachdem sie ihm sein Geld, seine Schuhe, seine Uhr, seinen Mantel gestohlen hatten.

Am Tage, die Krise war vorbei, wurde er wieder der hohe Staatsbeamte, dessen Kompetenz und Moral seinesgleichen Respekt abforderte. Sein Leben war ein Modell bürgerlicher Ordnung. Seit einem Vierteljahrhundert mit Antonina verheiratet, täglich zehn Stunden Arbeit und einen einzigen Sohn von siebzehn Jahren, Nikita.

Manchmal, am Tag nach einer seiner nächtlichen Expeditionen, mußte er, wenn er ihn ansah, die Augen niederschlagen. Als könnte sein eigener Sohn, auch er, es erraten. Von Schuldgefühlen gequält, vom sehnlichen Wunsch nach Befreiung erfüllt, hatte er mehrmals an Selbstmord gedacht.

Schließlich beschloß er, seinem Leben erst dann ein Ende zu setzen, wenn die Schande offenbar würde.

Als er Antoninas verzweifeltes Gesicht sah, war es soweit.

Ein schrecklicher Tag. Es war der 13. November. Die Zahl 13 hatte ihm immer Unglück gebracht.

Um sicher zu sein, ihn nicht zu verpassen, hatte ihn Antonina draußen am Eingang des kleinen Korridors ihrer Wohnung erwartet.

»Ich muß mit dir reden«, sagte sie.

Sie blieb vor ihm stehen, unbeweglich, als wollte sie ihn daran hindern, sich davonzumachen. Mit einem schalen Geschmack im Mund verspürte Kuljakow plötzlich Lust, die Arme zu senken, ihr alles zu gestehen und, seltsamerweise, sie um Schutz zu bitten, bevor sie ihm die Fotos seines Verfalls vorwies.

Denn dessen war er sicher, sie waren in ihrem Besitz.

»Klage mich nicht an, Antonina«, sagte er. »Ich weiß. Und ich weiß, daß du weißt. Ich schäme mich.«

»Warum hast du mir nichts davon gesagt, Stanislas?« beklagte sie sich.

Er senkte den Kopf: Was sollte er antworten?

»Was werden wir tun, Stanislas?«

Er wußte es genau: sterben.

Auf seine Art sagte er ihr es.

»Das beste ist, ich verschwinde.«

»Verschwinden? Obwohl wir ihn noch retten können!«

Er warf ihr einen scharfen Blick zu.

»Wen retten?«

»Nikita, Stanislas! Deinen Sohn! Man muß ihm helfen, er braucht uns! Das ist eine schlimme Zeit! Er ist nicht der erste Junge seines Alters, der Drogen nimmt!«

11

Zwischen Mitternacht und fünf Uhr morgens gab es ein seltsames Hin und Her am Kasanski Woksal, dem Kasaner Bahnhof, im Komsomolskajaviertel. Gewöhnlich fuhren die letzten Reisezüge gegen acht Uhr abends ab, in Richtung Rostow, Kasan, Krasnodar, Wolgograd, Zentralasien und zum Ural. In der Nacht jedoch kampierten die, die nicht mehr mitgekommen waren, auf den Bahnsteigen, unter den Schutzdächern notdürftig vor dem Schnee geschützt, und in den sogenannten Wartesälen, zwischen Abfällen, fettigem Papier, leeren Bierkannen, nach Alkohol stinkenden Flaschen, sie schliefen sogar auf dem Boden, mit den Obdachlosen, den Trinkern und den Süchtigen, die sich dorthin flüchteten, um nicht zu erfrieren. Von Zeit zu Zeit machten ein paar Polizisten die Runde und verteilten zerstreut, einfach aus Prinzip, einige Stockschläge an jene, die durch Lärm, ungebührliches Verhalten oder Schlägereien die Ordnung dieses verdreckten, verrufenen Schlafsaals störten.

Wohin hätte man sie bringen sollen?

Die Moskauer Gefängnisse platzten aus allen Nähten. Seit dem Beginn des Winters, als der Frost zu beißen begann, waren sie weniger grausam als die eisigen Bürgersteige der Straßen. Manche, am Ende ihrer Kräfte, ohne Wohnung, ohne Arbeit, ohne Geld, zögerten nicht, Straftaten zu begehen, um das Privileg einer Zelle in einer Haftanstalt zu erlangen. Aber die Polizisten waren nicht auf den Kopf gefallen. Sie schlugen sie lieber zusammen und ließen sie auf dem Pflaster liegen. Im Prinzip nahmen sie nur, mit Widerwillen, die auf frischer Tat ertappten Mörder und die Drogenhändler mit.

Sobald sie ihre Uniformen erblickten, wechselten die kleinen Dealer, die die Plätze bevölkerten, das Viertel, um in den benachbarten Bahnhöfen Kunden zu werben: auf dem Jaroslawski Woksal, von wo die Transsibirische Eisenbahn und die

Züge nach Norden abfuhren, oder, etwas weiter weg, in der Gegend von Tschkalowa, auf dem Kursker Bahnhof, Richtung Krim, Armenien, Kaukasus und Aserbaidshan.

Am Kasanski Woksal stiegen die Reisenden von einem zentralen Bahnsteig in ihre Züge, dessen Gleise vor dem Wartesaal endeten. Außerdem gab es links neben dem Gebäude die Gleise eines Rangierbahnhofes, wo die Güterzüge hielten. Tagsüber hatten dort nur Lastwagenfahrer, die ihre Waren brachten, Eisenbahner und die technischen Angestellten des Bahnhofes Zutritt. Nachts störte außer den Wachrunden keine Bewegung die düstere Landschaft aus Schlacke und fettigem Ruß auf schmutzigem Schnee. Man betrat diesen Teil des Bahnhofes durch ein Fallgitter aus Metall, das die Kontrolleure hochzogen, um die Schwerlaster hereinzulassen.

Um Mitternacht stellte sich ein Konvoi von fünfundzwanzig überdeckten Militärlastwagen, mit dem Kennzeichen der Roten Armee versehen, in einer Reihe hintereinander vor dem Tor auf. Er wurde von mehreren Jeeps begleitet. Ein Oberst stieg aus dem Jeep an der Spitze, erteilte dem Beamten einen Befehl und stieg wieder in den Wagen, vom Schneeregen durchnäßt. Der Beamte hob das Fallgitter. Schwer beladen entfernten sich aufheulend die ersten Lastwagen und verschwanden in der Dunkelheit, weit entfernt, bei den Rangiergleisen. Sobald der letzte das Tor passiert hatte, schloß es sich wieder. Der Konvoi setzte seine Fahrt in einem unentwirrbaren Durcheinander von Schienen fort, die unter dem harten Licht einiger weniger Fahrleitungen glitzerten. Von dem Jeep an der Spitze geführt, kreuzte der Konvoi zwischen den Bahnsteigen, den Abstellgleisen und den toten Zügen, die, von Schnee bedeckt, das Ende der Welt zu erwarten schienen.

Der Jeep bremste in Höhe einer alten Dampflokomotive, die zwischen mehrere Güterzüge gezwängt war. Zwischen der Lokomotive und dem letzten Wagen standen etwa zehn Waggons, vor denen sich bewaffnete Soldaten als Wachen postiert hatten.

Die Schwerlaster hielten entlang der Waggons. Andere Soldaten, Maschinenpistolen in der Hand, sprangen aus den Jeeps, umringten den Zug und stellten sich im Abstand von zehn Metern voneinander auf, womit sie die Mauer verdoppelten, die bereits von ihren Kameraden gebildet wurden. Der Oberst hob den Arm. Auf sein Zeichen sprangen Zivilisten aus den Lastwagen und schlugen die Planen hoch. Gleichzeitig glitten die Türen der Waggons zurück und gaben den Weg frei für Männer, die dort eingeschlossen waren. Dann vollzog sich alles mit der Präzision eines Balletts.

Gemeinsam hoben Militärs und Zivilisten, vielleicht einhundert, Dutzende von Kisten aus den Lastwagen, die unter dem Blick des Obersten, der langsam an den Gleisen entlanglief, in die Waggons geladen wurden. Nach zwei Stunden war alles fertig, ohne ein Wort, ohne eine unnötige Geste. Der Oberst machte ein anderes Zeichen.

Zivilisten holten aus einem Lastwagen Benzinkanister.

Sie öffneten sie und reichten sie von Hand zu Hand weiter.

Als jeder Wagen etwa zehn Stück enthielt, sorgsam zwischen die Kisten verteilt, übergossen sie den Boden mit Benzin. Ohne etwas zu sagen, stieg der Oberst wieder in den Jeep.

Alle Männer verließen die Waggons.

Die Türen wurden zugeschoben.

Von einigen Begleitfahrzeugen gefolgt, wendete die Mehrzahl der Lastwagen mit eingeschaltetem Standlicht und fuhr zum Ausgang zurück.

Dunkelheit kehrte wieder ein. Alles war genau wie zuvor.

Wären nicht die bewaffneten Soldaten gewesen, die einen schweigenden, unbeweglichen Gürtel um den Zug bildeten, hätte ein Beobachter der Szene nicht zu sagen vermocht, ob sie wirklich war oder nur geträumt.

Oleg lag auf seinem Bett ausgestreckt. Die Augen weit geöffnet, rauchte er eine Zigarette und beobachtete, wie die Rauchschwaden zur Decke emporflogen.

»Bist du nicht müde?« fragte das Mädchen.

Sie begleitete den Satz mit einer Liebkosung ihrer Fingerspitzen auf seiner Brust. Da sie die Hand dort ließ, schob Oleg sie sanft zurück.

»Geh«, sagte er.

Sie sträubte sich.

»Gefalle ich dir nicht?«

»Doch.«

»Und du willst nicht, daß ich bleibe?«

»Nein.«

»Warum hast du mich kommen lassen?«

»Das war ein Fehler.«

Verständnislos zog sie die Augenbrauen zusammen.

»Bist du schwul?«

Sie begann, ihm auf die Nerven zu gehen. Nur solange sie schwieg, war sie erträglich. Er schenkte ihr ein schwaches, kaltes Lächeln und ließ sie nicht aus den Augen, bis sie sich, mit einer gewissen Befangenheit, entschloß, das Bett zu verlassen, und sich zum Bad wandte, wo sie Slip, Strümpfe, Kleid und Schuhe abgelegt hatte.

Wie sollte er ihr erklären, daß er an etwas anderes dachte?

Daß ein Mann manchmal, wenn seine Spannung zu groß wird, weil er mit Geschehnissen konfrontiert ist, die ihm über den Kopf wachsen, einen Hund braucht, eine Sauna, ein sexuelles Objekt, einen Rausch; daß er sie eben deshalb hatte kommen lassen: um sein Warten zu betäuben. Es war drei Uhr morgens.

Normalerweise mußte die Operation beendet sein.

Warum rief ihn Andrej nicht an, der die Aktion über Sprechfunk verfolgte? War etwas schiefgelaufen?

»Ja!« schrie er.

Er war in einem solchen Zustand innerer Unruhe, daß er hätte schwören können, abgenommen zu haben, bevor das Klingeln ertönte.

»Alles ist an Ort und Stelle«, sagte Andrej.

Oleg stieß einen langen Seufzer aus.

»Hast du eine Nutte da?« fragte Andrej.

»Woher weißt du das?«

Andrejs Lachen hallte ihm ins Ohr.

»Schmeiß sie raus und schnarche. Erhol dich. Ich kümmere mich um alles. Das Schwerste steht uns noch bevor. Wir sehen uns um acht.«

Das Mädchen tauchte auf. Sie hielt ihre Schuhe in der Hand. Oleg legte den Hörer auf die Gabel.

»Ich werde kein Taxi finden«, sagte sie.

Sie griff nach ihrem Mantel, der auf einem Sessel lag.

»Ziehst du deine Latschen nicht an?«

»Mir tun die Füße weh.«

Im Gulag war er einem Strafgefangenen begegnet, der fünfzehn Jahre bekam, weil er seiner Frau, die sich beklagte, Fußschmerzen zu haben, beide Beine in Höhe der Knöchel abgesägt hatte. Ein Verrückter. »Sie hörte nicht auf, mir mit ihren Fußschmerzen auf den Geist zu gehen«, erklärte er ihm, um sich zu rechtfertigen.

»Ich werde dich nach Hause bringen lassen«, sagte er zu dem Mädchen.

»Von wem?«

»Einem Chauffeur. Er ist unten. Ich sage ihm Bescheid.«

Er schob ihr ein Bündel Geldscheine in die Hand und half ihr, den Mantel anzuziehen. Er freute sich, daß sie nicht zu zählen begann.

»Sehen wir uns wieder?« fragte sie.

Er gab ihr einen freundschaftlichen Klaps auf den Hintern.

»Natürlich«, sagte er und schob sie dabei hinaus.

Er schloß die Tür hinter ihr. Er wußte ihren Namen nicht. Er wußte nur, daß sie blond war. Aber wenn er die Namen all der Blonden, echt oder gefärbt, behalten sollte, die durch sein Bett gingen, hätte er ebensogut das Telefonbuch auswendig lernen können.

Um sechs Uhr morgens hatte Oleg noch kein Auge zugemacht. Er beschloß, daß die Nacht zu Ende war, duschte lange mit kaltem Wasser und ging zu Andrej.

Auch der hatte nicht geschlafen. Er war nicht rasiert. Seine Augen leuchteten mit hartem Glanz.

»Nicht nötig zu warten«, sagte Oleg. »Ebensogut können wir gleich handeln.«

Über verschiedene Leitungen gaben Andrej und er gleichzeitig Befehle an mehrere Personen. Als sie fertig waren, rief Andrej Hans Kreiper im »Metropol« an.

Kreiper hatte eben gefrühstückt.

»Ein Wagen erwartet Sie unten vor Ihrer Tür. Können Sie runtergehen?«

»Ich bin fertig«, sagte Kreiper.

Er war nicht, wie am Vorabend geplant, in die Hotelhalle gegangen. Darüber empfand er gleichzeitig Stolz – er hatte seine Frau nicht betrogen – und Bedauern – er würde seine Frau also niemals betrügen.

Eine Viertelstunde später stieg er in der Sobinowski-Straße aus.

Oleg kam sofort zum Thema. »Das Geld ist zusammen.«

»Hundert Milliarden Rubel?« fragte der Anwalt.

An seinem Gesicht sah man genau, daß er es nicht glaubte.

»Hundert Milliarden«, bestätigte Andrej mit leichter Gereiztheit.

Hundert Milliarden in bar ... Um seine Fassungslosigkeit zu überspielen, versuchte sich Hans Kreiper in einem kümmerlichen Scherz.

»Angenommen, es handelt sich um Hundert-Rubel-Scheine, so habe ich in etwa das Volumen errechnet. Haben Sie eine Kathedrale damit gefüllt?«

Entnervter Blick von Andrej zu Oleg.

»Sie werden Kuljakow anrufen«, sagte er. »Er soll dreißig Männer ranholen, die die Summe überprüfen.«

»Ich weise Sie darauf hin«, sagte Kreiper, um den Ausrutscher wiedergutzumachen, »daß der Vertrag noch nicht unterschrieben ist. Haben Sie daran gedacht, daß Sie, sobald der Ort, an dem das Geld liegt, bekannt wird, keine Macht mehr darüber haben?«

Erneuter Blick von Andrej zu Oleg.

»Ich will sagen«, beeilte er sich hinzuzufügen, »daß Kuljakow, wenn er unehrlich ist, oder wenn er neue Anweisungen der Regierung erhalten hat, nichts daran hindert, nicht Wort zu halten.«

»Wir haben daran gedacht«, sagte Andrej trocken.

»Herr Anwalt«, griff Oleg mit einem Lächeln ein, »wir haben uns Ihrer Mitarbeit versichert, damit Sie unserem gesamten Unternehmen eine rechtliche Basis geben. Sie können glauben, daß wir den Rest wohl bedacht haben.«

»Ich wollte Sie nur warnen«, stammelte Kreiper.

»Sie rufen also Kuljakow an«, fuhr Andrej fort, als wäre er nicht unterbrochen worden. »Können Sie bitte notieren . . . es gibt ein paar Adressen.«

Der Anwalt zog nervös einen Kugelschreiber aus seiner Tasche und ergriff den Block, den Oleg ihm reichte.

»Nach seinem Anruf müssen sich die ausgesuchten Männer zum Sankt-Andronik-Kloster begeben.«

»Andronik«, murmelte Kreiper und schrieb.

»Sie sollen vor dem Haupteingang warten, Primjakow-Platz 10. Wir werden sie dort abholen.«

Sie hatten einen Staat, eine Armee, eine Polizei zum Verhandlungspartner. Die Macht war nicht auf ihrer Seite. Kreiper hätte beinahe erneut gewarnt. Aber er legte keinen Wert darauf, sich ein zweites Mal herunterputzen zu lassen.

»Dann?« seufzte er.

»Sagen Sie ihm auch, daß, wenn er einen einzigen seiner Männer verfolgen läßt, die Operation beendet ist.«

»In diesem Fall«, fügte Oleg hinzu, »würde er damit nur sich selbst Unannehmlichkeiten bereiten.«

»Sie haben gesagt ›Unannehmlichkeiten‹?«

»Übermitteln Sie ihm einfach die Nachricht«, ergänzte Oleg mit sanfter Stimme. »Er wird verstehen.«

»Sehr gut«, sagte Kreiper.

»Also«, schloß Andrej. »Sobald Kuljakow festgestellt hat, daß das Geld stimmt, muß er Ihnen nur noch den Vertrag übergeben.«

»Herr Anwalt, haben Sie alles behalten?« fragte Oleg.

»Absolut«, sagte Kreiper.

Er steckte den Stift wieder in die Tasche und kratzte sich verlegen am Kopf.

»Den Vertrag soll er mir geben?«

»Eigenhändig. Ist das ein Problem?«

»Keins.«

»Letzter Punkt«, ergänzte Andrej. »Ab fünf Uhr nachmittags muß sich Stanislas Kuljakow bei Ihnen im ›Metropol‹ aufhalten. Wir bleiben in ständiger Verbindung.«

»Was soll ich mit dem Vertrag machen?«

»Ich sage doch, wir bleiben in Verbindung. Wir werden Ihnen alles im richtigen Moment genau erklären.«

»Wunderbar«, sagte Kreiper.

Er stand auf. Von nun an entglitten die Ereignisse seiner Kontrolle. Vom Ratgeber war er, ohne es zu merken, zum Ausführenden geworden. Von dumpfer Unruhe erfaßt, nahm er undeutlich wahr, daß er sich nun zwischen Amboß und Hammer befand. Natürlich, er hatte bereits eine Million Dollar kassiert, und der Rest würde folgen.

Aber als er unter den eisigen Blicken seiner beiden Klienten die Tür schloß, fragte er sich, ob er recht daran getan hatte zuzustimmen.

Die meisten verstanden nicht, was sie um acht Uhr morgens vor dem Sankt-Andronik-Kloster taten.

Einige von ihnen waren schon einmal dort gewesen, an einem Sonntag, weil die Lehrer in der Schule verlangt hatten, daß ihre Kinder dorthin gingen: eine Plage. Man mußte eine Stunde Metro erleiden, an der Station Plostschad Iljitscha aussteigen, sechs oder sieben Kilometer vom Stadtzentrum entfernt, und eine gute Viertelstunde durch einen idiotischen Stadtteil laufen, um sich vor ermüdenden Gegenständen aus dem 12. und 13. Jahrhundert zu langweilen, Geldstücken, Ikonen, Siegeln, ganz zu schweigen von den in der ersten Etage des Museums für alte Kunst aufgetürmten Devotionalien, Reliquien, Kreuzen und Kruzifixen aus Nowgorod und dem Fürstentum Susdal-Wladimir: Wer interessierte sich heute für Susdal-Wladimir?

Aber alle waren Funktionäre, Buchhaltungsexperten einer Staatsbank, der Vnechekonombank. In dieser Funktion konnten sie eine Anweisung ihres Chefs vom Dienst nicht ablehnen, der sie persönlich zu Hause angerufen hatte, an diesem Donnerstag, dem 14. November, halb acht Uhr morgens, um ihnen den Befehl zu erteilen, nicht ins Büro zu gehen, sondern sich auf der Stelle zum Kloster zu begeben.

Was dann geschah, war unbegreiflich. Kaum vor dem Sankt-Andronik angekommen, schob man sie in einen Wagen, der blitzschnell anfuhr. Drinnen zwei Männer, der Chauffeur und ein Kerl auf dem Rücksitz, neben ihnen. Dienstlicher Befehl, unnötig, die geringste Frage zu stellen. Man hatte sie informiert. Sie wußten nur, daß es darum ging, die Devisenmenge eines Geldtransfers zu überprüfen.

Was für ein Transfer?

Selbst wenn man mit der Lupe suchte, wäre es unmöglich gewesen, einen Rubel im ganzen Land zu finden, noch weniger in ihrer eigenen Bank. Erst hinterher begriffen sie den Sinn des Ganzen.

Die verschiedenen Wagen, die sie mitnahmen, hatten sich in alle vier Himmelsrichtungen Moskaus zerstreut und hielten, jeder auf die gleiche Weise vor einem Hotel, einem Restaurant oder einem großen Geschäft: Sobald sie ihr Begleiter in das Innere des Gebäudes stieß, fuhr der Chauffeur wieder davon.

Einige befanden sich im »Kosmos«, im »Ukraina«, im »Marco Polo«, im »Metropol«, im »Peking«, im »Jupiter«, im »Irish House«.

Andere im »Zentralnaja«, im »Paschkow«, im »Rossija«, im »Igumnow«, im »Dresden«, im »Bojar Wolkow«. Jeder von ihnen absolvierte an einem anderen Ort das gleiche Spiel – Haupteingang, Durchquerung der Halle im Eilschritt, Zickzack in der Menge und Ausgang an der Rückseite des Gebäudes – um sich in einer anderen Straße wiederzufinden, wo ein anderes Auto wartete, das mit Vollgas vom Bürgersteig startete. Die am meisten Beunruhigten hatten gewagt, eine Frage zu stellen. Dieselbe Antwort für alle: »Halt's Maul.« Dann gelangten sie zum Endpunkt ihres Abenteuers: Kasanski Woksal.

Sie fuhren durch ein Fallgitter und rollten entlang der Abstellgleise etwa zwei Kilometer weit zwischen stehenden Güterzügen hindurch. Der Tag war noch nicht ganz erwacht. Die Szene lag im kalten Zwielicht des Morgengrauens. Man lud sie vor einer Lokomotive aus, an der etwa zehn von bewaffneten Soldaten umgebene Waggons hingen. Aus dem Augenwinkel erkannten einige von ihnen einander: Niemand öffnete den Mund.

Ein Oberst der Infanterie näherte sich.

»Sind unter euch Raucher?«

Erstaunt hoben acht oder zehn von ihnen die Hand.

»Legt eure Feuerzeuge und Streichhölzer auf die Erde.«

Sie gehorchten. Ein Soldat sammelte sie ein.

»Der geringste Funke, und alles fliegt in die Luft«, sagte der Oberst nüchtern.

Man ließ sie zu zweit in die Waggons einsteigen.

Dort erwartete sie ein Mann. In wenigen Sätzen erklärte er ihnen, worin ihre Aufgabe bestand. Dann sprang er hinaus, die Soldaten schlossen die Türen, und die Buchhalter der Vnechekonombank, völlig verblüfft, fanden sich umgeben von einem starken Benzingeruch, inmitten eines wahren Berges von Rubeln: Sie quollen aus Kisten, die sich bis zum Dach stapelten.

12

Entsprechend den Anweisungen, die er erhalten hatte, war Stanislas Kuljakow um fünf Uhr im »Metropol« angekommen.

Er hatte in seiner Tasche die seit Mittag von Anatoli Nosko, Präsident der Vnechekonombank, Iwan Silajew, Finanzminister, und Michail Gorbatschow selbst unterzeichneten Verträge, mit denen die sowjetische Regierung einer Schweizer Gesellschaft, der Development Trade Company, die territoriale, ökonomische und experimentelle Nutzung der Insel Etorufu, der größten der Kurileninseln, für neunundneunzig Jahre gewährte, gegen die Zahlung von »100 Milliarden Rubel, zahlbar in bar bei Vertragsabschluß«. Bei Tagesanbruch waren die besten Buchhalter und Kassierer seiner Bank in unbekannte Richtung gefahren, um die Existenz der phantastischen Goldgrube zu überprüfen. Bei ihrer letzten Versammlung hatte Kuljakow seine Kollegen Bankdirektoren und Minister bewogen, dem Wunder die Chance zu geben, wahr zu werden. Schlüsselwörter: keine Überwachung, keine Beschattung, ohne Polizei, mit offenen Karten spielen.

Was hatten sie zu verlieren? Nach den Anweisungen von Wlassow und Talasski war alles bisher in absoluter Geheimhaltung abgelaufen.

Suite 503, Hans Kreiper erwartete ihn.

Zu seiner Überraschung war noch ein anderer Mann da, er saß in der hintersten Ecke des Salons, massiv, stumm, und gab sich viel Mühe, unbemerkt zu bleiben.

Kuljakow wich zurück.

»Zu unserem Schutz«, erklärte ihm Kreiper mit gezwungenem Lächeln.

Kuljakow zuckte mit den Schultern.

»Haben Sie die Verträge?«

»Ja.«

»Gestatten Sie?«

Kuljakow zog sie aus seiner Tasche. Kreiper nahm sie, beugte den Kopf darüber und blickte eine gute Viertelstunde nicht mehr auf, wobei er sich damit begnügte, seine Lektüre mit kleinen zustimmenden Grunzern zu begleiten. Als er die letzte Seite beendet hatte, gab er Kuljakow die Verträge zurück, der sie wieder in die Aktentasche steckte.

»Wann werden Sie die Presse informieren?« sagte Kreiper.

»Sobald wir die Gewißheit haben, daß die gesamte Summe verfügbar ist.«

Das Telefon klingelte.

»Kreiper?«

»Ja.«

»Sind die Verträge unterschrieben?« fragte Andrej.

»Ja.«

»Haben Sie sie in der Hand?«

»Ich habe sie eben gelesen.«

»Ich frage Sie, ob Sie sie in der Hand haben?« wiederholte Andrej mit harter Stimme.

Kreiper warf einen Blick auf Kuljakow, der sich an seine Tasche klammerte.

»Mir direkt gegenüber.«

»Ist alles in Ordnung?«

»Vollkommen in Ordnung.«

»Ich rufe Sie in fünf Minuten wieder an.«

Hans Kreiper legte auf.

»Sie rufen uns in fünf Minuten wieder an«, sagte er zu Kuljakow.

Der Oberst hieß Lew Jewtuschenko.

Man fragte ihn manchmal, ob er mit dem Dichter verwandt sei.

Welcher Dichter? Er hatte keine Ahnung.

Aber wenn man ihm von nun an die Frage stellte, hatte er sich eine Antwort zurechtgelegt: »Verschwägert. Von der Seite meiner Mutter her.«

Man ließ ihn in Ruhe. In Wirklichkeit war er ebensowenig mit ihm verwandt, wie Oberst. Auch kein Militär. Er war Mörder, Caporegime, Chefexekutor des Wlassow-Talasski-Clans, seiner Herren. Er respektierte sie, wie man eine Ikone anbetet. Er versuchte nie, den Grund für die Befehle zu erfahren, die sie ihm gaben, er führte sie aus. Er hatte auch in der Uniform eines Polizeileutnants mit seinen Leuten, die als Polizisten ausstaffiert waren, den Tresor von Koranow ausgeraubt.

Den ganzen Tag lang entfernte er sich nicht mehr als drei Meter vom Telefon, das in seinem Jeep installiert war. Es konnte jeden Augenblick klingeln. Am Nachmittag brachte ihm einer seiner Männer ein Sandwich und ein Bier. Aber mitten in einer Aktion vergaß Jewtuschenko, daß er einen Magen, Gedärme oder ein Herz hatte. Er spürte weder Hunger noch Durst oder Kälte.

»Lew«, sagte einer seiner falschen Soldaten, mit einer Maschinenpistole bewaffnet, »da ist ein Kerl, der raus will.«

»Mach ihm auf.«

Der Mann gab zwei anderen Soldaten ein Zeichen, die die Tür des Waggons entriegelten und zurückgleiten ließen. Dem Ersticken nahe sprang einer der Buchhalter der Vnechekonombank heraus, bekam einen Hustenanfall und atmete mit tiefen Zügen.

»Nun?« fragte der Oberst.

»Die Arbeit ist fertig.«

»Wer spricht hier für die anderen?«

»Ich, Herr Oberst. Valentin Gerassimow.«

»Frag deine Kameraden, wie weit sie sind.«

Eine nach der anderen öffneten sich die Türen. Einer der Buchhalter, von den Benzindämpfen betäubt, hatte einen Schwächeanfall. Man legte ihn auf den Schotter, während Gerassimow die Zahlen sammelte und addierte, die ihm seine Kollegen mitteilten. Der Oberst kam näher.

»Im großen und ganzen stimmt die Rechnung«, sagte Gerassimow. »Ungefähr ... Wir brauchten mehr Zeit. Man erstickt.«

Lew Jewtuschenko wandte ihm den Rücken zu und wählte eine Nummer.

Am Ende der Leitung Oleg.

»Es ist soweit«, sagte er.

»Bleib dran«, befahl Oleg.

Um die Operation Sekunde für Sekunde verfolgen zu können, hatten sie ein kleines Arbeitszimmer in der letzten Etage der Sobinowski-Straße in einen Gefechtsstand verwandelt. Ein niedriger Tisch, zwei Ledersessel koreanischer Fabrikation, eine Seite der Wand mit einem Spiegel bedeckt, zwei andere mit Regalen, in denen sich Bücher aneinanderreihten.

Das Telefon in der Hand, saß Oleg zu Füßen des Sessels, die Beine auf der beigefarbenen Auslegware ausgestreckt, die für viel Geld aus dem früheren Westdeutschland importiert worden war. Er hielt den Hörer mit der Hand zu.

»Es läuft«, flüsterte er. »Jetzt bist du dran.«

Gegen das Bücherregal gelehnt, wählte Andrej mit angespanntem Gesicht auf einem anderen Apparat die Nummer des »Metropol«.

»Appartement 503«, sagte er.

Fast augenblicklich hatte er Kreiper an der Leitung.

»Die Operation ist beendet. Geben Sie mir Kuljakow.«

»Ich höre«, sagte der Bankdirektor.

»Ihre Männer haben es überprüft. Alles ist in Ordnung.«

»Kann mir einer von ihnen die Bestätigung geben?«

»Natürlich«, sagte Andrej. »Legen Sie auf. Ich lasse Sie wieder anrufen.«

Mit einem Zeichen gab er Oleg, der noch immer den Oberst in der Leitung hatte, zu verstehen, daß er an der Reihe war.

»Lew«, sagte Oleg, »ist der Buchhalter neben dir?«

»Ja.«

»Hör mir genau zu... Ruf im »Metropol« an, Suite 503. Sobald man dir antwortet, gibst du den Hörer an den Buchhalter weiter. Man will mit ihm sprechen.«

»Klar«, sagte der Oberst.

Andrej legte auf. Er zündete sich eine Zigarette an.

»Soll ich dir etwas zu trinken bringen?« fragte er.

Oleg schüttelte den Kopf.

»Nicht bevor Kuljakow seinen Vertrag losläßt.«

Er sah auf die Uhr: Es war sieben Uhr fünf.

Zwei Männer näherten sich dem Zug. Sie trugen die Kleidung der sowjetischen Eisenbahner.

Einer von beiden hielt eine Karbidlampe vor sich ausgestreckt.

Sie waren ungefähr dreißig Meter vom Konvoi entfernt. Die Soldaten hatten sie gesehen. Sie blickten zum Oberst, um zu erfahren, was sie tun sollten. Mit einer Handbewegung wies er sie an, sich ruhig zu verhalten. Ohne die beiden Eisenbahner aus dem Auge zu lassen, die näher kamen, rief er das »Metropol« an und bekam Suite 503.

»Bleiben Sie dran«, sagte er.

Er wandte sich zu Gerassimow um.

»Kein Wort über den Ort, an dem du dich befindest, oder ich mach dich kalt«, flüsterte er ihm zu.

Er reichte ihm den Apparat. Der Buchhalter drückte das Ohr dagegen.

»Wer sind Sie?«

»Valentin Gerassimow.«

»Welche Abteilung?«

»Auslandsschulden. Leiter des Büros 320, Kalininprospekt.«

»Hier ist Stanislas Kuljakow.«

Instinktiv stand Gerassimow stramm.

»Wo sind Sie?«

Der Buchhalter spürte den drohenden Blick des Oberst auf sich gerichtet.

»Es ist mir verboten, es Ihnen zu sagen, Herr Direktor.«

»Wie viele Männer haben Sie?«

»Etwa zwanzig.«

»Haben Sie die Summe des Transfers überprüft?«

»Ja. Es sind ungefähr hundert Milliarden Rubel in Scheinen zu hundert und fünfzig.«

»Ungefähr?«

»Bis auf einige Millionen genau – es ist unmöglich, genauer zu sein.«

Wie sollte man erklären, daß man das Unendliche nicht beziffern kann?

»Es ist zuviel«, seufzte Gerassimow.

Er biß sich auf die Lippen: Beinahe hätte er hinzugefügt, daß es ganze Waggons voll waren!

»Wir brauchen noch einige Tage, um es bis auf den letzten Rubel zu zählen. Aber ungefähr . . .«

»Sehr gut, Gerassimow. Da Sie es sagen, werden Sie die Verantwortung übernehmen.«

Gerassimow schluckte.

»Ja, Herr Bankdirektor.«

»Gerassimow?«

»Herr Bankdirektor?«

»Dieses Geld, haben Sie es in diesem Moment, da ich mit Ihnen spreche, wirklich vor Augen?«

Trotz der Kälte, die sein Gesicht erstarren ließ, spürte der Buchhalter Schweißtropfen über seine Stirn laufen. Er warf einen schrägen Blick zu den Waggons: Sie waren immer noch da.

»Ja.«

»Kann es weggeschafft werden? Ich meine . . . schnell?«

Eine schreckliche Vorstellung überfiel Gerassimow: Was schließlich konnte den Zug daran hindern, loszufahren und in der Nacht zu verschwinden?

»Äh . . .«, stammelte er.

Der Oberst, der ihn beobachtete, nahm ein solches Schwanken in seiner Stimme wahr, daß er instinktiv einen drohenden Gesichtsausdruck aufsetzte.

»Ja oder nein?« beharrte Kuljakow mit schneidender Stimme.

»Nein.«

»Danke, Gerassimow. Wir sehen uns später.«

Die Verbindung wurde unterbrochen. Wie benommen begriff Gerassimow, daß er sich soeben in eine schlimme Lage gebracht hatte: Wenn es von nun an die geringsten Schwierigkeiten gab, würde man die Verantwortung auf ihn schieben.

Anstatt aufzulegen, reichte er mechanisch den Hörer an den Oberst weiter. Aber der Oberst sah seine Bewegung nicht.

Er sah schweigend die beiden Eisenbahner an, die nun vor ihm standen.

»Was geht hier vor?« fragte der Lampenträger mit einem idiotischen Lächeln. »Warum bewachen Sie diesen Zug? Was ist da drin?«

Der Oberst warf ihm ein schreckliches Lächeln zu.

»Militärisches Geheimnis, du Arschloch. Jetzt«, sagte er sanft zu ihm, »zieh ab, oder ich laß dich deine Laterne fressen!«

»Haben Sie etwas zu trinken?« fragte Kuljakow.

»Nur Whisky«, entschuldigte sich Kreiper, überzeugt davon, ein Russe, der dieser Bezeichnung würdig wäre, könnte nichts anderes als Wodka trinken.

Kuljakow machte eine unbestimmte Handbewegung und trocknete sich die Stirn mit einem großen weißen Taschentuch. Jetzt hatte er Angst. Ohne zu wissen, warum, witterte er den Betrug. Das Zögern von Gerassimow hatte auf ihn gewirkt wie eine kalte Dusche. Er kannte ihn nicht, aber er hatte die Namen von allen im Kopf, die seine rechte Hand und Vertrauter Jewgeni bestimmt hatte, entsprechend der Anweisung, sie nach ihrer Effektivität auszuwählen. Da gab es keinen Zweifel, Gerassimow gehörte zur Bank. Er existierte wirklich. War es möglich, daß er unter Bedrohung eine falsche Information gegeben hatte? Im Falle eines Gewaltstreiches, wer stünde dann in der ersten Reihe? Kuljakow.

»Auf das Gelingen unseres Unternehmens!« sagte Kreiper und reichte ihm ein Glas.

Kuljakow warf ihm einen mißtrauischen Blick zu. Er spürte

in seinem Rücken die Anwesenheit des Gorillas, den man in das Zimmer gesetzt hatte. Von Zeit zu Zeit warf er ihm einen Blick zu. Er sah die Schultern eines Kämpfers, der sich seit seiner Ankunft nicht mehr bewegte als ein Menhir, die Augen starr auf die riesigen Hände gerichtet, die er ein für allemal über den Knien verschränkt hielt.

All das war unangenehm, verdächtig. Kuljakow bewegte sich nervös, und fuhr plötzlich in die Höhe: Das Telefon klingelte.

»Ja!« sagte Kreiper. »Ja . . . Ich gebe ihn Ihnen.«

Kuljakows Hände zitterten so sehr, daß ihm fast der Hörer entglitt.

Es war Talasski.

»Haben Sie Ihren Mitarbeiter gesprochen?«

»Ja.«

»Ist alles in Ordnung?«

»Ja«, antwortete Kuljakow schwach.

»Ich werde Ihnen die Adresse geben, wo das Geld gelagert ist.«

»Wo?« keuchte Kuljakow.

»Eine Sekunde. Hören Sie zuerst, was ich Ihnen zu sagen habe. Wenn ich auflege, werden Sie den Vertrag dem Mann geben, der im Zimmer ist.«

»Hans Kreiper?« stammelte Kuljakow.

»Nein, nicht Kreiper. Dem anderen. Dem, der am Fenster sitzt.«

Als er seinen Namen hörte, entfernte sich Kreiper diskret.

»Sind wir uns einig?«

»Ja.«

»Das Geld befindet sich am Kasaner Bahnhof, in einem Güterzug mit zehn Waggons, Gleis 11, Güterbahnhof.«

»Gleis 11, Güterbahnhof«, wiederholte Kuljakow.

»Sobald Sie die Verträge übergeben haben, bekommen Sie Ihre Fotos in die Hand. Wie vereinbart.«

»Und die Negative?« fragte Kuljakow beunruhigt.

»Die Negative auch.«

»Wann?«

»Sofort.«

»Danke, danke ...«

Man sagt, die Opfer hängen an ihrem Henker.

In diesem Augenblick machte Kuljakow diese seltsame Erfahrung. Ohne zu wissen, warum, fühlte er sich plötzlich vor Dankbarkeit triefend: Diese Kerle waren phantastisch, sie sagten die Wahrheit, er hatte völliges Vertrauen zu ihnen, sie liebten ihn, und plötzlich liebte auch er sie so sehr wie das Teuerste, was er auf der Welt besaß. So sehr, daß er sich auf einmal Sätze sagen hörte, die für den Ort, an dem er sich befand, das Geschäft, daß sie abschlossen, geradezu unglaublich waren.

»Ich habe etwas Schreckliches erfahren.«

»Ich höre Ihnen zu«, sagte Andrej.

Mit einem Blick versicherte sich Kuljakow, daß weder der Gorilla noch Kreiper ihn hören konnten.

»Mein Sohn nimmt Drogen«, sagte er mit gedämpfter Stimme.

»Wirklich?« sagte Andrej.

In der Sobinowski-Straße, wo er Oleg gegenübersaß, traute er seinen Ohren nicht: Was ging es ihn an, daß sich so ein junger Schwachkopf mit dem Zeug vollstopfte? War es nicht verrückt, daß ein Kerl, den er an der Gurgel hielt, sich fast unverhüllt an seinen Henker mit der Bitte um Hilfe wandte?

»Wie heißt er?« fragte er nach einem Augenblick des Schweigens.

»Nikita.«

»Was nimmt er? Crack, Kokain, Heroin?«

»Ich weiß nicht«, sagte Kuljakow. »Ich kenne mich nicht aus.«

»Wie alt ist er?«

»Siebzehn. Es ist schrecklich.«

»Ja, es ist schrecklich«, sagte Andrej voller Anteilnahme.

»Nicht wahr?« antwortete der Bankdirektor. »Was soll man tun?«

»Ich werde darüber nachdenken.«

»Danke!«

»Etwas anderes. Jetzt, da Sie wissen, wo der Zug steht, informieren Sie niemanden vor Ablauf von fünfzehn Minuten. Verstehen Sie mich?«

»Ja.«

»Er ist voller Sprengstoff. Wenn ein einziger Ihrer Männer sich vor Ablauf von fünfzehn Minuten nähert, laß ich den ganzen Mist in die Luft fliegen.«

»Einverstanden.«

»In fünfzehn Minuten benachrichtigen Sie die Polizei und die Armee, um ihn unter Bewachung zu stellen. Es sind hundert Milliarden Rubel an Bord, und Moskau ist voll von Betrügern!«

Kuljakow stand auf, zog die Verträge aus seiner Aktentasche und gab sie dem Gorilla, der sie ohne ein Wort an sich nahm. Er war fast an der Tür, als es klopfte. Der Gorilla öffnete und verschwand. Kuljakow stand vor einem Zimmermädchen.

Sie hatte einen Umschlag in der Hand.

»Stanislas Kuljakow?« fragte sie.

Er nickte. Sie gab ihm den Umschlag und schloß die Tür. Unauffällig kontrollierte Kuljakow den Inhalt: Talasski hatte ihn nicht belogen. Er wagte kaum, sich umzuwenden. Als er es doch tat, kreuzte sein Blick den Kreipers. Er errötete, als könnte der Anwalt durch das Papier hindurch die Fotos sehen, die ihm zwischen den Fingern brannten. Er schob den Umschlag in seine Aktentasche, drückte sie fest an sich, ließ sich auf den Sessel fallen und sah auf die Uhr.

»Stimmt irgend etwas nicht?« Kreiper zögerte.

»Nein, nein ... Ihre Klienten haben mich um eine Frist von fünfzehn Minuten gebeten, bevor die entsprechenden Stellen informiert werden, die das Geld holen.«

»Also ist alles in Ordnung?« fragte Kreiper.

Er fürchtete, irgendeine Schwierigkeit in letzter Minute könnte die Operation scheitern lassen. Kuljakows Augen glitten über die Aktentasche.

»Nun, ich glaube ja!« sagte er.

Sie standen noch immer vor dem Zug. Die Buchhalter holten Luft. Die Soldaten erstarrten allmählich. Vor dem Jeep stand der Oberst und wartete. Seiner Meinung nach wäre es besser, nicht mehr zu lange zu warten. Die beiden Lampenträger, die er davongejagt hatte, beunruhigten ihn. Sie konnten Krach machen, herumschnüffeln, die Bahnhofsvorsteher fragen: das Sandkorn, das den Ärger brachte. Ratlos zog er die Handschuhe aus, um in die Hände zu pusten, als Oleg anrief.

»Lew?«

»Ja, Boß!« sagte der Oberst.

»Verschwinde mit deinen Leuten. Verlaßt den Bahnhof, schnell!«

»Die Buchhalter, was soll ich mit denen machen?«

»Darum kümmern wir uns nicht! Alle Bullen Moskaus werden in zehn Minuten dort sein!«

»Verstanden!«

Der Oberst legte auf. Ohne sich zu beeilen, gab er seinen Männern einen Befehl.

»Alle in die Lastwagen.«

Die Waffe in der Hand, stiegen die Soldaten geordnet in die Fahrzeuge. Die Motoren schnauften. Der Oberst setzte sich in den Jeep neben seinen Chauffeur. Gerassimow trat auf ihn zu.

»Sie fahren, Herr Oberst?«

»Ja.«

»Und wir?«

»Ihr rührt euch nicht. Die Polizei kommt in fünf Minuten. Siehst du die beiden Züge neben uns? Wir haben zwanzig Scharfschützen in den Waggons plaziert, um den Zaster zu schützen.«

»Und unsere Feuerzeuge?«

»Hältst du mich für bescheuert? Ich habe dir gesagt, daß alles in die Luft fliegt, wenn du niest! Und sieh zu, daß du deine idiotischen Kassierer daran hinderst, die Kohle zu klauen! Wenn ein einziger Rubel fehlt, komme ich persönlich zurück und schneide dir die Ohren ab!«

Er hob den Arm. Der erste Lastwagen erzitterte und wendete. Der Jeep überholte ihn und setzte sich an die Spitze des Konvois. Die anderen folgten im Knirschen der Schlacke, die von den Reifen der Schwerlaster zermalmt wurde.

Der Oberst hatte berechnet, daß sie drei Minuten brauchen würden, um das Gitter zu erreichen. Zweieinhalb Minuten reichten ihnen. Sie umkreisten den Kasanski Woksal, erreichten den Komsomolskaja-Platz, fuhren an dem Zentralen Kulturhaus der Eisenbahner zwischen dem Leningrader und dem Jaroslawer Bahnhof vorbei. Gerade als sie links auf die Nowokirowskaja einbogen, kreuzten sie Schwärme von Polizeiwagen, die mit heulenden Sirenen auf den Kasaner Bahnhof zurasten. In einem von ihnen bellte der Mann, der die Operation leitete, seine Befehle durch Sprechfunk an alle Brigaden Moskaus: Wassili Montaschew.

Oleg nahm seinen Kopf zwischen die Hände und rieb sich mit aller Gewalt die Augen.

»Darf ich dir eine Frage stellen, Andrej?«

»Raus damit.«

Sie glichen zwei Kämpfern beim Verlassen des Rings. Blaß, abgespannt, die Gesichter von der ungeheuren Anspannung ausgemergelt, die ihr Coup verlangt hatte. Das kleine Arbeitszimmer war ein gigantischer Saustall, bedeckt mit zerknüllten Zetteln, leeren Gläsern, Resten von Sandwiches, angefangenen Flaschen, die zwischen den ineinandergeschlungenen Telefonschnüren verstreut waren. In den letzten Tagen hatten sie es nur verlassen, um zu duschen.

Andrej, die Füße auf dem Tisch, hatte die Schuhe ausgezogen.

Oleg saß auf der Erde.

»Du antwortest mir einfach mit ja oder nein, ohne Kommentar, einverstanden?«

»Schieß los!«

»Eigentlich sind es mehrere Fragen. Zuerst, ja oder nein, ist der Vertrag unterschrieben?«

»Ja.«

»Gut... Haben wir den Vertrag in unserem Besitz?«

»Ja.«

»Macht uns dieser Vertrag wirklich zu Herren der größten Kurileninsel für neunundneunzig Jahre?«

»Ja.«

»Also können wir ihn schon weitergeben?«

Andrej tat, als würde er wütend werden.

»Du weißt das alles genausogut wie ich! Willst du mich noch lange nerven?«

Er verstand genau, wohin Oleg kommen wollte: zur Bestätigung des Sieges. Aber Andrej war noch nicht bereit.

Aus Aberglauben weigerte er sich zuzugeben, daß sie gewonnen hatten. Zumindest beinahe. Noch mußten die Dokumente nach Zürich in das Büro von Hans Kreiper kommen. Bis dahin, keinerlei Sicherheit, keinerlei Garantie. Das Flugzeug, das sie in ebendiesem Moment transportierte, konnte sogar in der Luft explodieren. Auf Befehl der Sowjets stand vielleicht schon eine Truppe vor Ort bereit, in der Schweiz, um sie bei der Ankunft zu rauben. Tausend Dinge konnten geschehen, die ihre Anstrengung zunichte machen würden. Sein Instinkt sagte ihm, daß jetzt Siegeslieder zu singen, sich die geringste Pause zuzugestehen, einen Blick zurück zu werfen oder, schlimmer, nach vorn, die Gefahr bedeutete, das Unglück anzuziehen. Er mochte noch so erledigt sein, mit den Nerven am Ende, er wollte sich einzig auf das zu erreichende Ziel konzentrieren, die Dringlichkeit des Augenblicks.

Noch war nicht alles vorbei. Er hatte nicht viel geschlafen. Er hatte gegessen, ohne darauf zu achten, was er zu sich nahm, einfach, weil es nötig war. Und wenn er, von Erschöpfung überwältigt, in Schlaf versunken war, so hatte ihn kein Traum heimgesucht.

Er würde genug Zeit haben, Luft zu holen. Danach... Später...

»Wir haben gesagt: keine Kommentare!« regte sich Oleg auf. »Beantworte einfach weiter meine Fragen!«

Seine Haltung war noch immer die gleiche: hingekauert vor dem Sessel, das Gesicht von beiden geschlossenen Fäusten bedeckt, die auf seine Lider drückten. Seltsamerweise sah Andrej sich selbst ... Auch er hatte diese Haltung, am 22. Februar 1977, als man sie in den Gulag transportierte. Und auch am 8. Januar 1983, in dem Eisenkäfig des Gefangenenzuges, aus dem sie beim Transport von einem Lager in ein anders entflohen waren, im Herzen Sibiriens ...

»Also?«

Andrej zuckte mit den Schultern.

»Das weißt du genau«, sagte er mit sanfterer Stimme.

»Phantastisch! Jetzt unterbrichst du mich, wenn ich etwas Falsches sage. Auf wieviel beläuft sich unser Vertrag?«

»Hundert Milliarden Rubel.«

»In Dollar?«

»Eine Milliarde Dollar.«

»Gut ... gut ...«, fuhr Oleg mit der Stimme eines schlafenden Träumers fort. »Wieviel ziehen wir dafür den Japanern aus der Tasche?«

»Zehn Milliarden Dollar. Aber wir haben sie noch nicht!«

»Sei still! Sei doch still! Es ist schon so gut wie erledigt!«

»Solange wir sie noch nicht kassiert und die Milliarde zurückgegeben haben, die wir Pawel Lyssenko, dem Verrückten und den anderen schulden, ist nichts erledigt!«

»Hör auf! Konzentriere dich, so stark du kannst ... Wieviel verdienen wir bei der Operation?«

Trotz seiner Anspannung hielt sich Andrej zurück, um nicht laut loszulachen, denn die Zahl, die Oleg erwartete, war so ungeheuerlich, daß sie ihm völlig irreal erschien!

»Bist du nicht mal mehr in der Lage, eine Subtraktion auszuführen? Zehn minus eins, wieviel macht das?«

»Sag du es mir ... Ich will es dich sagen hören!«

»Grob gerechnet«, seufzte Andrej, »wenn wir die Kommissionen und andere Kleinigkeiten bezahlt haben, neun Milliarden Dollar.«

Oleg schnellte hoch wie eine Feder, sprang auf den Tisch,

fegte alles, was sich darauf befand, mit zwei Fußtritten beiseite, warf sich in den Sessel, fuhr wieder hoch und stürzte zur Tür: Neun Milliarden Dollar für sie beide, das war zuviel! Er brauchte Platz . . . Er lief durch eine Reihe von Zimmern, öffnete die Ausgangstür, fand sich auf dem Treppenabsatz wieder und stieg wie eine Gummipuppe die Treppe hinunter. Bei jeder Stufe schien es, als würde er fallen. Neun Milliarden Dollar! Welcher König auf der Welt konnte sich rühmen, neun Milliarden Dollar zu besitzen? In der ersten Etage angekommen, setzte er sich auf eine Stufe. Sein Körper war zu klein für die Kraft, die in ihm wohnte. Millionen von Ideen kreisten in seinem Kopf, stießen aneinander. Und für einige Sekunden hatte er eine Erleuchtung, die ihn in das Herz des Geheimnisses Gottes eindringen ließ: Gott, das war er! Durch die schlaflosen Nächte verstärkt, schuf seine Erregung einen Zustand von Intensität, der ihn an die Erzählungen Drogensüchtiger erinnerte, wenn sie sich fast den goldenen Schuß gegeben hatten.

Ja. Das war wahrscheinlich diese Art von Extase, die die Fixer empfanden.

Er zwang sich, langsam zu atmen. Nach einigen Minuten gewann er seine Ruhe zurück. Dennoch, als er zur letzten Etage hinabstieg, schwebte er noch immer wie in Trance. Im Erdgeschoß angekommen, lief er, ohne sie zu sehen, an den Menschen vorbei, die das Gebäude betraten oder verließen. Er kam an einer Glastür vorbei, der er niemals besondere Aufmerksamkeit geschenkt hatte. Er wußte, daß es die Tanzschule war. Wie hätte er es nicht wissen sollen, da er selbst die Idee hatte, sie zu gründen und die Schostakowa zu engagieren? Er warf einen mechanischen Blick hinein. Der Unterricht war zu Ende.

Kleine Elevinnen, gegen die Stange gelehnt, zogen ihre Schuhe aus. Um ihn herum standen Leute. Sie schwatzten, während sie auf die Kinder warteten. Manche hatten sich in den Saal geschlängelt.

Er sah die Schostakowa, die auf einem Stuhl thronte, ihren Stock in der Hand, umdrängt wie eine Diva. Sie sprach mit einer Frau im Pelzmantel, die ein Kind an der Hand hielt. Die

Frau wandte Oleg den Rücken. Dann drehte sie sich um und näherte sich dem Ausgang, auf dem Gesicht noch das letzte Lächeln, das sie der Schostakowa geschenkt hatte. Sie kam auf Oleg zu.

Ohne zu verstehen warum, konnte er den Blick nicht von ihrer Gestalt abwenden. Je deutlicher er sie sah, desto besser erkannte er ihr Gesicht, ein schönes Madonnengesicht, von zwei blauen Augen durchbrochen, von blonden Haaren umrahmt, die den Pelz ihres Mantels bei jedem Schritt streichelten. Sie sprach mit dem Kind. Das Kind lachte. Dann öffneten die Frau und das Kind die Tür und waren ganz nah bei Oleg. Nun spürte er seine Beine zittern, während das Blut in seinen Adern stehenblieb.

In diesem Augenblick erblickte auch sie ihn.

Sie erstarrte, wurde ganz blaß und lehnte sich gegen den Türrahmen, um nicht zu fallen. Die Schüler kamen lachend heraus und stießen sie an. Das kleine Mädchen begriff, das etwas Seltsames geschah, klammerte sich an den Arm der jungen Frau, sah sie an und sah den Mann an. Ihre Augen gingen von einem zum anderen. Die Lippen der jungen Frau bebten.

Je länger sie den Mann betrachtete, desto bleicher wurde sie.

Auch der Mann war aschgrau. Er versuchte der Frau etwas zu sagen, aber seine Lippen gehorchten ihm nicht.

Dann stammelte er ein Wort.

»Ljuba . . .«

Buch 3 Die rote Nacht

13

Es war wie ein Bild, an dem zwei Maler nacheinander gearbeitet hatten. Der erste skizzierte die Umrisse einer Stadt und gab den großen Flächen im Innern mit Farben Struktur. Grau, Ocker, Rot, Siennabraun, warmes Braun, Beige und Grün sowie Grau und Blau für den Himmel, die Wolken und den Nebel. Der zweite kam, fand das Werk von erhabener Schönheit, und da er nichts mehr sah, was die Perfektion der Farbtöne noch verbessern konnte, begnügte er sich, mit einem luftigen Pinsel aus feinem Marderhaar hier und da einige goldene Flecken hinzuzufügen, wie Liebkosungen, voller Feinheit, wie ein Kuß auf die Süße der Landschaft gehaucht, damit das Ensemble in Schwingungen gerate, wenn ein Sonnenstrahl es berührt.

Diese Goldflecken hatten Ljuba und Oleg vor den Augen.

Es waren die Kathedralen und die Kuppeln aller Kirchen Moskaus, die im zarten Ozean dieser leuchtenden Grautöne funkelten und spiegelten.

»Erinnerst du dich an den Satz Tschechows?« murmelte Oleg.

»›Nur vom Spatzenberg kann man Moskau wahrhaftig sehen.‹«

Er hatte das Auto auf dem Randstreifen der Straße geparkt.

Ein leichter Windhauch blähte Ljubas Haar.

Die Stadt breitete sich zu ihren Füßen aus, und beide schwebten über der Stadt, überflogen die Mäander der Moskwa, die ihr grünbronzenes Band in weichen Kreisbögen entfaltete.

Es gibt Orte mit besonderer Eigenart.

Vielleicht, daß sie besondere tellurische Wellen ausstrahlen oder daß ihre Lage bestimmte Vibrationen polarisiert. Auf jeden Fall bringt die Anziehungskraft dieser Orte seit undenklichen Zeiten die Menschen dazu, sich dorthin zu flüchten, um nachzudenken, Opfer zu bringen, Tempel zu bauen.

Ebenso wie manche Orakel der Azteken besaß auch der Spatzenberg diese Macht. Er lag hundert Meter über der Ebene. Viele Ereignisse hatten dort stattgefunden, die das Schicksal Rußlands grundlegend veränderten und das Gesicht der Welt wandelten. Viereinhalb Jahrhunderte zuvor hatte sich Iwan der Schreckliche auf den Berg geflüchtet, um dem Feuer in Moskau zu entfliehen.

Napoleon hatte dort haltgemacht, um die Stadt zu betrachten, bevor er sie überfiel. 1917 hatten die Revolutionäre dort ihre Kanonen aufgestellt, auf den Kreml gerichtet, wo sich die Loyalisten verschanzt hatten. Nach ihrem Sieg hatten die Bolschewiken den Spatzenberg in »Leninberge« umgetauft – die Legende sagt, daß seit diesem Tag kein Vogel dort gesungen hat – und auf seinem Gipfel die größte Universität der Welt, die Lomonossow-Universität, errichtet.

»Ist dir kalt?« fragte Oleg.

»Nein«, sagte Ljuba zitternd.

»Komm. Wir gehen wieder ins Auto.«

Seit sie sich dreizehn Tage zuvor bei der Schostakowa wiedergefunden hatten, war dies ihre erste Begegnung. Oleg fragte sich, warum er so lange gewartet hatte, bevor er Ljuba anrief. Keine Antwort. Manche Dinge lassen sich nicht erklären, das ist alles. Ebensowenig seine Haltung gegenüber Andrej.

Am ersten Abend hatte er ihm kein Wort von ihrer Begegnung gesagt. Auch nicht an den folgenden Tagen. Und je mehr Zeit verging, desto weniger Lust hatte er, es ihm zu erzählen. Bis dahin hatten sie allerdings nie ein Geheimnis voreinander. Sie hatten Ljuba gemeinsam kennengelernt. Sie gehörte zu ihrer gemeinsamen Vergangenheit. Kann man Schweigen als Verrat ansehen?

Wie auch immer, Oleg hatte im Moment überhaupt keine Lust, es irgend jemandem anzuvertrauen. Am wenigsten Andrej!

Wie früher hatte sich Ljuba mit ihm vor dem Eingang des GUM verabredet. Trotz der festen Regel, von Andrej und ihm aufgestellt, niemals ohne Begleitung aus dem Haus zu gehen, hatte es Oleg nicht für sinnvoll gehalten, seinen Chauffeur und Leibwächter Anton Abalkin, genannt der »Tatare«, mitzunehmen. Er fürchtete, dessen rasierter Schädel eines Jahrmarktskämpfers, der aufgezwirbelte Schnurrbart und die breiten Schultern würden Ljuba erschrecken. Während der fünfzehn Kilometer, die Moskau von den Leninbergen trennen, hatten sie darauf geachtet, keine persönliche Frage zu stellen. Nur ein paar nichtssagende Worte ...

Er legte die Hand auf den Zündschlüssel.

»Bist du verheiratet?«

»Ja.«

»Hast du Kinder?«

»Nein.«

»Als du siebzehn warst, wolltest du einen ganzen Sack voll!« sagte er mit einem Lachen, das unecht klang.

»Ich habe keine. Und du, bist du verheiratet?«

Oleg brach in Lachen aus.

»Ich? Verheiratet? Mit wem?«

Er fuhr los.

Man hat seltsame Hemmungen, wenn zu viele Jahre vergangen sind.

Unmöglich, geradewegs in die Vergangenheit des anderen einzudringen.

Jedes Wort kann den Zauber zerbrechen. Oleg fühlte sich ungeschickt, eingeschüchtert. Während er den Wagen lenkte, warf er kurze versteckte Blicke zu Ljuba hinüber. Äußerlich hatte sie sich nicht verändert. Sie war nur ein wenig begehrenswerter.

»Findest du, daß ich mich verändert habe?« fragte Oleg.

»Ja«, sagte Ljuba.

Erneut das gezwungene Lachen.

»Ich bin gealtert.«

»Nein, du bist nicht gealtert«, sagte Ljuba nachdenklich.

»Wir sind älter, das ist etwas anderes. Ich bin sicher, daß du dasselbe spürst, wenn du mich ansiehst. Alles ist ebenso, aber nichts ist gleich. Du hast noch immer dieselbe Figur, dasselbe Gesicht. Du hast noch immer dieselben Augen, aber ihr Ausdruck hat sich geändert. Dieselbe Stimme, aber es ist etwas anderes in ihr. Denselben Gang, aber du bewegst dich nicht auf dieselbe Weise . . .«

Sie legte freundschaftlich ihre Hand auf seine. Oleg spürte, wie ein Stromstoß durch seinen Körper fuhr.

»Verstehst du, Oleg?«

»Ja, ja . . . Was macht dein Mann?«

»Er ist bei der Polizei.«

Sie zog die Hand zurück. Tausend Fragen brannten ihr auf den Lippen.

Sie wagte nicht, sie zu stellen. Noch nicht. Sie mußten zuerst das Vertrauen wiederfinden, die Freiheit der Worte, die sie einstmals verband.

»Warst du erschüttert, als du Moskau zum erstenmal wiedergesehen hast?«

»Ziemlich«, sagte Oleg und lächelte gehemmt. »Da sind wir.«

Er hielt das Auto an. Sie liefen langsam durch einen blühenden Park, der von den Büsten der größten Denker Rußlands bewacht wurde. Im Hintergrund erhob sich das monumentale Portal von acht Säulen aus rosafarbenem Granit, die das Hochrelief trugen, das dem »schöpferischen Volk« gewidmet war. Dahinter stieg der riesige Turm in den Himmel empor, mit zweiunddreißig Etagen, noch von der Turmspitze überragt.

»Bist du mal wieder hierhergegangen?« fragte Oleg.

»Niemals.«

Studenten liefen an ihnen vorbei. Es gab Oleg einen Stich ins Herz, daß sie ihm wie Kinder erschienen. Wie in einem Spiegel fand er auf ihren Gesichtern die überhebliche Naivität seiner eigenen Jugend wieder. Ljuba hatte recht: Sie waren vielleicht dieselben, aber sie hatten sich sehr geändert. Er nahm sie bei den Schultern.

»Womit willst du beginnen? Mit der Bibliothek, dem Schwimmbad, den Hörsälen, einer Bar?«

Das Ensemble dieser Stadt in der Stadt war beeindruckend. Die Lomonossow-Universität hatte fünfundvierzigtausend Räume in sechzig Gebäuden, auf einer Fläche von fast vierhundert Hektar mit Bäumen, Rasenflächen und kleinen Parks. Tausend Labors für Lehre und Forschung, Museen, Stadien, ein Theater, Fakultäten, Pavillons, Kinderkrippen, Cafés, ein Krankenhaus, Dutzende Restaurants, sechstausend Internatszimmer, zweihundert Hörsäle ... In allen Disziplinen des Wissens lernten hier dreißigtausend Studentinnen und Studenten.

»Gehen wir der Reihe nach«, sagte Ljuba lächelnd. »Die Bibliothek zum Überlegen. Und die Bar, um nicht nachdenken zu müssen.«

Unter dem leichten Ton glaubte Oleg einen Hauch von Melancholie wahrzunehmen.

»Deine Schwestern«, sagte er unschuldig. »Erzähl mir von den berühmten Karpowa-Schwestern!«

Ljubas Gesicht verschloß sich. Oleg biß sich auf die Lippen: Bevor er überhaupt etwas Wichtiges gesagt hatte, schon ein Schnitzer.

Ljuba spürte seine Verlegenheit.

»Hör zu, Oleg«, entschuldigte sie sich und ergriff seine Hand, »uns ist beiden nicht ganz wohl. Viele Dinge sind in fünfzehn Jahren geschehen. Du hast Angst, Dummheiten zu sagen. Ich auch. Gehen wir in die Bibliothek, und ich schlage dir ein Abkommen vor. Einverstanden?«

»Einverstanden.«

Eine Viertelstunde später saßen sie in einer Ecke des mit Hunderttausenden Büchern gefüllten Lesesaales.

In ihre Lektüre versenkt, schenkten ihnen die Studenten an den Tischen keinerlei Aufmerksamkeit. Als er sie ansah, begriff Oleg, daß er wirklich in eine andere Welt geraten war. Wäre nichts dazwischengekommen, würde er vielleicht eben hier unterrichten ... Professor für Ökonomie. In gewisser Weise bewegte er sich noch immer ein wenig auf demselben Gebiet. Nur daß es sich nicht mehr um theoretische Ökonomie handelte, sondern um praktische Übungen, bei denen es um die Haut der anderen ging und, wenn er einen Fehler machte, um seine.

»Woran denkst du?« fragte Ljuba.

»An die Vergangenheit. An das Studium. An die Gegenwart. An die Zukunft.«

Ljuba starrte ihn an, ohne zu blinzeln, mit ernstem Blick.

»Wir haben uns seit Jahrhunderten nicht mehr gesehen. Du weißt nichts von mir, ich weiß nichts von dir«, stellte sie fest. »Du sollst wissen, daß mir keine Frage unangenehm sein wird.«

Sie fing sich wieder.

»Weißt du, ich denke ... Frag mich alles, was dir in den Kopf kommt. Schleich nicht wie die Katze um den heißen Brei. Direkt, ohne Schnörkel. Darf ich es ebenso bei dir machen?«

»Ja.«

»Gut. Ich fange an. Du hast den Finger auf eine schlimme Wunde gelegt, vorhin, bei meinen Schwestern. Wir haben gerade einen Trauerfall erlitten. Anna ist tot. Es ist noch ganz frisch, kaum zwei Monate her. Sie wollte Bildhauerin werden. Sie war die Schönste von uns. Erinnerst du dich an Anna?«

»Ja. Es tut mir sehr leid.«

»Sie ist bei einem Brand ums Leben gekommen.«

»Anna?«

»Eine Lagerhalle, die abgebrannt ist, Mjuskaja-Straße. Jetzt frag mich nicht, was sie in einem Fleischlager gemacht hat, um ein Uhr morgens, ich habe keine Ahnung ...«

Oleg spürte, wie das Blut aus seinem Gesicht wich: Der Brand, das war er! Auf seinen Befehl und auf den Andrejs hatten ihre Männer ihn entzündet. Das Lager gehörte Dimitri Lukjanow, der den Ehrgeiz hatte, ungeteilt über das Imperium des Lebensmittelhandels zu herrschen. Oleg und Andrej hatten eine Strafexpedition entsandt, um seine Pläne zu durchkreuzen.

»Oleg ... Stimmt etwas nicht?«

»Doch, doch. Es tut mir leid, um sie und um dich.«

Er wagte nicht mehr, ihrem Blick zu begegnen. Ljuba deutete es falsch.

»Glaubst du an das Schicksal, Oleg?«

Wie sollte er nicht daran glauben, nach dem, was sie ihm eben erzählt hatte?

»Ich meine«, fuhr sie fort, »folgt, in deinen Augen, jeder von uns einer Laufbahn, die nicht von seinem Willen abhängt?«

»Ich fürchte es«, seufzte Oleg.

»Ich auch«, bestätigte sie.

Sie schien erleichtert, daß er ihren Standpunkt teilte. Das löschte Annas Tod nicht aus, aber einem höheren Schicksal unterworfen, wurde er weniger empörend, einleuchtender, man konnte sich ihm nur beugen.

»Hat dein Mann versucht herauszubekommen, was geschehen ist ... mit Anna?«

Ljuba schob eine Zigarette zwischen die Lippen und wollte sie eben anzünden, als sie sich entsann, daß sie in der großen Bibliothek der Lomonossow-Universität war.

»Er sagt, es war die Mafia.«

Sie nahm die Zigarette aus dem Mund, steckte sie in die Schachtel zurück und schob die Schachtel in ihre Tasche.

»Wie heißt du jetzt, als verheiratete Frau, Ljuba?«

»Montaschewa.«

Bevor sie eine Verbindung zwischen seiner Frage, Annas Verschwinden und dem Beruf ihres Mannes herstellen konnte, lenkte Oleg, der den dritten Schock in kaum einer Minute ertragen mußte, ab und fragte sie nach ihrer Mutter.

»Abgesehen von dem, was ich dir eben erzählt habe, geht es ihr gut«, sagte Ljuba.

»Sie hatte uns zum Tee eingeladen, am alten Arbat, erinnerst du dich?«

»Dort wohnt sie immer noch. Der Tee, das war vor allem, um die Köpfe der drei Burschen zu sehen, die ihr die Tochter entführten!«

Oleg hörte zu, ohne etwas zu verstehen: Nicht nur, daß Andrej und er indirekt für den Tod ihrer Schwester verantwortlich waren, Ljubas Mann war auch noch Wassili Montaschew, eben zum Chef der Abteilung zur Bekämpfung des organisierten Verbrechens ernannt! Er galt als unbestechlich. Seit seiner Ernennung hatten ihn alle Banden Moskaus auf ihre schwarze Liste gesetzt. War nur die Frage, wer ihn als erster töten würde. Ohne daß er es verhindern konnte, blitzte ein Gedanke in ihm auf: Wenn Ljuba Witwe wäre, könnte er sie heiraten.

»Und dein Psychologiestudium«, fragte er, um seine Verwirrung zu verbergen.

»Ich habe es aufgegeben.«

Allmählich ließen sie sich von der Bibliotheksatmosphäre durchdringen. Ein Hafen des Friedens, vor der Welt geschützt, dessen Stille nur vom Knarren eines Stuhles, einem Räuspern, dem Knistern einer umgewendeten Seite unterbrochen wurde.

»Bist du glücklich?«

Ljuba zögerte unmerklich.

»Ja, ja ... Und du? Erzähl mir von dir. Was machst du?«

»Irgendwas. Es läuft. Manchmal spiele ich den Vermittler für Leute, die in Rußland investieren wollen. Ich vermittle ihnen Kontakte.«

»Wie hast du überlebt? Ich meine im Gulag? Danach? Was ist geschehen?«

»Ich bin entkommen.«

»Wann?«

»Vor acht Jahren.«

Ljuba wandte die Augen ab. Jetzt war ihr nur noch eine Frage wichtig. Oleg wußte die Antwort. Sie hatte Angst davor, sie zu hören.

»Und Andrej?«

»Wir sind zusammen geflohen. Mit Vitali. Und einem anderen.«

Vitali ... Ljubas Herz begann ungestüm zu schlagen.

»Andrej ist in Moskau«, sagte Oleg.

»Und Vitali?«

Oleg senkte leicht den Kopf.

»Vitali ist tot.«

Ljuba starrte hartnäckig auf den Nacken eines jungen Mädchens, das zwei Tische weiter saß. Es hatte kurzgeschnittenes Haar. Es war brünett. Es trug ein Tuch in lebhaftem Rot um den Hals geschlungen. Es las. Sein Kinn war auf die Fäuste gestützt. Was sollte man außer diesem Nacken ansehen, damit man Worte ertrug wie die soeben ausgesprochenen? »Vitali ist tot.« Um nicht zu schreien, konzentrierte sich Ljuba verzweifelt auf die Kurve der Haare, den Kontrast zwischen rot und schwarz und diesen Streifen weißer Haut, der den Halsansatz markierte.

»Wir sind aus einem Gefangenenzug gesprungen«, fuhr Oleg fort, »in Sibirien. Wir waren zu viert. Wir sind tagelang gelaufen, ohne zu essen. Es gibt immer einen Augenblick, da man vor Müdigkeit zusammenbricht. Man legt sich in den Schnee. Man hat keine Lust mehr, aufzustehen. Die Kälte und die Erschöpfung machen den Rest.«

»Vitali ...«, murmelte Ljuba.

»Du hast vorhin vom Schicksal gesprochen. Jeder von uns hat sein Schicksal.«

»Und Andrej?«

»Wir sehen uns ab und zu. Wir arbeiten mehr oder weniger in derselben Branche.«

»Hast du ihm gesagt, daß du mich getroffen hast?«

»Ja, natürlich.«

Er beobachtete, wie sie mit der Fingerspitze konzentrische Kreise auf den Tisch zeichnete. Sie begann mit einem zentralen Kreis, kaum größer als ein Punkt, schloß ihn in einen anderen Kreis ein, der selbst in einem anderen, ihn umgebenden, gefangen wurde. Ein Universum, das sich nur nach außen öffnete, um sich besser in sich selbst zu verschließen. Lange Sekunden fuhr sie schweigend in ihrem Tun fort. Oleg hätte einen Sturm von Fragen erwartet, der von seiner Seite ebenso viele Lügen erfordern würde. Denn von Anfang an war alles, was er gesagt hatte, oder fast alles, falsch. Aber sie schwieg, als hätte Vitalis Tod alle Fragen erschöpft.

Plötzlich blieb ihr Zeigefinger stehen.

»Oleg ... wie ist Vitali gestorben?«

»Ich habe es dir schon gesagt. Im Schnee.«

»Wie?«

»Wir waren vierundzwanzig Stunden durch ein Unwetter gelaufen. Wir wollten uns von der Eisenbahnstrecke entfernen, um den Soldaten und den Hunden zu entgehen. Wir konnten nicht mehr. Wir haben uns hingeworfen. Als ich aufwachte, habe ich ihn geschüttelt. Wir mußten weiter. Er rührte sich nicht mehr. Er war im Schlaf gestorben.«

Es war das erste Mal seit ihrer Flucht, daß Oleg wieder von Vitali redete. Er und Andrej hatten immer vermieden, seinen Namen auszusprechen. In gewisser Weise bedeutete das, ihn ein zweites Mal zu töten. Das erste Mal mit Stockschlägen, das zweite Mal mit Schlägen des Schweigens.

»Er wollte Journalist werden«, sagte Ljuba.

»Er sprach die ganze Zeit davon.«

»Er wollte das System zusammenbrechen sehen. Er wünschte sich so sehr, daß das System zusammenbräche.«

Sie begann wieder ihre Kreise zu ziehen.

»Weißt du, Ljuba«, sagte Oleg voller Aufrichtigkeit, »ich trauere noch immer um Vitali. Aber wenn er noch leben würde, täte er dasselbe wie wir.«

Sie hob den Kopf.

»Er würde sich einen Dreck darum scheren«, sagte Oleg.

»Worum?«

»Um das System.«

Nun sah sie ihn voller Aufmerksamkeit an.

»Du scherst dich nicht darum?«

»Kein bißchen. Wir haben zuviel gesehen ... üble Sachen, dort ...«, fuhr er nach einem Zögern fort. »Weißt du, zu jener Zeit ...«

Mit einer Handbewegung wies er auf die in der Bibliothek verstreuten Studenten.

»Wir täuschten uns wie sie. Wir machten uns irgendein ideales Bild von der Welt. Wir sahen sie voller Farben. Das ist falsch. Im Gulag gibt es nur das Schwarz. Andrej, Vitali, ich oder all die anderen, die dort gewesen sind, wir hatten nur eine Idee im Kopf: überleben. Einfach überleben. Ob es in einem Palast wäre oder auf einem Misthaufen, einen Tag länger überleben. Wenn man den Bauch voll hat und frei ist, ich weiß, dann ist das schwer zu verdauen. Aber ich, heute, Hoffnung, Ideologie, Reden . . .«

Er beschloß den Satz mit einer Handbewegung, die den Tisch leerfegte. Wie ihr erklären, daß man, um am Leben zu bleiben, manchmal andere töten mußte?

»Du glaubst an gar nichts mehr?« fragte Ljuba sanft.

Er lächelte bitter.

»Doch! An Wodka! Gehn wir in die Bar?«

»Einverstanden!«

Sie standen auf und wandten sich zum Ausgang. Als sie die Tür erreicht hatten, legte Ljuba die Finger um sein Handgelenk.

»Ich möchte Andrej wiedersehen«, sagte sie. »Ich möchte, daß wir zusammen ausgehen, an einem Abend, daß wir dumm und albern sind!«

»Mit deinem Mann?« fragte Oleg mit einem Hauch von Ironie.

»Nein! Nur wir drei!«

Mit dumpfer Freude registrierte Oleg, daß die Ironie keinen Widerhall fand: Es war »Nein!«

»Alles klar!« sagte er.

Sie schlugen mit den Handflächen gegeneinander. Bei diesem Geräusch hoben zwei oder drei Studenten den Kopf. Sie gingen prustend unter den strengen Blicken hinaus. Ljuba nahm ihn bei der Hand und zog ihn rennend durch die Flure. Entzückt ließ Oleg es geschehen.

Verdammt noch mal! Warum nicht?

Sie kamen an einer Uhr vorbei. Obwohl er die Zeit gern angehalten hätte, sah er, ohne es zu wollen, wie spät es war:

Der Nachmittag war schon verstrichen! In der Sobinowski-Straße erwartete ihn Andrej seit dem späten Vormittag. Das schlimmste war, daß Oleg seit dem Vortag wußte, er würde nicht zum Treff kommen. Gleichzeitig Verrat und Lebensgefahr. Es war der 28. November.

In drei Tagen, am Montag, dem 1. Dezember, würden die verschiedenen »Familien« Moskaus, die ihnen zwei Wochen zuvor ihre Milliarden anvertraut hatten, in der Sobinowski-Straße aufkreuzen, um sich das Geld zurückzahlen zu lassen.

Das Problem dabei war, daß weder er noch Andrej auch nur eine Kopeke davon hatten.

14

Andrej verging vor Unruhe. Er erwartete Oleg seit zwei Stunden. Und in dem Moment, da es am wichtigsten schien, zusammen zu sein, war er noch immer nicht da. Er konnte nur verhaftet, verwundet oder tot sein. Denn seit sie sich kannten, hatte niemals einer von ihnen mit dem anderen falsches Spiel getrieben. Noch weniger in dem Augenblick, wo die beiden sich einem Problem von Leben oder Tod gegenübersahen: Das geliehene Geld, das sie in achtundvierzig Stunden zurückgeben mußten, war »vorübergehend« in Tokio blockiert. Taro Hanssaku, der als geheimer Vermittler für die japanische Regierung in der Transaktion um die Kurilen diente, hatte es Andrej eine Stunde zuvor bestätigt. Hanssaku war kein Mensch, der bluffte. Andrej und Oleg waren ihm bei einer Diamantenaffäre zum erstenmal begegnet.

In Japan wurde er mehr gefürchtet als Erdbeben. Gerüchte besagten, er wäre der oberste geheime Chef der Yakuza, der japanischen Mafia, deren Verzweigungen in alle Ecken des Planeten reichten, Moskau eingeschlossen. An jenem Tag war Andrej verblüfft von der Grausamkeit, die seine Person ausstrahlte. Hanssaku lächelte nie. Sein Gesicht mit straffer Haut schien aus Wachs geformt. Nur sein Blick zeigte an, daß er lebte. Er drang durch zwei Schlitze ohne Wimpern, mit einem so gefährlichen Glanz, daß, von Tokio bis Nagasaki, die Legende erzählte, wer ihn kreuzte, wäre für immer verbrannt. Ihre Begegnung fand im fernen Osten Rußlands statt, in der Freizone von Nachodka.

Anwesend war auch der Chef der Gatto-Familie, Angelo Gatto, extra aus New York angereist. Genaugenommen ging es nicht darum, einen Streit zu regeln, sondern gewisse Interessen abzustimmen, die der Gewinnung von Gold und Diamanten in Jakutien galten. Da keiner von ihnen die anderen störte und niemand in das Territorium des Nachbarn eindrang, war die Übereinkunft leicht. Sie hatten sogar einen Pakt gegenseitiger Hilfe geschlossen, für den Fall, daß einer von ihnen, wo er sich auch befinden mochte, Unterstützung brauchte.

Als Oleg und Andrej die Idee mit den Kurilen kam, hatten sie sich natürlich an Hanssaku gewandt.

Inzwischen ging es ihnen an den Kragen.

Das Telefon klingelte: Hanssaku oder Oleg?

Andrej nahm ab: Es war Kuljakow! Ihr Handel war abgeschlossen, er hatte seine Fotos wiederbekommen, Andrej hatte ihn schon fast aus seiner Erinnerung gestrichen.

»Ich wende mich an Sie als letzten Ausweg ... ich hatte Ihnen von meinem Sohn erzählt. Nikita ... erinnern Sie sich?«

»Ja.«

Der Bursche, der Drogen nahm ...

»Sie hatten angedeutet, daß Sie vielleicht eingreifen könnten«, sagte Kuljakow ängstlich.

»Sicher.«

»Seine Mutter ist verzweifelt. Wir wissen nicht mehr, was wir machen sollen.«

»Wer liefert ihm den Stoff?«

»Ich weiß nicht.«

»Wo ist er im Moment?«

»Zu Hause. Er hat sich eingeschlossen. Wie gewöhnlich.«

»Geht er nochmal weg?«

»Ja, bestimmt. Er geht immer gegen fünf aus dem Haus.«

»Ihre Adresse?«

Kuljakow sagte sie ihm. Andrej kritzelte sie auf ein Stück Papier.

»Beschreiben Sie mir, wie Ihr Sohn aussieht.«

Kuljakow tat es. Er erklärte auch, wie Nikita gekleidet war. Dann, von Zweifeln ergriffen oder weil er sich plötzlich erinnerte, wen er um Hilfe bat, wechselte er die Tonart.

»Es ist ein Vater, der zu Ihnen spricht, Andrej Talasski«, sagte er mit demütiger Stimme. »Nikita ist jung. Beuteln Sie ihn nicht zu sehr. Das beste wäre, ihm einfach ein bißchen die Leviten zu lesen.«

»Verlassen Sie sich auf mich«, sagte Andrej knapp. »Eine letzte Sache: Hindern Sie Ihren Sohn nicht daran, das Haus zu verlassen. Ich werde sehen, was ich machen kann.«

Er legte auf und sah nach der Zeit: vier Uhr. Er wählte eine Nummer.

»Andrej. Gebt mir den Oberst.«

»Er ist eben weggegangen, Boß.«

»Er soll mich anrufen.«

Dann wählte er die Nummer von Anton Abalkin, »dem Tataren«.

»Anton? Was Neues?«

Vielleicht hatte Oleg angerufen.

»Nein, Boß, nichts. Was soll ich machen?«

Andrej gab ihm Kuljakows Adresse, die Beschreibung seines Sohnes und andere sehr genaue Anweisungen.

»Ausführung sofort!« befahl er.

Aljoscha Kaligin liebte niemanden. In der Tat verabscheute er die menschliche Rasse. Er empfand absolute Verachtung für das Leben der anderen. Daraus gewann er seine Kraft. Er hatte lange Jahre im Gulag und in psychiatrischen Kliniken verbracht. Mit sechzehn Jahren hatte er seinen Vater, seine Mutter und zwei seiner Schwestern mit Messerstichen umgebracht. Ein so furchtbares Verbrechen, daß man daraus geschlossen hatte, er wäre verrückt. Der Spitzname war ihm geblieben: »der Verrückte«. In den Lagern hatten ihm seine explosive Gewalt, sein Haß und seine Rachsucht die respektvolle Angst der Häftlinge und der Wächter eingebracht.

Sehr schnell hatte jeder begriffen, daß man bei ihm nur die Wahl hatte, ihn zu töten oder selbst zu sterben. Denn Aljoscha zögerte nicht, sein Leben beim geringsten Anlaß aufs Spiel zu setzen. Da aber niemand Wert darauf legte, sein Leben wegen irgend etwas zu verlieren ... Eines Tages entkam er den Prügeln der unmenschlichen Aufseher und warf sich gegen eine Mauer, an die er mit grausamer Kraft den Kopf schlug, bis sein Schädel unter Blutströmen aufplatzte. Nach einer solchen Verletzung lernte er den Mann kennen, mit dem er sich später in gegenseitiger Abhängigkeit verbinden sollte, Matychow.

Als hochgebildeter Arzt, verhaftet, weil er Patientinnen Drogen gegeben und sie anschließend an Zuhälter ausgeliefert hatte, wurde Matychow vom medizinischen Personal des Straflagers als Pfleger ausgenutzt. Fasziniert von der selbstmörderischen Wut des Verrückten, hatte Matychow ihn versorgt, gepflegt, ernährt. Mehr oder weniger gut kanalisierte er seine Gewalttätigkeit für kriminelle Zwecke und schuf, sobald sie frei waren, ein märchenhaftes Finanzimperium für ihn, das auf Drogen und Erpressung gegründet war. Im Lager nannte man sie »die Eier und das Gehirn«. Manche behaupteten, sie wären schwul, aber bis jetzt gab es nicht den geringsten Beweis dafür. Vielleicht lag es an der langgliedrigen und weichen Gestalt Matychows, vielleicht auch daran, daß er Vergnügen zu empfinden schien an den Abfuhren, die ihm sein Meister immer wieder erteilte? Auf jeden Fall sah man den einen selten ohne den anderen. Pawel Lyssenko hätte gewettet, daß der Verrückte in Begleitung seines Ratgebers bei ihm auftauchen würde. Zu seinem Erstaunen kam er jedoch allein.

Das Fehlen Matychows war zugleich ein Vorteil und ein Problem: Ohne ihn würde Aljoscha leichter zu manipulieren sein. Andererseits wurde er ohne seinen Verrücktenwärter – es war durchaus angebracht, das zu sagen – unkontrollierbar.

Pawel wußte genau, daß der Verrückte ihn verabscheute. Der Verrückte war klein, trocken, verschwommen, nervös. Pawel gigantisch. Der Verrückte wog sechzig Kilogramm. Pawel hundertdreißig. Pawel hatte eine singende Baßstimme. Die des Verrückten beschränkte sich auf spitze Töne und erreichte bei seinen Wutanfällen einen unerträglich grellen Klang, der das Blut gefrieren ließ. Pawel wußte jedoch nicht, wie stark die Stürme kochenden Hasses waren, die er in ihm auslöste.

»Setz dich, Aljoscha. Sei herzlich willkommen. Willst du was trinken? Essen? Gibt es irgend etwas, das dir Spaß machen würde?«

»Ja«, sagte der Verrückte. »Komm zum Thema, und zwar schnell. Ich hab's eilig.«

Pawel brach in ein gigantisches Lachen aus und wollte ihn vertraulich an den Schultern nehmen, um ihn zum Tisch zu führen. Aljoscha warf ihm einen mörderischen Blick zu und machte sich ungerührt los. Um ihn nicht noch mehr in Wut zu bringen, setzte sich Pawel hin. So vermied er, ihn an seine knabenhafte Statur zu erinnern.

»Was willst du von mir?« bellte der Verrückte.

Er schob mit einer gereizten Handbewegung das Glas zurück, das Pawel ihm reichte.

Pawel hatte seinen Leibwächtern Anweisung gegeben, den Verrückten nicht abzutasten, um ihm jede Erniedrigung zu ersparen. Natürlich hatte er eine Waffe bei sich, mit dem leidenschaftlichen Drang, sich ihrer zu bedienen, was die Ausgeglichenheit des Gespräches nicht gerade fördern würde.

Pawel mußte also die Hände seines gefährlichen Gastes während der gesamten Unterredung im Auge behalten.

»Aljoscha, ich danke dir, daß du gekommen bist. Ich will dir zunächst sagen, daß ich dich nicht umsonst gestört habe.«

»In der Tat!«

»Wie geht es Matychow?«

»Das geht dich einen Dreck an.«

»Heute ist Sonnabend, der 29. November. Montag, das heißt in zwei Tagen, sollen wir unsere Kohle von Wlassow und Talasski zurückbekommen.«

»Und weiter?«

Pawel bemerkte wie eine Warnung, daß die aggressive Stimme Aljoschas schon die Tonlage wechselte.

»Es gibt zwei Möglichkeiten. Entweder sie zahlen, was sie uns schulden sowie die Zinsen. Oder sie haben das Geld nicht. Meine Frage ist folgende: Wenn sie es nicht haben, was hast du dann vor?«

»Ich knall sie ab! Ich lege ihre Hütte in Schutt und Asche!«

»Du hast völlig recht, Aljoscha. Sie bekämen nur, was sie verdienen. Es gibt nur einen Haken. Daß die beiden Schweinehunde krepieren, interessiert mich einen Dreck. Aber unser Geld? Wenn sie sterben, wie kriegen wir dann unser Geld?«

Durch die Anstrengung des Nachdenkens hüpften die Pupillen in Aljoschas Augen von einer Ecke zur anderen, wie zwei schwarze Stahlkugeln.

»Hast du eine Idee?« fragte er.

»Bis jetzt noch nicht. Aber falls das Unglück geschehen sollte, würde ich gerne wissen, ob du bereit bist, mit mir zusammenzuarbeiten.«

»Ich begleiche meine Rechnungen allein!«

»Genau das ist es, Aljoscha, wir sind nicht allein. Grischin, Gratschew, Lukjanow, Lermontow, Kania, Klimowitsch, Schatalin!«

»Alles Arschlöcher! Ich scheiß auf sie!«

»Ich verstehe dich gut, Aljoscha, aber das bringt uns unsere Kohle nicht zurück. Bei der geringsten Unstimmigkeit werden wir alles vermasseln! Und wer sagt dir, daß Wlassow und Talasski unsere Reaktion nicht vorausgesehen haben und mit unserem Geld verduften, während wir uns streiten?«

Bevor Pawel überhaupt Gelegenheit fand, nur an eine Bewegung zu denken, sprang eine .38er Spezial Cobra aus der Tasche des Verrückten.

»Das sollen sie versuchen!« knurrte er.

Pawel streckte besänftigend die Hände aus. Er hatte Aljoscha nur eingeladen, weil er über seine Reaktion im Fall eines Unglücks Bescheid wissen wollte. Je näher der Fälligkeitstag kam, desto stärker wurden seine Zweifel. Aber er wußte auch, daß sie ihre Reichtümer nicht zurückbekommen würden, wenn sie ihren Schuldnern die Haut abzogen, was gewiß kein Problem wäre. Ihre physische Vernichtung war nur eine katastrophale Notlösung. Sie mußten zuerst ihr Geld zurückbekommen und sie dann aus dem Verkehr ziehen. Solange Talasski und Wlassow am Leben waren, gab es noch eine Hoffnung. Auch wenn – das wäre der Gipfel – Pawel Lyssenko das Leben seiner beiden Feinde vor der mörderischen Wut Aljoscha Kaligins schützen müßte.

»Ich habe nicht gesagt, daß sie versuchen, uns zu betrügen, Aljoscha. Ich frage dich nur, was du machen würdest, wenn es so wäre.«

»Warum? Würdest du etwas anderes machen?«

Pawel goß sein Bier in einem Zug runter.

»Dasselbe.«

Er öffnete eine andere Flasche mit den Fingerspitzen, was den Verrückten, der noch immer seine Waffe in der Hand hatte, rasend machte.

»Aber ich würde es anders anfangen«, fügte Pawel hinzu. »Steck die Knarre ein, Aljoscha, ich bin dein Freund.«

»Du kotzt mich an!« stieß der Verrückte aus.

Widerwillig steckte er seine .38er in den Gürtel seiner Hose. Pawel atmete unmerklich auf. Er unternahm eine ungeheure Anstrengung, um die Wut zu bändigen, die ihn zu überwältigen drohte.

Es bedurfte nur eines Zeichens, und Aljoscha würde ihn nicht lebendig verlassen. Aber nicht jetzt, nicht sofort . . .

Als er gewiß war, sich unter Kontrolle zu haben, begann er mit besänftigender Stimme, mit sehr einfachen Worten, dem Verrückten zu erklären, was er von ihm bei der Versammlung am Montag erwartete.

Andrej war sauer. Das sah ihm nicht ähnlich. Gewöhnlich war er nicht in der Lage, seine Gefühle zu verbergen. Ärger, Liebe, Wut oder Ekel, es mußte raus. Aber das war etwas Neues, Schreckliches, ein wenig so, als würde eine Grundmauer der Freundschaft zusammenbrechen. Er fragte nicht nach Erklärungen für die Verspätung noch nach Gründen für seine Abwesenheit.

Nichts. Schweigen.

»Ich bitte dich um Entschuldigung«, murmelte Oleg, »ich war verhindert.«

Kein Kommentar von Andrej. Oleg räusperte sich.

»Hast du mit Hanssaku gesprochen?«

»Vor vier Stunden«, antwortete Andrej kalt.

»Was hat er gesagt?«

»Worüber?« fragte Andrej ohne eine Spur von Ironie.

»Das Geld.«

»Er hat es noch nicht.«

Kein Geld . . . Das war der sichere Tod. Montag abend würde keine der Banden die geringste Entschuldigung für eine verspätete Zahlung akzeptieren.

»Wann bekommt er es?«

Andrej zuckte mit den Schultern und versenkte sich in die Lektüre einer Akte.

»Hat er dir nicht mehr gesagt?«

»Er behauptet, alles ist unterwegs und er wird jeden Augenblick grünes Licht von der Regierung bekommen.«

Oleg streckte die Hand nach dem Telefon aus.

»Es lohnt nicht, ihm auf die Nerven zu gehen«, warf Andrej hin, ohne ihn anzusehen. »Er hat mich selbst darum gebeten. Sobald es etwas Neues gibt, sagt er uns Bescheid.«

»Und wenn es nichts gibt?«

Andrej machte eine unbestimmte Handbewegung und zeigte den Ausdruck eines Menschen, den solche Details nicht berühren.

»In achtundvierzig Stunden«, Oleg sprach überdeutlich, »haben wir sie alle auf dem Hals. Wir müssen ihnen irgend etwas sagen. Was machen wir? Hast du eine Idee?«

»Keine.«

»Es scheint, als wäre es dir scheißegal!« explodierte Oleg.

»Genauso sehr wie dir«, antwortete Andrej ruhig.

»Verdammt! Ich sage dir doch, daß ich verhindert war! Ist dir das noch nie passiert?«

»Wenn ich mein Wort gebe, niemals.«

Obwohl er sich schuldig fühlte, hatte Oleg keine Lust, sich abkanzeln zu lassen. Mit geballten Fäusten ging er auf Andrej los.

»Spar dir deine Moralpredigt!«

Andrej schnellte hoch wie eine Feder.

»Du kotzt mich an!«

Sie standen einander gegenüber, die Augen voller Herausforderung. Da geschah etwas Außergewöhnliches: Plötzlich stand Oleg neben sich: Durch ein seltsames Phänomen wurde er vom Akteur zum Zuschauer der absurden Szene. Sie, voreinander stehend, bereit, sich zu vernichten, wegen nichts, trotz ihrer gemeinsamen Vergangenheit, ihrer Freundschaft in Leben und Tod, des Abgrundes, an dem sie standen. Es war so grotesk, daß er eine verwirrende Reaktion zeigte: Er brach in Lachen aus.

»Hören wir auf mit dem Quatsch, Andrej, wir werden uns doch nicht prügeln!«

Bleich vor Zorn ergriff ihn Andrej am Revers seiner Jacke.

»Hör auf, Andrej!« sagte Oleg zwischen zwei Lachsalven. »Laß mir eine Chance!«

»Ich habe keine Lust, für deine Idiotie zu bezahlen!«

»Es ist wegen Ljuba!« schrie Oleg. »Ich habe Ljuba getroffen!«

»Welche Ljuba?«

»Ljuba! Unsere Ljuba! Verdammt, du erinnerst dich doch wohl an Ljuba!«

Er entspannte sich und ließ sich auf einen Stuhl fallen.

»Ljuba lebt?« stammelte Andrej.

»Ich sag's dir doch, ich war mit ihr zusammen! Du wirst sie sehen! Verstehst du endlich?«

Völlig verblüfft blieb Andrej mit herabhängenden Armen stehen.

»Wo hast du sie getroffen?«

»Hier. Unten. Bei der Schostakowa!«

»Hat sie sich verändert?« wagte Andrej zu fragen.

»Unheimlich: Sie ist noch schöner.«

»Wo ist sie?«

»In Moskau.«

»Hat sie Kinder?«

»Nein.«

»Verheiratet?«

»Ja.«

Betroffen stellte Oleg fest, daß Andrej ihm zuerst die Fragen stellte, mit denen er selbst Ljuba überfallen hatte.

»Mit wem?« fragte Andrej

Erneut prustete Oleg los.

»Du wirst es mir nicht glauben!«

»Sag schon.«

»Wassili Montaschew!«

Andrej riß die Augen auf. Das war zuviel. Er brach zusammen. Nun wälzte auch er, aller Zorn war verraucht, sich vor Lachen auf seinem Schreibtisch.

Dann hob er den Kopf. Er lachte kein bißchen mehr.

»Wenn Hanssaku nicht spätestens morgen die Kohle schickt, haben wir noch zwei Tage zu leben.«

Oleg sah ihn nachdenklich an.

»Ich glaube, ich habe eine Idee für Montag«, murmelte er. »Verrückt, sehr gefährlich ...«

Andrej zuckte mit den Schultern

»So weit, wie wir gekommen sind«, sagte er schicksalsergeben.

Anton Abalkin war geradezu gerührt.

Der Bursche nahm also Drogen ... Zwar lebte er selbst indirekt von Drogen, Prostitution und Verbrechen, aber der Tatare hatte eine gewisse grobe Moral. Wenn er auf Befehl tötete, so war es jemand, der das Gesetz verletzt hatte. Also war er es nicht wert, zu leben. Das war klar, sauber, unfehlbar. Keine Gewissensbisse. Dagegen war irgend etwas Ekelerregendes in der Erniedrigung eines jungen Menschen, der sich seine Zukunft zerstörte, zum Scheitern verurteilt war.

Anton brauchte nicht lange zu warten. Gleich nach Andrejs Anruf war er zu Kuljakows Adresse gerast. Er war kaum angekommen, als Nikita das Haus verließ. Andrej hatte ihn gut beschrieben. Er erkannte ihn sofort wieder. Siebzehn Jahre, groß, schlank, zierlich, blonde Mähne, Jeans und eine Jacke aus khakifarbenem Leinen, mit Kunstpelzkragen verziert. Der Junge lief schnell, ohne irgend jemanden anzusehen. Abalkin folgte ihm in zehn Metern Entfernung. Zwanzig Schritte zurück lief ihm Valentin hinterher. Abalkin mochte Valentin gern. Der Beweis: Kaum zwei Jahre, nachdem er zu der Bande gestoßen war, hatte er ihn zu einem seiner Leutnants gemacht. Valentin war wirklich ein angenehmer Zeitgenosse. Angefangen hatte er als einfacher kleiner Zuhälter. Damit seine Talente nicht vergeudet würden, hatte man ihn zum »Prüfer« ernannt.

Wenn die Werber ein Mädchen aus der Provinz auf den Moskauer Strich brachten, stellte Valentins Prüfung die letzte Hürde dar. Die Prostituierten der Stadt sprachen von ihm mit dem Respekt, dem man einem Meister schuldete: Von Valentin ausgebildet zu sein, war ein unverzichtbares Qualitätsmerkmal jeder ehrbaren Nutte. Oft ließ Valentin als Zeichen besonderer Ehrerbietung Anton Abalkin an den besten von ihnen teilhaben, der Crème der Crème. Als Gegenleistung zögerte der Tatare nicht, ihn als Begleiter für manche delikate Mission mitzunehmen. Was Valentin heute zu tun hatte, war nicht besonders kompliziert. Im Moment brauchte er nur dem Tataren zu folgen, der sich seinerseits auf die Fährte des Jungen gesetzt hatte.

Sie waren vor Kuljakows Haus in der Leniwka-Straße, zwei Schritte vom Puschkinmuseum für Schöne Künste entfernt, losgegangen. Von dort aus ging Nikita bis zum Gogoliewski-Prospekt und wandte sich nach rechts. Der Tatare, der seinen blonden Schopf als Zielpunkt im Auge behielt, erriet, daß er bis zum Arbat gehen würde, wo eine wahre Fauna von Fixern und kleinen Dealern herumwimmelte. Anton verabscheute sie. Sie waren unwichtig, flüchtig, unkontrollierbar. Man hatte größte Schwierigkeiten, sie zu erpressen. Sie wohnten irgendwo, wechselten jeden Tag das Viertel und vermieden es, sich auf feste Lieferanten einzulassen.

Bald war Nikita am Arbat-Platz. Er lungerte eine Weile vor den Schaufenstern herum und warf flüchtige Blicke auf die Passanten, dann blieb er schließlich vor dem Geschäft »Jupiter« stehen. Abalkin mußte lächeln. Das Geschäft stand unter dem Schutz von Oleg und Andrej. Nikita trat ein und tat so, als würde er sich zwischen den Regalen umschauen. Dann machte er einem Kerl von etwa zwanzig Jahren, der ein schwarzes Blouson mit einer riesigen Inschrift auf dem Rücken trug, ein Zeichen. Nun betrat auch Anton den Laden.

Ohne ihre Aufmerksamkeit auf sich zu ziehen, näherte er sich, soweit es möglich war, den beiden Jugendlichen. Er bemerkte, daß der Dealer einen Diamanten im Ohr trug. Anton profitierte von einem paradoxen Vorteil: Seine ungeheure Schulterbreite, der rasierte Schädel und der Schnurrbart eines türkischen Kriegers waren so unübersehbar, daß man ihn schließlich überhaupt nicht bemerkte. Er wurde unsichtbar, weil er zu sichtbar war. Von dort, wo er stand, hörte er nicht, was Nikita zu dem Dealer sagte, aber er ließ dessen Hände nicht aus den Augen. Dann fand die Übergabe statt. Nikita schob dem Mann mit dem Blouson etwas in die Hand, der seinerseits, unter dem Vorwand sich zu verabschieden, einen Moment seine Jacke packte und unauffällig ein Päckchen in die Tasche gleiten ließ. Sie trennten sich gleich darauf. Ohne den Dealer aus den Augen zu verlieren, vergewisserte sich Anton mit einem Blick, daß Nikita Kuljakow dem Ausgang zulief. Er sah ihn auf den Bürgersteig treten und bemerkte, daß ihm Valentin entsprechend seinen Anweisungen folgte. Dann konzentrierte sich Abalkin auf den Dealer. Der spazierte jetzt zwischen den leeren Regalen umher, in denen nur Fotos der Apparate lagen, die dort hingehört hätten.

Anton kam dicht an ihn heran.

»Pst!«

Der Dealer drehte sich um, hob den Kopf und betrachtete den Koloß mit verdrossener Mine.

»Wie heißt du, Kleiner?«

Der Bursche musterte ihn mißtrauisch.

»Was interessiert Sie das? Ich kenne Sie nicht.«

Abalkin lächelte gutmütig, fast väterlich.

»Aber ich will dich kennenlernen. Ich habe dir einen Deal vorzuschlagen. Ich heiße Anton. Und du?«

»Alex.«

»Gut, Alex, sieh mal...«

Der Tatare lüftete unauffällig eine Ecke seines Mantels und ließ eine durchsichtige Plastiktüte sehen, deren Grund mit weißem Puder bedeckt war. Alex spielte den Idioten.

»Was ist das?«

»Ein Geschäft. Interessiert es dich? Komm mit ins Scheißhaus, ich werde es dir zeigen. Geh vor, ich komme nach.«

Alex war zwischen dem Köder des Gewinns und der Angst, der Jahrmarktsherkules könnte ein Bulle sein, hin- und hergerissen. Die Gier gewann die Oberhand. Er ging auf die Toilette zu. Auf seinen Fersen folgte Abalkin.

»Kannst du bezahlen?«

»Das kommt darauf an«, sagte Alex. »Erst mal sehen.«

»Du hast recht«, spottete Abalkin, »erst mal sehen. Komm, ich zeige es dir.«

Er schob sich in eine Kabine. Voller Mißtrauen strich Alex über die Stelle, an der er sein Messer versteckte, unter der linken Achsel.

Durch die Berührung der Klinge halbwegs beruhigt, trat er hinter ihm ein. Anton schloß die Tür, schob den Riegel vor und holte die Plastiktüte aus seinem Mantel.

»Na los, mein Sohn, sieh es dir an, überprüfe es.«

Er löste das Nylonband, mit dem die Tüte verschlossen war, und schüttelte den kleinen Haufen aus weißem Pulver.

»Schnuppere, steck die Finger rein, koste und sag mir, ob es gut ist.«

Bis dahin nichts Verbotenes, dachte Alex. Selbst wenn der Kerl ein Bulle war, was konnte er ihm vorwerfen? Bis jetzt war noch kein Geld ins Spiel gekommen.

»Los, ich sag's dir«, ermutigte ihn Abalkin, »schnuppere dran.«

Er streckte ihm die offene Tüte entgegen. Alex senkte den Kopf. Ihm blieb nicht mal Zeit für einen Gedanken an sein Messer. Er hatte schon den Kopf in der Tüte, die Schnüre umschlangen seinen Hals, und Arme, so dick wie Schinken, hielten seinen Körper in der Zange. Er sträubte sich verzweifelt. Um seine Beute sicherer zu haben, ließ sich Abalkin hinabgleiten, bis er auf dem Toilettendeckel saß, Alex' Körper eng an sich gepreßt. Er spürte, wie sich seine Muskeln versteiften, und konnte durch die durchsichtige Tüte das Gesicht von Alex im Profil sehen, der wie wahnsinnig versuchte, Luft zu bekommen. Anton tötete gern auf diese Weise. In der Regel brauchte man kaum mehr als eine Minute, bis die Opfer an Atemnot starben. Allmählich spürte er, wie die Bewegungen des Burschen heftiger wurden, ruckartig, wie im Krampf. Dann entspannte sich plötzlich sein Körper zu einer leblosen weichen Masse. Abalkin hielt seine Beute noch einige zusätzliche Sekunden fest. Dann, als er sicher war, daß Alex tot sein mußte, zog er den Plastiksack weg, goß den Puderzucker, den er enthielt, in die Toilette, rollte ihn zu einer Kugel zusammen und steckte ihn in die Tasche. Er hob den Körper mit dem linken Arm hoch und wickelte mit der rechten Hand die Metallkette der Wasserspülung um seinen Hals. Ganz langsam ließ er den Körper los. Unter dem Gewicht des Dealers begann das Wasser zu fließen. Abalkin öffnete die Tür und warf einen Blick durch den Spalt: niemand. Er schloß sie und schrieb mit Filzstift an die Wand »Außer Betrieb«.

Ruhig wusch er sich am Waschbecken die Hände. Abgesehen von dem Geräusch des Wassers aus der blockierten Spülung war es völlig still. Alles in allem, die Zeit des Erstickens eingeschlossen, hatte der Mord nur drei Minuten gedauert. Die Tür knarrte. Von Valentin vorwärts geschoben erschien Nikita.

Abalkin trocknete sich die Hände und drehte sich zu ihm um.

»Schämst du dich nicht, in deinem Alter Drogen zu nehmen?« fragte er ihn in belehrendem Ton.

Nikita sah ihn mit großen, vor Angst geweiteten Augen an. Er verstand nicht, warum ihn der Mann, der ihn auf der Straße angestoßen und ihm ein Messer zwischen die Rippen gedrückt hatte, hierherbringen mußte. Ebensowenig, was dieser Koloß mit rasiertem Schädel und Stiernacken von ihm wollte.

»Gib mir das Päckchen«, befahl der Tatare.

Vorsichtig zog Nikita es aus der Tasche und reichte es ihm. Der Tatare schüttelte mit verärgerter Miene den Kopf, riß das Papier auf und schüttete das Pulver in das Waschbecken.

»Jetzt werde ich dir etwas zeigen. Einfach damit du weißt, was dir passiert, wenn du diesen Dreck noch einmal anrührst.«

Er nahm Nikita väterlich bei den Schultern, schob ihn zur Tür einer Toilettenkabine, die außer Betrieb war, und zeigte ihm die Leiche seines Dealers, der an der Kette der Wasserspülung hing. Andrej hatte Abalkin empfohlen, die Empfindsamkeit des jungen Mannes nicht allzusehr zu verletzen.

»Halte ihm einfach eine Moralpredigt«, hatte er zu ihm gesagt. Der Tatare wußte nicht genau, was das bedeutete, hatte aber begriffen, daß man von ihm verlangte, freundlich zu sein. So versuchte er es auf die sanfteste Art der Welt zu sagen.

»Siehst du, kleiner Idiot, genauso wirst du enden, wenn ich erfahre, daß du mir nicht gehorcht hast!«

Vor Entsetzen erstarrt, spürte Nikita seine Beine einknikken.

»Jetzt zieh ab!« befahl ihm der Riese.

Nikita raffte seine letzten Kräfte zusammen und verließ taumelnd die Toilette. Abalkin seufzte tief.

»Ah, diese Bälger!« sagte er zu Valentin, der dieser brillanten Lektion in pädagogischer Praxis mit Bewunderung gefolgt war.

Zwanzig Sekunden später durchquerten beide das Geschäft, ohne sich zu beeilen, und tauchten in den Gruppen von Spaziergängern unter, die vor den leeren Schaufenstern herumlungerten.

15

Ljuba dachte unentwegt an ihr Rendezvous mit Oleg vom Vortag. Sie empfand ein nicht zu erklärendes Unwohlsein.

Gewiß, sie hatte ihn lange für tot gehalten und fünfzehn Jahre waren seit ihrem Studium vergangen, aber wie sollte man beschreiben, was in sein Gesicht gezeichnet war? Manchmal, wenn er sich unbeobachtet glaubte, verfinsterte sich Olegs Gesicht. Er hatte auch zuweilen dieses kleine harte, mitleidlose Lächeln. Und dann dieser Blick, der an nichts mehr glaubte. Welche Rechnung hatte er mit dem Leben zu begleichen? Er sagte ihr nicht alles, dessen war sie sicher. Am Abend erwähnte sie Wassili gegenüber nichts von dem Nachmittag in der Lomonossow-Universität. Ohne auch nur über die Gründe nachzudenken, die sie dazu trieben, es zu verheimlichen, erzählte sie ihm, daß sie Natalja bei den Einkäufen geholfen hätte. Nachts, als er nebenan in seinem Zimmer schlief, hatte sie die blaue Schachtel über einem letzten Lächeln Vitalis geöffnet und wieder geschlossen. Oleg war nicht sehr gesprächig gewesen. »Vitali ist tot.« Das war alles. Sie hatte sich so viele Fragen gestellt, nach ihrer Deportation. Sie hatte soviel an ihn, an sie gedacht, versucht, sich vorzustellen, was ihr unbegreiflich war. Jetzt mußte sie, um die Fäden einer Geschichte, die zu ihrem Leben gehörte, wieder zu verknüpfen, die im Schatten verschwommenen Grundmauern zusammensetzen.

Es war an Oleg, sie neu zu errichten.

Als sie sich trennten, sagte er ihr, er würde sie bestimmt in zwei oder drei Tagen wieder anrufen: lächerlich, das war zu lange. Sie hatte schon allzulange gewartet. Sie mußte sofort mit ihm sprechen. Sie holte die Telefonnummer aus ihrer Tasche, die er ihr vor zwei Wochen gegeben hatte.

»Ich möchte gern mit Oleg Wlassow sprechen.«

»Er ist nicht da«, antwortete eine männliche Stimme. »Wer ist dort?«

»Ljuba.«

Es gab ein langes Schweigen. Ljuba glaubte, die Verbindung wäre unterbrochen.

»Sind Sie noch dran?« fragte sie.

»Was für eine Ljuba?« wollte die Stimme wissen.

»Ljuba . . . «

Sie hätte Montaschewa sagen müssen, aber ein anderer Name wurde ohne zu überlegen von ihren Lippen geformt.

»Ljuba Karpowa.«

Erneut das Schweigen. Dann die Stimme, wie entstellt.

»Ljuba . . . Hier ist Andrej.«

Taro Nakayama glaubte nicht an Vorzeichen, aber dennoch . . . Sein Gegenüber nahm das unmerkliche Lächeln wahr, das über sein Gesicht ging.

»Warum lächeln Sie?« fragte Toshiki Kaifu.

»Erinnern Sie sich an den Baum, den Ihre Gattin und Raissa Gorbatschowa am 18. April im Herzen Tokios gepflanzt haben, Herr Premierminister, beim Besuch Gorbatschows?«

»Sehr gut. Warum?«

»Trotz all der Pflege, die man ihm zuteil werden ließ, hat der Baum nicht überlebt.«

»Sehen Sie darin eine Allegorie?«

»Ja«, sagte Taro Nakayama. »Darf ich geradeheraus sprechen, Herr Premierminister?«

»Sie würden mir gleichzeitig einen Gefallen tun und eine große Ehre erweisen, Herr Minister.«

»Nun, seit fast einem halben Jahrhundert kämpfen wir um die Rückgabe der Kurilen. Sie wissen es, alle Verhandlungen sind gescheitert. Wir haben alles versucht mit den Sowjets: Geld, Drohung, Abbruch der diplomatischen Verhandlungen, ökonomische und finanzielle Abfuhr. Nichts hat geholfen. Heute nun präsentiert man uns wie durch ein Wunder auf einem silbernen Tablett das, was uns immer verweigert wurde . . . «

Taro Nakayama ließ seinen Satz unvollendet. Schließlich

konnte Toshiki Kaifu das, was folgen würde, durchaus übelnehmen. Kaifu bemerkte sein Zögern.

»Fahren Sie fort, ich bitte Sie!«

»Und die Haltung unserer Regierung, Ihre also, Herr Premierminister, sollte es sein, die Nase zu rümpfen?«

Wenn er das Büro verließ, konnte Nakayama durchaus erfahren, daß er von seinen Funktionen als Außenminister entbunden wäre. Egal, jetzt war es gesagt!

Und da er schon mal so weit war . . .

»Warum?« fuhr er fort. »Weil Sie der Ansicht sind, daß es unserer Stellung nicht würdig ist, mit den Gaunern der Yazuka zu verhandeln.«

»Nicht nur das, Taro Nakayama. Meine Polizei hat mir einen kompletten Bericht über Taro Hanssaku geliefert, den großen Geheimchef. Nichts konnte diesem Mann bewiesen werden, aber wir wissen ganz sicher, daß er persönlich den gewaltsamen Tod von Hunderten Menschen auf dem Gewissen hat, ohne von denen zu reden, die jeden Tag an den Drogen sterben, mit denen er das Land überschwemmt.«

»Herr Premierminister, letztendlich verpflichtet Sie nichts dazu, die Identität des Verkäufers zu kennen. Gestatten Sie mir, daran zu erinnern, daß wir offiziell mit einer Schweizer Gesellschaft verhandeln. Glauben Sie wirklich, daß die große Politik und die wichtigsten Interessen Japans sich mit flüchtigen moralischen Erwägungen begnügen können?«

»Eine Frage der Ethik. Aber einverstanden, vergessen wir, wer die Verkäufer wirklich sind. Sie scheinen zu vergessen, daß ihr Angebot nicht den gesamten Archipel umfaßt, sondern eine einzige Insel, Etorufu. Soweit ich weiß, sind Shikotan, Kunashiri und Habomai nicht in das Geschäft eingeschlossen.«

»Was hat das für eine Bedeutung, Herr Premierminister? Strategisch gesehen ist Etorufu die wichtigste. Und wenn uns Etorufu in die Hände fällt, wissen Sie ebensogut wie ich, daß die Russen gezwungen sind, auch über den Rest zu verhandeln.«

»Es geht immerhin um fünfundzwanzig Milliarden Dollar.«

Um zu sehen, ob er scherzte, warf ihm Taro Nakayama einen kurzen Blick zu: Als er mit Pankin verhandelte, hatte ihm derselbe Toshiki Kaifu die Anweisung gegeben, wenn es nötig wäre, bis zu 200 Milliarden Dollar zu bieten! Er entspannte sich, als er das Lächeln sah, das das Gesicht des Premierministers erhellte: Es ging also nur um ein Scheingefecht, ebenso symbolisch wie der Baum, der vertrocknet war. Nakayama schloß daraus, daß er das Spiel gewonnen hatte. So bot ihm also das Schicksal über einen Umweg seine Revanche für die eigene Niederlage am 15. November, in Nachodka, mit seinem sowjetischen Amtskollegen Boris Pankin.

»Versuchen Sie, den Preis herunterzudrücken«, empfahl Kaifu.

»Was verstehen Sie unter einem geringeren Preis, Herr Premierminister?«

»Sie verlangen fünfundzwanzig Milliarden? Bieten Sie fünfzehn.«

»Und wenn sie ablehnen?«

»Versuchen Sie es wenigstens.«

»Bis zu welcher Summe erlauben Sie mir zu gehen, Herr Premierminister?«

»Tun Sie, was Sie können, Nakayama. Tun Sie, was Sie können.«

Mehr als auf die soeben ausgesprochenen Worte achtete Taro Nakayama auf die Mimik von Toshiki Kaifu: Sie zeigte deutlich, daß sich der Premierminister in dem Moment, da er Etorufu zurückbekäme, ebensowenig für den Preis interessieren würde wie für sein erstes Sushi!

Oleg lief im Büro auf und ab.

Er hatte alle im Haus verfügbaren Männer drangesetzt, um zu erfahren, wo Andrej war. Aber Andrej war verschwunden. Niemand wußte, wo er sich befand. Abalkin hatte ihn eine Stunde zuvor durch den Hauptausgang weggehen sehen. »Er hatte es eilig. Er ist zu Fuß gegangen.« Oleg hatte ihn mit den schlimmsten Schimpfwörtern belegt, weil er ihm nicht gefolgt war. Er war zugleich beunruhigt und wütend. Denn inzwischen hatte Hanssaku angerufen, und diesmal war es vorbei: nicht mehr die geringste Hoffnung, ihre Schulden zum vereinbarten Zeitpunkt zu bezahlen. Es war Freitag. Die Versammlung fand am Sonntag statt. Jetzt hatte ihn der Japaner ein weiteres Mal mit beruhigenden Worten abgespeist. Die Verhandlungen waren abgeschlossen. Es ging einfach um eine Verzögerung im administrativen Getriebe der Tokioter Banken. Das Geld war da, bereit, ausgezahlt zu werden. Spätestens Montag ... Montag würden sie tot sein!

»Durch Sie sitzen wir jetzt in der Scheiße, Hanssaku. Wir sind Verpflichtungen eingegangen!«

»Schieben Sie sie hinaus. Es geht nur um eine Verzögerung von ein paar Stunden. Ihre Partner werden es verstehen.«

Ganz sicher. Im Universum der Mafia – und Hanssaku mußte der erste sein, der das wußte – ließ man keinen Bruch des gegebenen Wortes zu. Da man auf Anwälte und Gerichte verzichtete, um Streitigkeiten zu schlichten, gab es nur eine Strafe, ohne Verurteilung, unwiderruflich: den Tod. Vor allem, wenn solch sagenhafte Summen auf dem Spiel standen. Hanssaku wußte über die Fristen Bescheid. Oleg mißtraute ihm. Er verdächtigte ihn, sie mit dem Zeitdruck erpressen zu wollen.

»Sagen Sie ehrlich, Hanssaku: Passen Ihnen die Bedingungen nicht mehr?«

»Ich nehme nie etwas zurück, was ich einmal gesagt habe!« antwortete er mit eisiger, beleidigter Stimme und legte auf.

Was tun? Zwar hatte Oleg für den Fall des Unheils noch seine Idee. Aber Andrej hielt sie für zu gefährlich. Er hatte gut reden: Wenn er so schlau war, warum fand er nicht etwas Besseres?

Das gefährlichste war, mit verschränkten Armen darauf zu warten, daß man ihnen ein Magazin in den Kopf leerte!

Taro Nakayama fragte sich, ob die Ganoven diese alptraumartigen Fratzen auflegten, weil sie angst machen wollten, oder aber, wenn sie selbst Angst hatten, weil sie sich durch die Angst beruhigen wollten, die sie anderen einflößten.

Die Bar war in Halbdunkel getaucht, das nur Schatten erkennen ließ, die sich in einem ohrenbetäubenden Lärm bewegten. Was jedoch sichtbar wurde, wenn eine Gestalt in den Lichtkegel geriet, der von der Glühlampe über der Theke ausging, war erschreckend. Stirnbänder, Schmisse, Tätowierungen, rasierte Schädel oder wahnsinnige Frisuren, das Arsenal der Rebellen, die Wert darauf legen, ihr Anderssein zur Schau zu stellen. Die beiden Wachmänner dagegen, die Taro Nakayama abgeholt und bis hierher begleitet hatten, waren nüchtern gekleidet, trugen Krawatten und rochen nach Mandelshampoo.

Bis dahin hatte Nakayama niemals den Fuß in die Verbrecherviertel Tokios gesetzt. Er stammte aus einer Diplomatenfamilie und war, direkt von der Universität kommend, in den ministeriellen Arbeitszimmern gelandet. Wie alle Welt hatte er Filme gesehen. Aber das Kino gab nur Bilder und Geräusche wieder. Wäre er nicht hierhergekommen, der ehrenwerte Minister für Auswärtige Angelegenheiten Japans, so hätte er nie geahnt, was dieser Art von Lokalen seinen Stempel aufdrückte, der Geruch. Er war erdrückend und setzte sich aus drei Hauptbestandteilen zusammen: Bier, Schweiß, Patschuli. Hinzu kamen Staub, abgestandene Luft und all das, was den Boden imprägniert hatte und jetzt den Saal erfüllte, Chlorwasser, Sägemehl, kalter Tabak, Erbrochenes. Natürlich hätte er laut losgelacht, wenn man ihm vorher gesagt hätte, daß das größte Geschäft des Jahrhunderts in einem so seltsamen Rahmen abgeschlossen werden würde.

Von seinen beiden Wächtern eingerahmt, wurde er bis in den hinteren Teil der Bar geführt, wo durch geheimnisvolle akustische Gesetze jeder Lärm in einer Blase der Stille erstorben schien. Taro Hanssaku erwartete ihn. Er stand von dem Tisch auf, an dem er gesessen hatte, und musterte ihn, ohne zu blinzeln, mit kalter Distanz, seine kleinen Reptilienaugen auf die Augen Nakayamas geheftet.

»Darf ich mich setzen?« fragte Nakayama.

Als einzige Antwort setzte sich Hanssaku wieder hin.

Nakayama folgte ihm. Die Szene war unwirklich. Nakayama sah halbnackte Nutten, die sich vor Lachen schüttelten und irgendwelche Gauner heftig umarmten, die sie auf der winzigen Tanzfläche zum Klang eines amerikanischen Schlagers aus einer Musikbox führten, Ain't She Sweet. So würde also die letzte Runde ablaufen, deren Einsatz Ziel der erbittertsten diplomatischen Schlacht der Nachkriegszeit gewesen war. Bis jetzt hatten Hanssaku und Nakayama nur über Anwälte verhandelt. Es war ihr erstes Treffen. Hanssaku hatte als Ort diese unglaubliche Spelunke festgelegt.

Nakayama erwartete irgendein Höflichkeitspalaver. Hanssaku gab allerdings keinen Ton von sich.

Er fuhr fort, ihn anzustarren, von seiner Person ging eine grausame, erbarmungslose Aura aus. Beeindruckt wagte Nakayama nicht, den Mund aufzumachen. Sie blieben vielleicht fünf Minuten so sitzen, einander gegenüber, und beobachteten sich schweigend. Hanssaku hatte sich eine Zigarette angezündet, ohne auch nur daran zu denken, Nakayama seine Schachtel zu reichen.

Ebensowenig hatte er ihm etwas zu trinken angeboten. Mit einer Handbewegung entfernte er die Rauchfahne, die ihm in die Augen biß.

»Ja oder nein?« fragte er abrupt.

Nakayama stammte nicht umsonst aus so erlauchten Kreisen.

»Vielleicht«, antwortete er.

Hanssaku stand unvermittelt auf: Für ihn war das Treffen beendet.

»Eine Sekunde!« sagte Nakayama und versuchte den Klang seiner Stimme zu kontrollieren.

Er erstarrte vor Angst bei dem Gedanken, der andere könnte einfach so davongehen, ohne ein Wort, und wegen einer Ungeschicklichkeit würde ihm entgehen, was seit fast einem halben Jahrhundert das größte Verlangen Japans darstellte.

»Die Regierung hält Ihre finanziellen Bedingungen für außerordentlich hart. Ich bin beauftragt, Ihnen einen anderen Vorschlag zu machen.«

Voller Unbehagen bemerkte er, daß Hanssaku seinen Satz nicht einmal mit einem »wieviel?« aufnahm.

»Sie fordern fünfundzwanzig Milliarden Dollar.«

Er holte tief Luft, um ihm zu verkünden, wie er es dem Premierminister versprochen hatte, daß er bereit wäre, ihm fünfzehn zu bewilligen. Als er gerade den Mund öffnen wollte, spürte er das Brennen des auf ihn gerichteten Blickes.

»Meine Regierung kann nicht mehr als zwanzig bieten«, sagte er und schluckte den Speichel hinunter.

Plötzlich fühlte er sich wie ein kleines Kind. Im Verlauf seiner Karriere war er den größten legalen Kriminellen des Planeten entgegengetreten, Diktatoren, an deren Händen Blut klebte, kriminellen Staatsbediensteten, Kriegsverbrechern. Zum zweiten Mal stand Hanssaku auf.

Nakayama wurde von Panik ergriffen: Viele andere Staaten, die USA an der Spitze, hätten gern das Dreifache oder Vierfache der Summe gezahlt, die er anbot. Anscheinend war das Hanssaku unbekannt, und das war seine letzte Chance.

»Abgemacht!« sagte er überstürzt. »Fünfundzwanzig Milliarden Dollar.«

Hanssaku setzte sich mit unendlicher Langsamkeit und erwartete, noch immer ohne ein Wort, das Weitere.

»Hast du etwas dagegen, wenn ich dich anfasse?«

»Ich wollte dich gerade dasselbe fragen«, sagte Ljuba.

Sie drückten sich die Hände. Andrej ergriff ihre Handgelenke, streichelte ihre Arme, berührte die Schultern und schließlich ihr Gesicht. Ljuba ließ ihn die Finger unter die Masse ihrer Haare am Halsansatz schieben. Die Liebkosung hatte nichts Erotisches. Sie war nur zärtlich. Und sinnlich, nur sinnlich, wie um sicher zu sein, daß der andere wirklich existierte, aus Fleisch und Blut, körperlich. Sie sahen sich an, ohne zu blinzeln.

»Du bist es wirklich«, sagte Andrej endlich und ließ die Hände herabhängen.

Sie waren in einem Eiscafé an der Ecke des Arbat. »Wo du willst, aber sofort!« hatte Andrej zu ihr gesagt, als der Zufall sie am Telefon zusammenbrachte. Ljuba hatte nicht einmal Zeit, in den Spiegel zu sehen. Sie war aus der Wohnung gegangen und losgerannt.

Sie standen vor einem hohen runden Tisch, auf den die Kellnerin zwei Tassen Tee und einen Teller mit Keksen gestellt hatte, den sie kaum sahen. Tausend Menschen konnte der Saal aufnehmen. Zu dieser Tageszeit waren es nur fünfhundert, kreischende Kinder, Babuschkas mit Einkaufstaschen, kleine Gruppen arbeitsloser Männer, die mit großer Mühe das Geld für die Rechnung zusammenbrachten.

Für Vertrautheit gab es Besseres.

Aber Ljuba und Andrej scherten sich nicht darum. Wären es auch Millionen gewesen, sie hätten nur Augen füreinander gehabt.

»Wir haben uns zuviel zu erzählen«, stammelte Andrej. »Das beste ist vielleicht, gar nichts zu sagen ... Einfach so stehen bleiben, ohne Bewegung, bis die Worte wiederkommen. Doch ... eine Sache nur. Du bist noch schöner als früher.«

»Danke«, Ljuba lächelte. »Hast du mich häßlich in Erinnerung?«

»Ich hatte überhaupt keine Erinnerung mehr.«

Er fürchtete, sie könnte den Sinn dieses Satzes mißverstehen.

»Ich will nicht sagen, daß ich nicht an dich dachte«, korrigierte er. »Aber du warst in meinem Kopf wie ein Foto, das man aus einem Schrank nimmt. So ein Foto wird nie älter.«

»Und wenn ich mich verändert hätte?«

»Daran habe ich nie gedacht. Aber du könntest viele Kinder haben und fünfzig Kilo zugenommen, von Kartoffeln leben, vom Alkohol aufgeschwemmt sein, Strümpfe stricken ...«

»Aber ich stricke Strümpfe!« widersprach sie.

Es war ihr erstes Lachen.

»Ljuba . . . Ljuba . . .«, wiederholte Andrej, um sich zu überzeugen, daß sie wirklich da war. »Ich kann es nicht glauben!«

»Hat Oleg es dir gesagt?«

»Was?«

»Wir werden ein tolles Fest feiern, zu dritt!«

Diesmal ergriff sie seine Hand.

»Es ist ein Wunder, weißt du . . . Ich hatte nicht mehr gehofft, euch lebend wiederzusehen. Ich habe jahrelang darum gekämpft, etwas zu erfahren.«

Sie nahm eine Zigarette. Andrej gab ihr Feuer.

»Es ist seltsam, daß ich am Telefon auf dich gestoßen bin. Warst du bei Oleg?«

»Bei Oleg, das ist bei mir. Wir wohnen in derselben Absteige, über der Schostakowa. Er hat seine Ecke. Ich habe meine. Aber wir wohnen im selben Haus. Hat er dir das nicht gesagt?«

»Ich weiß nicht mehr. Wir haben von so vielen Dingen geredet. Weißt du, daß ich seit der guten alten Zeit nicht mehr den Fuß in die Lomonossow-Universität gesetzt hatte? Das hat mir einen Schlag versetzt. Und heute bin ich geplatzt. Ich habe ihn so viele Dinge zu fragen. Ich fürchtete, daß er mich vergißt, wie letztes Mal.«

Andrej erschauerte unter dem Argwohn.

»Bei welchem letzten Mal?« fragte er mit munterer Stimme.

»Vor vierzehn Tagen, als wir uns bei der Schostakowa begegnet sind. Er wollte mich am nächsten Tag anrufen: Er hat mich bis vorgestern schmoren lassen!«

Er wandte den Kopf ab, damit sie die Veränderung seines Ausdrucks nicht bemerkte: Oleg hatte ihn also belogen! Zwei Wochen lang hatte er seine Begegnung mit Ljuba für sich behalten!

Trotz der Wut, die in ihm aufstieg, hatte er die Kraft zu lächeln.

»Dieser Schweinehund hat dich vierzehn Tage warten lassen?«

»Wie die alten Strümpfe, die ich stricke!«

»Ich wäre dir nicht mehr von der Seite gewichen!«

»Das sagt man so«, scherzte sie.

Sie begannen zu lachen. Sie knabberte an einem Keks.

»Du bist wohl verheiratet?«

»Ja«, sagte Ljuba leichthin. »Und du? Wieviel Kinder hast du vorzuweisen?«

Er verzog bittersüß das Gesicht. Die Frage war idiotisch. Der Gulag war nicht gerade der ideale Ort, eine Familie zu gründen.

»Wie lange bist du schon in Moskau?«

»Ein paar Jahre.«

»Oleg hat mir von Vitali erzählt.«

Andrej wandte die Augen ab, während ihn plötzlich ein vergessenes, schreckliches Bild bestürmte: Er selbst, im Schnee Sibiriens stehend, wie er Vitali mit Stockschlägen den Rest gab.

»Das ist schlimm«, sagte er nach verlegenem Schweigen.

Manchmal hatte er nachts daran gedacht. Vitali war sein Freund, sein Bruder: Warum mußte er sich einmischen, um einen armseligen, anonymen Zek zu retten, der heute ohnehin längst tot wäre? Schließlich, um nicht mehr darüber nachdenken zu müssen, folgerte er daraus, daß er selbst nicht mehr Schuld trug als Oleg, das System, der Augenblick und das Schicksal, vor allem das Schicksal. Sicher, er war es, der in einem Anfall von Wut zugeschlagen hatte. Aber ohne diesen vierten Knastbruder, dessen Fleisch ihnen erlaubt hatte, zu überleben, wären Oleg und er dann noch am Leben, um Gewissensbisse zu haben? Im Lager hatte er Hunderte Häftlinge mit absoluter Gleichgültigkeit sterben sehen. Wenn man schon nicht auf die Lebenden achtete, wie dann auf die Toten. Man verscharrte sie im Schnee, ohne Grab. Einer mehr oder weniger ...

Er spürte Ljubas Blick auf sich gerichtet.

»Woran denkst du?« fragte sie.

»An Vitali.«

»Es ist furchtbar«, sagte Ljuba. »Ich hatte ihn so gern.«

»Ich auch«, sagte Andrej.

Das Gespräch wurde gefährlich.

»Also«, brach er ab, »dieses Fest, wann machen wir es?«

»Heute abend, morgen, wann du willst, ich habe immer Zeit!«

Er spielte Erstaunen.

»Ich dachte, du bist verheiratet?«

Sie fegte die Bemerkung mit einer Handbewegung weg.

»Ein Wiedersehen wie unseres ist wichtiger als Familie, Ehemänner und alles andere!«

Wie hatte sie nur diesen Kerl heiraten können? Er verzichtete darauf, sie noch einmal auf das Thema zu bringen. Später würde er die Beziehungen dieses seltsamen Paares aufklären. Venus und ein Bulle. Er führte die Tasse zu den Lippen. Der Tee war kalt.

»Was hältst du von Anfang nächster Woche?« schlug er vor.

»Nicht vorher?«

»Ich muß noch eine sehr wichtige Arbeit fertig machen. Ich brauche die drei nächsten Tage. Heute ist Freitag, der 29. – Montag, Dienstag, such's dir aus!«

Um das Unglück abzuwenden, kreuzte er unter dem Tisch die Finger: Sonntagabend, am 1. Dezember, hatten mit großer Wahrscheinlichkeit der Verrückte, Lyssenko oder ein anderer bereits seine Rechnung mit ihm beglichen!

»Wohin gehen wir?«

»Die Stadt gehört dir, Ljuba.«

»Warum nicht ins ›Aragwi‹?«

Andrej mußte etwas lächeln. Dort hatten sie sich am 9. Oktober zum ersten Mal mit Hans Kreiper getroffen und die Operation Kurilen gestartet.

»Als ich dreizehn war«, Ljuba lachte auf, »noch mit langen Zöpfen auf dem Rücken, und mit meinen Freundinnen durch die Gorkistraße ging, sagte ich mir immer: ›Wenn ich groß bin, wird mich ein charmanter Prinz zum Abendessen ins Aragwi einladen!‹ Ich träumte davon! Du kannst es glauben oder nicht, ich war niemals dort!«

»Ich auch nicht«, sagte Andrej. »Eine gute Gelegenheit!«

In Wirklichkeit kontrollierten Oleg und er das Lokal. Nichts geschah dort ohne ihre Zustimmung.

»Wann?« fragte Ljuba.

»Wann du willst.«

»Nein. Leg ein Datum fest!«

An diesem Abend und am nächsten, Sonnabend, ging es nicht. Seine ganze Zeit würde er darauf verwenden, mit Oleg den Treff mit den Gangs am Sonntagabend vorzubereiten.

»Willst du am Montag?« fragte er.

Was riskierte er? Entweder wären Oleg und er noch am Leben, das wäre ein phantastischer Anlaß, das Wiedersehen zu feiern. Oder sie wären tot, und was hätte das für eine Bedeutung, da Ljuba sie schon zehn Jahre lang tot gewähnt hatte?

»Einverstanden, Montag«, sagte sie. »Wunderbar!«

Er sah sie ernst an.

»Ich muß gehen, Ljuba. Ich wollte mich nur vergewissern, daß du wirklich existierst. Aber vorher wollte ich dir noch zwei Dinge sagen. Das erste: Ich habe niemals aufgehört, an dich zu denken. Das zweite: Dich wiederzutreffen ist das größte Glück, seitdem wir uns verloren haben.«

Verwirrt stellte er fest, daß sie errötete.

Er warf ein paar Rubel auf den Tisch, und sie gingen.

16

Antonina hielt das Gesicht über die Suppe geneigt. Stanislas Kuljakow beobachtete heimlich seinen Sohn.

Nikita war bleich wie ein Laken. Niemand sagte etwas. Neben den Schluckgeräuschen Antoninas, die sich zwang zu essen, und dem Ticken der alten Wanduhr, das die Sekunden anzeigte, herrschte absolute Stille. Kuljakow und seine Frau saßen sich an den Stirnseiten des Tisches gegenüber. Nikita saß zwischen ihnen an der Seite. Er wußte, wenn er den kleinsten Bissen hinunterschluckte, hätte er nicht einmal die Zeit, bis zum Bad zu kommen, um sich dort ungestört zu übergeben.

Innerlich war er vor Angst erstarrt. An die Stelle der Ikone vor seinen Augen, an der Wand des Wohnzimmers, trat das grauenvolle Bild von Alex, seinem Dealer, der an der Kette der Wasserspülung in der Toilette des ›Jupiter‹ hing, das Gesicht violett angelaufen, die Zunge halb zwischen den fast schwarzen Lippen heraushängend. Eine entsetzliche Vision, die auf ihn wie ein Schock gewirkt hatte.

Einige Stunden zuvor war ihm das Leben unerträglich vorgekommen. Er mußte nur mit der Realität dieser Exekution konfrontiert werden, um sich seines Glücks bewußt zu werden.

»Bist du krank, Nikita?«

»Nein, Papa. Es geht mir sehr gut.«

Antoninas Augen gingen von ihrem Sohn zu ihrem Mann.

Wenn auch aus anderen Gründen, war nämlich ihr Mann ebenso blaß wie der Sohn. Kuljakow hatte seinen Sohn niemals in die Arme genommen. Er verkörperte das Gesetz, die höchste Autorität, die Zuflucht: Muß eine Zuflucht den Ihren sagen, daß sie sie liebt? Hatte er sich überhaupt diese Frage gestellt? Seit Nikitas Geburt waren die Aufgaben zwischen seiner Frau und ihm genau abgegrenzt: Ihm die Bank und die gerunzelten Brauen, Antonina die Erziehung und die Zärtlichkeit. Das Resultat hatte er jetzt vor der Nase: eine Katastrophe, die noch zu der Angst hinzu kam, die er vor seiner eigenen Vernichtung empfunden hatte.

»Papa, Mama ...«, sagte Nikita mit tonloser Stimme.

Die Augen seiner Eltern hefteten sich auf ihn.

»Ich möchte euch etwas sagen ... Wir haben nie viel miteinander gesprochen in dieser Familie. Schließlich kann doch jeder von uns plötzlich sterben ... Also ...«

Er ließ seinen Satz einige Sekunden lang unvollendet.

Versteinert starrten ihn sein Vater und seine Mutter an. Aber Nikita war schon zu weit gegangen, er mußte fortfahren.

»Ich wollte euch sagen, daß man bescheuert ist, in meinem Alter. Man baut ... Scheiße.«

Kuljakow begriff, daß sich sein Sohn mit diesem einen unpassenden Wort Zutritt zum Universum der Erwachsenen erkämpfte. Daß er wagte, dieses Wort in seiner Anwesenheit auszusprechen, machte ihn endgültig erwachsen. Er empfand für ihn einen mit Dankbarkeit vermischten Respekt. So hatte Nikita, ohne daß er ihm etwas erklären mußte, alles verstanden!

»Warum sagst du uns das?« fragte Antonina beunruhigt.

»Mama, damit du weißt, daß sich diese ... Scheiße nie mehr wiederholt. Nie mehr!«

Er stand auf, umarmte seine Mutter, lächelte seinem Vater zu, kam zu ihm, nahm seine Hände und zum ersten Mal in seinem jungen Leben umarmte er ihn. Zwei Gedanken rasten gleichzeitig durch Kuljakows Kopf.

Der erste, ein mächtiges Gefühl des Schams, der Rührung und des Glücks. Der zweite war nüchterner: Obwohl ein Geschenk des Himmels, war dieses plötzliche Geständnis nicht von selbst gekommen. Er sah darin die Hand Andrej Talasskis. Durch ihm unbekannte, radikale, geradezu göttliche pädagogische Maßnahmen hatte Talasski in wenigen Stunden das verirrte Herz seines Sohnes zu rühren vermocht und ihn zur Erlösung geführt!

In vierzehn Jahren Ehe war es zu einem heiligen Ritual geworden: Was auch geschah, sonnabends und sonntags reinigte sich Hans Kreiper von allem während der Woche angesammelten beruflichen Streß. Er machte sich einen schönen Morgen, und Olivia, seine Frau, brachte ihm gegen neun Uhr das Frühstück ans Bett. Kreiper liebte eine kräftige Mahlzeit, Eier mit Würstchen, geschmolzenen Käse und das Glas trockenen Weißwein, das er sogar vor dem Kaffee trank, genossen mit Buttercroissants und Kürbiskonfitüre.

Olivia trieb die Raffinesse so weit, daß sie eine Teerose aus dem Garten auf das Tablett stellte, deren zarte Farbe wunderbar mit dem 11. Bild des 1. Aktes von Così fan tutte harmonierte, das sie beim Öffnen der Vorhänge auflegte. Mozart, der trokkene Weißwein, die Rose, die Millionen Dollar, die in seinem Safe lagen, und der Körper Olivias, betont von einem weißen Negligé aus durchscheinendem Satin: Das Leben war gewoben aus diesen kleinen, tiefen Freuden, die dem Pöbel versagt blieben, was ihren Wert in den Augen des Anwalts noch verdoppelte. Seine private Telefonnummer war ebensowenig bekannt wie ein Staatsgeheimnis. Nur seine Mutter, die in Lausanne lebte, sein Arzt und sein Bankier kannten sie. Mit anderen Worten: welch unverzichtbare Dreieinigkeit des menschlichen Schicksals, Liebe, Gesundheit, Reichtum. Als an diesem Sonntag, dem 1. Dezember, um neun Uhr siebenundzwanzig das Telefon klingelte, runzelte Olivia die Brauen.

»Erwartest du einen Anruf?« fragte sie.

»Keinen«, sagte Hans.

Er lag gegen einen Haufen Kissen gelehnt und goß wohldosiert Akazienhonig in seinen Joghurt. Olivia war halb auf dem Bett ausgestreckt.

»Du solltest vielleicht antworten, Hans.«

Er nahm den Hörer ab. Am anderen Ende Andrej Talasski.

»Guten Morgen, Herr Anwalt.«

»Guten Morgen, wie geht's? Nichts Neues seit gestern. Heute gar keine Chance. Es ist Sonntag. Alles ist geschlossen.«

»Kein Transfer also?«

»Nichts.«

Talasski lachte kurz und ohne Fröhlichkeit.

»Das ist ärgerlich«, sagte er.

»Sie können sich denken, daß ich Sie informiert hätte«, fügte Kreiper hinzu. »Beunruhigen Sie sich nicht. Solche Verzögerungen kommen häufig vor ... Wir werden morgen sehen, ob sich Tokio rührt.«

»Sie verstehen nicht, Herr Anwalt. Mein Partner und ich brauchen dieses Geld sofort.«

»Lieber Freund, es ist nicht gekommen, woher wollen Sie es nehmen?«

»Wir müssen es heute abend zurückzahlen.«

»Ihre Gläubiger können doch wohl noch ein paar Stunden warten.«

»Unmöglich.«

Hans Kreiper bemerkte, daß eine Mischung aus Honig und Joghurt am Kragen seines gelbgestreiften Pyjamas hinunterlief. Mit einer Handbewegung wies er Olivia auf den Fleck hin. Sie zog ihm die Jacke aus, legte zärtlich die Hand auf seinen nackten Oberkörper und stürzte ins Badezimmer.

»Was kann ich für Sie tun?« fragte Hans.

»Uns den Betrag auf der Stelle zukommen lassen.«

»Zehn Milliarden Dollar?« entgegnete Kreiper erstickt.

Talasski war verrückt geworden! Wer konnte schon zehn Milliarden Dollar auftreiben, und noch dazu am Sonntag!

»Ich nehme an, Sie scherzen«, sagte er kalt.

»Nein, Herr Anwalt. Überhaupt nicht. Es geht um eine Frage von Leben und Tod.«

Hans Kreiper wühlte in seiner behaarten Brust.

»Aber jeder vernünftige Mensch wird doch verstehen, daß bei einer solchen Summe vierundzwanzig Stunden mehr oder weniger ...«

»Das ist es, Herr Anwalt«, unterbrach ihn Andrej, »wir verhandeln nicht mit vernünftigen Menschen. Außerdem brauchen wir nicht sofort die gesamte Summe.«

»Wieviel brauchen Sie?« fragte Kreiper mechanisch.

»Eine Milliarde würde genügen. Können Sie etwas in dieser Richtung tun?«

»Hören Sie«, protestierte Kreiper mit nervösem Glucksen, »ich bin nur Anwalt, kein Bankier ...«

»Bleiben Sie dran«, sagte Talasski.

Schweigen. Hans tauchte die Fingerspitzen in den Kaffee. Er war kalt.

»Guten Morgen!«

Die Stimme von Oleg Wlassow ... und eine schlechte Reaktion von Hans.

»Wie geht's?«

In der Tat, nach dem, was ihm Talasski eben erzählt hatte, war das nicht sehr schlau.

»Schlecht, danke«, bedauerte Oleg. »Herr Anwalt, heute abend treffen wir unsere Partner. Wenn wir mit leeren Händen kommen, können Sie sich denken, daß es für uns sehr gefährlich wird. Können Sie mir folgen?«

»Ja«, sagte Kreiper zögernd.

»Ich habe gehört, was Sie Andrej gesagt haben. Im besten Fall kann unser Geld nicht vor morgen ankommen?«

»Wenn die Japaner es überweisen, kein Problem. Wenn nicht, wie soll dann Zürich Geld nach Moskau überweisen, das vielleicht noch nicht einmal in Japan abgeschickt wurde?«

»Ist das sicher?«

»Absolut.«

»Dann sind wir also durch die Macht der Ereignisse gezwungen, Sie um einen kleinen Dienst zu bitten. Heute abend werden wir unseren Gläubigern sagen, daß das Geld schon in der Schweiz ist.«

»Das ist aber nicht sehr legal«, wagte Kreiper einzuwenden.

»Herr Anwalt, was ist bei mehr als hundert Millionen Dollar noch legal?«

Olivia kam mit der Pyjamajacke zurück und hängte sie über die Heizung.

»Falls sie uns nicht glauben sollten«, fuhr Oleg fort, »geben wir ihnen Ihre Nummer, damit Sie ihnen bestätigen, daß es stimmt.«

»Aber es stimmt nicht!« entrüstete sich Kreiper.

»Wer sagt Ihnen das Gegenteil? Entscheidend ist, daß sie glauben, es sei wahr.«

»Kommt nicht in Frage.«

»Wie bitte?« fragte Oleg sanft.

»Ich kann es nicht!«

»Hören Sie, Herr Anwalt. Es geht nur um einen winzigen Dienst. Muß ich Sie daran erinnern, wieviel wir Ihnen bereits gezahlt haben?«

»Ich wurde nicht dafür bezahlt, Ihre Lügen zu decken! Die Standespflicht ...«

Plötzlich änderte sich der Ton.

»Ihre Standespflicht können Sie sich in den Arsch stekken!«

»Wie?« fragte Kreiper erstickt.

»In den Arsch, verstehen Sie mich?« fluchte Oleg. »Zwischen meiner Haut und Ihrer Standespflicht kann ich mich leicht entscheiden!«

»Ich mich auch! Ich ziehe mich aus dieser Angelegenheit zurück!«

Ein Rascheln war im Apparat zu hören.

»Herr Anwalt ...«

Andrej Talasski hatte das Telefon wieder übernommen.

»Wir haben genug Zeit verloren! Wollen Sie, daß ich Ihnen sage, was Sie in diesem Augenblick machen?«

»Ich bin im Begriff, den Hörer hinzuschmeißen!« knirschte Kreiper.

»Sie sitzen in Ihrem Bett. Nackter Oberkörper. Ihre Frau beobachtet Sie. Sie hat die Jacke Ihres Pyjamas, ein Pyjama mit gelben Streifen, über die Heizung gehängt. Sie trägt ein weißes Negligé ...«

Mit hängendem Unterkiefer warf Kreiper einen Blick zu Olivia, als wollte er sich vergewissern, daß alles, was ihm

Andrej eben gesagt hatte, eine Illusion wäre, ein Traum ... Aber nein, es war Wirklichkeit.

»Wo sind Sie?« stammelte er.

»In Moskau, Sobinowski-Straße. Hören Sie mir jetzt gut zu, Kreiper. Sie fangen an, uns auf die Nerven zu gehen! Es gibt keine zweite Warnung. Da Sie nicht mal in der Lage sind, Geld aufzutreiben, tun Sie, was wir Ihnen sagen, das ist alles! Eine letzte Sache noch. Stehen Sie auf und gehen Sie zum Fenster. Nein, nicht sofort, erst wenn ich aufgelegt habe. Sie werden auf der Straße ein schwarzes Auto sehen, direkt vor Ihrem Haus. Und am Wagen einen Mann mit khakifarbener Lammfelljacke; er wartet nur auf unsere Befehle!«

Man hörte das Summen einer unterbrochenen Verbindung.

Schwankend stand Hans auf. Er ging vorsichtig zum Fenster. Vor dem Zaun parkte ein dicker schwarzer BMW.

An die Tür gelehnt, blätterte ein Mann in khakifarbener Lammfelljacke in einer Zeitung. Benommen kam Kreiper in die Mitte des Zimmers zurück. Er bemerkte, daß er zitterte.

»Hans, du bist ja ganz blaß. Was ist passiert?« fragte Olivia beunruhigt.

»Nichts, nichts ...«, sagte er mit tonloser Stimme. »Sowjetische Kunden, die sich um einen Transfer Sorgen machen.«

Montaschew lief hinauf. Er wartete zwanzig Sekunden. Klingelte ein zweites Mal. Wieder keine Antwort. Vielleicht war niemand da, aber seine Intuition sagte ihm das Gegenteil. Er drückte seinen Finger auf den Klingelknopf.

Endlich erhob sich eine Stimme.

»Wer ist da?«

»Wassili Montaschew.«

»Wer?«

»Montaschew ... Chef der Abteilung zur Bekämpfung des organisierten Verbrechens.«

»Verschwinden Sie!«

»Machen Sie auf, Koranow.«

»Ich will Sie nicht sehen!«

»Ich muß mit Ihnen reden!«

Wassili begann an die Holzwand zu hämmern.

Die Tür quietschte. Iwan Koranow erschien. Besser gesagt das, was von ihm übrig war, denn es war nicht mehr derselbe Mensch. Wassili betrachtete verblüfft den stolzen Ratgeber des KGB, den er sechs Wochen zuvor praktisch aus seinem Büro hinausgeworfen hatte. Er trug eine zweifelhafte Strickjacke. Unrasiert, rote Augen, nach Alkohol stinkend.

»Ich bitte Sie, Koranow, lassen Sie mich rein, nur eine Minute.«

Er schob die Tür auf und stand im Zimmer. Es glich dem, der es bewohnte. Eine wahre Rumpelkammer, überall lagen leere Flaschen, stand ungewaschenes Geschirr herum. Auf dem Tisch eine Flasche Finnlandia, halbvoll. Wäsche, überall verstreut. Auf dem Büfett ein gußeiserner Kochtopf, der zweifellos die Reste einer Mahlzeit enthielt.

Ein schwerer Geruch abgestandener Luft nahm Wassili den Atem.

»Darf ich mich setzen?« fragte er.

»Machen Sie, daß Sie wegkommen!« sagte Koranow.

Er goß sich ein Glas ein, brach in Lachen aus und wies mit einer weiten, großartigen Geste auf das Zimmer.

»Nun, sind Sie mit sich zufrieden?«

Er trank einen Schluck und starrte Wassili mit seinen kleinen bösen Augen an.

»Ich hoffe, Sie kommen, um mich zu verhaften«, höhnte er. »Wenn nicht, verschwinden Sie!«

»Ich bin gekommen, um mit Ihnen über Ihren Freund, Staatsanwalt Peminjakow, zu reden.«

»Ich verbiete Ihnen, seinen Namen auszusprechen«, fuhr Koranow auf, »Sie sind seiner nicht würdig! Sie und Ihre Leute, Sie haben das Land ruiniert, die Partei verraten, den KGB erdrosselt, zugelassen, daß die Sowjetunion von Ausländern verschlungen wird! Sie haben mir sogar den Inhalt meines Tresors gestohlen!«

Wassili zuckte zurück: Was für ein Tresor? Gerüchte sagten, daß Koranow Dossiers über alle besäße, die in der Nomenklatura etwas zählten. Aber zu Hause, wie war das möglich?

»Ich verstehe nicht ganz«, sagte Wassili.

»Sie wollen mich verscheißern? Ihre eigenen Bullen haben ihn mir gestohlen!«

Mit seinem Glas in der Hand schwankte er mitten durch das verwüstete Zimmer, wie eine Pappel, die vom Wind geschüttelt wird.

»Hören Sie, Koranow. Was Peminjakow angeht . . .«

Koranow richtete anklagend den Finger auf ihn.

»Sie haben ihn getötet! Sie allein!«

»Nicht ich, Koranow. Die Mafia.«

Koranow schlug sich auf die Schenkel, lachte schrill und musterte Montaschew mit unendlicher Verachtung.

»Die Mafia. So etwas gibt man uns als Polizisten! Armer Idiot! Kennen Sie wenigstens die Familien, die Moskau in Blut und Feuer versenken? Lermontow, Schatalin, Gratschew, Wlassow, Talasski, Lyssenko, Klimowitsch und die anderen? All die anderen? Ich ja. Aber als ich zu Ihnen gekommen bin, um mit Ihnen darüber zu reden, haben Sie mir gesagt, daß Peminjakow eines natürlichen Todes gestorben sei und dann haben Sie mich rausgeschmissen!«

»Ich wußte es nicht besser. Und ich habe mich getäuscht.«

»Zu einfach! Und jetzt, da Sie mich zu einem heruntergekommenen Penner gemacht haben, kommen Sie und hängen sich an meine Klingel! Verschwinden Sie! Sie werden nichts aus mir rausbekommen!«

Er stürzte den Wodka in einem Zug hinunter. Natürlich hatte Wassili eine solche Reaktion erwartet. Er trat seit Tagen mit seiner Untersuchung auf der Stelle. Peminjakow war ihm egal, aber Annas Tod war für ihn eine persönliche Angelegenheit. Seine Männer behaupteten, nirgends weiterzukommen, mochten sie ihn nun verraten oder wirklich auf eine Mauer des Schweigens treffen. Es blieb ein letzter Faden: Koranow.

»Was glauben Sie, was Sie mir beibringen könnten?«

brummte er. »Als Sie noch im Bauch Ihrer Hure von Mutter steckten, wußte ich bereits alles, wovon Sie immer noch keine Ahnung haben.«

Er warf Wassili einen herausfordernden Blick zu.

»Sogar über Sie selbst«, höhnte er, »könnte ich Ihnen noch etwas beibringen ... Ich habe meine Dossiers!«

»Sie hatten«, sagte Wassili kalt.

Koranow tippte sich an die Stirn.

»Und was machen Sie damit? Alles im Kopf! Wollen Sie wissen, wann Ihr Vater aus der Partei geflogen ist?«

Wassili bemühte sich, nicht zu erschaudern.

»Na los«, sagte er.

»27. Juni 1963!«

»Bravo! Da wissen Sie mehr als ich.«

»Und wissen Sie, warum? Er hatte Geld aus der Beitragskasse geklaut! Jetzt eine Frage: Wie kann man zulassen, daß der Sohn eines dreckigen Diebes einer der größten Chefs der Polizei wird? Können Sie mir das erklären, Wassili Montaschew?«

Er begann im Zimmer hin und her zu laufen und stieß mit wütenden Fußtritten alles beiseite, was ihm im Weg lag. Noch einmal schlug er sich gegen den Kopf.

»Mit oder ohne Dossiers, alles ist da!«

Er goß sich ein neues Glas ein.

Ohne um Erlaubnis zu fragen, tat es Wassili ihm nach und stürzte es mit einem Zug hinunter. Er hatte es nötig: Dieser Kerl machte ihm angst, er hatte ein zu gutes Gedächtnis!

»Ich wußte, daß Sie in einer schlimmen Situation sind, Iwan Koranow. Was man mit Ihnen gemacht hat, ist ungerecht, aber da Sie vorgeben, alles zu wissen, ist Ihnen auch bekannt, daß ich nicht ohne Grund hergekommen bin. Habe vielleicht ich den KGB aufgelöst?«

»Ja! Sie, die Söhne von Dieben! Verräter ihres Vaterlandes und der Ideale des Sozialismus.«

»Schade, Koranow. Ich bin gekommen, um Ihnen zu sagen, daß ich nicht Ihr Feind bin.«

»Was denken Sie, wie sehr mich das interessiert, Ihre Sympathie? Ich werde, was mir an Leben bleibt, dem Ziel widmen, mich an Schweinen wie Ihnen zu rächen! Und hören Sie mir genau zu ...«

Er kam dicht an Wassili heran und blies ihm seinen nach Alkohol stinkenden Atem entgegen.

»Ich weiß, wie Sie funktionieren. In Ihrem Spatzenhirn sagen Sie sich bestimmt, daß man mich nur verschwinden lassen muß, damit ich aufhöre. Falsch! Tot bin ich noch viel gefährlicher für Sie als lebendig! Ich habe meine Freunde gewarnt. Wenn mir irgend etwas geschieht, so habe ich einen ganzen Sack voll feiner Sachen, die über Sie und die anderen herauskommen werden! Man eliminiert einen Koranow nicht einfach so! Sie werden sehen ... Sie werden sehen ... Sie werden überrascht sein!«

Er ließ sich in einen Sessel fallen und schnipste mit den Fingern.

»So!« wiederholte er. »Wann ich will! Sind Sie gekommen, um mir die Würmer aus der Nase zu ziehen? Ich habe Sie in der Hand! Macht es Ihnen Spaß, wenn ich Ihnen von Ihrer Nutte von Schwägerin erzähle, Anna Karpowa, ja, Anna, die Schwester Ihrer Frau Ljuba, Anna, die auf den Strich ging. Die im Lagerhaus in der Mjuskaja-Straße gegrillt wurde wie ein dickes Würstchen?«

Wassili hielt den Atem an. Betrunken wie er war, würde Koranow vielleicht auspacken, was er erhoffte.

»Das würde Ihnen gefallen, es zu wissen, was?«

»Ja.«

»Aber nichts! Verschwinden Sie!«

Er griff nach der Flasche auf dem Tisch und goß den Rest ohne abzusetzen hinunter. Dann warf er den Kopf nach hinten an die Sessellehne. Wassili bemerkte, daß Koranows Augen ihn nicht mehr wahrnahmen.

»Auf jeden Fall«, lallte er mit schwerfälliger Stimme, »können Sie da nichts machen. Sie sind zu bescheuert, um Wlassow und Talasski einzulochen.«

Die Flasche fiel ihm aus den Händen, sein Kopf sank auf die Brust. Wassili dachte, er wäre tot. Keineswegs: Er begann zu schnarchen.

17

Am Eingang durchsuchte man einen nach dem anderen. Trotz ihrer Macht als Gastgeber wurden Oleg und Andrej wie die anderen behandelt. Der letzte, Pjotr Gratschew, beeilte sich, die Schwelle zu überschreiten. Der Wächter tastete seinen Körper ab und beugte sich hinunter, um die Hand über seine Beine gleiten zu lassen.

»He ...«, sagte er.

Er schob die Finger unter den Stoff von Gratschews Hose, riß mit einer kurzen Bewegung das Stück Heftpflaster ab, das an dessen Wade geklebt war, und zog unter den Augen von Andrej und Oleg, die ihre Gäste empfingen, einen Trommelrevolver hervor, aus dem er eilig die Kugeln entfernte. Gratschew machte ein verdutztes Gesicht.

»Scheiße! Die hatte ich vergessen!« scherzte er.

Kurzer Blick von Oleg zu Andrej. Andrej begann zu lachen.

»Das kann jedem passieren, Pjotr!«

Er schob ihn freundschaftlich in den Versammlungsraum, die Wachen schlossen die Türen.

»Gib ihm seine Kugeln zurück!« befahl Oleg laut genug, damit jeder es hören konnte.

Sein Satz rief, wie er es erwartet hatte, kurze Unruhe hervor.

»Setzen Sie sich, meine Herren«, sagte Andrej.

Jeder setzte sich auf den Platz, den er beim letzten Mal eingenommen hatte; vierzehn Tage waren vergangen, es war dasselbe Bild.

Als alle sich niedergelassen hatten, wandte sich Andrej lächelnd zu Gratschew.

»Komm, Pjotr, nimm sie an dich!«

Er schob die Pistole quer über den Tisch, so daß sie vor Gratschew liegenblieb.

»Er hatte sie vergessen«, warf Andrej in den Raum.

»Mach die Kugeln wieder rein«, befahl Oleg.

Gratschew warf einen Blick auf seine Nachbarn, die ihn mit hartem Blick und verschlossenen Gesichtern ansahen.

»Nicht nötig«, sagte er.

»Ich bestehe darauf«, sagte Oleg mit eisiger Stimme.

Gratschew zögerte, dann schob er die Projektile mit erfahrener Hand wieder an ihren Platz. Er wollte die Waffe eben in die Tasche stecken, als Andrej ihn anfuhr.

»Warum läßt du sie nicht vor dir liegen? Wenn es dich beruhigt... Meine Herren, sehen Sie darin ein Problem?«

Da er sich im Mittelpunkt aller Blicke spürte, legte Gratschew, der nicht wußte, was er tun sollte, die Waffe langsam und gut sichtbar auf den Tisch.

»Was ist das für eine Geschichte?« fragte ihn Lermontow. »Du kommst bewaffnet zu einer Versammlung von Freunden?«

»Ich hatte sie vergessen«, entschuldigte sich Gratschew mit einem gekünstelten Lachen.

»Arschloch!« bellte der Verrückte. »Ich verlange, daß er verschwindet! Hau ab!«

Schlechter Anfang. Schon nach wenigen Sekunden war die Luft nicht mehr zum Atmen.

»Auf wen willst du schießen, Gratschew?« stieß Schatalin mit drohender Stimme hervor.

»Wie hättest du reagiert, Gratschew«, schimpfte Fedor Grischin, der Stier, »wenn ich hier mit einem Schießeisen aufgekreuzt wäre?«

»Ich sage doch, ein Irrtum!« verteidigte sich Gratschew mit unsicherer Stimme.

Seine Dan Wesson 357 Magnum lag noch immer vor ihm, und in Gedanken berechnete er schon die Handbewegung, die nötig war, sie zu ergreifen und zu schießen, falls die Gefahr größer würde. Um ihn herum, das war klar, konnte jeder seine Gedanken lesen und die Chancen abwägen, ihn zu töten, ohne sich selbst erwischen zu lassen.

Andrej hob besänftigend die Hände.

»Gebt mir meine Kohle wieder, und ich verschwinde«, ging Stanislas Klimowitsch aggressiv dazwischen.

»Eine Sekunde, Stanislas«, gab Oleg zurück. »Wir werden unsere Operation doch nicht wegen so einer kindischen Sache scheitern lassen. Gratschew hat einen Fehler begangen, das stimmt. Aber irren ist menschlich. Er sagt, er hätte es vergessen, und ich will es ihm gern glauben. Steck deinen Schießprügel ein, Pjotr.«

»Kommt nicht in Frage!« widersprach Lermontow, der Bauer. »Ich verlasse sofort den Raum, wenn dieses Schwein bewaffnet ist!«

Aber Gratschew hatte genug davon, den Pingpongball zu spielen.

Mit zornblitzenden Augen wandte er sich zu Lermontow.

»Selber Schwein!« spuckte er ihm entgegen.

»Es reicht!« schrie Andrej.

Es kehrte Ruhe ein. Andrej konzentrierte sich. Bei einer solchen Versammlung von Schwachköpfen würde es ihm schwerfallen, sie das folgende schlucken zu lassen. Er hatte sich zwar eine Formulierung zurechtgelegt. Aber der Bluff, den er versuchen wollte – eine verrückte Idee, für die Oleg verantwortlich war –, gefiel ihm um so weniger, weil er sie den anderen auslieferte. Seit Beginn hatten Oleg und er drei verschiedene Versionen von den Verhandlungen über die Kurilen verbreitet. Freie experimentelle Zone über neunundneunzig Jahre: für die sowjetische Regierung, Geschäft über zehn Milliarden Dollar: in den Augen der japanischen Mafia und Schaffung eines Zentrums zur Geldwäsche: für die, die ihn jetzt umgaben, seine »Finanzpartner«.

Bis jetzt war nur ein Teil des Programms erledigt: der Vertrag, der, mit Umweg über die Development Trade Company, Oleg und Andrej zu den wahren Besitzern der Insel Etorufu machte. Er lag im Panzerschrank einer Züricher Bank unter dem Schutz eines Wachengels namens Hans Kreiper.

Der Rest war schwieriger.

»Ihr wißt, warum wir heute abend hier sind, am Sonntag,

dem ersten Dezember. Wir sollten euch heute das Geld wiedergeben, das ihr uns geborgt habt . . .«

Tödliche Stille legte sich über den Tisch. Andrej hatte gesagt »wir sollten«: Obwohl sie gewiß keine Grammatikexperten waren, spürten alle den Schock dieses Imperfekts wie einen Schlag in die Eingeweide.

»Wir haben es nicht«, fiel Oleg ein, ohne ihnen Zeit zum Luftholen zu lassen.

Der Verrückte sprang von seinem Stuhl auf.

»Was erzählst du uns da?« stieß er hervor.

»Es geht nur um eine ganz geringe Verzögerung«, antwortete Oleg ruhig. »Einige Stunden höchstens. Ich wiederhole noch einmal, daß alles in Ordnung ist. Aber eine Bankoperation dieses Umfangs braucht immer etwas mehr Zeit als vorgesehen.«

Gratschew bedrohte niemanden direkt, da er aber ahnte, daß sich der Verrückte auf ihn stürzen würde, um sich seiner Waffe zu bemächtigen, legte er lässig die Hand darauf.

»Aljoscha«, sagte Andrej vorwurfsvoll, »du siehst so aus, als würdest du an unserem Wort zweifeln?«

»Dreckige Schweine, verdammte Lügner! Ihr seid tot!«

Oleg zog eine Braue hoch.

»Hast du wirklich Lust, uns zu töten, Aljoscha? Das ist leicht. Wir werden dir dabei helfen.«

Schnell schob er die rechte Hand unter den Tisch und zog eine Parabellum Mauser mit acht Schuß hervor.

Alle erstarrten.

»Schau her, Aljoscha. Sie ist geladen. Und nicht mit Platzpatronen!«

Er richtete die Hand mit der Waffe auf eine Glühlampe an der Decke, die unter dem Anprall der Kugel explodierte.

Dann schob er die Mauser unter allgemeiner Verblüffung auf den Verrückten zu.

»Jetzt schieß, wenn du mir nicht glaubst!«

Der Verrückte stürzte sich auf die Waffe und richtete sie auf ihn.

Seine Gelenke waren weiß vor Anspannung. Noch blasser als sonst, warf er mit seiner freien Hand ruckartig die schwarze Locke zurück, die ihm über die Stirn fiel.

Die »Ratgeber« waren zu dieser Versammlung nicht zugelassen.

Matychow war nicht da, um ihn zu beruhigen: Der Verrückte war also ohne Kontrolle, sich selbst, seinem eigenen Wahnsinn überlassen.

»Worauf wartest du?« fragte Andrej kalt. »Du hast noch sieben Kugeln.«

Die Mauserpistole richtete sich sofort auf ihn. Andrej wußte, daß der Verrückte schießen würde. Dennoch verzichtete er darauf, aus unbekanntem Grund, trotz der Angst, die ihn mit Kälte erfüllte, auf den unter seinem Fuß verborgenen Knopf zu drücken. Ein leichter Druck, und die Türen würden sich öffnen, seine Leibwächter würden in den Saal stürzen, zu einem allgemeinen Gemetzel.

Die Rettung kam von seinem ärgsten Feind, Pawel Lyssenko.

Seine einzige Braue rollte wie eine Woge von einem Bogen zum anderen, er schlug sich auf die Schenkel und brach in ein ungeheures Lachen aus.

»Du glaubst, Aljoscha ist bescheuert genug, dich abzuknallen? Das wäre genauso idiotisch wie einen Tresor anzuzünden! Niemand hier hat Lust, seine Geldeinlagen zu verlieren! Was, Aljoscha?«

»Halt die Schnauze, du Scheißkerl!« brüllte der Verrückte.

»Er hält dich für einen Idioten«, fuhr Lyssenko fort, als hätte er nichts gehört. »Was du willst, ist deine Kohle zurückbekommen. Ich auch. Und wir alle. Also steck deine Kanone ein, und hör zu, was sie uns zu sagen haben!«

Der auf Olegs Stirn gerichtete Lauf bewegte sich keinen Millimeter. Obwohl er nicht in seine Richtung sah, bemerkte der Verrückte Gratschews Bewegung.

»Wirf dein Schießeisen in die Mitte vom Tisch, du Schwein!« grunzte er, ohne ihn anzusehen.

Gratschew rührte sich nicht.

»Aljoscha!« vermittelte Lyssenko.

Die strategische Vorsicht, die er achtundvierzig Stunden zuvor Kaligin einzuschärfen versucht hatte, verflog unter der rasenden Wut.

Nur an den Genuß des Augenblicks denkend, war er verrückt genug zu schießen, das Massaker auszulösen und sie für immer von ihrem Geld abzuschneiden!

»Halt die Schnauze!« drohte der Verrückte. »Noch ein Wort, und dein Kopf fliegt als erster in die Luft!«

Oleg zündete sich ruhig eine Zigarette an.

»Jetzt, da wir die Situation in deine Hände gelegt haben, wirst du mir vielleicht die Gnade erweisen, uns anzuhören, bevor du uns abknallst?«

»Ich will meinen Kies!« heulte der Verrückte.

»Ganz ehrlich, Aljoscha«, griff Andrej ein, »wenn ich versuchen würde, dich zu betrügen, glaubst du, ich wäre so dumm, dir einen Colt anzudrehen?«

Er glaubte in den Augen des Verrückten ein Blitzen wahrzunehmen.

»Niemand versucht hier, irgendwen hinters Licht zu führen«, versetzte Oleg. »Die russische Regierung hat unser Geld genommen. Unsere Rubel. Unsere schmutzigen Rubel. Ihr Problem! In vierzehn Tagen hat der Rubel, wie ich es euch vorausgesagt hatte, die Hälfte seiner Kaufkraft verloren! Unsere Dollar nicht!«

»Wo sind sie, unsere Dollar?« fragte Lukjanow.

»Das wirst du gleich verstehen«, beruhigte ihn Andrej.

Einmal mehr erinnerte er sich der alten Devise des Gulag: »Stirb heute, ich sterbe morgen.« Zeit gewinnen ... Jede Sekunde, die verging, hieß eine Sekunde länger leben. Andrej wußte, wenn Aljoscha noch nicht geschossen hatte, stiegen ihre Chancen, daß er überhaupt nicht mehr schießen würde.

»Wir haben euch die Rückzahlung in Dollar versprochen«, betonte Oleg. »Die Dollar sind da. Wir haben sie. Sie liegen in einer Bank für uns bereit.«

»Welche Bank?« fragte Lukjanow.

»Eine Schweizer Bank, in Zürich. Ein Kreditbrief über eine Milliarde Dollar. Das einzige Problem ist, sie flüssig zu machen.«

»Wir haben hundert Milliarden Rubel flüssiggemacht!« empörte sich Pawel Lyssenko.

»Rubel, Pawel, Rubel! Papier! Wir wußten alle nicht mehr, was wir damit anfangen sollten!«

»Wie heißt die Bank?« beharrte Lukjanow.

»Hier ist der Name und die Telefonnummer ihres Bevollmächtigten. Du kannst es nachprüfen.«

»Was nachprüfen?«

»Daß dein Geld wirklich dort liegt«, sagte Oleg.

Aus dem Augenwinkel sah er, daß der Verrückte seine Waffe noch immer in der Hand hielt, sie aber nicht mehr auf Andrej richtete. Sie erschien wie eine Fortsetzung seines auf dem Tisch liegenden Unterarmes.

Lukjanows trockene Stimme ging dazwischen.

»Hältst du uns für bescheuert? Er ist ein Bluff, dein Bevollmächtigter!«

»Willst du, daß wir ihn sofort anrufen?« fragte Andrej.

»Sonntagabend?«

Er wandte sich zu den anderen um.

»Sie sind phantastisch in der Schweiz, die Bevollmächtigten!« sagte er mit ironischer Stimme zu ihnen. »Merkt ihr das? Sogar am Sonntag, um neun Uhr abends, sind sie in ihrem Büro!«

Er verließ plötzlich seinen Platz, ging hinter Gratschew vorbei, und bevor irgend jemand eingreifen konnte – aber niemand dachte auch nur daran –, ergriff er die auf dem Tisch liegende 357 Magnum, kam zu Andrej und drückte sie ihm hart gegen das Kinn.

»Du bist unser Gast, Dimitri«, sagte Oleg mit kalter Stimme.

»Das solltest du nicht tun.«

»Schnauze!« sagte Lukjanow.

Er beugte sich zu Andrej.
»Ich habe eine bessere Idee. Wie heißt er, dein Bevollmächtigter?«
»Hans Kreiper.«
»Du hast mir immer noch nicht den Namen der Bank genannt.«
»Zinsbank des Westens.«
»In Genf?«
»In Zürich. Darf ich es dir erklären?«
»Mach einfach nur das, was ich dir sage!«
»Ich begreife nichts von eurem Schwachsinn!« explodierte der Verrückte und hob den Lauf seiner Mauser wieder nach oben. »Was ich will, ist mein Kies!«
Er mußte sich den Kopf mit Koks vollgehauen haben, bevor er hierhergekommen war. Seine gewöhnlich blaßgelben Augen hatten jetzt den weißlichen Ton von Speichel.
»Und ich, Schwachkopf, glaubst du, ich will etwas anderes?« schimpfte Lukjanow.
Sofort richtete der Verrückte seine Waffe auf ihn.
Ebenso schnell nahm Lukjanow die seine von Andrejs Kinnlade und legte auf den Verrückten an.
»An deiner Stelle würde ich mich nicht einmischen, freundschaftlicher Rat!«
Sie belauerten sich argwöhnisch. Wie versteinert, verfluchte Andrej Oleg, der die idiotische Idee gehabt hatte, rauschgiftsüchtigen Killern eine Waffe in die Hand zu geben. »Ein toller Bluff!« hatte Oleg ihm eingeredet. Aber an diesem Tisch dachte niemand daran, zu bluffen: Der Abend würde in einem Massaker enden. Pawel Lyssenko, der neben Aljoscha Kaligin saß, riskierte es, seine Schweinshaxe von Hand sanft auf die Mauser des Verrückten zu legen.
»Alles in Ordnung, Aljoscha. Alles in Ordnung. Lukjanow tut nichts gegen dich. Er versucht einfach, im Interesse von uns allen, klarer zu sehen. Laß ihn machen. Laß sie erklären.«
»Nimm dein Telefon«, befahl Lukjanow Andrej.
Andrej griff nach dem Apparat, der vor ihm stand.

»Ruf Zürich an . . . 41 1 58 82 27.«

Andrej gehorchte und versuchte gar nicht erst zu begreifen.

»Es klingelt«, sagte er.

Lukjanow stand hinter ihm, den Lauf seiner Mauser jetzt auf seinen Nacken gerichtet. Andrej gab ihm den Hörer. Lukjanow ergriff ihn mit der linken Hand.

»Ich bin es«, sagte er russisch zu einem unbekannten Gesprächspartner. »Überprüfe zwei Namen: Hans Kreiper und Zinsbank des Westens. Ich will zuerst wissen, ob es beide gibt, und dann, ob Kreiper der Bevollmächtigte der Bank ist. Mach schnell, ich bleib dran.«

Er behielt den Hörer am Ohr. Mit Oleg und Andrej saßen sie zu elft um den Tisch. Aber so erstarrt, so tödlich leise, daß eine Meise sie für Statuen gehalten hätte und ohne Mißtrauen zwischen ihnen herumgeflattert wäre.

Dreißig Sekunden vergingen . . .

Dann stieß Dimitri Lukjanow ein Grunzen aus.

»Gut, gut«, sagte er. »Bleib dran.«

Er ließ den Blick über seine »Finanzpartner« gleiten.

»Ein Pluspunkt für unsere teuren Teilhaber«, kommentierte er. »Die Bank existiert. Hans Kreiper ist dort ein bekannter Anwalt. Jetzt müssen wir rauskriegen, ob er wirklich ihr Bevollmächtigter ist.«

Andrej erlaubte sich ein leichtes Schulterzucken.

»Willst du ihn zu Hause anrufen?«

»Mach schon. Ich werde mit ihm sprechen.«

Leichenblaß wählte Andrej Kreipers Nummer.

Oleg betete, Kreiper möge die Lügen bestätigen, die ihm Andrej und er mit Drohungen aufgezwungen hatten.

Beim kleinsten Fehler, beim kleinsten Schwanken seiner Stimme wären sie tot.

»Er versteht kein russisch«, warnte Andrej.

»Was spricht er?«

»Englisch, deutsch . . . Es klingelt.«

Lukjanow nahm ihm den Hörer aus der Hand.

»Laß es mich ihm wenigstens erklären«, protestierte Andrej.

»Halt's Maul!«

»Er ist durch das Berufsgeheimnis gebunden, Leonid! Wenn er nicht weiß, wer du bist, wirst du nichts aus ihm rauskriegen!«

Als einzige Antwort nahm Lukjanow die Pistole von seinem Nacken und schob sie ihm in die Ohrmuschel.

»Hans Kreiper? Ich rufe aus Moskau an«, sagte er in perfektem Englisch. »Mein Name ist Dimitri Lukjanow. Ich bin einer der Finanzpartner von Andrej Talasski und Oleg Wlassow. Ich hätte gern aus Ihrem Munde die Bestätigung, daß unser Kapital in der Bank liegt.«

Er lauschte einen Augenblick, runzelte die Brauen, gab Andrej den Hörer und stieß ihn dabei mit seiner Waffe.

»Sag diesem Hosenscheißer, daß du ihn ermächtigst, mir zu antworten! «

Oleg glaubte auf seinem Stuhl zu schmelzen.

Andrej räusperte sich.

»Guten Abend, Herr Anwalt. Talasski. Dimitri ist wirklich einer unserer Partner. Ja ... Ja ... Genau ... Während ich mit Ihnen spreche, sitzen wir alle in einer Beratung zusammen.«

»Sprich russisch!« befahl der Verrückte Andrej, der englisch redete.

»Aljoscha, wir haben dir schon erklärt, daß sie in der Schweiz kein Wort russisch verstehen!« griff Oleg ein.

Erneut berührte Pawel Lyssenko beruhigend die Hand des Verrückten.

»Laß ihn zu Ende sprechen, Aljoscha. Dimitri hört für uns zu.«

»Ich bitte Sie also«, fuhr Andrej, an Kreiper gerichtet, fort, »meinem Freund zu antworten, als wäre ich es selbst.«

Dimitri Lukjanow entriß ihm den Hörer.

»Ich wiederhole meine Fragen, Herr Anwalt«, sagte er. »Ich habe zwei. Ist mein Geld in der Bank, und wie hoch ist die Summe?«

Er unterstrich jedes Wort, indem er den Lauf der Mauser tiefer in Andrejs Ohr stieß. Dann hörte er sich mit völlig ausdruckslosem Gesicht Kreipers Antwort an und reichte Andrej den Hörer.

»Leg auf«, sagte er, ohne seine Waffe wegzunehmen.

Andrej erwartete den Einschlag der Kugel.

»Das Geld ist auf der Bank, und es ist die richtige Summe«, warf er in den Raum.

Dann, aber erst dann, zog er die Waffe zurück, behielt sie jedoch noch immer in der Hand, den Lauf auf den Boden gerichtet. Andrej entspannte sich etwas: Kreiper war nicht zusammengebrochen. In kleinen Stößen ließ Oleg die Luft entweichen, die seine Brust zusammenpreßte. Als er sicher war, daß ihn seine Stimme nicht verraten würde, unterbrach er das Schweigen.

»Nun gut«, sagte er, »ich glaube, das Mißverständnis ist ausgeräumt. Hat jemand eine Frage?«

Pawel Lyssenko richtete sich mit seiner ganzen Masse auf.

»Keine Frage«, sagte er mit grausamem Lächeln, »sondern eine Warnung. Heute ist Sonntag. Wenn ich nicht bis spätestens Mittwochabend mein Geld und die Zinsen habe, seid ihr beide tot!«

Wenn auch voller Wut, hielten es Oleg und Andrej nicht für nötig, die Drohung zu erwidern: Angriffe und Erniedrigungen, sie würden die Rechnung später begleichen. Auf einmal.

Lyssenko drehte sich um und wandte sich ohne einen Blick zum Ausgang.

Die anderen folgten ihm in feindseligem Schweigen.

Keiner grüßte im Vorbeigehen Oleg oder Andrej: Der Krieg war erklärt.

18

Es genügt eine einzige Lüge, damit man sich fragt, ob man nicht sein ganzes Leben lang belogen worden ist. Bis dahin hatte Wassili Ljuba so sehr vertraut, daß er nie an dem gezweifelt hatte, was sie ihm sagte. Mehr noch, allein daß sie es sagte, genügte, damit es wahr wurde. Für einen Polizisten, der durch seinen Beruf daran gewöhnt war, an allem zu zweifeln, war das vielleicht seltsam; aber selbst als ihre Beziehung um Haaresbreite an der Trennung vorbeiging, hatte es funktioniert.

Bis heute . . .

Es genügte ein harmloser Satz, um alles in Frage zu stellen.

»Warst du Freitagnachmittag tanzen?«

»Nein. Ich war mit Natalja einkaufen.«

Wassili warf ihr einen erstaunten Blick zu. Ljuba ordnete Tulpen in einer Vase, sie bemerkte es nicht. Das Problem war, daß Wassili Natalja zwei Stunden zuvor getroffen hatte und daß sie ihm erklärte, sie hätte Ljuba seit sechs Tagen nicht mehr gesehen. Warum log Ljuba?

Seit Koranows Enthüllungen vom Vortag war Wassili nicht nach Hause gekommen. Wenn die Dringlichkeit es erforderte, schlief er auch mal für ein oder zwei Stunden in seinem Büro. Sie ersetzten die Nacht. Anna war also eine Prostituierte. Wassilis Spürsinn erstreckte sich nie bis in den Kreis seiner Nächsten. Wie die ganze Familie hatte auch er sich manchmal gefragt, wovon seine Schwägerin lebte, ihre Pelze, Kleider, Juwelen bezahlte, wie sie so viele Geschenke machen, so viel Geld aus dem Fenster werfen konnte. Aber Annas Schönheit, ihr launenhaftes Benehmen, die Verschwommenheit ihrer Existenz und ihre ironische Art, die Spuren zu verwischen, brachten sie von allen Fragen ab; man liebte sie so, wie sie war, denn sie war großzügig, lustig, empfindsam, und sie gehörte fest zu einem Ganzen, dem Clan der Karpowa-Schwestern.

»Ljuba ...«
»Ja?«
Eine Tulpe in der Hand, starrte sie ihn an, als bemerke sie erst jetzt seine Anwesenheit. Warum war es ihm nicht vorher aufgefallen, wie abwesend sie war, fern, in Gedanken verloren, in denen er offensichtlich keinen Platz hatte?
»Ich habe es in letzter Zeit vermieden, mit dir über Anna zu sprechen. Aber die Untersuchung macht Fortschritte. Ich bin fast sicher, diejenigen identifiziert zu haben, die den Brand in der Mjuskaja-Straße verursachten.«
»Kennst du ihre Namen?«
»Ja.«
»Wer?«
»Sie gehören zur Mafia. Ich habe den Tip von einem Spitzenmann des KGB, der vor kurzem rausgeflogen ist, Iwan Koranow. Ein widerlicher Kerl. Er hat ganz Moskau zittern lassen. Er hatte über jeden Akten angelegt.«
Ljuba streichelte die Tulpen mit dem Handrücken und biß sich auf die Lippen. Wassili zögerte einen Moment.
»Ljuba ... Weißt du, was deine Schwester in Wirklichkeit gemacht hat?«
Sie senkte den Kopf. Er warf sich ins Wasser.
»Sie war eine Nutte«, sagte er.
Er hatte es ihr vorsichtiger beibringen wollen, aber es war ihm einfach so herausgerutscht. Vielleicht ein unbewußtes Mittel, ihr die Lüge heimzuzahlen.
»Ich wußte es«, sagte Ljuba.
»Du wußtest es?«
»Nicht sicher, aber ich vermutete es.«
»Hatte sie es dir gesagt?«
»Nicht direkt. Sie wäre gewiß lieber gestorben, als daß die Familie es erfahren hätte. Anna machte sich nichts aus Geld, aber sie liebte die schönen Dinge. Sie liebte es, Geschenke zu machen, zu gefallen.«
Sie ging in die Küche, nahm sich ein Glas, füllte es am Wasserhahn, trank einen Schluck und kam ins Wohnzimmer zurück.

»Ich esse heute abend nicht zu Hause.«

»Ah?«

Ljuba haßte es, wie die Katze um den heißen Brei zu schleichen. Wenn sie verlegen war, ging sie geradeaus.

»Ich habe alte Freunde wiedergetroffen. Ich hatte sie seit Jahrhunderten nicht mehr gesehen. Sie haben mich eingeladen.«

»Wo hast du sie getroffen?« fragte Wassili mit gleichgültiger Stimme.

»Bei der Schostakowa.«

»Gehst du zu ihnen?«

»Nein. Sie gehen mit mir ins ›Aragwi‹.«

»Ich nehme an, ich wäre überflüssig?« sagte Wassili.

Sie antwortete nicht. Das Schweigen wurde dichter. Alles, was sie im Moment von Annas Tod verdrängt hatte, ihre Heirat, den Sinn des Lebens in Frage zu stellen, war plötzlich wieder da.

Ohne das Drama würde sie heute nicht mehr mit Wassili leben. Sie wäre frei. Aber frei für wen? Für was?

»Kenne ich sie?« fragte Wassili.

»Nein. Freunde aus der Studienzeit. Aus Urzeiten. Bist du böse?«

»Überhaupt nicht.«

Sein Gesicht verriet das Gegenteil. Sie ging zu ihm, suchte seinen Blick.

»Ich bin in einer schlimmen Phase, Wassili. Ich bin durcheinander, fühle mich schlecht, sehe nicht mehr klar.«

»Kann ich dir helfen?«

Sie verzog zweifelnd das Gesicht, ging noch einmal in die Küche, kam mit einem zweiten Glas Wasser zurück und reichte es ihm.

»Ich möchte, daß wir anstoßen.«

»Worauf?«

»Auf die erste Lüge, die ich dir erzählt habe, seit wir uns kennen.«

»Schlimm?« spottete er.

»Vorgestern war ich nicht, wie ich dir erzählt hatte, mit Natalja einkaufen. In Wirklichkeit habe ich mit einem dieser beiden Freunde unten im Eiscafé an der Ecke Tee getrunken.«

»Warum hast du es mir nicht gesagt?«

Sie zuckte die Schultern.

»Nicht, um es dir zu verheimlichen. Ich habe nichts zu verbergen. Aber ich hatte keine Lust, darüber zu reden. Es ist meine Vergangenheit.«

Er lächelte ihr zu. Sie hob ihr Glas.

»Auf dein Wohl«, sagte sie.

Wassili senkte die Augen. Er hatte alles getan, damit es nie geschehen würde. Aber von nun an bewegte sich Ljuba, aus Gründen, die er nicht kannte, schon sehr fern von ihm, Tausende Lichtjahre entfernt.

»Dein Wohl«, sagte er mit einem bitteren Lächeln.

»Es ist ganz klar, daß wir uns nicht sofort an ihnen rächen können«, sagte Pawel Lyssenko. »Das ist ein Spaß, der uns zu teuer käme.«

»Sollen sie uns noch lange an der Nase rumführen?« kreischte der Verrückte. »Lieber verliere ich alles und sehe sie krepieren!«

Pawel bedeckte ihn mit einem vor Wohlwollen triefenden Blick.

»Sie werden sterben, Aljoscha, sie werden sterben«, murmelte er mit seiner tiefen Baßstimme. »Und ich hoffe das Glück zu haben, sie eigenhändig umzulegen. Aber nicht, bevor wir unser Geld zurück haben!«

»Du wirst überhaupt nichts zurückbekommen«, sagte Leonid Schatalin nüchtern. »Aljoscha hat recht. Sie halten uns für Idioten.«

»Aber nein, Leonid, nein ... Ich verstehe deine Ungeduld, und ich bin genauso aufgebracht wie ihr über den Bluff dieser beiden ehrlosen Mistkerle. Aber überstürzen wir nichts, lassen wir uns eine kleine Chance. Zwei Tage mehr oder weniger, was zählt das, wenn es um eine Milliarde Dollar geht?«

Die drei überquerten den Roten Platz und folgten der Mauer des Leninmausoleums. Es war ein sicherer Ort, geschützt vor Spitzeln und Indiskretionen. Jeder war mit zwei Leibwächtern gekommen, die ihnen in drei Metern Abstand folgten und sich große Mühe gaben, wie normale Spaziergänger zu erscheinen.

Pawel Lyssenko hatte seine phantastische Gestalt in einen Silberfuchsmantel gehüllt. Ein Hut aus Otterfell vervollständigte seinen Aufzug. Der Verrückte war in einen Pelz gehüllt, der an ihm herabhing, zu weit für seine schwächliche Gestalt. Schatalin trug einen weichen Filzmantel zur Schau, der farblich zu seiner schwarzen Kaschmirkappe paßte.

»Du störst mich schon zum zweiten Mal«, sagte der Verrückte nervös. »Was willst du eigentlich?«

»Deine Hilfe, Aljoscha«, antwortete Pawel. »Und deine auch, Leonid. Früher oder später müssen wir uns zusammenschließen.«

Mit einer weiten Geste wies er auf das Leninmausoleum.

»Die Zeiten haben sich geändert. Es ist nicht mehr diese vertrocknete Mumie, die über das Heilige Rußland herrscht. Wir sind es! Wenn wir unser Geld wiederbekommen und Wlassow und Talasski eliminiert haben, wird es Zeit, daß wir uns nicht mehr gegenseitig die Geschäfte vermasseln.«

Schatalins Gesicht verschloß sich.

»Ich bin nicht gekommen, um über eine Allianz zu reden, Pawel, sondern über unsere Kohle! Ich dachte, du hättest eine Idee?«

Lyssenko lief weiter und streichelte seinen Bart.

Die Leibwächter hinter ihnen beäugten sich voll mißtrauischer Eifersucht, während sie mit scharfem Auge die Passanten musterten.

»Ehrlich gesagt«, setzte Pawel in zuckersüßem Ton wieder an, »habe ich Angst, daß Aljoscha und du auf die Provokation dieser beiden Schweinehunde hereinfallen. Begeht nicht den Fehler, sie umzulegen, bevor sie das Geld rausrücken, wir würden alles verlieren!«

Er machte schweigend ein paar Schritte, die Augen auf die Kuppeln der Basilius-Kathedrale geheftet.

»Dagegen ...«, fügte er hinzu.

»Dagegen was?« bellte der Verrückte.

»Ich wäre völlig einverstanden, ihnen eine kleine Lektion zu erteilen ... eine direkte Warnung.«

»Was für eine?« fragte Schatalin.

»Eine ernsthafte, damit sie nicht denken, sie könnten sich von heute bis Mittwoch ihrem Optimismus hingeben.«

»Zum Beispiel?« erkundigte sich Schatalin.

»Oh«, sagte Lyssenko in nichtssagendem Ton, »ein kleines lustiges Ding, um den Druck zu erhalten, sie zum Nachdenken zu bringen.«

»Warum sagst du gerade uns das?« fragte Schatalin mißtrauisch, »und nicht Lermontow, Kania, Klimowitsch, Grischin oder den anderen?«

Pawel legte ihnen liebevoll seine Tatzen auf die Schulter.

»Weil ihr beide von allen das ... impulsivste Temperament habt.«

Mittags kamen die Karpowa-Schwestern, jede Tätigkeit unterbrechend, bei ihrer Mutter an. Ljuba hatte sie nacheinander angerufen, um sie dringend zusammenzuholen. Im unveränderlichen Wohnzimmer hatte Alla das Nähzeug von der Wachstuchdecke geräumt, um Teekanne und Tassen hinzustellen.

Alle wußten, daß Ljuba sie nicht umsonst stören würde. Dennoch öffneten sie nicht den Mund, bis die Mutter den Tee brachte. Schweigend führten sie die Tassen an die Lippen.

»Ich danke euch, daß ihr da seid«, sagte Ljuba unvermittelt. »Was ich euch zu sagen habe, wiegt schwer. Ich wollte, daß ihr die ersten seid, die es erfahren.«

Sie saßen um den Tisch. Natalja in einem dicken Pullover aus blauer Wolle über der schwarzen Hose. Ariana hatte Jeans und Lederjacke an, Jelena einen roten Rock. Die Mutter trug wie gewöhnlich ihr ewiges Trauerkleid.

»Ich lasse mich scheiden«, sagte Ljuba.

Obwohl ihre Tasse noch fast voll war, goß sich die Mutter nach.

»Hast du uns kommen lassen, um es uns mitzuteilen«, fragte Ariana, »oder um unsere Meinung zu erfahren?«

»Es euch mitzuteilen.«

»Also«, wandte Ariana ein, »haben wir nichts zu sagen?«

»Was willst du noch sagen?« fragte Natalja. »Das ist nicht neu. Ljuba erzählte mir schon davon.«

»Ich wußte nichts«, warf ihnen Ariana verkniffen vor.

»Ich hätte es euch früher gesagt«, griff Ljuba ein. »Ich wollte es gerade tun, als Anna ihren Unfall hatte.«

»Ich wußte es«, sagte Jelena.

»Da hast du aber Glück«, spottete Ariana.

Natalja zuckte die Schultern.

»Wir schicken dir nicht jedesmal eine Anzeige, wenn wir einen Ehekrach haben.«

»Von wem weißt du es?« beharrte Ariana und sah Jelena an.

»Von Natalja.«

»Spiel nicht die Ahnungslose, Ariana«, sagte Natalja. »Ich hatte es dich wissen lassen. Hast du es vergessen?«

Ariana entgegnete nichts.

»Was hat dir Wassili getan?« fragte sie Ljuba.

Ljuba machte eine unbestimmte Handbewegung.

»Nichts Besonderes. Ich glaube einfach, daß es nicht anständig wäre, weiter zusammen zu leben.«

»Hast du mit ihm darüber gesprochen?«

»Noch nicht. Ich wollte zuerst euch informieren.«

»In der Hoffnung, wir würden dich daran hindern?« lästerte Ariana.

»Ariana, hör auf!« fuhr Natalja dazwischen. »Du lebst nicht mit Wassili zusammen, du weißt nicht, was los ist.«

»Er war aber nett, dein Wassili«, sagte Jelena bedauernd.

»Das stimmt«, trumpfte Ariana auf. »Er ist der einzige aus der Familie, der nie vergessen hat, mir zum Geburtstag zu gratulieren.«

»Verläßt du ihn . . . wegen eines anderen?« wagte Ariana zu fragen.

»Nein«, sagte Ljuba. »Es gibt niemanden.«

»Wie wird er es aufnehmen?« forschte Jelena.

Ljuba antwortete nicht. Sie sah ihre Mutter an.

Alla, mit verkniffenem Gesicht, schien in die Betrachtung des Druckes vertieft, der seit ewiger Zeit über dem Büfett hing.

»Gibt es keine Chance, daß . . . ihr euch wieder vertragt?« Jelena zögerte.

In ihrem Clan hatten sie sich immer alles gesagt. Das war die Regel.

Als Ljuba jedoch in diesem Moment den Gesichtsausdruck ihrer Mutter sah, wußte sie, daß sie zu weit gegangen war. Nicht die Meinung ihrer Schwestern interessierte sie. Sie fühlte, daß sie in Zukunft, was ihr Privatleben anginge, darauf verzichten konnte. Bei ihrer Mutter war es etwas anderes . . . Im Grunde hatte sie ihre Schwestern nur zusammengerufen, um zu verhindern, der Mutter gegenüberzusitzen und ihr Urteil anzuhören. Aber warum fürchtete sie sich davor? Wo lag das Übel? Tausende ließen sich jeden Tag scheiden, ohne die Verurteilung durch ihre Nächsten auf sich zu ziehen. Dann begriff sie plötzlich: Es war das Vorbild ihrer Eltern, die Liebe, die sie von ihnen empfangen hatte, die moralische Erziehung und die Lebensregeln, die sie ihr einschärften. Alla, ihre Mutter, und Karel, ihr Vater, hatten sich für das ganze Leben zusammengetan, um eine Familie zu gründen, zu der sie, Ljuba, ihre Schwestern und alle Kinder ihrer Kinder gehören würden. Keine Seelenzustände. Arbeit, Pflichten, Beständigkeit und absolute Treue. Werte, die Ljuba zu verraten im Begriff war.

»Alles geht den Bach runter«, seufzte Ariana, als könnte sie die Gedanken der Schwester erraten.

»Und du, Mama, was denkst du?« fragte Natalja.

Die Mutter war die letzte, der Ljuba Kummer bereiten wollte. Unbehaglich drückte sie sich auf ihren Stuhl, in Erwartung des einzigen Urteils, das ihr ans Herz ging. Alla überlegte einen Moment. Dann sah sie Ljuba an und schenkte ihr ein sehr sanftes Lächeln.

»Ljuba braucht nicht unsere Meinung einzuholen, um zu handeln, wie sie es für richtig hält. Niemand kann für einen anderen urteilen.«

Völlig verwirrt spürte Ljuba Tränen ihre Augen füllen.

Sie stand auf, ging zu ihrer Mutter, nahm ihre Hände und umarmte sie. Jetzt konnte sie mit Wassili sprechen: Sie war frei.

Es war Montag. Dreimal hatte Oleg unter Andrejs mürrischem Blick versucht, Taro Hanssaku zu erreichen: Er war nicht da, gerade weg oder noch nicht zurück.

»Ich hab die Schnauze voll von diesem Arschloch!« tobte Andrej.

Er nahm den Hörer, den Oleg eben aufgelegt hatte.

»Hältst du dich für schlauer?« fragte Oleg.

Andrej tat, als hätte er nichts gehört, und wählte die Nummer des Japaners.

War es die Angst vor der Niederlage, waren es Fehler, die einer dem anderen zur Last legte, oder, ganz einfach, Ljubas Ankunft in ihrem gemeinsamen Leben und ihr Essen heute abend?

Auf jeden Fall waren sie sauer aufeinander. Seit einigen Tagen war irgend etwas zwischen ihnen zerbrochen. Jeder überlegte für sich, entschied allein, mißtraute dem anderen. Sie saßen aber in demselben Boot . . .

»Hanssaku?« fragte Andrej plötzlich.

Oleg hielt den Atem an. Andrej lauschte mit absoluter Konzentration. Nach zehn Sekunden, ohne ein Wort gesagt zu haben, legte er langsam den Hörer auf die Gabel zurück.

»Sag mir nicht, du hattest ihn dran«, murmelte Oleg.

»Das Geschäft ist gelaufen. Das Geld geht morgen von Tokio ab. Es wird Donnerstagabend auf der Bank in Zürich sein.«

»Zehn Milliarden Dollar?«

»Zehn Milliarden Dollar«, bestätigte Andrej mit einer Spur von Verachtung. »Ändert das was?«

»Wir bezahlen unsere Schulden, stecken uns neun Milliarden in die Tasche, und du fragst mich, was das ändert?«

»Wann wirst du die Milliarde zurückzahlen, die wir ihnen schulden?«

»Sobald es in der Bank ankommt!«

»Bestenfalls wird das Donnerstag sein. Sie wollen das Geld spätestens Mittwochabend zurückhaben. Willst du ihnen beibringen, daß es noch mal eine Verspätung gibt?«

Oleg begann kreuz und quer durchs Zimmer zu laufen.

»Das ist zu blöd«, sagte er. »Nur ein Tag! Was können wir machen?«

»Sie eliminieren.«

Oleg sah ihn an, ohne zu verstehen.

»Wen eliminieren?«

»Lyssenko, den Verrückten, Gratschew, Lukjanow, Schatalin und die anderen«, sagte Andrej nachdenklich. »Alle, bis auf den letzten. Es ist zu spät, Oleg, wir haben keine Wahl mehr. Wenn wir sie nicht als erste schlagen, müssen wir selbst dran glauben. Ich wette mit dir, daß sie in diesem Moment schon unsere Leichenfeier vorbereiten.«

»Bist du verrückt? Sie sind neun!«

»Und? In Chicago, am Valentinstag, waren sie wieviel?«

»Du willst neun Leute in achtundvierzig Stunden umlegen?«

»Das ist völlig ausreichend.«

»Perfekt«, spottete Oleg. »Du bist ein Genie. Wann fangen wir an?«

Andrej musterte ihn mit unversöhnlichem Blick.

»Sofort. Wir haben schon zuviel Zeit verloren. Wir werden aufräumen!«

Dieser Valentin war auf jeden Fall ein toller Kerl. Manchmal ließ er Anton Abalkin an einer Neuangekommenen teilhaben, die für den Strich bestimmt war. Heute jedoch, was für ein Glückstag, hatte er ihm gleich zwei angeboten.

Zusammen. Im selben Bett! Eine brünette, schüchterne Georgierin, die bis an die Haarwurzeln errötete, als er ohne Umschweife ihre Brüste aus dem Korsett zog, und eine schwere blonde Ukrainerin mit einer phantastischen Pferdekruppe. Sehr schnell merkte er, daß seine beiden Begleiterinnen nichts wollten, als von ihm lernen. Herrliche Augenblicke ... Zwei Stunden lang sättigte sich der Tatare bis zum Überdruß an ihrem weichen Fleisch und ihren Mündern, die seinen mit Tätowierungen bedeckten Körper mit der Leichtigkeit einer zarten Vogelfeder liebkosten.

Jetzt lief er auf dem Bürgersteig der Sobinowski-Straße entlang mit dem unbeschreiblichen Gefühl, drei Meter groß zu sein und die Welt zu beherrschen.

»Haben Sie Feuer?«

Abalkin senkte die Augen auf den kümmerlichen Schwächling mit fettigem Haar, der ihm einen Zigarettenstummel entgegenhielt. Er steckte die Hand in die Tasche, um sein Feuerzeug hervorzuholen. Sogleich hielt der Schwächling seinen Arm fest, während ein anderer Kerl, aus dem Nichts aufgetaucht, ihm den Lauf einer Pistole in die Seite preßte.

Der Tatare war zum Scherzen aufgelegt: Er brach in Lachen aus.

»Verpißt euch, ihr Mistkerle. Ihr habt euch in der Adresse geirrt.«

Normalerweise genügten der Anblick seines Schnurrbartes, seines Nackens, einem Baumstamm gleich, und seines nackten Schädels, damit jeder, der ein wenig Verstand besaß, seinen Weg fortsetzte, wenn er ihn erblickte: Auch ohne zu wissen, wer er war, ging man dem Tataren niemals ans Leder. Bevor er begriff, was geschah, schoben sie ihn in eine Toreinfahrt.

Abalkin hatte ebensowenig Lust, diese beiden Scheißer zu verprügeln, wie in einem sibirischen Kloster seinen Lebensabend zu verbringen. Er war nicht einmal wütend. Aber mit dieser Art von Vorstadtterror gingen sie etwas weit. Mit einem resignierten Seufzer zog er die Hand aus der Tasche und streckte mit einer einzigen Muskelanspannung den Arm empor, an dem der Kerl mit der Kippe, der ihn angesprochen hatte, hängenblieb: Herkules in einem Kindergarten. Er spürte im Rükken die Anwesenheit eines dritten Mannes, der sich an ihn klammerte. Er wollte ihm mit einem Ellenbogenstoß die Rippen brechen, als er das Gefühl hatte, man würde ihm etwas Warmes über den Kopf gießen. Dann, ohne einen Grund, blitzschnell, ließen ihn die drei Ganoven los und verschwanden auf der Straße. Mechanisch führte Abalkin die Hand zum Hals. Sie war sofort blutüberströmt.

Dann ließ er die Finger über das Gesicht gleiten. Er betastete es mit unsäglichem Erstaunen, ohne glauben zu können, was die Berührung ihm enthüllte: Ganz dicht an der Schläfe, dort wo sich noch vor zwei Sekunden sein linkes Ohr befand, war nichts mehr da!

19

Wenn die Eifersucht das Herz zerfrißt, ist man oft versucht, Dinge zu tun, die einen selbst erniedrigen. Was soll's: Wassili Montaschew war bereit dazu. Bis dahin hatten ihn die Geschichten von eifersüchtigen Männern immer zum Lachen gebracht. Heute jedoch betraf es ihn selbst, und er kam nicht umhin, eine Verbindung zwischen Ljuba, die sich so weit von ihm entfernte, daß sie seine Existenz nicht mehr wahrnahm, und diesen seltsamen »Studienfreunden«, von denen sie ihm plötzlich erzählte, herzustellen. Woher kamen sie? Wer waren sie? Sie hatte ihm nie zuvor von ihnen erzählt. War es nicht vielmehr ein einziger Mann, ihr Liebhaber? Er saß an seinem Schreibtisch in einem Chaos von Akten und Telefonanrufen, er hatte lange mit sich gekämpft, um dem Verlangen, zu wissen, nicht zu erliegen. Aber warum sich noch mehr quälen, von Zweifeln gepeinigt, obwohl es doch für ihn so leicht war, Klarheit zu bekommen. Er erinnerte sich wieder daran, daß er Polizist war.

Ljuba hatte ihm gesagt, sie würde im »Aragwi« essen . . .

Er drückte den Knopf der Sprechanlage.

»Schicken Sie mir Alex Karpinski.«

Karpinski war so etwas wie sein Vasall, sein Schuldner und sein Schüler. Er wäre für ihn durchs Feuer gegangen. Montaschew hatte ihn gerade zum Chefinspektor ernannt.

»Chef, Sie haben mich gerufen?«

»Mach die Tür zu.«

Plötzlich spürte Wassili, wie Scham ihn übermannte. Wie sollte er Karpinski um das bitten, was er von ihm erwartete, ohne sein Gesicht zu verlieren?

»Setz dich, Karpinski.«

Karpinski setzte sich auf die Stuhlkante. Wassili wühlte in irgendwelchen Akten herum.

»Kann ich auf deine absolute Diskretion rechnen, für eine sehr vertrauliche Angelegenheit?«

Karpinski erlaubte sich einen vorwurfsvollen Blick: Die Frage war fast beleidigend.

»Was machst du heute abend?«

»Nichts Besonderes, Chef. Wahrscheinlich gehe ich irgendwo einen Happen essen.«

»Allein?«

»Vielleicht mit Galja.«

»Ist das deine Freundin?«

Karpinski senkte verlegen den Kopf.

»Seit der letzten Nacht.«

»Ich habe etwas Amüsanteres für dich. Kennst du das ›Aragwi‹?«

Karpinski krümmte sich auf seinem Stuhl.

»Das ist das teuerste Restaurant in ganz Moskau...«

»Und das beste! Aber sorge dich nicht wegen der Spesen, du hast bei mir Kredit. Ein Geschenk des Hauses.«

Er warf einen kritischen Blick auf die großen abgetretenen Schuhe seines Untergebenen, seine geflickten Jeans, das karierte Hemd, die braune Konfektionsjacke, über dessen Revers sich eine leuchtende Krawatte ringelte.

»Hast du etwas Besseres zum Anziehen?«

»Ja, Chef. Ein weißes Hemd.«

»Und deine Puppe?«

»Sie ist Mannequin, Chef«, plusterte Karpinski sich auf. »Was soll ich machen?«

»Nichts. Essen, dich amüsieren wie ein normaler Gast und die Gäste an einem Einzeltisch beobachten. Ich werde dir eine Beschreibung geben. Normalerweise sind sie zu dritt, zwei Männer und eine Frau. Ich will eine komplette Information: Namen, Alter, Vorleben, Beruf, Familienstand und das ganze Zeug. Von den beiden Männern.«

»Zählen Sie auf mich, Chef. Und von der Frau?«

»Nein, nicht die Frau.«

»Wer ist die Frau?«

»Meine, Karpinski«, sagte Wassili mit traurigem Blick, »meine...«

Galja sah umwerfend aus. Sie hatte mongolische Backenknochen und riesige Augen, die, von Wimperntusche betont, zwei Schattenhöhlen auf ihrer blassen Haut bildeten. Die schwarzen Zöpfe fielen vom Nacken bis zu den Hüften herab. Als sie das »Aragwi« betrat, waren alle Blicke auf sie gerichtet. Es waren die Blicke der Oberkellner, der Kellner und des Personals. Die wahren Kunden, die imstande waren, die gepfefferten Preise zu bezahlen, waren noch nicht gekommen. Fast alle Tische waren leer. Um das Trio, das er erwartete, nicht zu verpassen, betrat Alex Karpinski an Galjas Arm das Lokal punkt sieben Uhr. Man reichte ihnen die Karte für die Bestellung, und Alex' Haare sträubten sich, als er sah, daß allein der Preis für Blinis drei Monatsgehältern eines einfachen Polizisten entsprach! Allmählich füllte sich der Saal. Karpinski, nach einigen Gläsern Wodka schon etwas träge, nahm die magischen Düfte des »Aragwi« in sich auf: es roch betäubend nach viel Geld, gebratenen Stören und seltenen Parfüms. Die meisten Frauen waren schön, wenn auch nicht so schön wie Galja.

Karpinski spürte, wie der Oberkellner an ihrem Tisch vorbeistrich, um ihm einen anderen anzubieten. Er beherrschte sich, diesem alten scheinheiligen Zuhälter keinen Polizistenblick zuzuwerfen. Sein Chef hatte ihm zwar gesagt, daß er die Rechnung zahlen würde, aber trotzdem trieb sie ihm Schauer über den Rücken. Allein mit dem, was sie bisher genommen hatten, waren sie jetzt schon bei neun Grundgehältern angelangt.

Gitarrenspieler und Geiger in folkloristischen georgischen Kostümen erschienen plötzlich auf der Bühne. Im selben Moment öffnete sich die Tür, ein Zittern ergriff das Personal, das losstürzte, um die neuen Gäste zu begrüßen, zwei Männer, eine Frau. Mit überschwenglichem Empfangspalaver führte man das Trio, vom gesamten Orchester begleitet, bis zum besten Tisch, dessen Tafeltuch mit Rosenblättern bedeckt war. Mit zugeschnürter Kehle erkannte Karpinski sogleich Ljuba, die Frau seines verehrten Chefs. Das war nicht schwierig: Obwohl sie sich keine Mühe zu geben schien, aufzufallen, stellte sie alle anwesenden Frauen in den Schatten, Galja eingeschlossen, die plötzlich nur noch wie eine plumpe Bäuerin wirkte. Dabei trug Ljuba Montaschewa nur ein einfaches schwarzes Kleid und hatte als einzigen Schmuck den leuchtenden Kranz ihrer aschblonden Haare. Was jedoch Karpinskis Unterkiefer herabhängen ließ, waren die beiden Männer, die sie begleiteten: Oleg Wlassow und Andrej Talasski, die mächtigsten und am meisten gefürchteten »Paten« Moskaus!

»Wer ist das?« fragte ihn Galja, die seine Hand knetete, um seine Aufmerksamkeit auf sich zu ziehen.

»Ich weiß nicht«, stammelte Karpinski.

Er war von diesem ungeheuren Rätsel überwältigt: Was tat die Frau des Chefs der gesamten Polizei mit den gesuchtesten Verbrechern ganz Rußlands hier?

Nicht versuchen zu verstehen, nicht mehr denken, sich gehenlassen, sich zerstreuen ... Gleich zu Beginn, vom Orchester ermutigt, das ihre Bewegungen mit leidenschaftlichen Lamentos der Geigen, Trommelwirbeln und Gitarrenstakkatos begleitete, tranken Ljuba, Oleg und Andrej drei Wodka in einem Zug. Die Welt erschien ihnen plötzlich harmonisch, leuchtend, fröhlich und zärtlich. Der vierte Toast galt ihnen selbst.

»Auf euch beide!« rief Ljuba.

»Auf dich«, entgegnete Andrej.

»Auf dich«, sagte Oleg.

Sie tranken ihre Gläser leer und schmetterten sie auf den Boden, wie in den guten alten Zeiten. Alle begannen zu lachen.

Karpinski, der die Szene beobachtete, erinnerte sich, daß er zwei Jahre zuvor, als er volltrunken an der Bar des »Metropol« stand, dasselbe getan hatte: Man stürzte sich auf ihn und drohte ihm wegen »Zerstörung von Staatseigentum« mit zwei Jahren Gefängnis gedroht! Er sah auch, wie die Oberkellner um den königlichen Tisch ein wahres Ballett aufführten.

Immer wieder sah Ljuba Oleg und Andrej abwechselnd an.

»Ich glaube, ich träume!« sagte sie lächelnd. »Der Teufel soll mich holen, wenn ich noch vor drei Wochen geglaubt hätte, daß dieser Augenblick möglich wäre!«

Andrejs Gesicht bekam vor guter Laune lustige Falten.

»Nur Ganoven können Glück haben!«

»Ich habe sehr viel Glück!« sagte Ljuba. »Ich hatte nicht mehr gehofft, euch wiederzusehen. Auf die guten alten Zeiten!«

»Auf die Freundschaft!« sagte Andrej.

»Und auf die Liebe!« ergänzte Oleg.

Er hatte es ohne Hintergedanken gesagt, vom Alkohol erhitzt. Andrej warf ihm einen seltsamen Blick zu.

»Ihr lebt wirklich allein?«

»Absolut.«

»Ich kann es einfach nicht fassen«, sagte Ljuba. »Ihr habt doch wohl irgendeine Freundin?«

Andrej sah sie plötzlich sehr ernst an.

»Ich nicht«, sagte er.

»Ich auch nicht«, versetzte Oleg.

»Aber«, spottete Ljuba, »ihr seid doch nicht ... ihr seid doch nicht ...«

Oleg und Andrej brachen in Lachen aus.

»Was denn noch?« prustete Oleg.

Er griff nach Ljubas Teller, tat ihr einen Löffel Kaviar auf, bediente Andrej und sich selbst. Ljuba bestrich ihnen unter den ergebenen Blicken der Kellner, denen Oleg mit einem Zeichen bedeutete, sich nicht einzumischen, die Toasts mit Butter. Alle drei starben fast vor Hunger. Sie stürzten sich auf den Kaviar. Mit ein wenig Phantasie hätte sich jeder von ihnen, aus unterschiedlichen Gründen, vorstellen können, sie befänden sich in einer Schutzblase, wo sie weder Ärger noch die dumpfen Drohungen der Außenwelt erreichen konnten.

Oleg und Andrej waren jedoch auf der Hut: Es lag etwas in der Luft. Zwei Stunden zuvor war Abalkin mit einem blutigen Verband um den Kopf, der wie ein großer Turban aussah, in der Sobinowski-Straße aufgetaucht. Mehr recht als schlecht versuchte er ihn unter einem Hut zu verstecken.

»Was ist denn mit dir passiert?«

»Nichts, Chef ...«, antwortete er Oleg, den die Scham und das einfältige Grinsen des Tataren wütend machten.

»Hat man dir die Ohren abgerissen?«

Oleg hatte es zufällig hingeworfen. Zu seiner Überraschung erfuhr er, daß er ins Schwarze getroffen hatte.

»Man hat es mir abgeschnitten, Chef.«

»Bist du übergeschnappt?«

»Und das Komische ist, daß ich es zuerst nicht einmal gespürt habe!«

Erstarrt bombardierten ihn Andrej und Oleg mit Fragen.

»Wer war das?«

»Ich weiß es nicht. Drei Kerle, unten auf der Straße.«

»Schämst du dich nicht? Du? Wie konntest du dich so überraschen lassen?«

Abalkin mußte seinen ganzen Tagesablauf ausführlich erzählen, seine bewegte Mittagsruhe mit den beiden Nuttenschülerinnen, die ihm Valentin zugeführt hatte. Dann der Überfall, von dem Oleg und Andrej jede Einzelheit wissen wollten.

»Drei nichtssagende Scheißkerle ... Wie sollte ich da mißtrauisch werden?«

»Bist du ins Krankenhaus gegangen?«

»Nein. Ein Bekannter ist Arzt.«

»Hast du Feinde?«

»Nein. Sie sind tot.«

»Eine Weibergeschichte, irgendwer, dem du die Frau weggeschnappt hast und der sich rächen wollte?«

»Ich umarme nur Nutten und zahle sofort.«

»Hast du diese Kerle provoziert?«

»Überhaupt nicht! Sie haben mich um Feuer gebeten.«

»Haben sie dir irgendwas geklaut?«

»Nicht mal das.«

Nicht nötig, sich etwas vorzumachen: Oleg und Andrej hatten schon begriffen, daß durch die Person Abalkins sie beide gemeint waren. Seine Verstümmelung am hellichten Tage war nur eine Mahnung ihrer »Finanzpartner«. Von wem?

Vielleicht hatten sie die Entscheidung gemeinsam getroffen?

Auf jeden Fall ging es jetzt um einen Wettlauf: Um zu überleben, mußte man als erster schießen.

»Und bei dir, Ljuba, die Liebe?«

»Oh, ich . . .«

Sie schlang einen Happen geräucherten Stör hinunter.

»Ich trenne mich von Wassili«, sagte sie.

Oleg und Andrej sahen sie wortlos an.

»Ich lasse mich scheiden.«

Oleg füllte ihr Glas. Sie hielt es gegen das Licht.

»Dieses Mal ist es offiziell. Heute nachmittag habe ich den Familienrat versammelt. Den gesamten Karpowa-Clan. Ich habe es meinen Schwestern und meiner Mutter angekündigt. Ich hätte es früher tun sollen. Im Grunde wollte ich es gerade sagen, als Anna starb. Ich wollte den Kummer meiner Mutter nicht verstärken.«

Andrej und Oleg vermieden es, sich anzusehen: Ljuba war frei.

»Wir hatten sie so gern«, sagte Ljuba. »Wir sind noch immer niedergeschlagen. Aber die, die es getan haben, werden dafür bezahlen. Wassili kennt die Namen der Mörder.«

Die Gabeln von Oleg und Andrej blieben wie erstarrt in der Luft hängen.

»Wirklich?« fragte Andrej.

»Wassili ist der Chef der Polizei.«

»Was meint er, wer es gewesen ist?« wollte Andrej wissen.

»Verbrecher von der Mafia«, sagte Ljuba.

Entweder sie kannte die Namen nicht, oder ihr Mann war bei seiner Untersuchung auf einer falschen Fährte: Wie könnte sie sonst noch hier mit ihnen an diesem Tisch sitzen?

Oleg und Andrej wechselten einen kurzen Blick.

»Er ist sehr mächtig«, sagte Oleg bewundernd.

»Er hat seine Antennen überall. Ein ehemaliger Chef des KGB hat ihn auf die Spur gebracht. Korsanow, Karanow, Koranow . . . irgend so etwas.«

Die Musiker und Sänger des Orchesters umringten sie plötzlich und sangen im Chor den Refrain von »Kalinka«. Der ganze Saal begann im Takt zu klatschen.

Nachdenklich versenkte Oleg den Löffel in der Kristallschale mit Kaviar. Sie stand in einer Eispyramide auf einem durchbrochenen Silbertablett auf dem Tisch.

Oleg gab den Kaviar auf seinen Teller, als er etwas Rosafarbenes bemerkte, das nicht ganz von den Kaviarkörnern bedeckt war. Er schob sie mit der Löffelspitze beiseite, erbleichte, führte die Hand zum Mund, um sich nicht zu übergeben, und warf einen schrägen Blick zur Seite, um festzustellen, ob jemand seinen angewiderten Ausdruck bemerkte. Aber nein ... Ljuba war in den Gesang des Orchesters eingefallen und Andrej verlor sich in der Betrachtung Ljubas. Oleg hatte soeben im Kaviar ein menschliches Ohr gefunden.

Voller Entsetzen bedeckte er den Teller mit seiner Serviette, schob die Hand darunter, ergriff das Ohr, gegen den Brechreiz ankämpfend, führte die Hand unter das Tischtuch, und da er nicht wußte, was er mit seiner makaberen Entdeckung machen sollte, schob er es in die Tasche.

Das Orchester spielte immer wilder. Ljuba sang noch immer.

Mit einem Fußtritt machte Oleg Andrej auf sich aufmerksam und wies auf die Kaviarschale. Andrej sah ihn verständnislos an. Daraufhin holte Oleg das Ohr aus der Tasche, hielt es in seiner Hand versteckt, legte es unter dem Tisch in die Hand Andrejs, setzte ein Lächeln auf, beugte sich zu ihm, und um den Krach zu übertönen, schrie er ihm aus vollem Hals ein Wort zu:

»Abalkin!«

Andrej senkte die Augen, erkannte, was er in den Fingern hielt, und wurde seinerseits totenbleich.

Außer ihnen beiden hatte niemand etwas bemerkt. Seinen Ekel unterdrückend, stand Andrej auf und ging zur Toilette. Mit einer Handbewegung befahl Oleg einem Oberkellner, den Kaviar wegzubringen. Der Schwachkopf glaubte, er wolle mehr davon, und brachte es fertig, ihm noch einen großen Löffel voll auf den Teller zu geben. Oleg durchbohrte ihn mit Blikken. Gekränkt verschwand der Kellner mit der Schale. Das Orchester beendete »Kalinka« unter euphorischer Anteilnahme des ganzen Saales.

Andrej kam zum Tisch zurück und setzte sich. Plötzlich war es wieder still genug, so daß man sich unterhalten konnte.

»Was für ein Glück«, sagte Ljuba. »Ich danke euch. Ich habe mich seit Jahren nicht mehr so glücklich gefühlt!«

Sie war leicht beschwipst. Ihre Augen glänzten, und ihr Gesicht schien von innen her zu leuchten. Sie hob ihr Glas.

»Auf die Abwesenden«, sagte sie. »Auf Vitali.«

»Auf Vitali«, erwiderte Oleg.

»Auf Vitali«, sagte Andrej, ohne sie anzusehen.

Sie tranken. Ljuba betrachtete sie aufmerksam.

»Wenn ihr die Zeit zurückdrehen könntet«, sagte sie, »in die Vergangenheit zurückkehren, würdet ihr es tun?«

»Ich nicht«, sagte Oleg. »Zu anstrengend.«

»Und du, Andrej?«

»Wahrscheinlich, ja, es ist möglich.«

»Wegen der Dinge, die du nicht vollendet hast?«

»Im Gegenteil, wegen der Dinge, die ich getan habe.«

»Willst du sagen, du würdest sie nicht noch mal tun?«

»Doch, unter denselben Umständen würde ich es machen.«

»Warum bereust du es dann?«

»Ich bereue nichts, Ljuba, aber ich bin wie alle. Es kommt vor, daß ich Gewissensbisse habe.«

Oleg fuhr auf: Selbst wenn er auf sehr verdeckte Weise darauf anspielte, nur für ihn wahrnehmbar, so war es doch das erste Mal, daß er hörte, wie Andrej auf den Mord an Vitali zurückkam.

Aber sogleich fing er sich wieder.

»Und du, Ljuba, möchtest du in die Vergangenheit zurückkehren?«

»Oh ja!« sagte Ljuba eifrig. »Wieviel verlorene Zeit! Ich habe mir so viel gewünscht, als ich jung war. Es ist nicht wahr geworden.«

»Was zum Beispiel?« fragte Oleg.

»Glücklich zu sein.«

»Ich«, unterbrach Oleg sie schnell, »ich sah mich als Besitzer eines Bankenkonsortiums, verbrachte eine Nacht mit Tatjana Samoilowa und hatte Mokassins aus Krokodilleder ...«

»Und?« warf Andrej ein. »Was hindert dich heute daran?«

»Bist du verrückt? Tatjana Samoilowa ist zu alt!«

»Meine Träume waren nicht zu verwirklichen. Ich kenne keine einzige Note, aber ich dirigierte die Neunte am Pult der Berliner Philharmonie!«

»Auch Vitali hatte seine Phantasie«, murmelte Ljuba verträumt. »Einen Kinderwunsch ... einen bordeauxfarbernen Rolls.«

»Rolls Cabriolet«, ergänzte Oleg lächelnd.

Sie nahm beider Hände.

»Ich habe noch ein Foto mit ihm, das ihr aufgenommen habt, in der Uni, an einem Dezembertag. Erinnert ihr euch?«

Oleg und Andrej spürten den sanften Druck ihrer Finger in ihren Handflächen.

»Wer hat es gemacht? Oleg oder ich?«

»Ihr wart beide da. Ich weiß nicht mehr. Ich stehe gegen einen Baumstamm gelehnt, mit Vitali.«

Sie ließ ihre Hände los.

»Es ist so ungerecht, daß er nicht mehr da ist.«

»Damals waren wir alle drei in dich verliebt«, sagte Andrej mit gezwungenem Lachen. »Aber du, wen fandest du am besten? Vitali, Oleg oder mich?«

Ljuba sah sie zärtlich an und nahm wieder ihre Hände.

»Vitali«, antwortete sie, ohne zu zögern.

Eine ungeheure Explosion erschütterte den Saal. Bevor Ljuba begreifen konnte, was mit ihr geschah, fand sie sich von Oleg und Andrej auf den Boden gedrückt, die sie mit ihren Körpern schützten und sie unter den Tisch schoben.

Von der Detonation betäubt, hörte sie Entsetzensschreie, Jammern und Stöhnen.

»Ljuba, ist alles in Ordnung?« schrie Andrej.

»Bist du nicht verletzt?« fügte Oleg wie ein Echo hinzu.

Sie war völlig unfähig, irgendeine Antwort zu geben. Aber schon richteten sie sich auf, halfen ihr aufzustehen, griffen sie von beiden Seiten unter die Arme, trugen sie fast und rasten zur Küche.

»Mein Schuh«, stammelte sie, »ich habe meinen Schuh verloren.«

Mit zusammengebissenen Zähnen durchquerten Oleg und Andrej im Laufschritt die Küche, in der die verblüfften Küchenjungen herumstanden, und verschwanden durch die Hintertür auf die Straße.

20

»Hattest du einen schönen Abend, Karpinski?«

»Ich habe die ganze Nacht versucht, Sie zu erreichen, Chef.« Wassili, an seinem Schreibtisch, vertiefte sich wieder in die Bearbeitung eines Schriftstückes. Alex Karpinski, der vor ihm stand, tanzte von einem Bein auf das andere, das Gesicht zerknittert, die Augen von fehlendem Schlaf gerötet. Als er sich aus den Trümmern des »Aragwi« befreit hatte, war seine erste Sorge, Galja in ein Taxi zu stecken, damit sie nach Hause fuhr. Ein Glassplitter, der ihr Gesicht über dem Backenknochen, einige Millimeter vom Auge entfernt, streifte, hatte sie leicht verletzt. Sie jammerte, sie sei blind. Mit der Ecke einer Serviette entfernte Karpinski das Blut von ihrer Schnittwunde.

»Es ist nichts, Galja, ein kleiner Kratzer.«

Dann stellte er fest, daß Talasski, Wlassow und Ljuba Montaschewa in dem Gedränge nach der Explosion verschwunden waren. Die Menschen rannten in alle Richtungen.

Manche lagen zwischen den Tischen auf der Erde. Frauen weinten. Tatsächlich hatte die Bombe nur den Eingang des Lokals verwüstet. Neben der Panik und einigen materiellen Schäden gab es keine Toten, keine Schwerverletzten. Schwärme von Polizisten stürmten den Tatort. Karpinski half ihnen, einige von der Explosion zu Boden geschleuderte Gäste wieder aufzurichten, und beantwortete gleichzeitig die Fragen des Offiziers, der die Untersuchung leitete.

Es gab nicht viel zu sagen: Eine Bombe mit geringer Sprengkraft war im Eingang des »Aragwi« explodiert. Wer hatte sie dort deponiert? Zu welchem Zweck? Man wußte es nicht. Alle zehn Minuten versuchte Karpinski Montaschew zu erreichen, um ihm Bericht zu erstatten: Unmöglich, ihn zu finden. Gegen drei Uhr morgens, von der Müdigkeit zerstört, war er nach Hause gefahren, um zwei Stunden zu schlafen. Jetzt war der Tag gerade angebrochen.

Montaschew hob den Kopf.

»Nun, Karpinski, wie es scheint, läßt du im ›Aragwi‹ Bomben hochgehen?«

»Ich!«

»Man hat mir erzählt, du wolltest dich rächen. Wegen der Rechnung. Hast du sie, diese Rechnung?«

Karpinski zog sie aus der Tasche und reichte sie ihm. Montaschew warf einen Blick darauf und spielte den Entsetzten.

»Chef«, sagte Karpinski, »wenn Sie irgendwas machen könnten... Da ist noch mein Hemd... mein weißes Hemd... es ist hin!«

»Erzähl schon!« unterbrach ihn Montaschew.

Karpinski stürzte sich in den Bericht über die Nacht, aus dem hervorging, daß ihn die Zurschaustellung von Chic, Luxus und Eleganz weit mehr beeindruckt hatte als die Explosion. Montaschew hörte ihm zu, ohne zu unterbrechen, bis er seine Geschichte beendet hatte.

Dann, erst dann, stellte er eine Frage.

»Und meine Frau, hast du sie gesehen?« fragte er wie nebenbei.

»Wie sollte man sie nicht sehen, Chef? Sie stellte alle in den Schatten...«

Der Zufall hatte die Karten gemischt. Zu einer außerordentlichen Dringlichkeitssitzung beim Innenminister gerufen, wurde Montaschew erst zwei Stunden nach der Explosion informiert. Er stürzte ins »Aragwi«. Von dort raste er nach Hause und stieß die Zimmertür auf: Ljuba schlief tief und fest. Im Morgengrauen, als er die Wohnung verließ, schlief sie noch immer.

»Wie viele waren sie an ihrem Tisch?«

»Drei. Ihre Frau und zwei Männer.«

»Kennst du sie?« fragte Montaschew.

Er spielte mit seinem Füller und vermied es, Karpinski anzusehen, dessen plötzliche Verlegenheit ihm nicht entging.

»Ja, Chef. Oleg Wlassow und Andrej Talasski«, warf Karpinski hin, als würde er ein Schimpfwort ausstoßen.

Montaschew spürte einen schalen Geschmack im Mund.

»Danke, Karpinski.«
»Kann ich noch etwas tun, Chef?«
»Im Augenblick nicht. Du kannst gehen.«
Karpinski schüttelte den Kopf und machte kehrt. Er hatte die Hand schon auf der Klinke.
»Karpinski!«
»Chef?«
»Mach dir keine Sorgen wegen des Hemdes. Ich laß dir von der Regierung ein neues bezahlen.«
Karpinski schloß die Tür. Zornerfüllt wählte Montaschew seine eigene Nummer, um Ljuba zu wecken.

Eine halbe Stunde nach dem Attentat, mitten in der Nacht, riefen Oleg und Andrej ihre beiden »Leutnants« zu sich.
Fünfzehn Minuten später trafen Anton Abalkin und Lew Jewtuschenko, der Oberst, in der Sobinowski-Straße ein. Als sie das Arbeitszimmer betreten wollten, starrte Jewtuschenko den Tataren überrascht an.
»Was ist dir denn passiert?«
Abalkin führte mechanisch die Hand zu der Binde, die um seinen Schädel lag.
»Mein Rasiermesser ist abgerutscht.«
Sie hatten keine Zeit weiterzureden. Mit finsterem Gesicht öffnete Andrej die Tür.
»Na? Seid ihr bald soweit?«
Sie schubsten sich, um schneller einzutreten. Oleg saß in einem Sessel. Auch er machte ein Gesicht wie sieben Tage Regenwetter.
»Da, du Idiot«, sagte er zu Abalkin und warf ihm ein kleines Päckchen zu. »Für dich.«
Der Tatare fing es im Flug auf.
»Was ist das?« fragte er.
Er zerriß das Zeitungspapier, mit dem es verpackt war: Ein Ausdruck von Dankbarkeit ging über sein Gesicht.
»Mein Ohr! Wo haben Sie es gefunden?«
»Im Kaviar.«

Abalkin streichelte es mit verträumtem Gesicht.

»Was willst du?« herrschte Oleg ihn an. »Es wieder ankleben?«

»Hast du Lust, die Mistkerle bezahlen zu lassen, die dich operiert haben?« fragte Andrej.

»Kennen Sie sie?«

»Unsere Partner.«

Abalkins Augen verengten sich zu einem schmalen Spalt.

»Welcher?«

Oleg zuckte mit den Schultern.

»Wer weiß . . . Sie sind neun.«

»Eben«, griff Andrej ein. »Es gibt nur eine Möglichkeit, den Schuldigen nicht zu verfehlen. Sie alle umzulegen!«

»Hört jetzt gut zu«, sagte Oleg.

Die Überlegenheit der Mafia über die Demokratie liegt darin, daß Diskussionen nicht stattfinden. Sie funktioniert wie eine absolute Monarchie. Allein die Könige haben Rederecht. Sie geben Befehle. Ihre Diener führen sie aus, ohne Fragen zu stellen. Allein in Moskau verfügte die Wlassow-Talasski-»Familie« über etwa einhundert Männer, deren Leben in ihrer Hand lag. Jeder von ihnen kontrollierte in allen großen Städten des Landes ein Netz furchterregender Mittelsmänner, dessen Verzweigungen bis in die entlegensten Ecken des riesigen sowjetischen Territoriums reichten. So funktionierte das Gesetz. Der Oberst und der Tatare hatten die Hand auf dem gesamten Gewebe. Bei Operationen von großer Reichweite versagten ihre Erfahrungen als Killer, ihr Spürsinn und ihr Instinkt des Bösen nie. Oleg und Andrej erdachten, planten, begannen das Werk. Aber bei allem, was die technischen Details und die Verwaltungsstrukturen betraf, rührten sie keinen Finger, ohne die Meinung von Abalkin und Jewtuschenko zu hören.

»Morgen früh, im Morgengrauen«, begann Oleg, »werden wir alle Familienchefs auf dem Polygon von Kmetjewo versammeln.«

»Die Müllkippe«, murmelte der Oberst.

»Siehst du einen Ort, der für die Beseitigung von Unrat besser geeignet ist?«

»Wie wollen Sie sie zusammenholen?« fragte der Tatare zögernd.

»Wir werden sie nachher anrufen. Einen nach dem anderen. Wir werden ihnen sagen, daß wir ihr Geld bekommen haben, daß es zur Verfügung steht, hier, in Moskau, in bar. Wir werden es ihnen morgen, bei Tagesanbruch auf dem Polygon übergeben. Wenn sie es zurückhaben wollen, müssen sie es dort holen kommen. Ihr müßt schon eine Weile früher da sein. Zuerst laßt ihr alles Gesindel verschwinden, das sich in der Gegend rumtreibt.«

»Kein Problem«, sagte der Oberst.

»Keine Zeugen!« betonte Oleg.

»Es wird keine geben«, versicherte Abalkin.

»Gut. Sucht euch genug Leute, um alle Straßen abzuriegeln, die zum Polygon führen. Sie werden am Rand der Müllhalde warten und jeden daran hindern, sich zu nähern.«

»Ja, aber wenn wir alle Straßen absperren, wie sollen dann unsere Gäste durchkommen«, wollte der Tatare wissen. »Und wenn man sie durchläßt, nur sie, dann werden sie mißtrauisch.«

»Wenn ihr wollt«, sagte der Oberst, »kann ich Uniformen der Müllabfuhr besorgen. Dann sieht es echter aus. Sie verbieten den Durchgang wegen Reinigungsarbeiten.«

»Reinigungsarbeiten«, lobte Andrej, »genau das.«

Oleg übernahm das Wort.

»Ihr werdet euch einen Bulldozer und fünf Müllwagen besorgen.«

»Müllwagen?«

»Ja. Müllwagen der Stadt Moskau. Vier müssen auf dem Gelände zur Verfügung stehen, als hätte man sie am Vortag dort abgestellt. In jedem zehn Männer.«

»Bewaffnung?« fragte der Oberst.

»Schreckschußgranaten.«

»Warum keine echten?« wunderte sich Abalkin.

Schreckschußgranaten machten blind und taub, aber sie töteten nicht. Sie waren also nicht das Vernichtungsmittel, das sie brauchten!

Oleg und Andrej erhielten das Militärmaterial, mit dem sie ihre Soldaten ausrüsteten, direkt von Oberst Kimitschew. Seit 1983 leitete Kimitschew das Nautschno Isledowatelski Institut Spezialnoi Technologii, das berühmte Institut für wissenschaftliche Forschungen über spezielle Technologien, am Rande Moskaus versteckt, wo die besten Ingenieure die ausgeklügeltsten Mordmaschinen entwickelten.

Im Prinzip top secret und nicht verkäuflich. Aber sobald man bereit war, den entsprechenden Preis zu zahlen . . .

»Wir werden Flammenwerfer benutzen.«

»Ihr wollt sie mit Flammenwerfern braten«, staunte der Tatare.

»Und das fünfte Auto?« erkundigte sich der Oberst.

»Dort kommt das Geld rein«, sagte Oleg. »Und die Wachen. Zehn Tonnen Papier, passen die in ein Müllauto?«

»Dort passen bequem zwanzig Tonnen Scheiße rein«, beruhigte ihn der Oberst. »Also sind zehn Tonnen Papier kein Problem.«

Er brannte darauf zu wissen, ob es sich um echte Geldscheine oder um einen teuflischen Betrug handelte, aber er hütete sich, die Frage zu stellen.

»Und der Bulldozer?« meinte Abalkin.

»Wenn wir sie gegrillt haben«, sagte Andrej, »begraben wir sie unter dem Müll und planieren die Fläche.«

Abalkin und der Oberst wechselten einen bewundernden Blick: Dem Befehl solcher Chefs zu unterstehen, was für eine Ehre! Gewiß, es stellten sich noch andere Fragen. Es war fast sicher, daß sich die Chefs der Familien nicht ohne eine große Anzahl bis an die Zähne bewaffneter Leibwächter zum Polygon wagen würden. Selbst mit Betäubungsgranaten und Flammenwerfern, wie sollte man sie alle außer Gefecht setzen?

»Und wenn es Überlebende gibt?« wagte Abalkin zu fragen.

»Es wird keinen einzigen Überlebenden geben!« versicherte Oleg in einem Ton, der keinen Widerspruch zuließ.

»Wir haben noch eine andere Arbeit für euch«, sagte Andrej.

»Dringend! Ich will, daß ihr eine Rechnung mit einem Dreckskerl vom KGB begleicht, dessen Leute auf seinen Befehl Tausende Zeks abgeknallt haben. Er wohnt in der Stanislawski-Straße 9. Er heißt Iwan Koranow. Er ist von früh bis spät besoffen. Seine Exekution muß überall bekannt werden, sie muß die Phantasie anregen, als Beispiel dienen.«

»In der Art ›Taxifahrer‹?« fragte Abalkin.

»Genau.«

»Ich habe eine Idee«, sagte der Oberst.

»Ich auch«, rief der Tatare.

Im Register der Grausamkeiten gingen ihnen die Möglichkeiten nie aus.

Andrej zeigte ein hartes Lächeln. »Ich vertraue auf euch.«

Die Zeit drängte. Es gab vor der Operation des nächsten Tages noch eine Menge Details zu regeln. Alle vier vertieften sich für die folgenden zwei Stunden in die Arbeit. Um zehn Uhr vormittags beschlossen sie, eine Pause zu machen. Oleg ging mit dem Tataren aus dem Arbeitszimmer und nahm ihn freundschaftlich bei den Schultern.

»Anton, ich muß dich um etwas sehr Wichtiges bitten. Kann ich mich auf dich verlassen?«

Abalkin machte sich nicht einmal die Mühe, zu antworten.

»Da ist noch ein anderer Mann zu beseitigen«, sagte Oleg. »Alles andere wird aufgeschoben. Absolute Priorität!«

»Wer?« fragte der Tatare.

Mit leiser Stimme gab ihm Oleg einige Erklärungen.

Die Brauen des Tataren zogen sich leicht zusammen.

Zur selben Zeit bat Andrej, ohne Olegs Wissen, den Oberst, der mit ihm allein im Zimmer geblieben war, um genau denselben Dienst.

Es ging um die gleiche Person.

Zehn Uhr dreißig vormittags hielt ein Militärkrankenwagen vor der Stanislawski-Straße 9. Der Fahrer blieb hinter dem Steuer sitzen. Zwei Krankenpfleger stiegen durch die hintere Tür aus. Einer von ihnen, mit dickem schwarzem Schnurrbart, trug eine Binde um den Kopf. Sie eilten mit einer Trage zur Treppe. In der dritten Etage angekommen, klingelten sie an der Tür von Iwan Koranow. Ohne Erfolg. Einer der Krankenpfleger trommelte gegen die Tür.

Schließlich hörten sie eine Säuferstimme.

»Verschwindet!«

Der Mann mit der Binde zog einen Dietrich aus der Tasche. Er steckte ihn ins Schloß. Die Tür öffnete sich. Die Krankenpfleger betraten die Wohnung. Hinter sich schlossen sie die Tür.

»Iwan Koranow?« fragte der Verbundene höflich.

»Was geht euch das an?« kreischte Koranow.

Ohne der wilden Unordnung, die im Zimmer herrschte, Aufmerksamkeit zu schenken, kamen die beiden Krankenpfleger auf ihn zu. Er starrte sie aus seinen kleinen, bösen, vom Alkohol geröteten Augen herausfordernd an. Der Mann ohne Binde und Schnurrbart legte ihm zärtlich die Hände um den Hals und begann wortlos zuzudrücken, mit der unerbittlichen Kraft einer Stahlzwinge. Dreißig Sekunden später hauchte Koranow den Atem aus.

Der Mann, der ihn erwürgt hatte, zog einen Hammer aus seiner Jacke und ging mit schweren Schlägen auf den Schädel der einstigen grauen Eminenz des KGB los, während sein Kollege, nachdem er aus einer halbvollen Flasche einen Schluck Wodka getrunken hatte, vernickelte Instrumente aus einem Arztbesteck hervorholte. Dann beugten sich die beiden Männer über Koranows Körper und gaben sich einer schwierigen Aufgabe hin. Als sie vollendet war, luden sie seinen Kadaver auf die Trage, bedeckten ihn mit einer Plastikhülle, liefen die Treppen hinunter, ohne die Tür zu schließen, schoben die Trage in den Krankenwagen und stiegen ein.

Der Fahrer startete.

Trotz ihres Schreckens erinnerte sich Ljuba nur an eins: wie Oleg und Andrej sie zu Boden warfen, um ihr mit ihren mächtigen Körpern als Deckung zu dienen. Beide hatten gleichzeitig, bevor sie überhaupt verstanden, was geschehen war, schneller als ein Gedanke reagiert. Diese beiden liebten sie. Sie war sich dessen bewußt, war geschmeichelt, verwirrt, beschämt und beunruhigt. Als sie neben ihr saßen und sie mit Blicken verschlangen, war etwas Wildes in ihren Augen, das ihr angst machte.

Sie konnte ihnen nur mit Zuneigung antworten.

Sie war jedoch zu sehr Frau, um nicht die magnetischen Wellen zu bemerken, die zwischen ihnen strömten, wenn sie sie ansahen. Ein neues Gefühl, bei ihrem Mann nie erlebt. Wassili hatte sie einst erwärmt – er hatte sie nie verbrannt. Um zwei Uhr morgens setzten Oleg und Andrej sie vor ihrem Haus ab und begleiteten sie bis zum Fahrstuhl. Während der Fahrt hatte sie sich zwischen beide gekuschelt, auf der Hinterbank des Wagens, den ein Mann mit Stiernacken steuerte, der in rasendem Tempo manövrierte und kein Wort sprach. Wassili war nicht in der Wohnung. Dafür war sie ihm fast dankbar. Sie flüchtete sich in ihr Bett, um den Aufruhr dieses Abends noch einmal zu erleben.

Später hörte sie Wassili heimkommen. Sie tat, als schliefe sie. Aber zu viele Dinge bedrängten sie, als daß sie ein Auge zuzumachen vermochte. Drei Stunden später, kurz vor Tagesanbruch, verließ Wassili die Wohnung. Ljuba stand auf, duschte, zog sich an, schlüpfte in die Schuhe und ging. Sie mußte ihre Situation überdenken. Sie lief in Richtung Arbat ziellos durch die noch verlassenen Straßen. Sie betrat die erste offene Cafeteria und bestellte Tee. Wie lange blieb sie an ihrem Tisch? Sie hätte es nicht sagen können. Sie bezahlte, lief weiter, ging in ein anderes Café. Diesmal trank sie einen Wodka. Sie mußte ihre Gedanken sortieren und den Kloß loswerden, der ihr die Kehle zudrückte. Nach einer Weile begriff sie, daß es die unausgesprochenen Dinge waren, die sie erstickten.

Trotz der erfundenen Vorwände, trotz der äußeren Ereignisse, die ihr Leben seit mehreren Wochen beutelten, eine Tatsache blieb: Sie hatte noch immer nicht mit Wassili gesprochen. Kaum hatte sie das erkannt, wurde alles klar: Sie mußte es sofort tun, aus Angst, es niemals zu tun.

»Darf ich telefonieren?«

Sie hatte Wassili am Apparat. Er explodierte.

»Wo bist du?«

»In einem Café.«

»Was machst du in einem Café?«

»Ich weiß nicht, Wassili. Ich muß mit dir sprechen.«

»Ich auch. Wo ist dein Café?«

»Bleib dran ...«

Sie fragte eine Serviererin, die mit einem überladenen Tablett voll schmutzigem Geschirr kämpfte, nach der Adresse.

»Danke«, sagte sie.

Und zu Wassili:

»Gritsewjetskaja-Straße.«

»Wir treffen uns vor dem Puschkinmuseum«, grollte er, »am Eingang. Ich komme sofort.«

Er hatte eine Stimme, die sie nicht an ihm kannte, bissig, bedrohlich. Eine Polizistenstimme, dachte sie. Sie trank einen zweiten Wodka in einem Zug leer und fand sich in der Kälte der Straße wieder.

Der Krankenwagen hielt in Höhe des Dzierżyński-Platz 2. Fünfzig Jahre hatten Milizionäre ununterbrochen das ockergelbe Gebäude, Symbol kommunistischer Unterdrückung, bewacht. Seit einem Monat jedoch gab es keine Wachen mehr. Wozu noch den Sitz des KGB bewachen, da der KGB offiziell gar nicht mehr existierte? Alles ging den Bach runter ... Auf dem Platz konnte man noch immer in der Mitte einer Rasenfläche den Sockel der Statue von Feliks Dzierżyński sehen, dem Gründer der furchterregenden politischen Polizei, die das sowjetische Reich tyrannisiert hatte. Die Statue, die so lange ihren Schatten auf die Grashalme geworfen hatte, war jedoch verschwunden. Man hatte sie einige Wochen zuvor demontiert, wie man alles zu Boden geworfen hatte, was an das alte Regime erinnern konnte.

Zwei Männer in weißen Kitteln stiegen aus dem Krankenwagen. Sie hatten eine Trage in den Händen, auf der man unter einem Plastiküberzug eine menschliche Gestalt erahnte. Die beiden Männer liefen über den Rasen und stellten die Trage vor dem Sockel ab. Sie entfernten den Überzug. Einer von ihnen, mit einem Verband um den Kopf, nahm den Körper an den Schultern. Der andere an den Beinen. Sie legten ihn auf die Bronzeplatte. Einige Passanten blieben stehen, um die Szene zu beobachten. Manchmal warfen Nostalgiker des Sozialismus Blumen auf die Stelle, wo sich einst die Statue erhob. Aber nach Erinnerung der Moskauer hatte man bis zu diesem Tag dort niemand eine Leiche ablegen sehen. Die beiden Krankenpfleger, über den Körper gebeugt, schienen ihrer Inszenierung voller Sorgfalt den letzten Schliff zu geben. Sie richteten sich auf und gingen unter den Augen der Neugierigen ruhig zum Krankenwagen zurück.

Sie stiegen vorn beim Fahrer ein, der sofort losfuhr.

Als erstes ließ ein Kind die Hand der Mutter los und rannte auf den Rasen. Die Mutter folgte ihm. Als sie es einholte, drehte sich das Kind lachend um, warf sich in ihre Arme und sah sie an. Es sah, wie ihre Augen größer wurden und sich ihr Mund übermäßig öffnete, um einem Schrei Raum zu geben, der nicht aus ihrer Kehle drang. Vor Entsetzen gefesselt, betrachtete sie das Werk der »Krankenpfleger«: da lag ein Mann mit eingeschlagenem Schädel, dem man die Genitalien abgeschnitten und in den Mund gesteckt hatte.

Dort, wo sie sich vorher befanden, hatten seine Henker eine Sichel angebracht und auf seinem Kopf, von trockenem Blut und Knochensplittern bespritzt, einen Hammer.

Ljuba verließ die Gritsewjetskaja und wandte sich nach rechts in die Frunse-Allee. Die beiden Wodka, die sie getrunken hatte, halfen ihr nicht viel. Im Geiste legte sie sich die Worte zurecht: »Wassili, ich will mich scheiden lassen.« Oder aber: »Wassili, es ist besser, wenn wir uns trennen.« Oder auch: »Wassili, heute abend werde ich nicht mehr da sein.« Auf jeden Fall war es entsetzlich. Das beste wäre, wenn sie ihn verlassen könnte, ohne ihm weh zu tun. Wenn er verstünde, ohne daß sie es ihm erklären müßte, daß die Zeit gekommen war, da zwei Menschen, wenn sie überhaupt jemals miteinander geredet hatten, sich nichts mehr zu sagen wußten. Jeder wurde dem anderen zur Fessel und raubte ihm durch seine bloße Anwesenheit die Luft, die Träume. Aber wenn es keinen offenen Konflikt gab – wie im guten sprechen, ohne als Ungeheuer dazustehen?

Am Borowitskaja-Platz bog sie rechts in die Wolkonka-Allee. Sie hatte noch etwa hundertfünfzig Meter bis zum Puschkinmuseum zu gehen. Früher war sie oft dort gewesen, um vor einem rätselhaften Rembrandt, »Porträt einer alten Frau«, nachzudenken oder in die Betrachtung der »Jungfrau mit dem Kind« von Cranach zu versinken. Es war gewiß kein Zufall, daß ihr unter den vielen anderen gerade die Namen dieser beiden Bilder – und nur sie – einfielen: Sie umschlossen ein mögliches Frauenschicksal: alt zu werden, eines Tages, und ohne Kinder zurückzubleiben. Wie in einer Gegenwehr erstanden vor ihrem inneren Auge zwei andere Meisterwerke und löschten die beiden ersten aus: die Blumen Monets, »Flieder in der Sonne«, und ein leuchtendes Gemälde, das die Süße des Lebens ausstrahlte, zu lieben und geliebt zu werden, »Die Tahitianerin«. Die Existenz dieser beiden Juwelen gab ihr die Gewißheit, einfach weil es sie gab, daß das Leben, wenn man den Mut hatte, es zu leben, auch etwas anderes sein konnte. Sie spürte, daß ihr Monet und Gauguin die Kraft gaben, nicht mehr durch ihr Schweigen zu lügen, ihrer eigenen Wahrheit entgegenzutreten. Wie sie es sagen würde, war nicht mehr wichtig; sie würde es sagen, wie es ihr eben einfiele, wenn sie vor Wassili stehen würde. Ihr Schritt wurde fester.

Sie erblickte die hohen Säulen aus weißem Marmor, die die Fassade des Gebäudes bildeten. Und sie entdeckte Wassili, der auf sie zukam. Auch er hatte sie im selben Augenblick gesehen.

Er lief mit großen, schnellen Schritten, bewegt von der Wut, die in ihm brannte. Bis dahin hatte er mit Ljuba in einer Kugel der Milde, des Vertrauens gelebt. Gewiß, er wußte, daß sie ihn nicht so liebte wie er sie und daß ihre Verbindung Risse aufwies. Aber sein ganzes Leben hatte er keine andere Frau als Ljuba geliebt; zu wissen, daß sie den Abend mit den beiden Gangstern verbracht hatte, die indirekt die Ursache des Todes ihrer Schwester waren, war ihm körperlich unerträglich. Er würde es ihr ins Gesicht schleudern, ihr seine Empörung, seinen Abscheu entgegenschreien.

Ljuba war nur noch zwanzig Meter von ihm entfernt.

Beide kamen mit derselben Entschlossenheit aufeinander zu. Schon konnte Ljuba die angespannten Züge Wassilis erkennen, sein blasses Gesicht. Ohne zu wissen, was es war, spürte sie, daß auch er ihr etwas zu sagen hatte, etwas Endgültiges. Passanten liefen vorbei. Dann war Wassili plötzlich ganz nah bei ihr, und alles lief ab wie in der Zeitlupenaufnahme eines Horrorfilms. Sie sah ihn zögern, schwanken, den Kopf zum Himmel heben und wie eine leblose Masse zusammenbrechen.

»Wassili!«

Sie war über ihm, kniete sich auf den Boden, schob die Hände unter seinen Nacken: Er war tot. Jetzt bemerkte sie, daß ihre Hände voller Blut waren, und erblickte an beiden Seiten des Kopfes die Einschläge von zwei Kugeln, die ihm den Schädel gesprengt hatten, zwei bläuliche Löcher, aus denen Blutfäden liefen, eins in der rechten Schläfe, das andere in der linken.

Zwei unvorstellbare Verwundungen, als hätte man gleichzeitig zweimal auf ihn geschossen, von beiden Seiten, um ihm zweimal das Leben zu rauben. Sie begann zu schreien.

21

Der Morgen graute. Im Abstand von fünf Minuten kamen etwa zehn große Autos und ebenso viele Geländewagen an der Ecke der Straße nach Leningrad und des Polygons von Kmetjewo an, fünfzig Kilometer westlich von Moskau.

In jedem saßen mehrere bewaffnete Männer, beauftragt, die Capi zu schützen. Auf einer Böschung standen zwei Männer vor einem schwarzen SIL und erwarteten sie. Sie machten ihnen ein Zeichen, stiegen in den SIL und fuhren los. Hinter ihnen bog der Konvoi in einen schlammigen Weg ein, auf dem Schwerlaster tiefe Spuren hinterlassen hatten. Um seine Kippe wegzuwerfen, beging Matychow, der Berater des Verrückten, den Fehler, das Fenster seines Mercedes zu öffnen.

»Mach zu!« befahl der Verrückte.

In einer einzigen Sekunde war die eisige Luft, die den schrecklichen Gestank der Müllberge mit sich führte, in die Wärme des Autos gelangt und durchdrang Ledersitze, Kleider und Haut. Ein starker Geruch nach Aas, nach verfaultem Kohl, menschlichem und tierischem Humus im letzten Stadium der Zersetzung: der unerträgliche Gestank der großen Müllhalde Moskaus. Sie erstreckte sich über Tausende Hektar, eine künstliche Hügellandschaft, von Bulldozern errichtet, die Millionen Tonnen von Abfall, seit Jahrzehnten von einer Großstadt von zehn Millionen Einwohnern weggeworfen, einebneten oder zusammenschoben. In dieser gigantischen Kloake wimmelte es von Ratten, Ungeziefer und Krähen. Aber die Zeiten waren hart. Seit kurzer Zeit kamen ab neun Uhr morgens Horden von Obdachlosen und machten ihnen alles streitbar, was eßbar erschien, verschimmelte Brotreste, Kohlstrünke, verdorbenes Fleisch, während Krähenschwärme unablässig über dem Unrat kreisten. Es war Mittwoch, der 4. Dezember. Drei Tage zuvor hatte die Ukraine nach vielen anderen Republiken in einem Referendum für die Unabhängigkeit gestimmt. Was von dem einstigen sowjetischen Imperium blieb, zerriß wie ein brüchiges Gewebe. Am Vortag hatten Oleg und Andrej ihre neun »Finanzpartner« persönlich informiert, daß sie das Fälligkeitsdatum am nächsten Tag einhalten würden.

»Kapital und Zinsen, in bar und in Dollar. Seid bei Tagesanbruch auf dem Polygon von Kmetjewo.«

Niemand hatte diskutiert.

»Wir werden da sein.«

Sie waren da. Der SIL holperte durch die Wagenspuren und gab den anderen Autos den Weg frei. Krähen, die in den Abfällen herumpickten, entfernten sich bei ihrem Näherkommen mit weichem Flügelschlag.

Plötzlich verschwand der SIL auf dem Gipfel eines Hügels. Der BMW, der an seiner Stoßstange klebte, tauchte auf dem Kamm auf. Es war der Wagen von Schatalin. Auf der Hinterbank zwischen seinen beiden »Leutnants« schien er auf den Nacken seines Fahrers zu starren, der jetzt einen steilen Hang herabfuhr, in den ersten Gang schaltete und bremste. Hinter ihm führte der Rest des Zuges dasselbe Manöver aus, jetzt konnte man den Grund eines weiten platten Kessels wahrnehmen, wo ein Müllwagen und ein schwarzer Mercedes parkten. Vom Tataren und dem Oberst flankiert, stiegen Andrej Talasski und Oleg Wlassow aus. Alle anderen Wagen stellten sich im Kreis um sie auf.

Einige Sekunden rührte sich nichts. Die Motoren wurden abgestellt. Jetzt hörte man nur noch das Pfeifen des eisigen Windes und das Lärmen der Krähen, die in dem niedrigen, blassen Himmel durch die Mülldämpfe kreisten. Auf dem nächsten Hügel, vielleicht dreißig Meter entfernt, konnte man etwa zehn Müllwagen, einige Bulldozer und die rot-gelben Traktoren der Stadt Moskau sehen, von den Angestellten der Stadtreinigung am Abend zurückgelassen.

»Verdammt«, sagte der Verrückte, »es stinkt nach einer Falle!«

Unter seiner Jacke preßte er eine Maschinenpistole Kiparis an sich. In den anderen Autos verkrampften sich die Hände an den Waffen.

»Laßt die Müllautos auf dem Hügel nicht aus den Augen«, murmelte Pawel Lyssenko den drei Capi-regime zu, die ihn begleiteten.

Oleg und Andrej blieben seine Zielscheibe. Auf ein Zeichen Olegs gingen der Oberst und der Tatare bis zu dem Müllwagen. Der Oberst kletterte ins Fahrerhaus, Abalkin stellte sich dahinter. Der Müllcontainer kippte um, und ein Berg Armeekisten tauchte auf. Der Oberst stieg aus dem Fahrerhaus und kam zum Tataren. Andrej näherte sich lässig den Autos, die sie umstanden, und hob den Arm.

»Alles ist da. Kommt und kontrolliert. Jeder soll das nehmen, was ihm zusteht, und verschwinden!«

Er lächelte aufmunternd und fügte hinzu, indem er sich die Nase zuhielt:

»Es stinkt.«

Er zündete sich eine Zigarette an, steckte die Hände in die Taschen und wartete. Eine Tür quietschte. Fedor Grischin, der Stier, drehte sich langsam auf seinem Sitz herum, richtete seinen Körper auf, schob seine Leibwächter, die ihm folgen wollten, zurück und ging auf den Müllwagen zu.

Er erreichte Andrej.

»Grüß dich, Talasski.«

»Grüß dich, Grischin.«

»Kann ich's sehen?«

»Sicher. Nur zu.«

»Kommst du mit?«

Andrej zuckte mit den Schultern, warf seine Zigarette weg und lief neben ihm her. Sie hatten Mühe, nicht zu fallen. Der Boden war weich und schmierig. Schmutzige Papierfetzen, vom Wind aufgewirbelt, klebten sich an ihre Mäntel. Ihre Füße versanken im Schlamm, rutschten im Müll auf leeren Flaschen, Plastikgefäßen, Schrotteilen aus.

Grischin wagte einen Scherz.

»Meine Schuhe werden hin sein. Du mußt mir wohl ein Paar neue bezahlen.«

»Welche Größe?«

»Einundfünfzig. Hättest du nicht eine Parfümerie auswählen können?«

Sie kamen an der Rückseite des Müllwagens an. Unter den wachsamen Blicken des Obersts und des Tataren betrachtete Grischin mißtrauisch die Metallkisten. Unbeweglich sah Andrej ihm zu, die Hände in den Hosentaschen.

»In jeder Kiste sind zehn Millionen Dollar, Fedor. Dir stehen zehn Stück zu. Hundert Millionen Dollar. Du wirst dir alle Schuhfabriken Rußlands leisten können!«

»Zeig her!«

»Sieh selber nach. Sie sind alle offen.«

Der Tatare und der Oberst zogen eine Kiste heraus und stellten sie Grischin vor die Füße. Oleg war näher gekommen. Er stellte sich neben Andrej.

»Die nicht«, knurrte Grischin, ohne sie anzusehen. »Eine andere.«

»Eine andere«, befahl Oleg.

Unter den aufmerksamen Blicken des Stiers zogen Abalkin und Jewtuschenko eine neue aus dem Müllwagen. Mit den Fingerspitzen öffnete der Stier den Verschluß. Er hob den Deckel an: Die Kiste war bis zum Rand mit 100-Dollar-Noten gefüllt, in Bündeln gestapelt.

»Willst du zählen?« spottete Andrej.

»Was ist?« brüllte der Verrückte aus seinem Wagen.

Fedor Grischin wandte sich langsam um, mit einem Ausdruck der Verachtung. Sie hatten alte Rechnungen zu begleichen. Sie haßten einander.

»Ist das Geld da, ja, oder Scheiße?« schrie der Verrückte aus voller Kehle.

Nicht umsonst hatte man Fedor Grischin den Stier genannt. Nicht nur, weil er die entsprechende Statur besaß, mächtiges Kreuz, breiten Brustkorb und schweren Kopf, der direkt auf den Schultern befestigt war, eine Art Muskelsäule als Hals. Vor allem jedoch zeigte er die Reaktionen eines Bullen.

Er wirkte ruhig, bekam jedoch, sobald man ihn provozierte, ebenso brutale wie grauenerregende Wutanfälle. Was ging ihm durch den Kopf? Es war weder der richtige Ort noch die richtige Zeit. Aber unvermittelt ließ die aggressive Stimme des verhaßten Kümmerlings eine wilde Woge in ihm aufbrechen. Er lief direkt auf den Wagen des Verrückten zu.

In der nun folgenden Stille hörte man das trockene Knallen der Gewehrverschlüsse, die entsichert wurden. Die Kiparis in der Hand, sprang der Verrückte aus dem Mercedes, sofort von drei bedrohlichen Leibwächtern umringt. Grischin, mit bloßen Händen und verschlossenem Gesicht, kam noch immer auf ihn zu. Auch seine Leibwächter sprangen ihm nun zur Seite. Die beiden Gruppen standen einander gegenüber.

»Sprichst du mit mir?« fragte Grischin.

»Ja, du Scheißhaufen!«

»Hört auf!« vermittelte Pawel Lyssenko.

Aber es war schon zu spät. Die Beschimpfung ließ Grischin puterrot anlaufen, er machte eine idiotische Bewegung: Mit beiden Händen griff er nach dem Lauf der Maschinenpistole des Verrückten, der seinen Finger auf den Abzug legte.

Ein langer Feuerstoß bedeckte das Terrain bis in alle Ecken, während sich der Verrückte, an den Lauf seiner Waffe geklammert, die wie eine Verlängerung seines Arms und seines Körpers erschien, in die Luft erhob, so daß für kaum eine Sekunde eine Artistenfigur aus drei Elementen entstand: Fedor Grischin, die Füße fest in den Boden gestemmt, der die Maschinenpistole mit ausgestreckten Armen über den Kopf hielt, an die sich, drei Meter hoch in die Luft geschleudert, der Verrückte mit aller Kraft festhielt. Je nachdem, wie er sich drehte, schlugen die Kugeln auf der Motorhaube der Bulldozer ein, jaulten auf den Karossen der Autos, drangen mit dumpfem Geräusch in die Abfallhaufen ein oder verloren sich in den Wolken, in den großen Schwärmen fliehender Krähen.

Mit dem Kopf zuerst stürzte sich Lyssenko in seinen Mercedes. Alle anderen warfen sich in den Schlamm, bis auf die Leibgarden, die aufeinander angelegt hatten. Einer von ihnen, zufällig von einer Kugel in den Hals getroffen, sackte mit dem Gesicht nach unten auf einen Berg von Flaschenscherben. Im

Innern des BMW verlor Schatalin, den Kopf zwischen die Schultern gezogen, weder den offenen Müllwagen, wo sich die Goldgrube darbot, noch Oleg und Andrej aus den Augen, die sich lässig in die Deckung ihres eigenen Wagens gekauert hatten, hinter dem sich der Tatare und der Oberst versteckten. Die Wut überwältigte ihn: Die mörderische Dummheit dieser beiden Idioten hinderte ihn daran, die Realität der Ladung zu überprüfen. Ebenso wie einige andere Capi glaubte er es noch nicht ganz: Wie sollten Wlassow und Talasski so schnell eine solche Menge Bargeld herangeschafft haben?

Es erschien wie ein Wunder. Oder wie ein Betrug. Bevor er nicht den Inhalt der Kisten untersuchen konnte, eine nach der anderen, war er nicht überzeugt: Was sprach dagegen, daß Wlassow und Talasski Grischin getäuscht hatten, in dem sie ihm unter die Nase hielten, was ihnen paßte. Er zögerte. Sein Instinkt riet ihm, sich davonzumachen, und zwar schnell, aber seine Gier hielt ihn fest. Plötzlich ließ der Verrückte seine Waffe los, drehte sich dreimal um sich selbst, schwenkte einen Colt, den er aus seinem Mantel gezogen haben mußte und schoß ohne zu zielen auf Grischin, der förmlich in Stücke zersprang, bevor er mit seiner gesamten Masse zusammenbrach, das Gesicht blutüberströmt.

Mit derselben Bewegung knallte der Verrückte vier Leibwächter nieder, Grischins und seine.

»Aljoscha!« brüllte Matychow, der die Wagentür öffnete. »Bist du wahnsinnig?«

Der Verrückte drehte sich mit der Wendigkeit einer Schlange um, schoß eine Kugel in seine Richtung, die die Windschutzscheibe seines Wagens explodieren ließ, sprang auf Grischins Leiche, zog die Maschinenpistole unter dessen Körper hervor und kam mit einer Waffe in jeder Hand auf den Müllwagen zu. Plötzlich stand er vor Abalkin und Jewtuschenko, die ihn mit ihren Waffen bedrohten.

»Zur Seite, ihr Mistkerle!« bellte er.

»Schießt nicht«, sagte Andrej ruhig. »Aljoscha will nur kontrollieren.«

Er hatte sich eine neue Zigarette angezündet und hielt eine Mauser mit kurzem Lauf nachlässig in der Hand. Der Oberst und der Tatare gingen zur Seite. Der Verrückte versenkte eine Hand in die offene Kiste, rührte in den Geldbündeln. Dann nahm er einen Schein zwischen die Finger, ließ ihn knistern, führte ihn vor die Augen und begann ihn gegen das Licht genau zu untersuchen, als ein ungeheures Dröhnen den Raum erfüllte: Ein Hubschrauber blieb zehn Meter über dem Kessel stehen.

Niemand hatte ihn herankommen sehen.

»Bewegen Sie sich nicht! Polizei!«

Die Flügel des Rotors wirbelten Stürme von Papierfetzen auf, die wie Wolken über die Müllberge flogen, während aus dem Himmel eine Flut von Granaten in einem grellen, das Ende der Welt verkündenden Krachen explodierte. Schon hatten sich Oleg und Andrej unter den Müllwagen gerollt. Der Verrückte rannte im Zickzack zwischen dem Unrat umher, stürzte sich auf seinen Mercedes und richtete dabei Feuerstöße auf den Feind, der vom Himmel kam. Mit heulenden Motoren wendeten Personenwagen und Jeeps der Leibwachen, ihre Räder schlitterten auf dem fettigen Boden, sie versuchten die Höhe des Kessels zu erreichen, von der sie gekommen waren. Mehrere Kugeln prallten von den Seiten des Hubschraubers ab, der einen plötzlichen Schwenk zur Seite machte und sich in die Wolken erhob.

Dann geschah in dem schrecklichen Knallen der automatischen Waffen etwas Unerwartetes.

Auf der rechten Seite sprangen viele Männer aus den Müllwagen, die am Rand des Kraters zu schlafen schienen, und eröffneten von der Seite das Feuer auf die Flüchtenden, während auf dem gegenüberliegenden Kamm eine menschliche Mauer, von Militärschwerlastern geschützt, sie zur gleichen Zeit mit Salven aus Flammenwerfern eindeckten, als sie versuchten, den Hang zu erklimmen: Mehrere Fahrzeuge explodierten, bevor sie die Anhöhe erreicht hatten.

»Fahr los, du Drecksau«, heulte Schatalin seinem Fahrer zu.

Sie gerieten auf dem Hügel in einen Vorhang aus Flammen und Rauch. Schatalin schüttelte den Mann neben sich mit aller Kraft. Blindlings schoß er durch die geöffnete Scheibe gerade vor sich.

»Igor, der Hubschrauber!« schrie Schatalin. »Der Hubschrauber! «

Igor wühlte unter dem Vordersitz, zog eine Bazooka hervor, lud sie, und von Schatalin gehalten, der ihn fest an sich preßte, beugte er sich aus dem Wagen, um den Himmel durch die Rauchwolken hindurch abzusuchen. Der BMW schlingerte wild. Igor hatte Schwierigkeiten, sich festzuhalten, erblickte jedoch zwanzig Meter über sich den Hubschrauber, aus dem sich ein Geschoßhagel über sie ergoß.

»Schieß, du Idiot!« heulte Schatalin. »Schieß!«

Igor drückte auf den Abzug. Eine Zehntelsekunde später löste sich der Hubschrauber in eine Purpurgarbe auf.

»Scheiße!« wütete Andrej. »Sie haben ihn gekriegt!«

Oleg antwortete nicht. Mit zusammengebissenen Zähnen, die Maschinenpistole unter dem Arm, unterstützte er das Feuer seiner Soldaten und schoß in weiten Bögen auf die Seitenhänge des Kessels. Männer, in lebende Fackeln verwandelt, sprangen aus zerfetzten Wagen, liefen einige Meter und rollten die Böschung hinunter, wo ihre brennenden Körper, zu glühenden, bräunlichen Haufen zusammengeschrumpft, den Müll in Brand setzten. Abalkin und der Oberst sprangen aus einem Jeep, warfen die Kiste mit den Geldscheinen hinein und fuhren, von ihren Leuten gedeckt, mit aller Kraft an, um den Gipfel des Hügels zu erreichen, luden dort die Kiste aus und rasten erneut zu dem Müllwagen, der Oleg und Andrej als Deckung diente, mit tränenden Augen und brennender Kehle in dem unerträglichen Gestank von Pulver, Scheiße und verbranntem menschlichen Fleisch. Unter den Einschlägen der Kugeln und der explodierenden Fahrzeuge bebte der Boden wie Gelatine, während sich die Schreie der Verletzten erhoben, die von den Männern Abalkins und Jewtuschenkos erledigt wurden.

»Stopp!« brüllte Oleg.

Im nächsten Augenblick war alles vorbei. Das Dröhnen der Waffen wurde durch das Brummen der Autos ersetzt, die unter den Windstößen immer heftiger brannten. Zwischen zwei Feuer geraten, hatten sie den Gipfel des Kessels nicht mehr erreichen können.

Nachdem sie den Abhang heruntergestürzt waren, türmten sie sich nun zu einem Haufen von geschwärztem Schrott, aus dem verstümmelte Körper auftauchten.

Der Rauch war so dicht, daß man kaum weiter als zwanzig Meter sehen konnte.

»Abalkin!«

»Boß?«

»Sag mir, wie viele Autos verbrannt sind?« fragte Oleg. »Nicht die Jeeps, die Personenwagen!«

Abalkin rannte mit dem Oberst davon und bellte Befehle. Oleg wandte sich zu Andrej.

»Wir haben keinen Hubschrauber mehr, um nach Hause zu kommen. Wenn es Überlebende gibt, können sie uns auf der Straße auflauern. Was machen wir?«

»Warte erst mal, ob es überhaupt welche gibt.«

Abalkin tauchte aus einer Rauchwand auf.

»Sechs Autos«, sagte er hechelnd.

»Scheiße!« wütete Oleg. »Drei bleiben übrig!«

»Verschwinden wir!« entschied Andrej. »Bei dem Lärm und den Bränden könnte bald die Polizei da sein. Das kann ganz schnell gehen! Jewtuschenko!«

»Boß?«

»Zünde diesen verdammten Müllwagen an!«

»Sofort.«

Der Oberst lief los, holte einen Benzinkanister hinter der Fahrerkabine hervor, übergoß die Kisten und warf ein Streichholz darauf. Sofort erschien der Müllwagen wie ein Schattenspiel hinter einem gigantischen Flammenvorhang.

»Boß, was sollen wir machen?« fragte Abalkin.

Oleg und Andrej rannten zum Auto.

»Wir hauen ab!«

»Wir fahren zurück!« brüllte der Oberst den wartenden Soldaten zu. »Verteilt euch, und kein Konvoi!«

Die Truppen liefen auseinander, um ihre Jeeps und Lastwagen zu erreichen. Abalkin setzte sich ans Steuer des Mercedes. Es war merkwürdig, die Gefahr verstärkte sein Bedürfnis, sich am Ohr zu kratzen, genau an dem, das ihm fehlte. Er hatte aus dem Mund von alten Kriegsversehrten, Veteranen aus Leningrad, gehört, daß ihnen an Regentagen die künstlichen Glieder schmerzten.

Damals hatte er das sehr lustig gefunden.

»Worauf wartest du, fahr los!« wetterte Oleg.

Er hatte die Vorahnung, daß alles, was sie getan hatten, umsonst war. Selbst wenn es nur einen Überlebenden gäbe, würde es ihnen unmöglich sein, ruhig zu schlafen. Nun waren es sogar drei. Sie würden sich zusammentun. Der Ärger begann.

»Ab heute abend können wir uns auf Krawall gefaßt machen«, sagte Andrej wie ein Echo auf Olegs Gedanken.

Der Mercedes erreichte den Rand des Kessels. Oleg und Andrej drehten sich um. Weiter unten erinnerte die verwüstete Landschaft an Gebiete, die in Kriegszeiten von Artillerie bombardiert wurden. Nur die zu Beginn des Massakers von Kugeln niedergemähten Leichen waren unversehrt. Die anderen bildeten ein schwärzliches Magma, aus dem kleine Flämmchen züngelten, in einem unbeschreiblichen Durcheinander von verkohlten Metallteilen. Der Hubschrauber war ausgebrannt.

Mit dem Piloten waren sechs Männer an Bord, als er abgeschossen wurde. Einer von ihnen schien in der Plaste des Cockpits eingefaßt, die in der Glut um seinen Körper geschmolzen war.

»Was meinst du«, fragte Oleg, »wer ist entkommen?«

Andrej zuckte mit den Schultern.

»Vertraue ihnen! Wir werden es bald wissen.«

Beide waren völlig erschöpft, die Leere rauschte in ihren Ohren.

Der Mercedes erreichte jetzt den Rand des Müllfeldes. Von einer Anhöhe erblickten sie die Straße nach Leningrad.

»Dreh das Fenster runter«, sagte Oleg zu Andrej. »Ich brauche Luft.«

Buch 4 Café Puschkin

22

Das Jahr 1991 endete im Unvorhersehbaren, in Verwirrung und Wahnsinn. Drei Tage vor Weihnachten empfing Iwan Silajew, der provisorisch die Funktionen des Ministerpräsidenten, des Präsidenten des Interrepublikanischen Ökonomischen Komitees und des Finanzminsters in sich vereinte, in dem provisorischen Büro, das man ihm im Kreml zugestanden hatte, den Oberbefehlshaber der Armee, Marschall Schaposchnikow, einige Stunden zuvor auf diesen Posten berufen, um ihm zu erklären, daß seine Ernennung nur provisorisch sei.

Auf allen Ebenen bemächtigte sich dieselbe Raserei des Landes.

Die Machthaber wechselten unaufhörlich, die Dekrete hatten die Beständigkeit eines Funken. Jeder neue Tag zerstörte, was man am Vortage beschlossen hatte. Die Geschichte geriet aus den Fugen. Sie raste unendlich schneller als die Vorstellungskraft der Menschen, in einem unwahrscheinlichen Wirbel von Ereignissen, von denen niemand auch nur eine Stunde vorher zu sagen vermochte, ob sie das, was einst das mächtigste Imperium der Welt gewesen war, mit sich reißen würden. Einzige Gewißheit: Alles war möglich. Es war Sonnabend, der 21. Dezember. Am 8. hatten die Führer Rußlands, Belorußlands und der Ukraine in Minsk den Tod der Sowjetunion beschlossen und die Gründung einer Gemeinschaft Unabhängiger Staaten verkündet.

Am 13. erklärten die mittelasiatischen Republiken ihren Beitrittswunsch. Am Vortag hatte sich Rußland die gesamten Institutionen der seligen UdSSR angeeignet. Und heute, letzter Gnadenstoß für die sterbende sozialistische Diktatur, traten acht weitere Republiken der Gemeinschaft bei. In Georgien, wo am 24. September der Ausnahmezustand verkündet worden war, begann der Bürgerkrieg. In Moskau prügelten sich die Menschen, nachdem sie stundenlang vor Geschäften

Schlange gestanden hatten, um ein Stück Brot, zwei Tomaten, ein paar Gramm Butter ...

Mit ihrem riesigen Blumenstrauß in den Armen kam sich Ljuba lächerlich vor.

Gemessen am Augenblick – an der Situation, der Straße und den Passanten – hatte ihr Flieder etwas Ungehöriges: Es fehlte am Nötigsten – er repräsentierte den Überfluß. Blumen waren in Moskau sehr selten geworden. Woher nahmen sie sie? Anfänglich erhielt sie jeden Morgen einen Strauß, mit einer Karte, die von beiden unterschrieben war. Dann, aus Gründen die sie nicht kannte, schickten sie getrennte Sträuße: einen von Andrej, den anderen von Oleg.

Immer schöner, frischer, leuchtender.

Fast drei Wochen waren seit der Ermordung Wassilis vergangen. Keinen Tag vergaßen Oleg und Andrej, ihr eine unablässige, aufmerksame, warme Zuneigung zu bekunden. Die Beisetzung fand im engsten Familienkreis auf dem Friedhof von Peredelkino statt. Sie kamen gemeinsam, blieben diskret am Rande, bis Ljuba sie bemerkte, sie standen unter den drei Kiefern, die das Grab von Boris Pasternak bezeichneten. Bei der Rückfahrt, auf der Waldstraße, die sie auf die Nationalstraße Minsk-Smolensk führte, redeten ihre Mutter und ihre Schwestern abwechselnd auf Ljuba ein; jede von ihnen wollte sie bei sich aufnehmen. Sie lehnte ab. Sie wollte allein sein. Sie mußte nachdenken, Abstand gewinnen.

Sie hatte sich gewünscht, frei zu sein, das Leben hatte sie erhört. Welch ein Hohn ...

Die Verwirklichung ihres Wunsches wurde mit einer Tragödie voller Grauen bezahlt, der Schuld. Wollte sie Wassili nicht in ebendem Moment, da man ihn niederstreckte, sagen, daß sie ihn verlassen würde?

Wie sollte sie nicht ein Zeichen sehen in seinem Tod und ihrem Wunsch, ihn zu verlassen? Was sein Tod ihnen beiden geraubt hatte – ihr, ihm, bei dieser letzten verfehlten Begegnung, wo endlich alles ausgesprochen werden sollte – war dieser Augenblick der Wahrheit, ihrer Wahrheit.

Die Tage waren verstrichen . . .

Sie ging nicht aus dem Haus, antwortete nicht, wenn das Telefon klingelte, nahm kaum etwas zu sich und starrte stundenlang ins Leere. Manchmal mußte sie die Tür öffnen.

Zusammen oder einzeln besuchten sie unter den geringsten Vorwänden Natalja, Jelena und Ariana. Ohne daß man sah, was sie taten, räumten sie in der Wohnung auf, behaupteten, sie haben Hunger, und stellten zwei Teller auf den Tisch. Schließlich leistete Ljuba ihnen Gesellschaft. Wie zufällig hatten sie immer etwas zu knabbern in der Tasche.

Dann kamen die Blumen.

Es waren jeden Tag so viele, daß Ljuba nicht mehr wußte, was sie mit ihnen anfangen solle. Sie leuchteten aus allen Ecken des Salons und ihres Zimmers. Sie schenkte sie ihren Schwestern.

»Wer schickt sie dir?«

»Freunde von der Universität. Ich hatte sie kurz vor Wassilis Tod wiedergetroffen.«

»Was machen sie?«

»Ich weiß es nicht.«

»Hast du sie nicht gefragt?«

»Ich weiß, es klingt idiotisch, aber ich habe es nicht getan.«

Auf der beigelegten Karte standen immer zwei, drei Worte voller Zuneigung, von dem einen oder dem anderen unterschrieben: *»Ich denke an dich. Andrej.« – »Wenn du irgend etwas brauchst . . . Oleg.«* Einmal rief sie, um sich zu bedanken, in der Sobinowski-Straße an. Andrej war am Apparat.

»Ich wollte dich nicht belästigen«, sagte er nach langem Schweigen. »Ich hoffte, du würdest dich bei mir melden . . .«

»Danke für die Blumen. Sie erfüllen die ganze Wohnung mit ihrem Duft.«

Am selben Nachmittag sprach sie mit Oleg.

»Andrej hat mir gesagt, daß du angerufen hast. Ich wollte dir sagen, daß ich mit dir fühle.«

»Deine Rosen machen mir so viel Freude . . .«

Heute war es ein riesiger Strauß aus weißem Flieder: Wie konnte man mitten in der Revolution, an einem 21. Dezember, in Moskau weißen Flieder bekommen?

Als sie die Tür öffnete, verschlug es ihrer Mutter die Sprache.

»Komm rein, Ljuba, komm rein. Mein Gott, in meinem ganzen Leben habe ich nie so schöne Blumen gesehen!«

Wohin damit? In Moskau gab es fast nie mehr Blumen. Wozu braucht man also Vasen? Nachdem sie die Küche durchsucht hatte, entdeckte Ljuba hinter einem Vorhang, der die Besenecke verbarg, den Behälter, in dem die Mutter ihre Wäsche wusch.

Sie füllte ihn mit Wasser und stellte den Flieder hinein.

»Das ist wunderbar«, sagte Alla. »Ich mache dir einen Tee.«

Seit dem Drama war es das erste Mal, daß Ljuba die Mutter besuchte. Sie hatte sie jeden Tag angerufen, damit sie sich nicht sorgte. Sie erzählten sich nichts Besonderes. Jede hörte auf die Stimme der anderen, ihren Atem. Die Mutter stellte die Teekanne auf den Tisch. Ihr Blick glitt über den Flieder, der auf dem Boden stand. Er erhellte mit seinen weißen Blüten die graue, zarte Patina der Wohnung.

»Woher hast du diese wundervollen Blumen?«

»Freunde haben sie mir geschickt, Mama, meine besten Freunde.«

»Kenne ich sie?«

»Ich glaube nicht, Mama, es ist so lange her. Wir waren zusammen in der Uni.«

In Gedanken verloren, tranken sie schweigend ihren Tee. Plötzlich spürte Ljuba den Blick der Mutter auf sich ruhen. Ein sanfter, durchdringender Blick, der alles erriet.

»Ljuba, macht sich einer dieser Burschen Hoffnungen auf dich?«

Ljuba fühlte, wie sie bis zu den Ohren errötete.

»Gar nicht, Mama, sie sind einfach nur Freunde.«

Während sie den Satz aussprach, erkannte sie, daß ihre Mutter weiter sah, als sie selbst.

Bis jetzt hatte sie sich geweigert, daran zu denken: Oleg und Andrej liebten sie wie früher, das war nicht zu übersehen. Hatte sie sich gefragt, was sie für die beiden empfand?

»Ljuba, hast du deinen Mann je geliebt?«

Ljuba zögerte eine Sekunde.

»Ich weiß es nicht mehr, Mama, nach so vielen Jahren . . .«

»Aber ja, du weißt es ganz genau. Eine Frau weiß so etwas. Bis zum letzten Tag seines Lebens habe ich deinen Vater immer geliebt.«

Als sie die Tränen in Ljubas Augen sah, legte sie ihr die Hand auf den Arm.

»Du bist jung, Ljuba, sehr jung. Das Leben ist lang. Auch nach dem größten Kummer geht es weiter, beginnt von neuem. Das schrecklichste, weißt du, ist, daß man nicht daran stirbt.«

»Warum sagst du mir das, Mama?«

»Weil ich manchmal in deinen Gedanken lesen kann. Ich wollte, daß du weißt, daß du keine Schuld trägst.«

»Nun, Valentina? Was ist los?«

»Nichts, Frau Schostakowa.«

Rücklings auf ihrem Stuhl, den Silberstock in der Hand, hatte die Schostakowa den Unterricht sogleich unterbrochen, um die Zuspätgekommene zu geißeln. Deren schwarze Haare wurden von einem Band gehalten. Sie war vierzehn Jahre alt und fühlte sich nicht wohl in ihrer Haut.

»Warst du krank?«

»Nein.«

»Also, warum bist du so lange nicht gekommen?«

»Wegen der Explosion, Frau Schostakowa«, sagte Valentina, die sich vor Angst wand. »Meine Mutter dachte, die Schule wäre geschlossen.«

»Was erzählst du da? Der Unterricht fand jeden Tag statt, wie gewöhnlich. Du willst Karriere machen und desertierst bei der kleinsten Explosion, ohne dich wenigstens herabzulassen, an Ort und Stelle nachzusehen?«

Sie schlug mit ihrem Stock auf den Boden.

»Zieh deine Schuhe an!«

Valentina verschwand. Auf ein Klatschen begann die achtzigjährige Pianistin erneut mechanisch mit ihrer Verstümmelung von »*Schwanensee*«.

Zwei Wochen zuvor war in der Sobinowski-Straße 9 eine starke Bombe explodiert und hatte die Scheiben des ganzen Viertels zerbrochen, die Häuser der Umgebung beschädigt und die Fassade des Hauses verwüstet. Gerüste bedeckten sie jetzt. Wunderbarerweise war die Marmortafel, auf der in goldenen Lettern TANZSCHULE IRINA SCHOSTAKOWA stand, heil geblieben. Die Schostakowa schloß daraus, daß ihr Name, er ganz allein, das ganze Gebäude geschützt hatte. Trotz dieses Zeichens mußte sie mit dem Verwalter kämpfen, der – nur vorübergehend, wie er versicherte – ihre Schule schließen wollte. Gewiß, sie spürte genau, daß sich ungewöhnliche Dinge ereigneten. Am Tag nach der Explosion verschwand das Haus unter einem Wald von Gerüsten. Das war noch normal, man mußte ja die Schäden reparieren. Weniger normal waren die Sandsäkke, die Arbeiter bis zum Dach aufstapelten. Plötzlich fühlte sich die Schostakowa in Kriegszeiten zurückversetzt. Worin sie sich, ohne es zu ahnen, nicht täuschte.

Es gab viele Tote seit der Schlächterei auf dem Polygon von Kmetjewo. Innerhalb von vierzehn Tagen verwandelte sich Moskau ins Chicago der dreißiger Jahre. In dem ungeheuren Chaos, das die Stadt beherrschte, brachen geheimnisvolle Brände aus, wurden Restaurants, Geschäfte, Nachtclubs, Schaufenster aus Autos mit Maschinengewehren beschossen. Man fand erdrosselte Prostituierte auf den Bürgersteigen, von Messerstichen durchbohrt, Lagerhäuser explodierten, und die Leichen, die jeden Tag im Morgengrauen im Rinnstein lagen, ließen sich nicht mehr zählen: ohne Ausweise, verstümmelt, von Kugeln durchsiebt. Die Polizei resignierte, reinigte die Straßen und brachte die Kadaver ins Leichenschauhaus. Wenn die wenigen ehrlichen Polizisten versuchten, mehr zu erfahren, machte man ihnen an oberster Stelle klar, daß es Wichtigeres gäbe als die Bandenkriege der Mafia. »Sollen sie sich untereinander töten, um so weniger haben wir danach zu tun!« Was sollte man antworten? Von der Spitze bis zur Basis der Hierarchie war die Stadt, von politischen Intrigen verzerrt und von Morden befleckt, bis ins Mark verdorben.

Auch wenn man sich in einer Periode des Waffenstillstands befand, überließen Oleg und Andrej nichts dem Zufall. Tag und Nacht wechselten sich die Männer ab, die in ihren Autos um das Gebäude kreisten. Andere, auf den Gerüsten postiert, deckten mit ihren Waffen die Sobinowski-Straße. Innen wurden die Wachen verdreifacht. Unten kontrollierten mehrere Gorillas, als Bauarbeiter verkleidet, inmitten der Trümmer mit scharfem Blick alle Eingänge, die Maschinenpistolen unter der Jacke verborgen. Jede Sekunde konnte der Tod in beliebiger Form auftauchen: Vergiftung, Explosion, Molotowcocktail, Brand. Oleg und Andrej verschanzten sich seit zwei Wochen in der obersten Etage des Gebäudes, die einer Festung ähnelte, und ernährten sich von Lebensmitteln, die ihre Männer jeden Tag an einem anderen Ort kauften.

»Wie viele sind auf dem Dach?« fragte Oleg.

»Drei, mit Bazookas, das habe ich dir schon mal gesagt! Wovor hast du Angst? Vor einem Hubschrauber?«

Sie waren mit den Nerven am Ende, aggressiv, angespannt. Andrej zog sich immer öfter in das Zimmer zurück, das seinen Experimenten mit dem Perpetuum mobile vorbehalten war. Er sah zu, wie sich sein Apparat drehte. Wenn er aufhörte, sich zu bewegen, verließ er aus Angst, ihn zu zerschlagen, türenknallend das Zimmer und lief von Etage zu Etage.

Oleg trennte sich auch im Bett nicht von seinem Funkgerät, das ihn mit dem Tataren und dem Oberst verband, die in ständigem Kontakt zu den Wachen standen.

Am 6. Dezember, zwei Tage nach dem Massaker auf dem Polygon, hatte ihnen Kreiper mit vor Erregung zitternder Stimme erklärt, daß die Transaktion abgeschlossen sei. Zwei japanische Anwälte waren in Zürich eingetroffen, in ihrer

Tasche den unterschriebenen Brief von Soka Mitsubishi, Direktor der Sumitomo Bank, mit einer Gutschrift über zehn Milliarden Dollar für die Development Trade Company bei der Zinsbank des Westens. Nach der Überprüfung nahm Hans Kreiper den Austausch der Dokumente vor. Er übergab den Japanern den Pachtvertrag für neunundneunzig Jahre über Etorufu und erhielt dafür aus ihrer Hand den Kreditbrief, der die märchenhafte Summe Wirklichkeit werden ließ.

»Was soll ich damit machen?«

»Warten Sie auf unsere Anweisungen«, hatte ihm Oleg mit düsterer Stimme geantwortet. »Lassen Sie es erst mal arbeiten. Wie sind die Zinsen?«

»Für Dollar im Moment sehr gering.«

»Wieviel?«

»Fünf, sechs Prozent.«

»Ich will fünfzehn pro Tag. So oder gar nicht.«

Das Geld kam zu spät. Moskau war bereits in Blut und Feuer getaucht und sie wie Ratten in diesem Käfig gefangen.

Für wie lange?

»Weißt du, was er mit unserem Geld anfangen wird?« sagte Oleg, als er den Hörer auflegte. »Er ist schon dabei, nach Schaan zu telefonieren, um es anzulegen.«

»Schaan?«

»In der Schweiz. Die Bank der Banker. Dort leihen oder verleihen die Finanziers kurzfristig riesige Summen. Einen Tag oder zwei oder auch nur für ein paar Stunden. Die Zeit, in der ein Staat die Revolution verhindert, indem er seinen Angestellten Geld gibt, oder ein Diktator seine Macht rettet, indem er eine Waffenlieferung prompt bezahlt.«

Andrej schien noch immer nicht zu begreifen, vielleicht dachte er auch an etwas anderes.

»Bevor wir uns entscheiden, was mit unserem Geld geschieht, wird Kreiper es kurzfristig anlegen. Wenn er es, sagen wir, für einen Monat liegen läßt, für fünfzehn Prozent, wie ich es ihm gesagt habe, bekommen wir von ihm hundertfünfzig Millionen Dollar Zinsen.«

Andrej schien es den Atem zu verschlagen.

»Für dreißig Tage? Hundertfünfzig Millionen? Soll das ein Scherz sein?«

»Nein. Aber für Kreiper ist es noch besser. Er wird es in Schaan für zwanzig Prozent anlegen. Während er uns hundertfünfzig Millionen gibt, bekommt er selbst zweihundert. Das heißt fünfzig Millionen für ihn ganz allein, in seine Tasche.«

»Und die Kerle in Schaan?«

»Das hängt ganz von dem ab, der es sich leiht. Wenn sie wissen, daß ihm das Wasser bis zum Hals steht, gibt es keine Geschenke! Sie lassen ihn bluten. Vierzig, fünfzig Prozent oder mehr.«

Es war Pech, daß die drei Überlebenden des Blutbades auf dem Polygon die hartnäckigsten der neun Capi di famiglia waren, die Oleg und Andrej mit einemmal umzulegen versucht hatten: Leonid Schatalin, Pawel Lyssenko und der gefährlichste von ihnen, Aljoscha Kaligin, der Verrückte. Mit diesen dreien war es besser, die Augen ständig offenzuhalten. Sie waren nicht bereit, die Beute entkommen zu lassen.

Oleg und Andrej hatten es am Abend nach dem Massaker am eigenen Leib erfahren. Die erste Bombe in der Sobinowski-Straße, das waren sie. In Moskau verbreiteten sich Neuigkeiten schnell. Nach fünf Tagen totalen Krieges, in dem sie einander abwechselnd zerstörten, hatten sie den Oberst losgeschickt, um Matychow, dem Consigliere des Verrückten, auf den Zahn zu fühlen.

»Sag ihm, daß uns das, was geschehen ist, leid tut. Es handelt sich um ein bedauerliches Mißverständnis. Ihr Geld liegt auf der Bank. Sie holen es sich, wann sie wollen, und dann Schwamm drüber.«

Der Oberst war niedergeschlagen von seiner Mission zurückgekehrt.

»Sie lehnen ab. Sie sagen, es sei nicht eine Frage des Geldes, sondern der Ehre.«

»Also, was wollen sie?«

»Euch.«

Der Oberst hatte den Kopf gesenkt.

»Oder ...« murmelte er.

»Was oder?« schrie Andrej.

Der Oberst zuckte schicksalsergeben die Schultern. Was ihm Matychow übermittelt hatte, war so beleidigend, daß er es kaum zu wiederholen wagte. Er schluckte.

»Sie sind bereit, euch am Leben zu lassen, wenn ihr ihnen die gesamte Milliarde Dollar gebt.«

Der Rest war noch schwerer auszusprechen.

»... und die Stadt für immer verlaßt«, hatte er mit ersterbender Stimme hinzugefügt.

»Die armen Schweine!«

Das Gemetzel entbrannte erneut.

Zwei Tage später machten Oleg und Andrej einen Gegenvorschlag.

»Sag ihnen, daß wir bereit sind, den Anteil der Toten mit ihnen zu teilen. Wir teilen die Beute durch fünf. Zweihundert Millionen für jeden, den Verrückten, Lyssenko, Schatalin, Oleg und mich.«

»Das ist ein Angebot, das sie nicht ablehnen können«, meinte Oleg. »Gegenüber dem, was wir bekommen müßten, haben sich alle Anteile verdoppelt.«

Erneutes Scheitern.

»Sie wollen nichts davon wissen, Boß. Die gesamte Summe und euer Exil oder gar nichts.«

Am Morgen des fünften Tages stellte sich Oleg die Frage.

»Letzten Endes, selbst wenn wir ihnen die Milliarde geben, die sie wollen, bleiben uns noch neun weitere ...«

Verächtlicher Blick von Andrej.

»Willst du vor diesen drei Hanswursten in die Knie gehen?«

»Ich will vor allem am Leben bleiben, um mein Geld auszugeben.«

»Und wie ein Hündchen ihr Gesetz hinnehmen?«

»Der Planet ist groß. Es gibt noch mehr als Moskau.«

Dieser Satz hatte schließlich seine Wirkung getan.

Gemeinsam arbeiteten sie die Möglichkeit eines anderen Finanzkompromisses aus: Lyssenko, Schatalin und der Verrückte wiesen alles zurück.

»Wir kommen hier nie raus, Andrej.«

»Sechs von ihnen haben wir schon umgelegt. Warum nicht sie?«

»Warum nicht sie uns? Sie sind zu viele mit ihren Leuten. Wir kriegen sie nicht.«

In ebendiesem Augenblick hatte Oleg die Idee.

»Angelo Gatto!«

Andrej sah ihn aufmerksam an. Gemeinsam mit Taro Hanssaku waren sie dem Don einige Jahre zuvor in Urabarowsk begegnet, es ging um ein Diamantengeschäft.

Angelo Gatto war der am meisten gefürchtete und respektierte Pate in New York. Als sie sich trennten, hatten sie sich die Hand zu einem Pakt gegenseitiger Unterstützung gereicht.

»Wenn ihr mich eines Tages in New York braucht, bin ich da.«

»Ich auch, in Japan«, hatte Hanssaku dankend erwidert.

Oleg und Andrej wollten ihnen nicht nachstehen.

»Was ihr auch wollt, in der Sowjetunion seid ihr stets willkommen.«

Warum sollte man ihn nicht bitten, den Streit zu schlichten?

Auf dem Gebiet des Verbrechens hatten die amerikanischen Gangs einen Vorsprung von mehreren Jahrzehnten vor der jungen russischen Mafia.

Der Oberst vereinbarte ein neues Treffen mit Matychow.

»Sie bluffen, Oleg! Versetz dich in ihre Lage. Was hilft es ihnen, uns umzulegen? Kriegen sie dadurch ihr Geld zurück?«

Eine Stunde später war der Oberst zurück.

»Boß, sie sind einverstanden!«

»Was habe ich dir gesagt!« triumphierte Andrej.

»Sie kennen den Ruf von Don Angelo«, präzisierte der Oberst. »Sie akzeptieren das Prinzip der Schlichtung, aber unter einer Bedingung: Weder ihr noch sie dürfen ihn vor der Versammlung treffen, bei der die Bedingungen einer Einigung diskutiert werden.«

Am selben Tag rief Andrej Don Angelo an: Zu seinem Erstaunen war er sofort einverstanden, erklärte, er fühlte sich geschmeichelt, daß man sich in dieser Angelegenheit, deren Dringlichkeit er sehr gut verstünde, an ihn wende. Dennoch stand es außer Frage, daß er das Weihnachtsfest wie jedes Jahr in New York, im Kreise seiner Familie, verbringen würde.

Er würde also nach Moskau kommen, aber nur eine Nacht bleiben und am nächsten Tag zurückfliegen; alles müsse organisiert werden, den Konflikt innerhalb von sechsunddreißig Stunden zu regeln.

Die Neuigkeit, auf der Stelle an Matychow übermittelt, bedeutete de facto eine vorübergehende Einstellung der Feindseligkeiten.

Das Datum für die Ankunft des Don stand fest: Montag, 23. Dezember.

In zwei Tagen.

23

Ute wurde fett. Vielleicht war sie insgeheim dicker geworden, zu langsam, als daß er es bemerkt hätte?

Auf jeden Fall konnte Hans Kreiper, als sie, mit einer Hemdbluse bekleidet, sein Arbeitszimmer betrat, die beiden Wülste nicht übersehen, die wie ein Brustfortsatz die Hüftlinie vergrößerten und über den Gürtel ihres Rockes quollen.

»Ute, essen Sie im allgemeinen zu Hause oder im Restaurant?«

Sie sah ebenso erstaunt aus, als hätte er sie gebeten, vor dem Aktenschrank einen Kopfstand zu machen.

»Zu Hause, Herr Anwalt. Warum?«

»Sie haben Glück. Wegen meiner Klienten verbringe ich mein Leben in Drei- Sterne-Restaurants. Ich kann einfach nicht widerstehen.«

Sie sah ihn argwöhnisch an.

»Finden Sie, ich bin dicker geworden?«

»Überhaupt nicht. Habe ich das gesagt?«

Während er noch mit ihr redete, griff er nach dem Telefon, wählte jedoch noch nicht.

»Wollten Sie mich etwas fragen?« sagte er ungeduldig.

»Nein. Ich habe die Akte Schmilben zurückgebracht.«

Er wartete, bis sie das Zimmer verlassen hatte, und rief in Schaan an.

»Wessinger?. Kreiper . . . Wie gehts? Gut, nichts Neues. Gut, behalten Sie es erst mal bis morgen.«

Er legte auf und jubelte innerlich. Es war ebenso köstlich wie absolut unmoralisch, aber allein aus dem Spiel mit den Zinsen der russischen Goldgrube verdiente er jeden Tag, ohne etwas dafür zu tun, ohne Steuern und ohne daß es jemand erfuhr, die phantastische Summe von 137 362 Dollar!

Er ging zum Fenster, warf einen Blick auf die Limmat, die von Regenschwaden verschleiert wurde: Trotz Nebels und

Hundewetter erschien er ihm schöner als an einem strahlenden Frühlingsmorgen.

Wie immer war das »Café Puschkin« von Vertretern aller Schichten gefüllt.

Junge, Alte, Studenten, fette Matronen standen vor den hohen runden Tischen, zwischen denen die Kellner lässig durch das Stimmengewirr kurvten. Dort gab es noch Bier, und für zehn Rubel konnte man sogar einen Borschtsch oder Zakuski bekommen. Ljuba und Andrej tranken Tee. Aber im Augenblick dachten sie nicht an ihre Gläser. Sie sahen sich an. Ljuba hatte ihren roten Mantel mit dem schwarzen Pelzkragen nicht abgelegt.

Wie gewöhnlich hatte Andrej auf die Schnelle das angezogen, was ihm in die Hände fiel, eine grüne Jacke über einem grauen Rollkragenpullover. Einem unwiderstehlichen Impuls folgend, verließ er, ohne irgend jemandem Bescheid zu sagen, die Sobinowski-Straße, wo er sich seit Tagen versteckt hielt. Ohne besondere Vorsichtsmaßnahmen, ohne jemanden zu informieren, ohne Waffen, fast so wie ein normaler Bürger, der nichts zu befürchten hat, nicht von der Straße noch von den Menschen. Er versuchte nicht, zu analysieren, was ihn dazu trieb, so zu handeln, entgegen jede Vorsicht. Ein Waffenstillstand ist zerbrechlich. Aber plötzlich war ihm der Gedanke gekommen, daß er Ljuba einfach treffen mußte. Nicht morgen, nicht in zehn Minuten: jetzt und gleich, auf der Stelle, mit einem Dringlichkeitsgefühl, als hinge sein Leben davon ab. Er rief sie an, wie an den vorangegangenen Tagen, aber diesmal nahm sie ab. Und jetzt war sie da, ihm gegenüber, strahlend, mit durchscheinender Haut, ihre wunderbaren aschblonden Haare umrahmten das vollendete Gesicht mit den hohen Backenknochen. Andrej verschlang sie mit den Augen. Er wußte nicht mehr, was er sagen sollte.

Als er das überfüllte Café betrat, drückte er einem Kellner zerstreut hundert Rubel in die Hand. Der war von der Ungeheuerlichkeit des Trinkgeldes überwältigt: Nicht nötig, ihm etwas zu erklären. Er stürzte zu einem der wenigen Tische, an denen man sitzen konnte, und verjagte ohne Umstände die beiden bärtigen Männer, die dort genüßlich einen Kaffee schlürften.

»Nun ...«, sagte Andrej.

Er sah so hilflos aus, daß Ljuba sich ein Lächeln nicht verkneifen konnte.

»Danke für all die Blumen«, sagte Ljuba. »Sie haben mir geholfen zu überleben.«

»Ich habe jeden Tag an dich gedacht.«

Plötzlich verschwand die Spannung, die er seit Wochen in sich trug. Die Gangs, der Tod, Lyssenko, der Verrückte, Schatalin, das Geld, die Macht, die bevorstehende Ankunft von Don Angelo, die Massaker und der Krieg, alles was ihn in ständiger Anspannung hielt, in der die Nächte den Tagen glichen und die Tage einer Kloake, löste sich in dem vertrauten Lärm des Cafés auf, wo normale Menschen von normalen, alltäglichen Dingen sprachen: lieben, hassen, essen, sich verlieben.

Wie von einem wilden Fluß getragen, der durch seine Adern strömte, kamen die Worte über seine Lippen:

»Ljuba, ich liebe dich.«

Verwirrt unterbrach Ljuba die flüchtige Handbewegung, mit der sie nach ihrer Tasse greifen wollte. Sie starrte ihn an, und ihr verblüfftes Schweigen führte ihn auf seine Worte zurück.

Er hatte sie nie zuvor gesagt.

Wären sie ihm in den Sinn gekommen, hätte er sich geschämt, sie auszusprechen. Aber alles schien ihm zu entgleiten, wie in den folgenden Minuten, da sich die Sätze gegen seinen Willen aneinanderreihten, ohne daß sein Denken oder sein Wille beteiligt waren. Unbeweglich fuhr Ljuba fort, ihn anzustarren. Sie sah deutlich, wie es ihn mit sich riß. Auf dem Weg zum »*Café Puschkin*« hatte sie Zuneigung erwartet, die fade Musik der Kondolenz, Ermutigung und Unterstützung in der Trauer, die ihr auferlegt war. Statt dessen wurde ihr mit voller Wucht eine erschütternde Liebeserklärung entgegengeschleudert, das war so unerwartet, so wenig zu der Umgebung passend, dem Ort, dem Moment, daß sie den Schock mit einer Gewalt empfand, die ihr Schauer über die Haut trieb. Gleichzeitig hatte sie Angst.

Das Geständnis von Andrej war tief, wild, es gab kein Zurück.

»Ich möchte, daß du meine Frau wirst.«

Sie hätte fliehen mögen, auf der Stelle.

Sie war nicht darauf vorbereitet, wußte nichts zu antworten.

Andrejs Eindringlichkeit nahm ihr den Atem.

»Ljuba, bist du einverstanden?«

Mit einer sehr sanften Bewegung zog er sie über dem Tisch an sich, schloß die Augen und versenkte das Gesicht in ihrem Haar.

»Ich bin ungeschickt«, murmelte er, »ich weiß, ich bin zu schnell, und du hast Angst. Aber ich habe nie jemanden geliebt, außer dich.«

Ljuba wagte nicht die geringste Bewegung, sie spürte, wie das Blut in ihren Schläfen pulsierte, während sich auf ihren Handgelenken, die von Andrejs Fingern umklammert wurden, der Abdruck seiner Hände abzeichnete. Sie verharrten so für lange Sekunden, wie erstarrt in derselben Stellung.

»Willst du«, flüsterte er mit heiserer Stimme, »bist du einverstanden?«

»Andrej . . .«, sagte sie.

Er richtete sich auf, behielt ihre Hände in den seinen und lächelte ihr zu.

»Nein, sag nichts, antworte mir nicht gleich.«

Er erhob sich lebhaft, legte die Hand in einer letzten Liebkosung auf ihren Nacken und warf ihr einen anbetungsvollen Blick zu.

»Morgen«, sagte er, »morgen . . .«

Er drehte sich um. Wie gelähmt folgte ihm Ljuba mit den Augen, während er zum Ausgang ging, einfach geradeaus, ohne die Menschen zu sehen, die ihn anrempelten.

»Beruhigen Sie sich, Boß«, spreizte sich Valentin. »Alles ist gut gelaufen.«

Er konnte es noch immer nicht fassen, direkt mit dem allmächtigen Oleg Wlassow zu reden. Dabei hatte Valentin eine durchaus gehobene Stellung in der Hierarchie der Familie, denn zwischen Gott und ihm gab es nur einen Capo-regime, Anton Abalkin selbst.

Valentins Spezialität waren die Nutten.

Dank ihrer genoß er das Wohlwollen des Tataren. Er kontrollierte ihre Anlieferung, trennte die guten von den schlechten und überprüfte die Bestände in den verschiedenen Sektoren Moskaus, wo die Zuhälter sie auf seinen Befehl auf die Straße schickten. Ein goldener Job. Obwohl er seine Ausbilder hatte, pädagogisch qualifizierte Hengste, mit allen nur möglichen Phantasien westlicher Diplomaten vertraut, verachtete Valentin es nicht, wenn er guter Laune war, selbst Hand anzulegen, um die Ausbildung der begabtesten Subjekte zu verfeinern.

Heute jedoch hatte er eine entscheidende Stufe übertreten: Der große Boß selbst hatte ihm eine vertrauliche Aufgabe übertragen!

Er hatte soeben die Schwelle in der Sobinowski-Straße überschritten, trat respektvoll zur Seite, um Andrej Talasski vorbeizulassen. Mit abwesendem Gesicht eilte er die Treppen hinunter. Gerade, als er auf der Straße verschwand, tauchte Oleg Wlassow hinter ihm auf.

»Wie heißt du?«

»Valentin.«

»Wem unterstehst du?«

»Anton Abalkin.«

»Bist du bewaffnet?«

»Ja, Boß.«

»Hast du meinen Freund Andrej weggehen sehen? Er ist ohne Schutz. Bewache ihn! Kein Wort, zu niemandem. Wenn er es merkt, legt er dich um. Halt dich ran, du wirst ihn sonst verlieren, und komm dann zum Rapport zu mir!«

Valentin war auf die Straße gestürzt, um sich seinem Boß an

die Fersen zu heften. Er lief schnell, ohne irgend jemanden wahrzunehmen. Er betrat das »*Café Puschkin*«.

»Erzähle«, sagte Oleg Wlassow in gleichgültigem Ton.

»Er ist ins ›*Café Puschkin*‹ gegangen, Boß.«

»Auf der Straße gab es keine Probleme?«

»Nichts.«

»Hast du nichts Verdächtiges gesehen?«

Valentin schüttelte den Kopf.

»Und im Café?«

»Auch nicht. Er ist kaum eine Viertelstunde geblieben.«

»Allein?«

In Valentins Gesicht leuchtete ein kleines Lächeln auf.

»Mit einer Frau.«

Oleg seufzte und erwiderte sein Lächeln.

»Das ist mir lieber. Hübsch?«

»Ich glaube ja. Ich war nicht im Café, ich hatte mich draußen versteckt. Sie schienen sehr verliebt ineinander zu sein. Er hat sie lange in den Armen gehalten.«

Oleg spürte, wie Kälte in ihm aufstieg. Mit einem komplizenhaften Augenzwinkern ermunterte er Valentin, der sich vor ihm spreizte, gleichzeitig angeberisch und eingeschüchtert.

»Wir haben viele Feinde, Valentin. Ich mißtraue jedem, auch Frauen. Beschreib sie mir.«

»Blond, mit langen Haaren.«

»Was hatte sie an?«

»Einen roten Mantel mit schwarzem Pelzkragen.«

Oleg fühlte, wie ihn Zorn überkam. Jetzt mußte er irgendwie die Kurve kriegen . . .

»Und auf dem Rückweg, Valentin, nichts Besonderes?«

»Nein, Boß. Ihr Freund hat die Blonde im Café gelassen und ich habe ihn bis hierher begleitet. Nichts zu berichten.«

Oleg schlug ihm auf die Schulter.

»Du bist ein Champion, Valentin. Jetzt vergißt du das alles. Ein Wort zu irgendwem, und du kannst sicher sein, daß Andrej alles erfährt. Du bist ein netter Kerl. Es würde mir leid tun, wenn er dich eigenhändig umlegt.«

»Zählen Sie auf mich, Boß. Ich schweige wie ein Grab.«

»Das hoffe ich für dich. Du kannst verschwinden.«

Die Tür schloß sich hinter Valentin. Olegs Gesicht verkrampfte sich vor Wut. Jetzt gab es keinen Zweifel mehr.

Ljuba schälte einen Apfel. Sie hatte überhaupt keinen Appetit auf den Apfel, aber ihr war soeben eingefallen, daß sie seit dem Vortag nichts mehr gegessen hatte. Als sie fertig war, schob sie die Schalen zu einem kleinen Haufen zusammen, öffnete den Deckel des Mülleimers und warf sie zusammen mit dem Apfel weg. Sie verließ die Küche und ging in ihr Zimmer, unfähig, Ordnung in die turbulente Chronologie der Ereignisse zu bringen, die ihr Leben in einigen Wochen völlig durcheinandergebracht hatten. Unmöglich zu analysieren. Zu gewalttätig, schnell, dicht. Annas Tod, Wassilis. Andrejs Liebeserklärung, so brutal wie ein Schußwechsel. Undeutlich empfand sie, daß ihre Verwirrung gerade aus dem Übermaß ihrer Freiheit herrührte.

Sie war direkt aus einem Familienkokon, der ihr großzügig erschien, von der Kontrolle durch die Eltern unter die Obhut eines Ehemannes geraten. Die Entscheidungen wurden gemeinsam getroffen. Wenn es Probleme gab, kamen ihre Schwestern zu Hilfe. Eine Lehrzeit begann, die der eigenen Wahl. Und Andrej? Was sollte sie ihm antworten, ohne ihn zu verletzen? Im »*Café Puschkin*« war sie zu betäubt gewesen, um den Mund aufzumachen. Vielleicht hatte er ihr Schweigen für Zustimmung gehalten? Sie streckte sich auf ihrem Bett aus, die Arme unter dem Kopf verschränkt, die Augen auf die Decke gerichtet. Das Telefon klingelte mehrmals.

Sie nahm nicht ab. Nach zwanzig Minuten stand sie auf, öffnete den Schrank und zog die blaue Schachtel unter dem Wäschestapel hervor, der sie versteckte. Wozu war es gut, sie jetzt noch dort zu lassen? Niemand konnte mehr ihre lächerlichen Jugendgeheimnisse teilen. Sie war allein. Sie stellte die Schachtel auf das Bett, öffnete sie gegen ihren Willen. Sie wühlte mit den Fingern, bis sie das Foto fand, das sie suchte, immer dasselbe, das zeigte, was hätte sein können und was nicht gewesen war.

Die Bar der Universität, der Baum, ihre achtzehn Jahre und dieser lachende Junge, der sie umarmte. Vitali . . . Sie war achtzehn, sie liebte nur ihn, ihr Dasein war von Gewißheit erfüllt.

Wie einfach das Leben war, bevor . . .

Die Leidenschaft macht jede Strategie zunichte.

Nachdem Valentin gegangen war, versuchte Oleg, sich eine Taktik auszudenken, um seine eifersüchtige Wut zu kanalisieren. Aber all seine Vernunft endete in drei unumgehbaren Worten: Ich liebe sie. Er hätte sich die Hand abschlagen lassen, aber was konnte er dagegen tun? Er liebte Ljuba. Er wollte sie für sich, für sich allein. Kein Mann konnte sie ihm nehmen, nicht einmal Andrej, am wenigsten Andrej! Die Eifersucht mußte seine Eingeweide zerreißen, damit er sich eingestand, welchen Platz sie in seinem Leben einnahm. Vielleicht war das schon immer so, ohne daß er es wußte? In der Universitätszeit stellten sich weder er noch Andrej oder Vitali solche Fragen. Der Trieb beherrschte sie. Ihre Körper und ihre Sinne verlangten nach ihrem Recht. Voller Naivität nahmen sie die Gewalt ihres Verlangens für Liebe. Von der idealen Frau waren sie zu den Frauen gelangt, die kommen und gehen, von diesen zu den Frauen ohne Namen. Die Nutten, die sie »das Fleisch« nannten. Nutten für ihren Körper, die funktionelle Frau, reduziert auf den Funken einer Befriedigung. Sie brauchten nicht mehr schön zu sein, amüsant, mußten nicht mehr verführen, Charme haben. Für ein paar Rubel mehr kaufte man einen Arsch, einen Wodka, Männer. Anders gesagt, nichts. Als er daran dachte, sagte sich Oleg, daß er sich seit Jahren nicht mehr das Vergnügen gegönnt hatte, gefallen zu wollen. War das nicht übertrieben? Schon als Student hatte er sich nicht um sein Aussehen gekümmert. Seine zwanzig Jahre und seine blonden Haare reichten aus, seinen sexuellen Heißhunger zu stillen, ohne daß er sich irgendwelche Mühe geben mußte. Einige Mädchen, wie er von der Ökonomie besessen, verliebten sich in ihn, weil sie ihn für einen künftigen Nobelpreisträger hielten. Auf ihre Bitte führte er sie in seinem Zimmer in die Geheimnisse des Kapitalismus ein, während er sie mit erfahrener und lässiger Hand auszog. Von Zeit zu Zeit teilte er seine Eroberungen mit Andrej, der ihm ebenfalls gern die seinen überließ. Für beide war es Ehrensache, großzügige Gleichgültigkeit zur Schau zu stellen, selbst wenn eine Spur von Eifersucht ihren wirren Schatten zwischen sie warf. Manchmal, wenn sie bei Tanzabenden im selben Wasser fischten, nahmen sie nur ein Mädchen mit: Wer würde die Nacht mit ihr verbringen. Wenn das Herz der neuen Eroberung schwankte, kein Problem, sie spielten Zahl oder Kopf, der Sieger verpflichtete sich, dem anderen am nächsten Morgen die Erlebnisse der Nacht zu erzählen.

Wahrlich unbedeutende Affären, bei denen der Sex nur unter dem Blickwinkel des Vergnügens betrachtet wurde. Der Beweis: Sobald sie fertig waren, hatten sie nur ein Verlangen, die Partnerin für einen Abend rauszuwerfen, um für die nächsten Platz zu schaffen.

Dann kam der Gulag, die Grausamkeit, die Erniedrigung, der Tod. Der Überlebensinstinkt. Oleg war am Leben. Warum mußte sich Andrej ihm in den Weg stellen, wo es doch Milliarden Frauen auf der Welt gab, während eine einzige für ihn geschaffen war, Ljuba? In diesem Augenblick erkannte er verblüfft, daß er für sie bereit war, ohne Gewissensbisse zehnmal den zu töten, der sein Freund gewesen war, sein Bruder.

Sein Schädel brummte wie unter Hammerschlägen, er stürzte aus dem Büro, rannte durch den Flur der Etage und stieß, ohne zu klopfen, die Tür von Andrejs Zimmer auf: Er war da.

Nachdem er das »*Café Puschkin*« verlassen hatte, war Andrej in das kleine Zimmer hinaufgegangen, in dem seine Maschine stand. Er konnte sich nur für eine Minute konzentrieren. Alles, was ihm bis dahin wichtig erschien, war wie von einer Feuerwoge weggefegt.

Das Perpetuum mobile, was für ein Quatsch! Die wahre Dynamik des Planeten, das war die Schönheit. Sie bewegte die Männer, stieß die Gesetze um, erschuf die Liebe. Sie ging durch Zeit und Raum und war doch unbeweglich. Als er in sein Zimmer kam, versuchte Andrej, dafür eine Definition zu finden. Zuerst dachte er, Schönheit, das ist unbewegliche Bewegung. Nein, das war es noch nicht ganz. Was dann?

Er war verblüfft, daß ihm solche Gedanken durch den Kopf gingen.

Und daß, um darauf zu antworten, sich ihm die Worte entzogen, die er so lange vernachlässigt hatte, weil das Leben sie unnütz machte. Er zog die Jacke aus, entledigte sich seines Rollkragenpullovers. Mit nacktem Oberkörper betrachtete er sich im Spiegel und wollte eben ins Badezimmer gehen, als die Tür explodierte. Mit einem riesigen Raubtiersprung warf sich Andrej auf das Bett, griff nach dem Colt, der unter dem Kopfkissen lag, landete rücklings auf den Boden, die Waffe auf die Tür gerichtet, bereit zu schießen: Es war Oleg!

»Ich habe dir eine Frage zu stellen!«

Andrej richtete sich auf, schüttelte den Kopf, wandte die Augen zur Decke.

»Wenn du das nächste Mal reinkommst, ohne mich zu warnen«, sagte er sanft, »sei weniger heftig. Du hättest beinahe eine Kugel abbekommen.«

Er zuckte die Schultern und warf den Colt auf das Bett.

»Du hast Ljuba gesehen?« fuhr ihn Oleg mit drohender Stimme an.

»Was geht dich das an?«

»Hast du sie gesehen?«

Andrej musterte ihn mit einer Spur von Verachtung.

»Ist das alles, was du mir sagen wolltest?«

»Ein guter Rat, Andrej, rühr sie nicht an!«

Andrej bäumte sich auf.

»Wie bitte?«

»Rühr sie nicht an, das ist alles!«

Mit zusammengekniffenen Lippen kam Andrej auf ihn zu.

»Gibst du mir jetzt Befehle?«

Sie standen dicht voreinander und sahen sich voller Arroganz und Herausforderung an.

»Eine einfache Warnung.«

Andrej wandte ihm den Rücken zu. »Verschwinde«, sagte er mit ruhiger Stimme. »Du kotzt mich an.«

Er setzte sich auf das Bett, griff leichthin nach dem Colt und betrachtete ihn mit verträumter Miene.

»Sie liebt mich.«

»Hat sie dir das gesagt?« höhnte Oleg.

Andrej spielte weiter nachdenklich mit seiner Waffe.

»Ja, sie hat es mir gesagt.«

»Das würde mir leid tun!«

»Kann sein, daß es dir leid tut. Aber es ist so.«

Er biß sich auf die Lippen.

»Hör zu, Oleg. Wir waren doch Freunde. Wir sind ein ganzes Stück unseres Weges zusammen gegangen. Was da zwischen uns war, das will ich nicht einfach so wegschmeißen.«

»Halt dich raus, das ist alles, was ich von dir will!«

Andrej stand wieder auf, ging zum Fenster.

Durch die Verstrebungen der Gerüste sah er ein Stück bleifarbenen Himmel.

»Bist du in sie verliebt?«

»Das kümmert dich einen Dreck!«

»Das ist dumm«, bedauerte Andrej. »Aber da kann niemand etwas machen, weder du noch sonstwer. Ich wollte dich gerade bitten, mein Trauzeuge zu sein.«

»Was erzählst du da?« fragte Oleg erstickt.

»Ich werde sie heiraten.«

»Du!«

Andrej drehte sich um und sah ihn an.

»Ich.«

Nachlässig am Magazin gehalten, baumelte der Colt noch immer an seiner Hand.

»Wenn du mich jetzt bitte verlassen würdest, ich möchte baden.«

Oleg war totenbleich. Er wandte sich zur Tür, öffnete sie, drehte sich um, streckte Andrej den Finger entgegen und versetzte mit tonloser Stimme:

»Du bist tot!«

24

Um zehn Uhr morgens kam Angelo Gatto auf dem Flughafen Scheremetjewo mit dem Linienflug der Delta Airlines an.

Er wurde von fünf Mitgliedern seiner Familie begleitet, schwarz gekleidet wie er selbst. Anatoli, genannt »der Russe«, sein Dolmetscher, Folco Bellinzona und Pietro Zullini, seine Consiglieri, Vittorio Amalfi und Carlo Sabatini, seine Leibwächter. Der Flugplatz versank in einem undurchdringlichen Chaos. Es fehlte an Kerosin. Einige wenige Maschinen konnten noch starten, aber die meisten Tupolews der Aeroflot blieben am Boden festgenagelt. Allein die ausländischen Fluggesellschaften, Prestige verpflichtet, hatten das Recht, aufzutanken. In müden Horden drängten sich die Passagiere in der Abflughalle aneinander. Die meisten, seit drei Tagen festgehalten, schliefen an Ort und Stelle. Unrasierte Männer liefen von einem Schalter zum anderen, um die Hostessen, die voller Hochmut hinter ihren gepanzerten Scheiben saßen, anzuflehen oder zu bedrohen. Die Antwort war immer dieselbe: »Alle Flüge sind ausgebucht...« Fliegende Würstchenhändler machten ein Vermögen, indem sie ihre erbärmlichen Waren zum Preis von Kaviar verkauften. Kinder klammerten sich an die Röcke ihrer Mütter und weinten. Nichts zu trinken. Schwer, etwas zu essen zu finden. Unmöglich, sich zu waschen. Eine Falle.

Don Angelo und sein Gefolge bahnten sich einen Weg durch den starken Geruch von Menschenmenge, Urin, Schweiß, verbrauchter Luft.

Nichts entging dem Auge Don Angelos.

In New York, in Klein-Italien, geboren, hatte er als Kind gelernt, die geheimsten Kniffe der Straße herauszufinden.

Trotz des Gestankes blieb er vor einem Schalter stehen, wo ein grauhaariger Mann heftig auf die Kassiererin einredete. Neben ihm redete ein Gepäckträger mit leiser Stimme dazwischen.

»Was sagt er?« fragte der Don Anatoli.

Der Russe lauschte diskret.

»Er sagt, wenn er bereit ist, den doppelten Preis zu zahlen, könnte er sein Problem lösen.«

Der Don lächelte leicht.

»Wohin will er?«

»Leningrad«, sagte der Russe.

»Ich dachte, man sagt Sankt Petersburg?«

»Er hat Leningrad gesagt. Eine Frage der Gewohnheit.«

»Klappt's?« fragte der Don weiter.

Er erhielt sofort eine Antwort. Der grauhaarige Mann zog Rubelscheine aus der Tasche. Er gab sie dem Gepäckträger. Der Gepäckträger steckte sie ein und gab der Kassiererin ein Zeichen. Die Kassiererin reichte dem grauhaarigen Mann ein Ticket.

»Sie sagt, er soll sich beeilen. Das Flugzeug startet gleich.«

Der Don lachte spöttisch.

»Wenn ich daran denke, daß man mir weismachen wollte, Moskau wäre anders als New York . . .«

Er drehte sich um und ging auf den Ausgang zu, von seiner mit Koffern und Taschen beladenen Eskorte flankiert.

Draußen erwarteten sie drei große schwarze Limousinen. Zwei Männer kamen auf sie zugestürzt.

»Willkommen in Moskau«, sagte Abalkin in entsetzlichem Englisch. Er hatte sich den Satz von einer befreundeten Prostituierten einpauken lassen, bis er ihn nachsprechen konnte. Eine Pelzmütze, die Narbe seines abgeschnittenen Ohres verbergend, war tief in den Nacken geschoben.

»Willkommen in Moskau«, wiederholte Matychow auf russisch.

Ehe sie in die Autos stiegen, öffnete der Tatare die Ledertasche, die er in der Hand hielt, einen Spalt weit. Einige Handwaffen tauchten auf. Er warf einen freundschaftlich fragenden Blick auf die Männer, die ihn umringten. Amalfi und Sabatini hoben höflich den Finger. Abalkin gab ihnen zwei Mauser und eine Handvoll Patronen.

Er verstand nur zu gut, wie nackt sich seine Brüder während der Reise gefühlt haben mußten, ohne diese Juwelen aus poliertem Stahl, die den Arm eines Mannes der Tat so natürlich verlängerten. Wegen der verschärften Zollkontrollen war es schwierig geworden, mit einer Waffe zu reisen. Von der Aufmerksamkeit berührt, dankten ihm Amalfi und Sabatini mit einem anerkennenden Lächeln.

Die Fahrer öffneten die Türen der Limousinen. In die erste stieg der Don, an seinen Seiten Anatoli und Matychow. Abalkin setzte sich auf den Klappstuhl ihnen gegenüber, Vittorio Amalfi schob sich nach vorn, neben den Fahrer. Folco Bellinzona, Pietro Zullini und Carlo Sabatini warfen sich in die beiden anderen Autos. Die Kolonne startete. Der Flughafen Scheremetjewo liegt fünfunddreißig Kilometer nordwestlich von Moskau. Während der Fahrt öffnete niemand den Mund. Der Don schaute auf die vorbeifliegende Landschaft. Amalfi streichelte die Mauser in seiner Tasche. Der Russe schien eingedöst, Matychow war da, um zu überprüfen, daß niemand sprach. Anton Abalkin musterte Angelo Gatto verstohlen.

So sah er also aus, ein Don. Mittelgroß, silberweißes Haar, etwa sechzig Jahre und ein freundliches Gesicht, das in einem ewigen Lächeln erstarrt schien. Nur die Lebhaftigkeit des Blikkes verriet eine erbarmungslose Entschlossenheit. Man erzählte sich, Angelo Gatto hätte am Beginn seiner Karriere Dutzende Männer eigenhändig umgelegt. Auf dem Gipfel angelangt, ließ er sie jetzt von seinen Soldaten töten: Konnte es, nach der Ethik Abalkins, einen schöneren Erfolg geben?

Sie fuhren seit dreißig Minuten. Dann bogen sie in die Rasin-Straße ein. Abalkin sah, daß die Augen Don Angelos an einer kleinen orthodoxen Kirche hängenblieben.

Er sagte etwas auf russisch.

»Die Kirche des Heiligen Berbers«, übersetzte Anatoli.

Der Tatare sah ihn an.

»Sprechen Sie russisch?«

Anatoli lächelte ihm höflich zu. Die gewaltige Masse des Hotels »Rossia« verstellte ihnen plötzlich den Blick.

Die Wagen hielten.

»Wir sind angekommen«, sagte Matychow.

Ihre Fahrer sprangen von den Sitzen, um die Türen zu öffnen. Schon kamen Hotelangestellte herbeigestürzt.

Der Don stieg langsam aus.

Er blieb vor der Freitreppe des »Rossia« stehen, blickte um sich und atmete tief die Moskauer Luft ein.

Ebenso wie Andrej kündigte auch Oleg nichts an, was ohne Folgen blieb. Um so weniger eine Todesdrohung.

Im Universum der Wölfe hatte niemand jemals ungestraft eine solche Drohung ausgestoßen, die nicht ausgeführt wurde. Dabei zu scheitern hatte die gleiche, sofortige Wirkung: endgültiger Verruf und Bann. Das hieß, daß Andrej Olegs Warnung sehr ernst nehmen mußte. Von nun an konnte nichts mehr dem sich nähernden Tod Einhalt gebieten: Einer von ihnen mußte unweigerlich verschwinden. Inzwischen würde jeder mit der Angst des anderen leben müssen. Nach dem Bruch war Oleg in sein Zimmer zurückgekehrt, hatte ein dikkes Bündel Dollarnoten gegriffen, ein paar Patronen eingesteckt und eine Beretta in den Gürtel geschoben. Dreißig Sekunden später verschwand er um die Ecke der Sobinowski-Straße. Die Versammlung mit Angelo Gatto und den Gangs würde am Nachmittag des nächsten Tages, um fünf Uhr, stattfinden. Es kam nicht in Frage, sie zu versäumen. Noch weniger, nach dem, was soeben geschehen war, in der Sobinowski-Straße zu bleiben.

Wohin soll man in Moskau gehen, um nicht entdeckt zu werden?

Hotels schloß Oleg sofort aus. Vom schmutzigsten bis zum luxuriösesten wimmelten sie von Spitzeln. Eine der zahlreichen Absteigen, die er in der Stadt besaß? Er war nie dort. Das ärgerliche war, daß auch Andrej sie kannte. Nach einer Weile kam ihm eine Idee: ein Mädchen, Daria. Eine Edelhure. Sie arbeitete in ihrer Wohnung, Potapowski-Straße.

Er ging zu ihr.

»Hallo«, sagte er, als sie die Tür öffnete.

Er war schon bedient. Damit sie den Riegel entfernte, hatte er seinen Namen nennen müssen. Als er sie sah, verstand er, warum. Sie verbarg ihre Nacktheit unter einem Hauskleid, und ihr gerötetes Gesicht ließ erraten, daß er sie mitten in der Ausübung ihres Berufes überrascht hatte.

»Ich habe einen Kunden.«

»Schmeiß ihn raus!«

»Ja, Oleg, ja.«

»Ich brauche heute nacht deine Bude.«

Ihre Augen weiteten sich in entzücktem Erstaunen.

»Du wirst wirklich die Nacht hier verbringen?«

»Ja. Ohne dich.«

Sie öffnete den Mund, um zu betteln. Gereizt steckte er ihr ein Bündel Dollarnoten in den Ausschnitt.

»Du hast fünf Minuten. Ich warte unten. Es ist kalt.«

»Gut, Oleg.«

»Etwas anderes ...«

Er zog ihren Kopf an seine Lippen.

»Ein Wort zu irgendwem über meine Anwesenheit, und der Tatare kommt dich in Schwefelsäure baden.«

»Ja, Oleg, ja!«

Die Drohung färbte ihr Gesicht dunkel, wie es zuvor die Wollust getan hatte. Sie waren alle gleich. Beachtlicher noch als ihre Habgier war die Dummheit der Prostituierten. Billige Träume, Dienstmädchenträume ... Sehnsucht nach Registrierkassen, ländlicher Zurückgezogenheit, kleinen Vögeln ... Bei den Zuhältern gehorchten sie nur der Lüge. »Du wirst sehn, alles wird gut.«

Wenn er nur schöne blaue Augen hatte, konnte ihnen jeder Beliebige mit einer Hand stehlen, was sie mit der anderen nahmen.

Natürlich war Olegs Idee absurd. Durch den Gestank des Patschuli, der Darias Zimmer erfüllte, gestört, machte er die ganze Nacht so gut wie kein Auge zu.

Von Ljuba besessen, krank vor Eifersucht, wurde er von

einem einzigen zwanghaften Gedanken ausgehöhlt: Wie konnte er sich von Andrej überrumpeln lassen? Mit schwerem Kopf schlief er im Morgengrauen ein. Drei Stunden später erwachte er, duschte lange, um sich des entetzlichen Gestankes zu entledigen, und wählte Ljubas Nummer. Sobald er ihre Stimme hörte, legte er auf. Er ging auf die Straße hinunter, stoppte ein Taxi, gab ihre Adresse an.

Jetzt war er da, stand vor der Tür in der 9. Etage.

In dieser Sekunde landete Angelo Gatti auf dem Flughafen Scheremetjewo. Aber Oleg hatte nur den Augenblick im Kopf.

In der Angst, der Patschuligeruch hätte sich in seiner Haut festgefressen, roch er an seiner Hand, holte tief Luft, zählte bis drei und drückte auf den Knopf.

»Wer ist da?«

Er verstellte seine Stimme.

»Ich komme wegen der Blumen.«

»Eine Sekunde ...«

Die Tür öffnete sich. Die Haare hingen offen herab, sie trug einen Morgenmantel, der kaum die Formen ihres Körpers verhüllte.

»Guten Morgen, Ljuba.«

»Oleg!«

Ihn hier zu sehen, in dieser Umgebung, verwirrte sie. Hier hatte sie mit Wassili gelebt. Er lächelte sie an.

»Auch wenn ich keine Blumen habe, darf ich reinkommen?«

Sie stieß die Tür weit auf. Er trat ins Wohnzimmer und blieb etwas verlegen stehen.

»Setz dich. Willst du Tee? Ich habe mir gerade welchen gekocht.«

Sie ging in die Küche. Er folgte ihr, setzte sich auf einen Stuhl.

Sie reichte ihm eine Tasse, goß Tee ein, ließ sich ihm gegenüber nieder und war erschrocken über sein gequältes Gesicht, auf dem ein mechanisches Lächeln lag.

»Oleg, hast du Ärger?«

Er verzog verlegen das Gesicht.

»Haufenweise.«

»Kann ich dir helfen?«

Er warf ihr einen scharfen, ganz kurzen Blick zu, antwortete aber nicht.

»Oleg, sag's mir, ich bitte dich.«

»Schwierig.«

Er trank einen Schluck Tee, stand ohne ersichtlichen Grund auf und drückte das Gesicht ans Fenster. Unruhig und befangen beobachtete Ljuba ihn. Er wandte ihr den Rücken zu. Seine Gestalt strahlte etwas Jugendliches aus, wie früher. Eine Welle von Rührung überkam sie. Er schwieg noch immer.

Dann, nach langer Zeit, noch immer, ohne sie anzusehen, begann er mit dumpfer Stimme zu sprechen.

»Was ich dir zu sagen habe, hätte ich dir auch vor fünfzehn Jahren sagen können. Die Uni, erinnerst du dich? Ich habe selten eine Nacht allein verbracht. Immer war irgendein Mädchen da, immer ein anderes. Vielleicht liebte ich dich zu sehr.«

Ljuba erstarrte.

»Vielleicht hatte ich Angst, du würdest dich über mich lustig machen, wenn ich es dir gesagt hätte. Vielleicht war ich noch nicht reif genug, dieses Risiko einzugehen. Siehst du, Ljuba, heute kann ich es dir gestehen. In all diesen Jahren im Gulag habe ich niemals aufgehört, an dich zu denken. Du kannst nichts dafür, natürlich. Aber wenn ich im Lager bei minus vierzig fast erfror, dachte ich an dich. Wenn man mir in die Fresse schlug, dachte ich an dich. Nachts erwachte ich manchmal aus einem Alptraum. Um mich zu beruhigen, dachte ich wieder an dich. Immer an dich, Ljuba, von morgens bis abends. Ich dachte an dich, wie man an eine Ikone denkt, wenn man Angst hat in der Nacht. Ohne es zu wissen, hast du mir hundertmal geholfen zu überleben. Bis zu dem Augenblick, da ich dich wiedergefunden habe.«

Er drehte sich plötzlich um, setzte sich wieder an den Tisch, nahm ihre Hände und verschlang Ljuba mit einem gierigen Blick.

»An diesem Tag aber bin ich vor Freude gestorben. Denn in dem Augenblick, da ich mit dir spreche, jetzt, merke ich mit Erschrecken, daß ich dich noch mehr liebe.«

Er sah, daß ihr Tränen in den Augen standen.

»Ich will, daß du meine Frau wirst, ich denke an nichts anderes. Ich will, daß du bei mir bleibst, das ganze Leben. Sag ja, Ljuba, sag ja!«

Benommen öffnete sie den Mund. Er ergriff ihren Kopf mit beiden Händen, und bevor sie reagieren konnte, umarmte er sie leidenschaftlich.

Mit zusammengepreßten Lippen leistete sie Widerstand, versuchte, sich zu befreien. Die Teekanne und die Tassen zersplitterten auf den Steinplatten. Aber Oleg löste seine Umklammerung nicht. Er hörte nichts mehr, war wie wahnsinnig. Entsetzt ließ sich Ljuba vor dem Tisch auf den Boden sinken. Er rollte mit ihr hinab.

»Oleg!« vermochte sie endlich zu schreien.

Ein so schriller Schrei, daß er auf die Erde zurückkehrte. Mit einem verzweifelten Stoß der Hüften nutzte Ljuba die Gelegenheit und richtete sich auf.

Nach Luft ringend, lehnte sie sich gegen das Spülbecken. Ihre Hand stieß auf ein Messer. Sie richtete es auf Oleg.

»Geh!«

Plötzlich schämte sie sich. Das Messer fiel ihr aus den Händen.

»Geh, Oleg. Geh, ich bitte dich.«

Auch er erhob sich schwerfällig.

»Ist es wegen Andrej?«

Sie war ihm nicht böse, sie verstand. Aber sie hatte Angst, vor ihm, vor dem Augenblick, vor seiner Gewalt. Sie log.

»Ja«, sagte sie.

Er lächelte bitter.

»Sieh mich an, Ljuba. Sieh her. Ich bin ruhig. Es ist möglich, daß du mich nie mehr wiedersiehst. Darf ich mich setzen?«

»Ich möchte lieber, daß du gehst.«

Er ließ sich auf einen Hocker fallen, hielt den Kopf mit den Händen und sah sie an.

»Ich bitte dich, hab' keine Angst.«

Sie stand noch immer gegen das Waschbecken gelehnt. Mechanisch rieb sie sich den Hals. Ihre Beine zitterten.

»Ich möchte etwas wissen. Damals mußt doch auch du etwas empfunden haben, oder? Wen hattest du lieber, Andrej oder mich?«

Spontan kam ihr ein Name auf die Lippen.

»Vitali.«

»Er ist tot«, sagte Oleg.

Da sie schwieg, fügte er hinzu:

»Weißt du, wer ihn getötet hat?«

Ljuba hielt den Atem an.

»Andrej«, murmelte Oleg. »Wir sind alle drei zusammen geflohen. Im Schnee. Er hat ihn mit Stockschlägen getötet. Ich war dabei.«

Sie starrte ihn fassungslos an.

»Und du hast nichts getan?« fragte sie aufgebracht.

Er zuckte die Schultern.

»Und dein Mann?« fuhr er fort, ohne die Stimme zu heben.

»Weißt du auch, warum Andrej ihn ermorden ließ?«

»Was sagst du da?«

Ihre Beine hielten sie nicht mehr. Kraftlos sank sie vor dem Waschbecken zusammen.

»Andrej hat ihn umbringen lassen. Ein einziger Grund hätte ihm gereicht, aber er hatte drei. Zunächst weil er ein Bulle war. Dann wollte Andrej dich lieber als Witwe sehen. Vor allem jedoch wollte er ihm nicht die Zeit lassen, dir zu enthüllen, was er bei seiner Untersuchung entdeckt hatte.«

Mit vor Entsetzen geweiteten Augen starrte Ljuba ihn an.

»Über deine Schwester«, fuhr Oleg mit eintöniger Stimme fort. »Ja, Ljuba. Daß deine Schwester Anna lebendig verbrannt ist, war seine Schuld, Andrejs.«

Plötzlich schwieg er und zündete sich eine Zigarette an.

»Hast du dich jemals gefragt, wie wir überleben konnten, Andrej und ich? Du hast dir in deinem Kopf nur ein verführerisches Bild von uns bewahrt, der begabte Mathematiker, der zukünftige Ökonom. Aber hast du dich auch gefragt, was wir inzwischen getan haben? Weißt du, wer wir wirklich sind? Paten, Ljuba. Die wahren Herren Moskaus. Wir sind so reich, wie es niemand auf der Welt je sein wird. Niemand kann uns etwas anhaben. Im Laufe der Jahre haben wir die Polizei gekauft, die Behörden, die Armee und die meisten der Männer, die uns regieren. Wir haben sogar den Tresor des KGB. Willst du, daß ich dir die Buchstaben des Codes gebe?«

Er lächelte traurig.

»L J U B A«, buchstabierte er. »Ljuba. Die Idee ist von mir. Erstaunt dich das?«

Ljuba, die jetzt vor dem Spülbecken kauerte, schluchzte leise. Oleg stand auf, kniete sich neben sie und hob ihr Gesicht mit einer sanften Bewegung empor.

»Willst du noch immer Andrej heiraten?«

Sie hatte keine Angst mehr. Sie war zerbrochen, wie eine Puppe, auf der man herumgetrampelt ist. Olegs Worte erreichten ihr Gehirn, sie verstand ihren Sinn, aber sie empfand nicht einmal mehr Schmerz, da sie sie hörte.

Alles war ihr egal.

»Nein, natürlich nicht«, ergänzte Oleg. »Das ist nicht mehr möglich. Auf jeden Fall hätte ich es nicht zugelassen. Aber ich bin da. Ich warte. Ich werde so lange warten, wie es nötig ist. Ich würde lieber die Erde in Schutt und Asche versenken, als dich zu verlieren. Ich weiß, daß du eines Tages ja sagen wirst.«

Sie blieb bewegungslos liegen, mit leerem Gesicht. Er berührte ihren Mund mit seinen Lippen, stand auf, ging zur Tür und verschwand.

25

Mittags ging der Russe unbekümmert durch die Halle des »Rossia«. Er blieb einen Augenblick vor einem Postkartenständer stehen, verließ das Hotel und kam auf das einzige Taxi zu, dessen Fahrer ihn mißtrauisch ansah.

»Wohin wollen Sie?«

Anstelle einer Antwort schob er ihm ein Bündel Dollarnoten in die Hand und stieg ein. In New York hatte man ihm erzählt, daß die Moskauer Taxis ihre eigenen Gesetze hatten. Ihre Fahne war immer eingezogen. Sie waren niemals frei. Eigentlich war es einfach. Wie überall. Man mußte nur das zehnfache des normalen Preises zahlen.

»Haben Sie eine Vorstellung über Ihr Fahrziel?« fragte der Fahrer in sanfterem Ton.

»Schwimmhalle ›Moskwa‹«, sagte der Russe.

Der Fahrer steckte die Geldscheine mit einem Schnalzen in die Tasche und fuhr los.

Man hatte für den Don die größte Suite des »Rossia« reserviert. Die Reise hatte ihn erschöpft. Sobald er allein war, zog er aus seiner Brieftasche das Foto eines schönen jungen Mannes mit braunem Haar in Baseballkleidung. Er stellte es auf den Nachttisch seines Zimmers und ließ seinen Blick voller Stolz darauf ruhen. Angelo Gatti konnte es noch immer nicht fassen, daß sein Sohn als einer der allerbesten die Columbia University abgeschlossen hatte. Wer sollte ihn jetzt daran hindern, eines Tages Präsident der Vereinigten Staaten zu werden? Francesco war einundzwanzig. In diesem Alter regelte Don Angelo bereits die Streitigkeiten im Nordteil Klein-Italiens. Er symbolisierte das Kettenglied zwischen zwei Welten: auf der einen Seite Elend und Resignation, auf der anderen die Macht und ihre unbegrenzten Möglichkeiten. Seine Eltern waren in den zwanziger Jahren von Palermo nach New York gekommen, keinen Dollar in der Tasche, Analphabeten, ohne zu wissen, was sie am nächsten Tag essen würden. Don Angelo war bis zum Alter von vierzehn Jahren in die Schule gegangen.

Sehr schnell hatte ihn der natürliche Einfluß, den er auf seine Kumpane ausübte, ahnen lassen, daß sein Schicksal von der Straße kommen würde.

Unter Zuhilfenahme von Messerstichen und Schüssen führte ihn sein unbeugsamer, stetiger, unaufhaltsamer Aufstieg zu Reichtum und absoluter Macht. So weit, daß es ihm unmöglich schien, weiter nach oben zu gelangen. Drogen, Prostitution, Wettspiele, bedeutender Schwarzhandel, Casinos, Waffen, Erpressung, nichts entging ihm, kein Geschäft, bei dem er nicht seinen Zehnten einforderte. Er hatte wahrlich einen sechsten Sinn: Er spürte den Geruch des Geldes wie die Rutengänger das Wasser. Noch vor seinen eigenen Finanzexperten erahnte er die unerschlossenen Marktlücken, die ein Vermögen einbringen würden. Seit Jahren kontrollierte er Kauf und Verkauf der Überschüsse, derer sich die amerikanische Armee regelmäßig entledigte. Meist neues Material, vom Staat mit Gold aufgewogen und zwei Jahre später zum Schrottwert verkauft. Ein Jeep zwischen zehn und hundert Dollar, ein Lastwagen kaum mehr. Auch Bazookas, Flugzeuge, Fregatten, Hubschrauber, Raketen, Nahrungsmittel, Sturmpanzer, Kleidung, Radargeräte, ausgeklügelte elektronische Geräte. In Rußland gab es allerdings noch ganz andere Sachen. Einzig um sie zu bekommen, hatte er trotz seiner Angst vor dem Fliegen eingewilligt, sechsunddreißig Stunden in Moskau zu verbringen. Der Schiedsspruch im Gangsterkrieg war gerade zur rechten Zeit gekommen, ihm den Vorwand zu liefern.

Arme, kleine, schäbige russische Mafiosi, die meinten, ein Pate würde extra wegen ihrer erbärmlichen Streitereien anreisen. Auf dem Gebiet der organisierten Kriminalität befanden sie sich noch im Steinzeitalter.

Er blickte nachdenklich auf das Foto des künftigen Präsidenten der Vereinigten Staaten, führte es an seine Lippen und ging ins Bad.

Keine Zeit zu verlieren; die Begegnung würde hier im »Rossia« stattfinden, in einer Stunde.

Anatoli ging langsamer. Je näher er kam, desto enger schnürte sich seine Kehle zu. Der Fahrer bestand darauf, zu warten, als er ihn in der Wolkonka-Straße absetzte.

Was konnte man in der Schwimmhalle »Moskwa« wollen?

Zwei Schritte weiter, in derselben Straße, befand sich auch das Puschkinmuseum für Schöne Künste, aber die Schwimmhalle? Es handelte sich um ein riesiges rundes Becken im Freien, größer als ein Fußballfeld, in dem sich in den Dampfwolken des überhitzten Wassers zweitausend Proleten tummeln konnten. Wem konnte man vormachen, daß dieser Kerl sich zu ihnen gesellen würde?

»Wirklich, ich kann auf Sie warten. Sie haben mich schon bezahlt. Das kostet Sie keinen Rubel mehr!«

Sein Fahrgast zwinkerte ihm zu und drehte sich um. Auf den ersten Blick hatte der Fahrer erkannt, daß es kein gewöhnlicher Gast war. Trotz des ausgeprägten slawischen Typs roch er selbst in der Art, wie er schwieg, nach Amerika. Er war groß, schlank, das Gesicht gebräunt. Seine Augen schillerten zwischen blau und grün, schwer zu erkennen, ohne ihm direkt ins Gesicht zu starren. Aber er hatte nicht den Kopf eines Mannes, den man ungestraft anstarren konnte.

Er sah ihn davongehen, zuckte die Schultern und fuhr los.

Anatoli ging im Spazierschritt weiter. Er lief jetzt an den kleinen Ziegelhäusern mit zwei oder drei Etagen entlang, an sehr alten orthodoxen Kirchen mit provinziellem Charme, ocker, braun oder blau verputzt. Zwei Schritte von den Betontürmen entfernt, die Stalin und Breshnew hinterlassen hatten, kringelte sich auf einer wunderbar unversehrt gebliebenen Parzelle des alten Arbat eine andere Welt zusammen, gedämpft, sanft, freundlich. Die Welt von einst. Kinder fuhren johlend auf ihren Fahrrädern um die Wette. Andere trieben mit Fußtritten einen Ball vor sich her. Vor ihrer Tür, auf der Schwelle kleiner, von kahlen Bäumen umgebener Baracken, schwatzten trotz der Kälte alte Frauen, in ewigem Trauergewand, mit gegerbten Gesichtern, und knabberten Sonnenblumenkerne, deren Hülsen sie im Rhythmus ihrer Rede ausspuckten. Anatoli befand sich plötzlich an der Ecke der Kaloschin-Straße. Er ging nach links.

Ein Ball rollte ihm vor die Füße. Ein Kind holte ihn, ohne Anatoli zu beachten. Ein Hund schnupperte an ihm. Alles war alt, mit Patina überzogen, friedlich. Die Straße war von Arkaden gesäumt, die Nummern trugen. Vor der 11 fuhr eben ein Leichenwagen los, von einem einzigen Auto gefolgt. Anatoli ging durch die Toreinfahrt und betrat den Innenhof. Mit 35 Grad mehr hätte man sich in Sizilien geglaubt. Gedämpft erreichten ihn die Schreie der Kinder, das Bellen der Hunde. Er sah einige Katzen, die ihr Fell mit der Zunge glätteten, drei alte schwarzgekleidete Frauen, die Sonnenblumenkerne knackten und ihn dabei aus dem Augenwinkel näher kommen sahen.

»Katja Schurikowa?« fragte er sie.

Kurzer Blickwechsel.

»Schurikowa?«

»Ja, Katja Schurikowa«, bestätigte er.

»Kommen Sie wegen der Beisetzung?« fragte eine von ihnen.

Sie bekreuzigte sich flüchtig, die anderen taten es ihr nach.

»Arme Katja«, sagte sie schließlich, »sie war so freundlich.«

Unbeweglich starrte der Russe mit seinen klaren Augen auf einen Punkt im Himmel. Um zu sehen, was er beobachtete, wandten auch sie den Blick hinauf: Es gab nichts zu sehen.

Der Himmel war wie gewöhnlich leer.

Wenn sie nachmittags um zwei ins »Rossia« kam, konnte sie nur eine Nutte sein. Sie trug einen roten Mantel mit schwarzem Pelzkragen, der gegen ihre fahlgelben Stiefel schlug. Ihr aschblondes Haar, das ihr Gesicht einer slawischen Madonna umkränzte, fiel frei auf die Schultern herab. Der Pförtner hatte sie nie gesehen. Er hatte einen hervorragenden Grund, sie alle zu kennen: Für jeden Schritt, den sie in den Mauern des »Rossia« taten, bekam er zweihundert Rubel. War es möglich, daß sie neu war? Es war noch nicht lange her, daß niemand das Hotel ohne Kontrolle betreten durfte. Besser noch: Kein Gast, auch wenn er nur mit einem Freund reden wollte, hatte das Recht, ein anderes als das eigene Zimmer zu betreten. Auf jedem Treppenabsatz, am Ausgang des Fahrstuhls, lauerten drei Matronen an einem Tisch, eine unfehlbare Wache.

Heute konnte jeder Beliebige durch die Halle und in die einzelnen Etagen laufen, wie in einem Bahnhof. Das Hotel war voller Ausländer. In Anbetracht der Preise wäre es einem Russen schwergefallen, länger als fünf Minuten zu bleiben.

Mit einem wehmütigen Seufzen sah der Portier, wie die junge Frau in den Fahrstuhl stieg, ohne jemanden anzublicken.

Es war zwei Uhr nachmittags.

Don Angelo hatte seit seiner Abreise aus New York kein Auge zugetan. Müdigkeit begann seine Züge zu zeichnen. Um die geröteten Adern verschwinden zu lassen, hatte er seine Augen mit Augentropfen überschwemmt. Wenn er wenigstens einen Espresso trinken könnte. Aber anstatt Kaffee hatte ihm die Hotelbar durch idiotische Kellner eine Art schwarzes Abwaschwasser geschickt, das weder den Geschmack noch den Geruch von Kaffee hatte. Ein Espresso! Er notierte im Geiste, daß echter Kaffee und die entsprechenden Maschinen auf dem gesamten sowjetischen Kontinent ein phantastisches Geschäft wären. Nicht sofort, es würde zunächst eine lange Erziehungsarbeit zu leisten sein. Aber waren die Russen nicht auch in kürzester Zeit große Drogenkonsumenten geworden?

»Ist es soweit, zwei Uhr?«

In vollendetem Gleichklang sahen Folco Bellinzona und Pietro Zullini, seine beiden Consiglieri, auf ihre Uhren.

»Genau, Don Angelo«, sagten sie gleichzeitig.

Auch sie hatten geduscht und ein sauberes Hemd angezogen. Sie saßen in den Sesseln.

Der Don lief kreuz und quer durch das Zimmer.

In der Hierarchie des Regimes war der Mann, den er erwartete, eine Persönlichkeit von größter Bedeutung. Er hatte den Ruf, einer der zähesten Verhandlungspartner des Landes zu sein.

Heute jedoch schien er auf eigene Rechnung zu handeln, davon war Don Angelo überzeugt, auch wenn er keinen Beweis dafür hatte.

Wie könnte es auch anders sein? In den Augen der internationalen Behörden war das, was er anzubieten hatte, strikt verboten. Also illegal. Folglich nicht zu verkaufen.

Und dennoch waren auf der ganzen Welt viele Staatschefs bereit, sich zu schlagen, um es zu jedem beliebigen Preis zu kaufen. Es klingelte.

Die beiden Consiglieri sprangen auf. Don Angelo hielt sie mit einer Handbewegung zurück. Er fand sein Lächeln wieder, ging persönlich zur Tür und öffnete. Auf der Schwelle stand ein Mann von etwa sechzig Jahren im grauen Anzug des klassischen Businessman, die vollen Rundungen seines Gesichtes wurden durch zwei lebhafte, unruhige, vor Intelligenz leuchtende Augen ausgeglichen.

»Angelo Gatto«, sagte der Don und reichte ihm die Hand.

Der Ankömmling drückte sie lasch. Don Angelo schloß die Tür und wies auf seine Consiglieri, die aufgestanden waren.

»Gestatten Sie mir, Ihnen meine beiden Finanzberater vorzustellen«, sagte er auf englisch, »Pietro Zullini und Folco Bellinzona.«

»Angenehm«, antwortete Stanislas Kuljakow in derselben Sprache.

Ljuba verließ den Aufzug, orientierte sich im Flur und ging mit zögerndem Schritt auf dem weinroten Teppich entlang.

Kurze Zeit zuvor hatte bei ihr das Telefon geklingelt.

»Ljuba?«

»Ja, Mama.«

»Stell mir keine Fragen, Ljuba. Tu, was ich dir sage. Laß alles fallen und geh sofort ins Hotel ›Rossia‹, Zimmer 847, die Tür ist offen. Schnell!«

»Mama!«

Sie hatte schon aufgelegt.

Das Bild von Inspektor Karpinski tauchte in Ljubas Geist auf.

Nach Wassilis Tod hatte er am Begräbnis teilgenommen und Blumen auf sein Grab gelegt. »Frau Montaschewa, ich schulde Ihrem Mann alles. Wenn Sie Hilfe brauchen, egal welche, wäre ich Ihnen dankbar, wenn Sie an mich denken würden. Sie würden mir helfen, meine Schuld zurückzuzahlen.« Aber was hätte er für sie tun können?

Seit Olegs Enthüllungen war sie in einem Schockzustand.

Niedergeschmettert. Sie hätte sich erholen mögen, Luft holen, wieder zu Kräften kommen; sie war ins »Rossia« gerannt.

Sie kam am Ende des Flures an: 847. Sie blieb stehen.

Und wenn ihre Mutter überlistet worden war? Hatte Oleg ihr nicht gestanden, daß Andrej und er Gangster waren? All ihre Muskeln, für die Flucht angespannt, gaben ihr den Befehl umzukehren. Aber ihr Instinkt riet ihr weiterzugehen. Der Drang, es zu erfahren, war stärker: Sie stieß die Tür auf. Sie stand in einem kleinen Vorraum, der den Rest des Appartements verbarg.

Sie machte drei Schritte, blieb auf der Schwelle eines Zimmers reglos stehen.

Es war wunderbar aufgeräumt. Die Decke auf dem Bett war blau, die Wände weiß. Über einer Kommode hing eine Graphik der Basilius-Kathedrale.

Im Hintergrund gab es ein von Vorhängen mit ultramarinblauen Streifen umrahmtes Fenster, durch das die strahlend helle Wintersonne eindrang. In diesem Augenblick sah sie den Mann. Er wandte ihr den Rücken zu.

Seine Stirn war gegen das Fenster gedrückt. Er stand da, unbeweglich. Seine Silhouette zeichnete sich gegen das Tageslicht ab. Auch Ljuba wagte nicht, eine Bewegung zu machen.

Sie blickte auf den Rücken dieses Mannes. Er war groß und schlank. Ein Lichtstrahl spielte in seinen blonden Haaren. Sie mußte ihn auf sich aufmerksam machen.

Aber kein Ton kam aus ihrer Kehle. Wie gelähmt sah sie ihn an, weiter nichts. Wie lange? Mehrere Sekunden? Eine Minute? Auch später, als sie sich an die Szene erinnerte, vermochte sie es nicht zu sagen.

Dann mußte der Mann spüren, daß er nicht mehr allein im Zimmer war. Mit unendlicher Langsamkeit drehte er den Kopf zu ihr um. Nun sah Ljuba sein Gesicht. Sie öffnete den Mund, um zu schreien. Der Mann legte den Finger auf die Lippen.

Ljubas Beine wurden zu Watte, und alles Blut, das durch ihren Körper floß, verließ sie.

»Vitali . . .«, murmelte sie.

Dann wurde alles schwarz.

26

Alla Karpowa befragte sich selbst.

Hatte sie recht gehabt, so zu handeln? Seitdem sie erwachsen waren, hatte sie sich nur ein einziges Mal in die Angelegenheiten ihrer Töchter gemischt, nach dem Tod ihres Schwiegersohns Wassili, als sie Ljuba, die sich selbst zerstörte, die Absolution erteilte.

»Erinnern Sie sich an mich, Alla Karpowa?«

Verblüfft sah sie den blonden jungen Mann an, der in der Türöffnung stand.

Dieses Gesicht sagte ihr etwas . . .

»Ich heiße Vitali. Vitali Schurikow. Ich war früher einmal bei Ihnen, mit Ljuba. Wir studierten zusammen an der Lomonossow-Universität.«

»Ich erinnere mich«, sagte Alla. »Kommen Sie herein.«

Er blieb in der Mitte des Zimmers stehen und betrachtete gierig die umherstehenden vertrauten Gegenstände. Er verharrte in der Betrachtung des verblaßten Plakates mit der berühmten Tomate, über das sich ihre Töchter, die Karpowa-Schwestern, so sehr amüsierten.

»Ich weiß nicht, warum ich es nie von der Wand genommen habe«, sagte Alla. »Bleiben Sie doch nicht stehen, setzen Sie sich, ich mache Ihnen Tee.«

Sie setzte Wasser auf und kam zurück, um sich neben ihn zu setzen.

»Sind Ihre Augen blau oder grün?« fragte sie ihn.

Das war ein gänzlich unerwarteter Satz, so dumm, daß sie sich sogleich, nachdem er ihr entschlüpft war, schämte: Fragt eine alte Frau einen Unbekannten nach der Farbe seiner Augen?

Er lächelte.

»Auch Ljuba hat sich diese Frage gestellt. Ehrlich gesagt, weiß ich es selbst nicht. Ljuba?«

Alla schüttelte den Kopf.

»Wohnen Sie in Moskau?«

»Nein. Ich bin gerade aus New York gekommen. Ich lebe in Amerika. Ich war seit fünfzehn Jahren nicht mehr hier. Ich weiß nichts mehr. Ich kenne niemanden mehr.«

Das Wasser im Kessel begann zu pfeifen. Alla Karpowa stand auf, bereitete den Tee, stellte die Kanne auf den Tisch und setzte sich wieder.

»Alle Welt glaubte Sie tot. Wie haben Sie es geschafft, aus dem Gulag zu entkommen?«

»Ich bin aus einem Gefangenentransport entkommen. Ich bin durch den Schnee gelaufen, lange Zeit. Bis ich zu einem Hafen kam. Ich konnte mich an Bord eines Frachtschiffes verstecken, das Holz transportierte. In Venezuela bin ich an Land gegangen. Von dort bin ich nach Amerika gelangt.«

Er trank einen Schluck und sah Alla nachdenklich an.

»Es ist seltsam, daß ich es Ihnen erzähle. Ich habe es niemals jemandem gesagt.«

»Warum sind Sie gekommen?« fragte Alla.

»Ich weiß es nicht genau. Die Welt erscheint mir verrückt, ich bin allein, ich finde meine eigenen Zeichen nicht mehr wieder.«

»Nach dem, was Sie erlebt haben, ist das nicht verwunderlich. Auch ich finde meine Zeichen nicht immer wieder.«

»Ich war ganz in der Nähe. Meine Mutter wohnte in diesem Viertel, in derselben Straße, zwei Schritte von Ihnen entfernt. Katja Schurikowa. Lange Zeit glaubte ich, sie lebend wiedersehen zu können.«

Er stand noch unter dem Schock. Er erzählte ihr von seiner Ankunft unter den Arkaden der Kalochin-Straße, der bösen Vorahnung, die er hatte, als er diesen einsamen Leichenwagen sah, von den drei alten Frauen, seiner Mutter ... Er sprach mit ihr, als hätte er sie sein Leben lang täglich besucht. In den Augen von Alla Karpowa war es gleichzeitig übernatürlich und völlig selbstverständlich. Sie wußte, daß die Menschen in bestimmten entscheidenden Momenten des Lebens, wenn sie nur etwas sensibler waren als Tiere, ihrer Wahrheit begegneten: Selbst wenn der Tod drohte, mußte sie ans Licht. Sie erzählte ihm von Ljubas Unglück, von der Ermordung Wassili Montaschews, ihrem Mann, von Annas tragischem Tod.

Zur gleichen Zeit fiel ihr das Vergangene wieder ein, sie erinnerte sich genau an die drei unbekümmerten Burschen, die ihre Tochter mitbrachte. Damals war sie sicher, einer von ihnen würde um Ljubas Hand anhalten.

»Wie hießen Ihre beiden Freunde an der Universität?«

»Oleg Wlassow und Andrej Talasski.«

»Haben Sie sie wiedergesehen?«

»Niemals.«

»Ich glaube, Ljuba hat sie wiedergefunden, gerade vor dem Tod ihres Mannes.«

Unverhofft fuhr er mit einem Satz auf und faßte sie bei den Schultern.

»Alla Karpowa ... Sehen Sie mich gut an ... Erscheine ich Ihnen ehrlich?«

»Warum?«

»Weil ich keine Zeit habe, Ihnen Erklärungen zu geben. Sie müssen mir aufs Wort glauben! Vertrauen Sie mir?«

Sie sah ihn an, verblüfft, mit klopfendem Herzen.

»Sie müssen«, sagte er, seine Worte deutlich artikulierend, »Sie müssen! Tun Sie, worum ich Sie bitte, ich beschwöre Sie, ohne mir Fragen zu stellen. Ljuba ist in Gefahr!«

Ljuba in Gefahr? Entsetzlicher Gedanke ... Sie spürte, wie sich all ihre Muskeln verkrampften.

»Sie darf nicht bei sich zu Hause bleiben! Sie werden sie anrufen und ihr sagen, was ich Ihnen sage!«

»Wollen Sie, daß ich sie Ihnen gebe?«

»Sie hält mich für verschwunden! Bis sie es verstanden hätte, wäre es zu spät! Schnell! Ich bitte Sie!«

Sie war unfähig, eine Bewegung auszuführen. Er schob sie zum Telefon.

»Ich flehe Sie an, Alla Karpowa! Lieben Sie sie? Ich auch. Ich will sie nicht zum zweiten Mal verlieren!«

Er sah verstört aus. Sie griff nach dem Apparat.

»Was soll ich ihr sagen?«

Jetzt fragte sie sich, ob sie nicht unrecht getan hat.

Sie sprach mit Ljuba. Er umarmte sie und stürzte wie ein Verrückter davon. Sagte danke, bis bald ... Kaum war die Tür wieder zu, versuchte sie Ljuba zu erreichen: keine Antwort.

Alla Karpowa zuckte die Schultern: Was geschehen war, war geschehen. Sie schaltete das Licht an. Es war gerade vier Uhr.

Aber in Moskau bricht an Wintertagen die Nacht früh herein.

»Ich gehe nicht mit diesen Dreckskerlen!« brüllte der Verrückte. »Ich hasse sie!«

Matychow kannte ihn gut genug, um zu wissen, daß man das Gewitter vorbeigehen lassen mußte. Im Zorn war Aljoscha Kaligin unkontrollierbar. Man mußte ihn mit kleinen Anstößen zurücktreiben, mit der Geschicklichkeit eines Fischers, der aus sportlichem Ehrgeiz eine zu dünne Nylonschnur benutzt.

»Einverstanden, Alioscha. Wie du willst.«

Sie waren mit Lyssenko und Schatalin übereingekommen, gemeinsam zu der von Don Angelo geleiteten Versammlung zu gehen. Um den Verrückten zu überzeugen, mußte Matychow sich Schritt für Schritt vorkämpfen. Schließlich sagte er: ja. Jetzt, eine Stunde vor der Verabredung, hieß es: nein. Aljoscha verabscheute diese Idee. Geduldig wiederholte Matychow seine Argumente: Dasselbe Massaker hat sie für den Augenblick in dasselbe Boot geworfen. Auf der einen Seite sie drei, die Überlebenden, auf der anderen der Wlassow-Talasski-Clan. Wie groß auch ihre Differenzen sein mochten, ein vorübergehender Zusammenschluß war notwendig.

»Es geht nur um einen Augenblick, Aljoscha. Zuerst sehen wir, ob wir unser Geld zurückbekommen können. Nehmen alles, was wir kriegen. Wenn das erledigt ist, brauchst du dir keine Sorgen zu machen. Ich werde der erste sein, der dir das Signal gibt, die Rechnungen zu begleichen!«

Zwischen zwei Wutanfällen war Aljoscha völlig erschöpft.

»Du nimmst zuviel davon, Aljoscha«, sagte Matychow mit falschem Lächeln, als er sah, wie dieser sich wie wild die Nase mit Kokain vollstopfte.

»Halt's Maul! Eines Tages lasse ich auch deinen Schädel explodieren! «

»Wie du willst, Aljoscha.«

Bei den Drogen, die man ihm in den psychiatrischen Abteilungen der Gulags aufgezwungen hatte, und dem, was er jetzt nahm, würde der Verrückte, das wußte Matychow, nicht alt werden. Wie traurig: Würde er verschwinden, hätte Matychow, er allein, Zugang zu all seiner Habe . . . Er mußte ihn allerdings daran hindern, es um ein ungeheures Vermögen zu beschneiden.

»Hunderte Millionen Dollar stehen auf dem Spiel, Aljoscha. Es ist der einzige Weg! Ich mache dir einen Vorschlag.«

»Du kotzt mich an! Ich gehe allein hin, und dieser Fettsack Lyssenko wird mich nicht daran hindern!«

»Hör dir wenigstens an, was ich zu sagen habe. Ich glaube, es wird dir gefallen. Ich werde Männer aufstellen. Sobald die Versammlung beendet ist, legen wir Wlassow und Talasski um. Und ich gebe dir mein Wort, kaum eine Stunde später beseitigen wir Schatalin und Lyssenko in einem Überraschungsschlag! Du wirst allein sein, Aljoscha, der einzige Herr über Moskau! Gib dir einen Ruck, Aljoscha, spiel das Spiel mit und betrüge sie! Wir haben schon zehn Milliarden Rubel riskiert, wir können uns nicht erlauben, zweihundert, dreihundert oder vierhundert Millionen Dollar zu verlieren! Gib uns eine Chance!«

Der Verrückte legte sich eine Prise zurecht, zog sie mit einem Zug ein und starrte Matychow an.

»Verschwindest du, oder soll ich dich umbringen?« fragte er mit ruhiger Stimme.

»Ich verschwinde«, sagte Matychow.

Ljuba öffnete die Augen. Sie lag auf einem Bett. Alles, was sie im Raum erkennen konnte, erschien ihr verschwommen und blau. Auf dem Bettrand saß Vitali. Sie erinnerte sich, daß sie die Farbe seiner Augen nie zu bestimmen vermocht hatte: Waren sie grün oder blau? Sie hatte oft daran gedacht, nach seinem Tod, aber jetzt war es nicht mehr wichtig. Wenn er da war, so ist er nie tot gewesen. Ohne eine Bewegung zu machen, sah sie ihn an. Er rührte sich nicht.

Plötzlich legte sie die Hand auf seine Brust, schob die Finger in sein Hemd, berührte seine Haut. Wenn sie in ihren Träumen Vitalis Haut streichelte, erwachte sie. Aber nichts geschah. Kein Einschnitt durch den Übergang vom Schlafen zum Wachen. An diesem Zeichen erkannte sie, daß sie wirklich wachte. Und daß Vitali hier war.

»Ich habe dich so lange erwartet«, murmelte sie.

»Ich dich auch«, sagte Vitali.

Sie zog ihn an sich. Sie blieben lange aneinandergeschmiegt liegen, ohne sich zu bewegen. Jeder hörte das Herz des anderen klopfen, ohne zu wissen, ob es nicht vielleicht das eigene war.

Die Sonne funkelte im Zimmer, spielte auf den Chromstangen des Bettes, dem silbernen Rahmen der Graphik, den blonden Haaren Vitalis, in Ljubas Haar, das dunkler und goldener war, und im Blau der Vorhänge, die im Licht schillerten. Ljuba umschlang Vitali heftig mit den Armen. In Abständen spürte er seinen Körper in flüchtiger und süßer Erregung erschauern.

»Es ist, als würde ich im Zeitraffer leben«, sagte sie mit tonloser Stimme.

Sie wandte sich nicht direkt an ihn. Sie war das Medium, im Zustand der Hypnose, das die Worte aussprach, ohne ihren Sinn wahrzunehmen. Sie waren ihr fremd. Sie hörte sie, während sie sie aussprach, entdeckte sie erst, wenn sie aus ihren Lippen drangen. Wenn sie sie nicht ausgesprochen hätte, hätte sie nicht die Gewißheit gehabt, daß die Heftigkeit dessen, was sie empfand, wirklich war.

»Ich gehe durch Jahre, Tage, Jahreszeiten ... Es regnet, die

Sonne scheint, es schneit, mir ist kalt und mir ist warm, und wir werden nie mehr sterben . . .«

»Nein, diesmal nie mehr.«

Auch er dachte an die Jahreszeiten, an den Winter, den Schlamm, in einer phantastischen Explosion von Bildern, die an seinen Augen vorbeiströmten, sich in wilder Unordnung mit dem Augenblick mischten, Bilder der Vergangenheit und Gesichter, viele Gesichter . . . Sie erschienen ihm wie Marionetten an zerrissenen Schnüren, und ihre Namen klirrten ihm in den Ohren, Ljuba, Don Angelo, Zullini, Ljuba, Oleg, Andrej, Ljuba, Amalfi, Ljuba . . . Immer wieder Ljuba . . .

»Ljuba.«

Er spürte, wie der Druck ihrer Arme, die seine Brust zusammenpreßten, stärker wurde. Er wandte leicht den Kopf. Seine Lippen berührten ihre Lippen.

»Vitali . . . Vitali . . .«

»Meine Mutter ist tot«, flüsterte er. »Ich hatte sie seit fünfzehn Jahren nicht mehr gesehen. Ich bin zwei Tage zu spät gekommen. Sie wird niemals erfahren, daß ich am Leben war.«

»Ich wußte es«, sagte Ljuba.

»Woher?«

»Ich wußte es, das ist alles. Ich liebte dich zu sehr, als daß du sterben konntest. Und du? Hast du jemals gedacht, ich wäre tot?«

»Sieh mal.«

Er löste sich etwas, zog eine Brieftasche aus der Hose und nahm ein Foto heraus. Ljuba lächelte: In der blauen Schachtel hatten ihre Augen das gleiche abgenutzt, weil sie es zu lange ansahen. Lomonossow . . . Alle beide gegen einen Baum gelehnt . . .

»Ich habe es auch«, sagte Ljuba.

»Es hat mich nie verlassen«, sagte Vitali.

Ihre Augen begegneten sich. Und diesmal war es, als hätten sie sich niemals angesehen. Ganz langsam, einer vom anderen magnetisch angezogen, näherten sie ihre Gesichter einander:

Alles war gesagt. Das übrige existierte nicht mehr, die Gegenwart verschwand im Vergessen, sie waren von nun an stärker als die Zeit.

Mit zitternder Hand zog Ljuba ihre Bluse aus.

Fassungslos nahm Vitali ihre Brüste in die Hände.

»Liebe mich«, stöhnte Ljuba. »Liebe mich, mein Geliebter ... Liebe mich, Vitali, liebe mich!«

Im Vorraum nahmen Vittorio Amalfi und Carlo Sabatini persönlich die Durchsuchung vor. Der Don war in keiner Weise an der Angelegenheit interessiert. Deshalb waren er und seine Begleiter neutral, über jeden Verdacht erhaben. Das konnte man von denen, die an der Versammlung teilnahmen, nicht behaupten. Zu viele Tote zwischen ihnen, zuviel Blut. Mißtrauen und Haß waren auf den Gesichtern zu lesen. Andrej war als erster gekommen. Händedruck zwischen Don Angelo und ihm, Vorstellung von Folco Bellinzona und Pietro Zullini, den beiden Consiglieri. Gleich danach betrat Oleg den Salon. Gleiche Zeremonie und Dank an Don Angelo, seiner Einladung gefolgt zu sein – er hatte nicht unserer, sondern meiner gesagt: Ein meiner, das den anderen ausschloß. Nebenbei bemerkte der Don auch, daß Talasski und Wlassow sich nicht grüßten. Bei Olegs Ankunft wandte ihm Andrej, der so tat, als würde er ein paar Worte mit Bellinzona wechseln, demonstrativ den Rücken zu.

»Meine Herren, wollen Sie etwas trinken?«

Die Tür öffnete sich für die drei Überlebenden der Schlächterei auf dem Polygon von Kmetjewo. Sie nannten ohne Umschweife ihre Namen.

»Pawel Lyssenko.«

»Leonid Schatalin.«

»Aljoscha Kaligin.«

Keiner von ihnen hatte auch nur den geringsten Blick für Andrej und Oleg, die einander aus entgegengesetzten Zimmerecken ignorierten.

»Willkommen Ihnen allen«, sagte Don Angelo.

Wie in einem bis zur Rotglut überheizten Kessel stieg die Spannung um mehrere Grad.

»Setzen Sie sich, meine Herren, ich bitte Sie.«

Auf ein Zeichen des Don plazierte Zullini die Gäste um den rechteckigen Tisch. An den Enden der Don und Bellinzona. Auf beiden Seiten saßen sich die rivalisierenden Clans gegenüber. Rechts vom Don Oleg und Andrej, durch Pietro Zullini getrennt. Zu seiner Linken der Verrückte, Schatalin und Lyssenko. Rechts von Don Angelo war ein freier Stuhl für den Dolmetscher vorgesehen. Im Moment bemerkte jedoch noch niemand seine Abwesenheit.

Trotz der entsetzlichen Atmosphäre beim Beginn dieser Versammlung schwebte der Don in Euphorie. Seine Geheimverhandlungen mit Stanislas Kuljakow waren gelungen; ein beispielloser Handel, der in der Welt des Verbrechens eine schwindelerregende Weltpremiere darstellte. In diesem Kontext rückten die Streitereien der halbgewalkten Moskauer in den Hintergrund. Wäre nicht die ermüdende Formalität dieses Schiedsgerichtes gewesen, hätte er auf der Stelle nach New York zurückkehren können. Er rieb sich gutgelaunt die Hände.

»Meine Herren, nichts hindert uns daran anzufangen.«

Er blickte in die Runde.

»Gestatten Sie mir zunächst, Sie willkommen zu heißen. Wir haben eine Redewendung in Amerika. Ich nehme an, Sie kennen sie: Eine schlechte Einigung ist immer noch besser als ein Familiengrab auf dem Friedhof.«

Der Scherz ging ins Leere. Nicht daß der eine oder andere keinen Gefallen daran gefunden hätte, aber außer Oleg und Andrej, die wahrlich nicht zum Scherzen aufgelegt waren, sprach niemand englisch.

»Glücklicherweise gibt es auch hervorragende«, fuhr Don Angelo mit rauhbeinigem und väterlichem Wohlwollen fort. »Eine gute Einigung läßt alle am Leben und erlaubt jedem, satt zu werden.«

Aus dem Augenwinkel bemerkte er, daß Folco Bellinzona und Pietro Zullini einen besorgten Blick wechselten.

»Was ist los?« fragte er streng.

Er wollte auf keinen Fall, daß die Debatte mit Andeutungen begann, die der geringsten Zweideutigkeit Raum ließen. Jedes Wort mußte klar und deutlich ausgesprochen werden, laut genug, damit jeder es hörte.

»Wir erwarten Anatoli, Don Angelo«, sagte Bellinzona. »Diese Herren verstehen unsere Sprache nicht.«

»Wo ist er?«

Bellinzona zuckte mit den Schultern.

»Geh ihn suchen!«

Pietro Zullini war schon an der Tür. Er gab Sabatini Befehle, der davonrannte, während Vittorio Amalfi als Wachposten im Flur stehenblieb.

»Unser Dolmetscher ...«, erklärte der Don anstelle einer Entschuldigung.

Was mochte dieser Russe nur treiben? Man hatte ihm punkt fünf Uhr gesagt. Es war fünf Uhr drei. Sabatini kam zurück: Der Russe war unauffindbar. Andrejs Stimme erhob sich sanft.

»Damit wir alle keine Zeit verlieren«, schlug er auf englisch vor, »kann ich übersetzen, wenn Sie wollen.«

Die Augen beharrlich auf den Tisch gerichtet, wiederholte er seinen Satz auf russisch: Der Verrückte sprang auf wie eine Feder.

»Du! Dreckiger Lügner! Niemand hier würde ein Wort von dem glauben, was du erzählst!«

Andrej reagierte nicht einmal. Darüber waren sie schon hinaus.

Seit langer Zeit hatte der gewalttätige Tod das Stadium der Beschimpfungen beendet. Früher oder später würde der Verrückte bezahlen. Alle würden bezahlen.

Don Angelo hob besänftigend die Hände.

»Meine Herren«, sagte er, »ich schlage Ihnen vor, noch zwei Minuten zu warten.«

Er wies auf seine Uhr und hob, damit man ihn verstünde, die Hand, Daumen und Zeigefinger zu einem V emporgereckt.

»Zwei! Ich bin sicher, unser Dolmetscher wird kommen.«

Und danach? Wenn der Russe nicht kam? Was würde er tun, er, Don Angelo, um sich aus dieser grotesken Situation zu befreien, ohne das Gesicht zu verlieren? Selbst vor seinen eigenen Männern ging es jetzt um sein Prestige: In der Mafia überlebt man ein Dum-Dum-Geschoß leichter als die Lächerlichkeit. Instinktiv, um seinen verdammten Dolmetscher im Geiste besser verfluchen zu können, fand er zu seiner Muttersprachen, dem Italienischen, zurück.

Die Sekunden verstrichen. Die Blicke wichen sich aus. Alle schwiegen. Niemand sah irgendwen an.

Nach einer Minute war die Luft so unerträglich geworden, daß Don Angelo auf den Sekundenzeiger seiner Uhr sah und rückwärts zu zählen begann. Mehr als fünfzig Sekunden... Um ihn herum wurden die Schwingungen des ungeduldigen Hasses fast greifbar.

Flüchtig versuchte Don Angelo, den Blick seiner hinterlistigen Consiglieri zu erfassen. Warum bezahlte er sie, diese Schwachköpfe, die ihn ohne Hilfe in der Scheiße sitzenließen? Sie hielten die Augen sorgsam auf ihre von der Sonne Floridas gefleckten Hände gerichtet. Der Don wollte eben explodieren, als zwei leise Schläge an der Tür zu hören waren. Bellinzona stürzte hin, um zu öffnen. Der Klopfer verschwand.

Der Russe betrat das Zimmer.

»Ich bitte Sie, mir zu verzeihen«, sagte er auf englisch mit ruhiger Stimme. »Ich wurde aufgehalten.«

Ohne sich bei dem vor bösem Groll zusammengezogenen Gesicht Don Angelos aufzuhalten, wiederholte er den Satz seelenruhig auf russisch und tat drei Schritte auf den Tisch zu. Mit aufgerissenen Augen sahen ihn Oleg und Andrej näherkommen: Das war unmöglich, sie wurden verrückt! Im Bruchteil einer Sekunde änderten ihre fassungslosen Gesichter die Farbe, wurden kreideweiß.

Was sie sahen, existierte nicht.

Es war undenkbar, unmöglich.

Denn diesen Mann, der da auf sie zukam, hatten sie fünfzehn

Jahre zuvor tot im Schnee Sibiriens zurückgelassen, nachdem sie ihn mit ihren eigenen Händen getötet hatten: Vitali!

Allen am Tisch war bewußt, daß etwas Ungeheuerliches geschah. Die Augen des Don glitten vom Gesicht seines Dolmetschers zu denen von Wlassow und Talasski. Die Stille wurde unerträglich. Der Don räusperte sich.

»Kennen Sie sich?« fragte er.

Der Russe sah Oleg und Andrej mit ausdruckslosem Blick an.

»Ich glaube nicht«, sagte er höflich.

Er setzte sich auf den frei gebliebenen Stuhl.

»Die Versammlung kann beginnen«, sagte Don Angelo.

27

Hätte er ihr gesagt: Spring aus dem Fenster, sie wäre gesprungen. Hätte er ihr zugezwinkert, hätte sie sich, ohne eine Sekunde zu zögern, ins Feuer geworfen. Ihr Leben gehörte ihr nicht mehr, der Himmel war nicht weit genug: Sie liebten sich. Sie kannte jetzt das Geheimnis, das so viele Männer und Frauen, seit Jahrhunderten, seitdem die Welt Welt war, erklären zu können meinten, mit Musik, Gedichten oder Farben, ohne das Rätsel jemals zu durchdringen: den Sinn des Wortes lieben.

Alles, was sie darüber gelesen, gehört, geahnt, gehofft hatte, war fade, war falsch. Sie wußten es nicht, sie wußten nichts. Sie ja: Konnte man jemals fühlen, was sie gefühlt hatte, und unversehrt auf die Erde zurückkehren? Gab es genug Luft auf der Erde, um wieder zu Atem zu kommen? Sehr weit über das Vergnügen hinaus, in den klaren Zonen der feurroten Lust, dort, wo die Worte keinen Zugang mehr hatten, eben dort, wohin sie gegangen war, gab es dort ein Anderswo? Nein, nicht einmal den Tod, nicht einmal Gott. Und dennoch lief sie, ihr Herz schlug, sie hatte Durst, die Straße war ein elastischer roter Teppich, auf dem ihre Schritte federten.

Über der Schulter trug sie einen Seemannssack, Geschenk eines Onkels. Als sie ihre Sachen hineinstopfen wollte, stellte sie fest, daß sie nichts hatte. Oder vielmehr, daß sie außer an ihrer blauen Schachtel an nichts hing. Eine Waschtasche, ein paar Kleinigkeiten, ihr roter Mantel.

Jetzt durfte sie keine Fehler machen. Weder ihr Urteilsvermögen noch ihr Denken waren gefragt, das eine wie das andere gehörten ihr nicht mehr. Es ging um ihr Gedächtnis.

Genau das tun, was Vitali ihr gesagt hatte. Blind, ohne zu verstehen. Später würde sie genug Zeit haben. Später ...

Vitali ... Vitali ... Sie hatten sich geliebt, dann sprach er mit ihr. Und sie liebten sich wieder. Und redeten weiter ... Vitali hatte ihr alles gesagt.

Die drei Stunden, die sie in seinem Zimmer verbracht hatten, hatten nicht länger gedauert, als das Leuchten einer Sternschnuppe in der Nacht . . . Ob der Augenblick länger würde, eine Ewigkeit, die ihnen gehörte, oder ob das alles in die Starre des Todes zurückfiele, das zu entscheiden, bedurfte es nur einiger Sekunden. Alles konnte noch scheitern, es lag an ihr, das nicht zuzulassen . . .

Vier Stufen auf einmal nehmend, rannte sie die Treppe bis zur dritten Etage hinauf und klopfte an die Tür: Ihre Mutter öffnete.

»Mama, ich muß mit dir sprechen.«

Ohne auf Antwort zu warten, ließ sie ihren Rucksack fallen, stürzte zum Telefon und wählte eine Nummer. Sie sagte drei Worte und legte auf.

»Ljuba, was ist los?«

»Ich werde dir alles sagen, Mama, ich werde dir alles sagen.«

»Wozu dieser Sack?«

»Mama, ich flehe dich an, warte eine Minute!«

Um sich besser zu konzentrieren, wandte sie ihr den Rücken zu und zählte bis dreißig, wie Vitali sie gebeten hatte.

Sie wählte eine andere Nummer.

Man nahm ab.

Damit die Mutter sie nicht hörte, bedeckte sie die Muschel mit der Hand. Sie sagte einen sehr kurzen Satz und legte auf.

»Ljuba.«

»Eine Sekunde, Mama.«

Sie rief im »Rossia« an und wechselte ein paar Worte mit Vitali. Dann griff sie nach ihrem Sack, drehte sich zur Mutter um.

O Gott, wie sehr sie sie liebte!

»Ich bin gekommen, um dir adieu zu sagen, Mama. Ich gehe fort.«

Plötzlich brannten ihr Tränen in den Augen.

Glück? Kummer? Ljuba wäre nicht in der Lage gewesen, es zu sagen.

Es war der 23. September.

Es war sieben Uhr abends. Sie weinte, das war alles.

Wie lange kann man einander gegenüberstehen, Auge in Auge, ohne ein Wort zu sagen? Es war das erste Mal, das Vitali diese Erfahrung machte. All sein Wille lag in seinem Blick, er hatte das Gefühl, als hätten die Augäpfel sich zu Achatkugeln verhärtet.

Aber jetzt war er sicher: Und wenn die Prüfung auch noch andauern sollte, er würde die Augen nicht mehr senken.

Andrej gab als erster nach: Er wandte die Augen ab.

Blieb Oleg: Auch er senkte sie.

»Hör zu, Vitali ...«, sagte Andrej.

Die Versammlung hatte mit grausamen Todesdrohungen geendet. Der Verrückte war explodiert. Ohne einen Unterschied zu machen, schlug er auf die einen wie auf die anderen ein, bis die Schreie und der Tumult des Kampfes die Leibwächter des Don alarmierten. Sie stürzten ins Zimmer, die Waffe in der Hand. Um ihn niederzuzwingen, zertrümmerte Carlo Sabatini das Gesicht des Verrückten mit Kolbenhieben, während Vittorio Amalfi den Rest der Gruppe in Schach hielt. Alle brannten vor Verlangen, einander zu zerstören. Einer nach dem anderen, außer Atem und voller Haß, einzig durch Angst und Respekt vor Sabatini und Amalfi zurückgehalten, verließen sie unter dem eisigen Blick Don Angelos den Saal, zitternd, trunken vor Rachedurst. Die Tür fiel hinter ihnen ins Schloß, während Don Angelo seine Befehle bellte. Im Flur waren sie zu dritt: Vitali, Oleg, Andrej. Keiner hatte das Verlangen, sich vom Fleck zu rühren.

»Vitali ... Bist du es?«

»Gehen wir in mein Zimmer«, sagte Vitali.

In einigen Sekunden wilder Intensität hatte sich ihre Gewalt erschöpft. Vitali drehte sich um.

Andrej und Oleg waren ihm gefolgt, ohne ein Wort zu sagen.

»Ich bin es«, sagte Vitali.

»Ich bin glücklich, daß du lebst«, sagte Oleg.

»Ich auch, Vitali«, murmelte Andrej.

Spontan setzte Oleg zu einer Bewegung an, zu ihm zu gehen und ihn in die Arme zu schließen. Im letzten Moment hielt ihn irgend etwas in dem kalten Blick Vitalis an seinem Platz fest.

»Vitali«, begann Andrej mit belegter Stimme. »Ich möchte dir sagen . . .«

»Sag mir nichts«, unterbrach ihn Vitali.

»Doch, du wirst mir zuhören. Ich weiß nicht, wie du hierhergekommen bist, ich weiß nichts . . . außer, daß du mir das Leben zurückgibst.«

»Hattest du Gewissensbisse, mir das meine genommen zu haben?«

Andrej senkte den Kopf.

»Ich habe jeden Tag daran gedacht. Oleg, sag es ihm.«

Seitdem Oleg die Sobinowski-Straße verlassen hatte, richtete er zum ersten Mal das Wort an ihn.

»Ich auch«, murmelte Oleg. »Ich habe es nicht vergessen. Es war abscheulich . . . Wir waren Brüder.«

»Aber ihr habt mich getötet.«

»Nicht ich. Andrej.«

»Und du hast ihn nicht gehindert.«

Oleg starrte auf seine Schuhspitzen.

»Du hast deinen Platz bei mir, Vitali«, sagte Andrej. »Komm zurück. Bleib in Moskau. Ich möchte es wiedergutmachen. Nur der Tod ist nicht wiedergutzumachen.«

»Vergeblich.«

»Sag das nicht! Wir sind reich, Vitali, ungeheuer reich. So reich, wie du es dir nicht vorstellen kannst.«

Diesmal wandte er sich direkt an Oleg.

»Wir waren zwei, jetzt gehört es uns dreien. Oleg, bist du einverstanden?«

»Ja.«

»Das Vergangene ist vergangen. Ich will nichts von euch«, sagte Vitali.

»Du bekommst es trotzdem!«

Er griff nach dem Telefon. Seine Finger spielten auf der Wählscheibe.

Nach einem Augenblick räusperte er sich.

»Kreiper? Talasski. Bitte notieren Sie meine neuen Anweisungen. Wir waren zwei, jetzt sind wir drei. Der Dritte heißt Vitali Schurikow. Ja, Schurikow. Wir geben ihm sofort die Nummer und den Codenamen des Kontos. Ja. Unumkehrbar und unwiderruflich! Ab sofort hat er dieselben Rechte wie wir.«

Er lauschte und zuckte die Schultern.

»Wenn Sie wollen«, sagte er. »Bleiben Sie dran.«

Er reichte Oleg den Hörer.

»Bestätige.«

Oleg nahm ihm den Hörer aus der Hand.

»Kreiper, hier ist Wlassow. Ich bin einverstanden und bestätige. Ja. Genauso wie wir, volle Verfügungsgewalt über das Konto.«

Er legte auf. Vitali blieb so unbeweglich wie eine Statue.

Andrej machte zwei Schritte zum Nachttisch, ergriff einen Stift, kritzelte etwas auf einen kleinen Block, riß die Seite ab und schob sie Vitali in die Hand.

»Verliere ihn nicht«, sagte er. »Das ist ein Zettel, der mehr als drei Milliarden Dollar wert ist.«

Vitali ergriff ihn mit Daumen und Zeigefinger, holte sein Feuerzeug hervor und entzündete ihn.

Oleg und Andrej starrten ihn an.

Andrej machte eine schicksalsergebene Handbewegung.

»Auf jeden Fall habe ich es versucht«, sagte er. »Auf Wiedersehen, Vitali.«

Er drehte sich um und verließ das Zimmer.

Oleg zog eine Schachtel Zigaretten aus der Tasche. Befangen deutete er eine anbietende Geste an. Vitali streckte nicht die Hand aus. Oleg steckte sich eine Pall Mall zwischen die Lippen, zündete sie an, sog den Rauch ein und sah durch den Spalt seiner zusammengekniffenen Augen zu Vitali.

»Auf Wiedersehen, Vitali. Bis bald.«

Er wandte sich um, richtete mechanisch den Mantelkragen auf, öffnete die Tür und verschwand.

Es war sechs Uhr zehn. Vitali zündete eine Camel an und ließ sich aufs Bett fallen, einen Arm unter dem Kopf. Die Laken waren von Ljubas Parfum durchtränkt.

Er blieb lange unbeweglich liegen, die Augen auf die Decke gerichtet, und rauchte.

Man suchte ihn sicher. Er kannte Don Angelo gut genug, um zu wissen, daß das Scheitern der Versammlung und die erlittene Schmach in dazu treiben würden, sofort nach New York zurückzukehren. In diesem Augenblick mochte er dabei sein, seinen Koffer zu verschließen. Vielleicht war er sogar schon auf dem Weg zum Flugplatz? Die Flugpläne hatten ihn niemals interessiert. Wenn sie ihm nicht paßten, bezahlte er jede Summe, um auf der Stelle eine Maschine zu chartern: unwiderstehlich.

Vitali hatte sich im »Rossia« ein zweites Zimmer genommen, 847, wo er sich jetzt befand. Wenn ihn die Männer des Don suchten, mochten sie an die 836 klopfen, die ihm bei seiner Ankunft, vor hundert Jahren, am selben Morgen, zugeteilt worden war: genau gegenüber. Um sich nach Belieben unsichtbar zu machen, mußte er nur den Flur überqueren und einen anderen Schlüssel benutzen.

Jetzt konnte er nur noch warten.

Seine Augen schlossen sich. Er schlummerte ein. Das Telefon klingelte.

Vitali schüttelte sich. Ljuba war am Apparat.

»Ja«, sagte er, »ja, ich liebe dich... Bist du noch nicht weg?«

»Ich gehe sofort los.«

»Hast du sie erreicht?«

»Eben.«

»Wenn du da bist, sieh zu, daß man dich nicht sieht, stell dich in eine Ecke, versteck dich.«

»Mach dir keine Sorgen. Ich liebe dich.«

Vitali legte auf. Es war sieben Uhr eins.

Dann wählte er nacheinander drei verschiedene Nummern und sprach mit verstellter Stimme.

Jedem sagte er, ohne auf Antwort zu warten, dasselbe.

Er brachte seine Kleidung etwas in Ordnung, holte seine Tasche aus dem gegenüberliegenden Zimmer und verließ das Hotel.

Wäre so etwas in New York passiert, wäre es mit ihm aus gewesen. Um Furcht und Gehorsam zu erlangen, mußte man nie die Stimme erheben. Die Todesurteile wurden in gedämpftem Ton ausgesprochen. Aber die Russen waren barbarische Gauner, unfähig, sich einem gemeinsamen Gesetz zu unterwerfen.

Ohne Respekt für die Person Don Angelos hatten sie ihm, obwohl er ihr Gastgeber war, die Schmach zugefügt, wie Kläffer aufeinander loszugehen, in seinem Appartement!

In den Vereinigten Staaten waren viele für weniger als das in Zement gegossen worden.

»Vittorio!«

»Ja, Don Angelo.«

»Was hast du mit dem Colt gemacht, den dir dieser Mushik heute morgen gegeben hat?«

Vittorio Amalfi tippte diskret auf die Innentasche seiner Jakke.

Don Angelo schüttelte angewidert den Kopf. Er träumte von einer Welt ohne Schwachköpfe, aber wo in dieser Galaxis?

»Hast du die Absicht, sie zu behalten?«

Amalfi täuschte sich über sein Lächeln.

»Souvenir«, sagte er mit einem Augenzwinkern.

»Hör zu, Stupido, hast du Lust, dich wegen Waffenbesitz von den Bullen einlochen zu lassen?«

»Nein, Don Angelo.«

»Weißt du noch nicht, daß man dich durchsucht, bevor du ins Flugzeug steigst? Wir gehen in fünf Minuten an Bord! Geh aufs Scheißhaus und schmeiß das Ding weg!«

»Es gibt keine Scheißhäuser mehr, Padrone. Ich komme von da. Sie sind mit Säufern vollgestopft. Sie schlafen da drin.«

Don Angelo warf einen angeekelten Blick um sich.

Seit dem Morgen hatte sich auf dem Flughafen Scheremetjewo nichts geändert. Noch immer derselbe Gestank. Dieselbe Katastrophe gestrandeter Reisender, die wegen Kerosinmangel seit Tagen an Ort und Stelle kampierten. Glücklicherweise war Kuljakow da gewesen . . .

»Nicht zu müde, Don Angelo?« fragte Folco Bellinzona, der neben ihm stand.

Angelo Gatto hatte seit vierundzwanzig Stunden kein Auge zugemacht. Er warf seinem Consigliere einen finsteren Blick zu.

»Wie kommst du darauf?«

Zwei Tage nach seiner Ankunft in New York würde er in den Mittleren Osten reisen müssen. Eine Überraschungsreise, die ihm kaum die Zeit ließ, Weihnachten mit der Familie zu verbringen.

Er hatte ein Geschenk für Francesco vorgesehen, einen Porsche.

Man forderte zum Einsteigen auf.

In der Menge eingeschlossen, schob Vittorio Amalfi seine Waffe unauffällig in den Korb einer Frau, die davon träumte, nach Odessa zu fliegen.

Als er durch die Eingangstür der Sobinowski-Straße ging, hatte Vitali kaum Zeit, auf der rechten Seite die kleinen Elevinnen wahrzunehmen, die an der Stange ihre Übungen ausführten. Ebenso flüchtig sah er eine Dame von ehrwürdigem Alter auf einem Stuhl in der Mitte des Saales, die deren Beugungen mit dem Ende ihres Stockes unterstrich.

Aber schon umgaben ihn drei Männer.

»Suchen Sie jemanden?«

»Anton Abalkin«, sagte Vitali.

»Sie gestatten?« fragte ein großer Kerl mit Mütze und bemächtigte sich seiner Tasche.

Er durchsuchte sie rasch: nichts außer einem Trainingsanzug und zwei zerknitterten Hemden. Inzwischen sagte der dritte, ohne Vitali aus den Augen zu lassen, ein paar Worte in ein Sprechgerät.

»Wie ist Ihr Name?«

Der Mann mit der Mütze tastete flüchtig seine Beine ab, seine Taille, die Achselhöhlen.

»Anatoli. Wir haben uns heute früh gesehen.«

Bald kam Abalkin die Treppen hinabgestürzt. Er hatte zwar ein Ohr verloren, aber die Wunde war fast vernarbt. Er trug nur noch ein Stück Gaze über der Stelle, das mit Leukoplast an der Schläfe befestigt war. Die Wachen zogen sich zurück. Der Tatare drückte die Hand des Russen.

Vitali zog ihn an die Seite.

»Oleg Wlassow schickt mich. Er braucht eine Akte. Er hat sie in seinem Büro vergessen.«

»Eine Akte?«

»Eine grüne. Links auf seinem Tisch, hat er mir gesagt, unter einem Stapel von Papieren.«

»In seinem Büro, bist du sicher?«

Vitali begann zu lachen.

»Ich nicht. Aber er, er sah so aus.«

»Komm.«

Zusammen stiegen sie die Treppen hinauf.

»Ist das der Krieg?« fragte Vitali und stieg über den Bauschutt, der die Stufen bedeckte.

»Eine Bombe«, sagte der Tatare zurückhaltend.

Sie erreichten die vierte Etage. Auf jedem Treppenabsatz eine bewaffnete Wache.

»Wie läuft es bei der Versammlung?«

»Vorhin«, sagte Vitali, »haben sie eine Pause gemacht. Jetzt hat es wieder angefangen.«

Seit dem frühen Nachmittag hatte Abalkin das Haus nicht verlassen. Um halb sieben hatte er Oleg über den Flur gehen sehen, ohne mit irgend jemandem zu reden.

Vierzig Minuten später kam er wieder raus, ohne den

Mund aufzumachen. Am Vortag hatte er auswärts geschlafen.

Nach einer Reihe von Fluren stieß Abalkin eine Tür auf.

»Grün hast du gesagt?«

»Grün.« Abalkin ließ den Blick über den Tisch gleiten, der von Papieren überhäuft war. Von hinten näherte sich Vitali. Er hob plötzlich den Arm, der durch die Luft pfiff, als er mit ungewöhnlicher Kraft mit der Handkante auf den Nacken des Tataren schlug. Ohne sich weiter um ihn zu kümmern, schloß er die angelehnt gebliebene Tür, durchsuchte das Zimmer mit den Augen und entdeckte den Tresor. Er betrachtete ihn eine Sekunde. Dann stellte er, ohne zu zögern, die fünf Buchstaben der Kombination ein, die den Zugang schützte: L J U B A. Die Tür drehte sich ohne ein Geräusch. Vitali öffnete seine Tasche, warf die Kleidungsstücke hinaus und schichtete Dokumente und Mikrofilme, die in den Fächern lagen, übereinander. Er schloß die Tasche, warf seine schmutzige Wäsche in den Tresor und verriegelte ihn mit einem Stoß.

Ohne einen Blick für Abalkin ging er unter den harten Augen der Wachen die Treppe hinab. Als er an der Glastür im Erdgeschoß vorbeikam, erreichten ihn Wolken von Musik, die Tonleitern eines schlecht gestimmten Klaviers. Mit einem Nikken grüßte er die Männer, die ihn durchsucht hatten, fand sich in der Sobinowski-Straße wieder, bog zwei Häuser weiter ab und stieg in ein Taxi, das ihn vor einem Schuhladen mit leeren Vitrinen erwartete.

Nach dem, was am Vortag geschehen war, hätte Oleg nicht gedacht, diese Tür noch einmal wiederzusehen. Er hatte Glück. Eigentlich hätte er sich nicht in der Sobinowski-Straße befinden dürfen, als ihn Ljubas Anruf erreichte.

Aber was war schon normal?

Vitali zehn Jahre nach seinem Tod lebendig wiederzusehen? Das hatte ihn so erschüttert, daß er in diesem Moment fast seine Todesdrohungen gegen Andrej vergessen hatte.

So sehr, daß er in die Sobinowski-Straße zurückkam.

Ljuba hatte acht Uhr gesagt . . . Drei Minuten zu früh.

Er klopfte mit pochendem Herzen. Keine Antwort. Noch einmal schlug er sanft mit den Fingerspitzen gegen die Tür.

Mechanisch streichelte seine Hand die Klinke. Sie drehte sich.

Die Tür ging auf.

»Ljuba . . .«

Er ging durch den winzigen Vorraum, betrat das Wohnzimmer, dessen Fenster sich zum Arbat-Platz hin öffnete. Das Licht war eingeschaltet. Ein Wasserglas stand auf dem Tisch. Über einem Stuhl hing ein beigefarbener Schal. Auf einer Kommode derselbe Strauß roter Rosen, den er am Vortag gesehen hatte, als sie ihn abwies.

»Ljuba . . .«

Er wollte in die Küche gehen, als sein Instinkt ihn warnte, daß jemand hinter ihm stünde. Ein Schauer ging über seine Schultern. Er wandte sich plötzlich um, steckte die Hand in die Tasche seines Überziehers und fand sich auf Knien mit der Mauser in der Hand wieder: Eine Magnum auf ihn gerichtet, sah Andrej ihn mit eisigem Gesicht an.

»Was hast du hier verloren!«

Jeder von ihnen sah in den Augen des anderen den eigenen Tod: Sie würden schießen, sie würden gemeinsam sterben.

»Ljuba hat mich angerufen«, sagte Oleg.

»Sieh an, das ist komisch. Mich auch. Sie hat mich gebeten, um acht Uhr herzukommen.«

»Du lügst!« empörte sich Oleg.

Er richtete sich langsam auf, hielt Andrej dabei noch immer in Schach.

»Wir werden beide zusammen dran glauben, Andrej.«

»Wo ist Ljuba?«

»Na los, sieh unterm Bett nach! Such!«

»Ljuba!« schrie Andrej.

Er wich mit schnellen Schritten zurück, den Colt auf Oleg gerichtet.

»Ljuba!«

Mit einem wütenden Fußtritt öffnete er nacheinander zwei Türen: zwei leere Zimmer. Es war das erste Mal, das er den Fuß hierher setzte. Von seinem Standort aus erblickte er auch die letzte Ecke der Küche.

»Das Badezimmer ist am Ende des Flurs«, sagte Oleg.

»Halt die Schnauze«, wütete Andrej.

Um dorthin zu gelangen, mußte er Oleg aus den Augen lassen. Er konnte nicht lange überlegen: Ohne an sein Leben zu denken, stürzte Oleg daraufzu, ihn im Vorbeigehen anstoßend.

»Ljuba!« heulte er.

Die Tür flog unter dem Stoß seiner Schulter auf, und es war schlimmer, als hätte er eine Kugel in den Kopf bekommen. Vor Verblüffung wie gelähmt, sah er auf dem Rand der Badewanne eine Rose in einer blauen Vase. Daneben, auf einem Hocker, ein weißes Negligée von Ljuba. Und gegenüber, auf dem Spiegel, der ihm sein zerstörtes Gesicht zurückwarf, ein schreckliches Wort, von ihrer Hand mit Lippenstift geschrieben:

VITALI

Oleg wandte sich langsam um. Andrej stand hinter ihm.

Fassungslos, mit offenem Mund, sah er auf die Inschrift.

Mit schwerem Schritt ging Oleg durch das Wohnzimmer. Nichts hatte mehr Sinn. Er mußte Atem holen. Die Eingangstür war noch immer offen. Plötzlich erstarrte er. Von draußen drang dumpfer Lärm, Flüstern, Murmeln, Scharren von Schuhsohlen zu ihm. Im gleichen Moment fühlte er die Kälte des Laufes, den Andrej auf seinen Hals richtete.

»Leb wohl, Oleg.«

Oleg drehte sich in der letzten Sekunde um. Sein Blick hinderte Andrej daran, zu schießen. Er alarmierte ihn. Er ließ Oleg auf leisen Sohlen in den Hausflur gehen, sah, wie er sich über das Treppengeländer beugte: Ein Dutzend Männer kamen die Treppen hinauf. Die meisten hatten Gewehre mit abgesägten Läufen. An der Spitze des Kommandos der Verrückte, Lyssenko, Schatalin: die absolute Falle.

»Wir haben uns reinlegen lassen«, wisperte Oleg mit einem bitteren Lächeln.

Andrej war neben ihm. Mit derselben Bewegung kauerten beide sich nieder, um ihre Waffen auf dasselbe Ziel zu richten: auf den Tod, der zu ihnen kam.

Epilog

Durch die Scheibe der Telefonzelle verlor Vitali Ljuba nicht aus den Augen. Den Rucksack vor den Füßen, stand sie in der Empfangshalle des Züricher Flughafens. Es war Mitternacht. Sie waren soeben gelandet. Der Fußboden war so sauber, daß man von den Steinplatten essen konnte. Während Vitali seine Nummer wählte, fiel ihm der Satz eines Franzosen ein: »Die Schweiz ist phantastisch. Es fehlt ihr nur ein bißchen Mist.« Noch so ein Intellektueller, den man nach Moskau schicken sollte.

»Hallo . . .«

Er hatte Washington am Apparat.

»Ich will Bleckley sprechen. Hier ist Anatoli.«

»Bleiben Sie dran . . .«

Er sah Ljuba ein paar Schritte in seine Richtung machen. Sie sah ihn an. Er lächelte ihr zu.

»Anatoli?«

»Hallo Bleckley. Flug Delta Airlines 337 aus Moskau, über Paris. Angelo Gatto ist an Bord.«

»Können wir ihn einlochen?«

»Und ob! In derselben Maschine ist die Videokassette, die ihm dreihundert Jahre Gefängnis einbringen wird!«

»Nein!«

»Der Bordkommandant wird sie Ihnen geben. Alles ist da. Wissen Sie, wer das Netz des Nuklearhandels von seiten der Russen leitete? Stanislas Kuljakow! Der auf den internationalen Konferenzen so schön von Frieden spricht.«

»Verdammt!«

»Sein ganzes Treffen mit Gatto ist im Kasten.«

»Anatoli . . . Hut ab!«

»Behalten Sie Ihren Helm auf, es kommt noch besser: der Inhalt des Zentraltresors des KGB.«

Schweigen. Vitali glaubte, sie wären unterbrochen.

»Bleckley, sind Sie noch dran?«

»Sind Sie besoffen, oder machen Sie sich über mich lustig?«

»Interessiert es Sie, die Liste der ganzen Fäulnis zu bekommen, bei ihnen und bei uns? Dann tun Sie mir einen Gefallen, Bleckley, nach all der Zeit, einen einzigen! Ich habe die Schnauze voll von der Mafia! Vom CIA ebenso, ich kann Sie nicht mehr ertragen! Schicken Sie einen anderen an meiner Stelle zu den Paten, und rutschen Sie mir den Buckel runter, ich will Ferien!«

»Ja . . . ja . . .«

»Verstehen Sie mich?«

»Anatoli . . . Das ist nicht möglich! Wie haben Sie das gemacht?«

Vitali sah, wie Ljuba ihre Lippen gegen die Scheibe der Zelle preßte und ihm einen Kuß zuwarf. Er gab ihn ihr mit den Fingerspitzen zurück.

»Wissen Sie, was Liebe auf russisch heißt?« fragte er Bleckley.

»Ljuba.«

»Ich höre, Herr Schurikow«, sagte Hans Kreiper mit gezwungenem Lächeln.

Sogleich als Ute ihn ins Büro führte, hatte er deutlich gespürt, daß dieser blonde Typ ihm nichts Gutes bringen würde. Er trug Jeans und ein blaues Hemd, aber so, wie seine Jacke das Licht aufsaugte, konnte es sich nur um Kaschmir handeln.

»Meine Partner und ich haben einige Entschlüsse wegen unseres gemeinsamen Kontos gefaßt.«

»Ich stehe Ihnen zu Diensten«, ermunterte ihn Kreiper.

Er krümmte sie leicht bei der Ahnung dessen, was folgen würde.

»Sie werden unser Guthaben transferieren.«

»Wunderbar. Auf welche Bank?«

»Die Chemical in Genf.«

Adieu, Goldgrube! Das Manna würde woanders Zinsen bringen.

Als er sich vorstellte, hatte Vitali ihm die Nummer und den Codenamen des Kontos genannt. Er wußte sie auswendig, wenn er auch am Vortag, bevor er den Zettel verbrannte, auf dem sie standen, getan hatte, als würde er sie nicht sehen.

Was Kreiper anging, so waren die Anweisungen von Wlassow und Talasski eindeutig: Wir waren zwei, wir sind drei. Er schluckte.

»Wann?«

»Auf der Stelle.«

»Einverstanden. Es wird noch heute vormittag erledigt.«

Vitali fixierte ihn mit seinen klaren Augen.

»Nein«, sagte er, »jetzt.«

Den Tod in der Seele, griff Kreiper nach dem Telefon: Zehn Milliarden Dollar wechselten ihren Besitzer.

Ljuba wußte es, sie hatte es überall gelesen. Aber es war etwa so, wie wenn man von Gott sprach: Man muß daran glauben! Es war das erste Mal, daß sie Moskau verließ. Sie war betäubt von den schillernden Wundern, die in den Vitrinen der Hotelhalle des »Dolder« lagen. Ihr herrlicher roter Mantel erschien ihr plötzlich erbärmlich. Sie ging zu den großen Fenstern. Draußen knallten die Fahnen in den Windstößen, die kräftig an den nackten Ästen der Bäume rüttelten.

Vitali würde nicht auf sich warten lassen . . . Ihre Nacht war hinreißend gewesen.

Sie hatten einander verschlungen. Zwischendurch rief Vitali mehrmals den Oberkellner, der ihnen Sekt und etwas zu essen hinaufbrachte.

Am frühen Morgen, als Vitali in ihren Armen eingeschlafen war, hatte Ljuba ihn weiter angeschaut. Sie konnte sich an seinem Gesicht nicht sattsehen. Bis zum ersten Morgengrauen hatte sie seine Lippen mit ihrem Atem gestreift. Dann war auch sie eingeschlafen. Als sie erwachte, war Vitali nicht mehr da. Er hatte ihr einen Zettel hinterlassen, mit einem kleinen Herzen unterschrieben, in dem sich zwei Flügel kreuzten. »Eine Erledigung. Mach dich fertig. Ich hole dich um zehn Uhr ab.«

Der Salon war von dem Duft einer Unmenge von Blumen erfüllt, das Frühstückstablett, auf dem das Rot einer Rose leuchtete, mit Zutaten, Konfitüren und Konfekt überladen: Das Leben war ein Zauber ... Sie setzte sich in einen Sessel und ließ die Drehtür nicht aus den Augen. Ihr Seesack stand hinter dem Rezeptionsschalter. Sie wußte, daß sie wieder wegfahren würden, aber wohin? Vitali hatte ihr nichts darüber erzählt. Was hatte es für eine Bedeutung, von dem Moment an, da sie zusammen waren? Sie spürte seine sanften Lippen in ihrem Nacken.

»Bist du fertig?«

»Ich habe dich nicht kommen sehen.«

»Woran hast du gedacht?«

»An dich. Ich war in der Uni. Du wolltest eine Zeitung gründen ...«

»Du wolltest Psychologin werden ...«

Er nahm ihren Arm und führte sie zum Ausgang.

Mit zehn Milliarden Dollar gründet man keine Zeitung.

Fernsehsender eingeschlossen, kauft man sich zehn Pressekonzerne. Aber er war nicht verpflichtet, es ihr zu sagen.

Nicht sofort ...

Sie gingen durch die Drehtür.

Plötzlich sträubte sich Ljuba.

»Sieh doch«, murmelte sie voller Erstaunen.

Sie zeigte mit dem Finger auf eine prächtige Limousine.

Sie parkte vor der Hoteltreppe und spiegelte mit allen Chromteilen.

»Was ist besonderes daran?« fragte Vitali. »Das ist ein Rolls.«

»Es ist ein Cabriolet«, flüsterte sie. »Und bordeauxrot!«

Sie hob den Kopf und warf ihm einen mißtrauischen Blick zu. Aus dem Augenwinkel sah sie, wie zwei Gepäckträger ihren Rucksack im Kofferraum verstauten.

»Du Halunke«, sagte sie hingerissen.

Vitali nahm sie bei den Schultern.

»Komm . . .«

Die Boys des »Dolder« hielten ihnen die Tür auf.

Ljuba setzte sich schüchtern auf das Polster aus fahlgelbem Leder.

Vitali schob sich hinter das Steuer. Er betätigte die Zündung. Der Motor lief mit einem dumpfen Brummen. Vitali drückte auf einen Knopf. Langsam schob sich das Verdeck über ihren Köpfen zurück.

Der Wagen fuhr an. Der Fahrtwind raubte ihnen den Atem: Es war ebenso kalt wie in Moskau.

Vitali zog Ljuba an sich.

»Ein Traum, es ist ein Traum.«

Titel der französischen Originalausgabe:
Liouba
Originalverlag: Fixot, Paris
Übersetzt von: Claudia Denzler

Die Deutsche Bibliothek – CIP-Einheitsaufnahme

Rey, Pierre:
Der Russe: Roman/Pierre Rey. Dt. von Claudia Denzler. – Düsseldorf; Wien;
New York; Moskau: ECON Verl., 1993
ISBN 3-430-17741-3

Lektorat: Edda Bauer
Gesetzt aus der Bembo, Linotype
Satz: Lichtsatz Heinrich Fanslau
Druck und Bindearbeiten: Franz Spiegel Buch GmbH, Ulm
Printed in Germany
ISBN 3-430-17741-3

Marek Halter

Abrahams Söhne

448 Seiten, gebunden, mit Schutzumschlag

Im Frühjahr 1961 wird Hugo Halter auf dem Weg nach Jerusalem von palästinensischen Terroristen erschossen. Warum . . .? Sein Cousin Marek macht sich daran, diese Frage zu beantworten – parallel zu der offiziellen Untersuchung, die ein anderer Cousin beginnt, der Offizier im israelischen Geheimdienst ist. Überall auf der Welt treten die Mitglieder der Familie in Szene, von Paris bis Buenos Aires, von Tunis bis Beirut, von Frankfurt bis Moskau, zusammengführt durch den Tod Hugos und das Erinnern an ihn, der einst »Das Gedächtnis Abrahams«, die Schrift, die ihm der Großvater im Warschauer Ghetto anvertraut hatte, verlor und aus der Erinnerung und nach eigenen Recherchen neu erstellte. Zusammengehalten aber auch durch ein gemeinsames Ziel, seien sie Atheisten, Religiöse, Assimilierte, Zionisten oder Pazifisten, das Ziel, Frieden für ihr Volk und ihr Land Israel zu finden, Frieden zwischen den Juden, den Moslems und Christen im Nahen Osten.

»Abrahams Söhne« erzählt – als gewaltiger Epos und im Gewand einer spannenden Kriminalstory – die Geschichte Israels, Palästinas und des Judentums. Ein Leseabenteuer, das an den außergewöhnlichen Erfolg des ersten Romans von Marek Halter (»Abraham – Wege der Erinnerung«) anknüpfen wird, der weltweit in annähernd 4 Millionen Exemplaren aufgelegt wurde.

Len Deighton

MAMista

448 Seiten, gebunden, mit Schutzumschlag

Spanisch-Guayna ist ein extrem armes Land – ausgenommen für diejenigen, die in der blühenden Kokainindustrie mitmischen – mit einem Herrscher, der auf wackligem Thron sitzt. Auf den Sturz dieses Herrschers haben es die MAMistas abgesehen, eine Gruppe marxistischer Revolutionäre, die zu allem bereit sind, um ihrer Sache zum Erfolg zu verhelfen. Als in der Region von einer amerikanischen Gesellschaft Öl entdeckt wird, geht es in dem schon bis dahin brutalen Kampf um einen noch höheren Einsatz, und einige sehr einflußreiche Männer aus Washington richten ihr Augenmerk auf diesen Schauplatz. Denn sie haben beschlossen, daß es momentan für das Wohl Amerikas am besten ist, die gegenwärtige Regierung an der Macht zu halten – und genau das gedenken sie zu tun. In diese Welt geheimer Transaktionen und unsicherer Allianzen werden drei Menschen hineingezogen, deren Lebensweg sich hier kreuzt, kollidiert und deren Leben letztlich voneinander abhängt.

Als die drei eine entscheidende Reise durch den üppigen Regenwald antreten, zusammen mit einem als Geisel genommenen CIA-Agenten, wissen sie, daß die Zukunft der Revolution in ihrer Hand liegt. Was sie aber nicht wissen, ist, ob sie lebend durch den tückischen Urwald kommen . . . oder wenn, was sie danach erwartet.

ECON Verlag
Postfach 30 03 21 · 4000 Düsseldorf 30

Cornelius Fischer

Die Wälder des Himmels

688 Seiten, gebunden, mit Schutzumschlag

Im Deutschland der 30er und 40er Jahre beginnt für den jungen Zoj und die scheue Karia eine wahre Odyssee. Nach ihrer Flucht aus einem Deportationszug des Dritten Reiches bleibt ihnen für die Liebe nur ein Tag. Schon in der folgenden Nacht verlieren sie sich wieder. Wie geblendet von dem erlittenen Verlust gerät Zoj in den Mahlstrom des Zweiten Weltkrieges. Im polnischen Untergrund kämpft er als Partisan gegen die deutschen Besatzer, erleidet Terror und Krankheiten in einem sowjetischen Arbeitslager und findet erst in Kiew dank der Hilfe der selbstbewußten Krankenschwester Raissa einen kleinen Frieden und neue Liebe. Trotz aller Gefahren kann Karia sich allein nach Rußland durchschlagen, und eines Tages steht sie erschöpft, verstört und völlig verändert vor Raissas Tür. Aus Mitleid heiratet Zoj sie nun, obgleich er längst nicht mehr das gleiche für sie empfindet. Nach Kriegsende, nach einem erschütternden Abschied von Raissa, geht er mit Karia nach Deutschland zurück. Im Berlin der Wirtschaftswunderzeit muß Zoj erkennen, daß sein von den Schatten der Vergangenheit bestimmtes Leben ihn seiner Familie mehr und mehr entfremdet. Seine Gedanken wandern immer wieder zu Raissa und seiner Liebe in Kiew . . .

Ergreifend und voller Kraft entwirft Cornelius Fischer in diesem überwältigenden Romanfresko ein Panorama unseres Jahrhunderts, gebündelt in Schicksalen, wie sie farbiger nicht erdacht werden können. In der Tradition eines Erich Maria Remarque gestaltet Fischer mit erzählerischer Verve und sprachlicher Wucht ein mitreißendes Epos von Schuld und Sühne, Hoffnung und Verzweiflung, von Zorn und Rache, Verlust und Leidenschaft, ohne die es keinen Schmerz und auch kein Leben gäbe. Ein großer Roman, der bleiben wird.